运河春秋第二

潞通堂

王志学　著

中国文联出版社

图书在版编目（CIP）数据

潞通堂 / 王志学著. -- 北京 : 中国文联出版社,
2021.4
ISBN 978-7-5190-4788-7

Ⅰ. ①潞… Ⅱ. ①王… Ⅲ. ①长篇小说－中国－当代
Ⅳ. ①I247.5

中国版本图书馆 CIP 数据核字(2022)第 067393 号

著　　者　王志学
责任编辑　刘　旭
责任校对　刘秋燕
装帧设计　中尚图

出版发行　中国文联出版社有限公司
社　　址　北京农展馆南里 10 号　　　邮编　100125
电　　话　010-85923025（发行部）　010-85923091（总编室）
经　　销　全国新华书店等
印　　刷　中煤（北京）印务有限公司

开　　本　710 毫米 x1000 毫米　　1/32
印　　张　12.25
字　　数　180 千字
版　　次　2021 年 4 月第 1 版第 1 次印刷
定　　价　68.00 元

卷首语

“文化是一个国家、一个民族的灵魂。文化兴国运兴，文化强民族强。没有高度的文化自信，没有文化的繁荣兴盛，就没有中华民族的伟大复兴……”人无自信，无以自进；国无自信，无以自强。

内容提要

长篇小说《潞通堂》，以大运河为背景，从文化自信的角度，通过描写潞通堂从一个村办装裱厂逐渐发展成为享有“书画郎中、中国第二个荣宝斋”美誉的文化发展有限公司和潞通堂堂主董树旺这位从小喝着运河水长大，曾经靠一手“黑白铁”匠的家传手艺，走遍通州周边运河两岸村庄街巷养家糊口的运河汉子，饱经风霜，艰苦创业，成长为一名在中国画坛颇具影响的文化名人的坎坷历程；讴歌了新时代农村青年在改革开放的大潮中奋发向上，自立自强的拼搏精神和知恩报恩的爱国情怀；表达了作者以一个画家的视角，对现实生活中人性的真与假、善与恶、美与丑的冷静审视和深刻思考。

引　子

2019 年 10 月 28 日，京杭大运河北端的京东大地，碧水蓝天，秋高气爽。这一天，是董树旺的六十二岁生日，对于这位享誉中国书画领域的路通堂堂主来说，毕竟是一个极不平凡的日子。这一天，他带着家人一起，将珍藏了半辈子的七十幅名家书画作品，悉数捐给了坐落于运河西岸的通州区档案馆。捐赠仪式结束后，董树旺如释重负，步履轻盈地来到运河岸边。他静静地站在微风摇曳的古柳树下，踱着步子，沉思不语。这位从小喝着运河水长大，曾经靠着一手“黑白铁”匠的家传手艺，走遍周边运河两岸村庄街巷养家糊口的运河汉子，猛然间抬起头来，眺望着由北向南滚滚而去的运河之水，心灵澄澈，饱经风霜的双眸中，散发着刚毅而儒雅的光芒。

目　录

第一章　1

第二章　41

第三章　84

第四章　130

第五章　181

第六章　236

第七章　287

第八章　340

尾　声　373

后　记　380

第　一　章

一

1976 年 7 月，董树旺高中毕业了。他手捧着毕业证书，蹦蹦跳跳地往冯各庄的家中跑去。

毕业典礼上，老校长说的那几句激励人心、沉甸甸的话语，依然在他的耳边回响:“同学们，你们学业已成，即将回到把你们养大的土地上去，开始革命的新生活！你们有理想、有智慧，要把在学校所学到的新的知识、新的思想，应用到社会主义新农村的建设中去。你们是积极进取、奋发向上、新一代的知识青年，将像骏马和雄鹰那样，在广阔的天地里奔驰、翱翔。祝福你们在自己的人生路上，厚德做人，实现梦想……”

董树旺推开街门，右手高举着毕业证书，兴冲冲地跨进大院，高喊:“爸，妈，我高中毕业了！”

董树旺的父亲是十里八乡有名的“黑白铁”匠，为人厚道，乐于助人，人称“铁善人”。他坐在屋门口老桃树下，低着头，正聚精会神地焊着手中的活计。董树旺从小就忌惮父亲的威严，抿着嘴，绕开父亲，蹑手蹑脚地迈上台阶，朝屋中走去，向母亲吐着舌头，做着鬼脸，将手中的毕业证书递了过去。

坐在炕沿上，正一针一线地缝补衣服的母亲，慈爱地看着董树旺，将针线活儿放进炕上的簸箩（bǒluo）里，搓着手，打开证书，认真地翻看着，笑着说："旺子出息了，让我好好瞧瞧，刚才我和你爸还念叨这事呢。"

董树旺压低了嗓门，说："妈，我刚进院门的时候，看见我爸爸满脸不高兴的样子，又遇到啥难事了吗？"

母亲将手中的证书递给董树旺，抄起蒲扇冲董树旺扇着，疼爱地说："唉，没大事。你风风火火从学校跑回家，又渴又热的，饭桌上放着刚切好的西瓜，快去吃吧，这些天闷热得够呛。"

"旺子，出来一下，我跟你说几句话。"父亲放下焊枪，冲着屋里高喊。

董树旺答应着，快步来到父亲身旁："爸爸，您有啥事？"

父亲示意他坐在眼前的木凳上，皱着眉，说："知道你今儿个高中毕业了，对咱家来说是个大喜事。可是，咱家的情况你也都看见了，我是个穷黑白铁匠，割资本主义尾巴，我这就属于不务正业。你妈倒是能干，无论是下地种庄稼、割麦子，还是在家烧火做饭，照顾你爷爷奶奶，里里外外都是一把好手，可一年到头也挣不来个把工分，这家就是凑合着过。刚才你妈也说了，咱们村谁家还不是都一样，都是辛辛苦苦地下地挣着工分，一天到晚还都挺开心，只要别人家能过，咱们家就能过。你妈总是给我解心宽，真是难为她了。"

顿了一下，父亲说："这几天我也合计过了，你看咱们村有两三户过得好的，都是他们家有在县里、市里当工人的，挣工资，有生活来源。可进城当工人那要靠推荐，这难得的机会也轮不上咱家。我想了，还有一条出路，就是参军。你有这强壮的身体，又有高中的学历，等个一年半载，有了招兵的机会，你就去报名，我看这条道儿走得通。"

董树旺听着，眼睛亮了起来，高兴地说："爸爸，您和我想到一块儿了，我的理想就是要当一名军人，保家卫国，让咱们家成为军人之家，光宗耀祖。"

"你小子挺能呀！啥时候有这个打算的？"父亲瞪大了眼睛，盯着他。

董树旺放松了心情，加快语速说："我上初中的时候就有这个想法了。有一年我去公社合作社买文具，正赶上欢送参军的队伍，敲锣打鼓，新兵们胸前佩戴着大红花，又威武又光荣，我可羡慕他们了！心想，等高中毕业后，一定也去当兵！可又怕您和我妈不同意，尤其是怕爷爷奶奶舍不得我走，就一直没敢跟您说。"

父亲抬起头，舒展着眉头，爽朗地说："好孩子，有出息。保家卫国，我和你妈都支持你，到时候若真的被部队录取了，你爷爷奶奶那道关我去说。他们二老是明理之人，一定会高高兴兴地送你去参军。"

父亲看着董树旺，加重了语气，说："你已经毕业了，明儿个就去大队部报到。一定要服从大队部的安排，无论派你啥工，如下地耕田、打场啥的，你都要服从安排，踏踏实实干活儿，从头做起，吃苦耐劳，一步一个脚印朝前走，干一行爱一行。你记住喽，撑死勤的，饿死懒的。"

董树旺从凳子上站起来，说："爸爸，您放心，我会按照您说的那样去做。您先忙着，我去趟前街同学家，已和他约好了，商量一些今后回村务农的事情。我现在就去找他，等回来后再帮您打下手。"

董树旺转过身，回到屋里，同母亲说了几句话后，快步迈出院门，向右一拐，直奔前街而去。

第二天早晨，红彤彤的太阳正从村东的尽头冉冉升起。运河岸边被晨光染红的柳树棵子里，传出一连串鹌鹑的鸣叫声，几只水炸子扑棱着双翅，从沙沟的芦苇丛中蹿出来，飞向天空，一眨眼，落到宽阔的河面上，划动着脚蹼，将头扎进水里，觅食、嬉戏，把清澈的水面搅动出一圈圈晶莹的浪花。沉静了一夜的小村庄，顿时热闹起来，袅袅的炊烟在白墙红瓦的上空升腾着，鸡鸣声、犬吠声不绝于耳，牛马拉车的鸣嘶和车轱辘碾压地面吱吱呀呀声相互交织。抢收抢种的庄稼汉子们，肩扛手提着农具，推开家门，三五成群地说笑着向村外的田野走去。

董树旺早早地从炕上爬起来，推开屋门，像往常一样，抄起扫帚，把院里院外打扫得干干净净。蹲在水井台前，简单洗漱后站起身，左手攥着洗脸盆沿，右手撩着水，把脸盆里的水泼洒在土地上，清洁着浮尘。

“旺子，快进屋吃饭吧，一会儿还要去大队部报到，赶早不赶晚。”母亲在灶台前搅动着热气腾腾的玉米粥，冲着门外高喊。

“得嘞，妈，您歇着吧，我来盛饭。”

董树旺答应着，迈步跨进厨房，洗碗洗筷，忙乎起来。

吃完早饭，董树旺脚穿军绿色球鞋，身穿军绿色的裤子，白色短衫，刚要出门，父亲一挑门帘走了进来，上下打量着董树旺，开心地说：“好小子，够精神，有军人的气质！哈哈！”

“多谢您夸奖。”董树旺脸红了，低着头说。

“旺子，打今儿起，你就是一名能给咱家挣工分的社员了，挺直腰板，好好干，咱们老董家没有怂主儿。”父亲拍着董树旺的肩膀，鼓励着他。

董树旺大步跨出院门，又回过头来高喊：“爸爸，您和我妈都放心，我会好好干，绝不给董家人拉后腿！”

冯各庄大队部坐落在村西头高坡老槐树的西侧，宽敞的大院东侧连排的房子，是大队办公场所，西侧的院墙下，摆放着牛车、马车和耕地、播种、收割用的一应农具。西墙的隔壁就是马棚和牛棚，车把式每天都是把马或牛拉到大队院中套车、驾辕。老槐树下，是一片开阔地，用砖块砌成的长条砖凳围着老槐树，整齐地摆放着。这里，是大队平时召集开会和派工的场所。

董树旺敲开大队长王少山的房门，探着头说："王队长，我前来向您报到。"

"树旺来了，好！快进屋，还差一位，等人都到齐后，我给你们派工。"王少山嘴上叼着旱烟袋锅子，挥着手说。

董树旺走进屋，透过弥漫的烟雾，看见墙角处坐着的三位同学，兴奋地说："你仨都到了，我晚到了一步，以后咱们可又是同一个战壕的战友了！"

正说着，最后到的同学也推门而入，喘着粗气说："王队长，刘二柱前来报到。"

"二柱子，就差你了，快坐在这儿。"王队长手攥着烟杆，扭头指着身后的一个木凳子说。

王队长从办公桌后面的木椅子上站了起来，将烟袋锅倒着在桌角"当当"磕了两下，嗽着沙哑的嗓子，说："欢迎你们五位青年来大队上班，从今儿以后，你们就是咱们大队的社员了。这阵子正赶上抢收抢种的三夏大忙时节，你们都是我瞧着长大的，个顶个的机灵，春夏秋冬一年四季，田庄地头都有啥活计，想必你们也都清楚。咱们村里人上的学少，读的书也没几本，都是粗人。你们高中刚毕业，有知识有文化，咱们村的发展进步就指望你们这些有学问的年轻人了。"

王队长又坐回原处，将旱烟袋杵进烟袋里，按了按再拔出来，用火柴点着烟，吧嗒吧嗒嘬着，那呛人的土烟从鼻孔中喷射出来，向上缓缓地升腾。

王队长又嘬了几口烟，吐着烟圈说："咱们村里有句顺口溜，叫'四大累'，你们谁知道是哪四大累？"

五个年轻人互相对视着，停顿了一会儿，都不约而同地把目光转向了董树旺。董树旺不慌不忙地说："这四大累我们都听说过，就是挖河、筑堤、拔麦子、脱坯。意思就是说，在咱们农村干这几样活儿是最累的。"

"树旺说的对。"王队长用烟锅敲着桌子，说："这四大累，在咱们村都遇得见，你们要有思想准备，只有经受了这四大累，才真正是个庄稼汉子。"

"队长您放心，我们经受得住。"

"您放心，我们受得住！"

年轻人大声地说着，都从凳子上站了起来。

王队长示意他们坐下，高兴地说："咱们村里的年轻人都是好样的，我信得过你们。"

王队长将烟袋放到桌子上，说："不过，这四大累的活儿，现在都没有，拔麦子的活儿十天前就干完了。如今最要紧的是麦子已经运到了场院，要趁着好天儿把麦子摊在场里凉晒、晒干，拿着木杈子翻麦子，将麦穗晒得咔咔响。虽说大部分麦子都用脱粒机，但是为了确保今年的好收成，一部分麦子还要靠牛拉着碌碡（liùzhou）一圈一圈地碾轧，就是要跟老天爷赛跑，土洋结合，在雷雨到来之前上囤收仓。这些天村里的壮劳力都在场院里忙活着呢，你们几位来得正是时候，都去场院晒麦子。"

王队长眯着眼，扫视着眼前的年轻人，说："你们几个，穿戴得太整齐了，不适合下地干农活儿，我给你们一个钟头的时间，都回家去换薄的、短的衣服。"他抬头看了一眼墙上的挂钟，说："现在是上午七点一刻，八点一刻之前，拿着木杈子，都到场院集合。树旺平时在学校就是班干部，这五个人里你是小组长，带着他们一起干，等过几天把麦子抢进仓了，我再给你们分工派活儿。快回家吧，一个钟头后场院见。”

村南头的场院里，一座座麦垛堆成了小山，麦垛的东侧，脱粒机的轰鸣声和飘散的麦灰笼罩着整个场院。脱粒机后面的社员们排成了长龙，向脱粒机传送着已晒干的麦子，脱出的麦粒，顺着输送带流到空地上，人们手握铁锹和簸箕，围在麦粒堆旁，装袋、入仓。那热火朝天的劳动场面，宛如硝烟弥漫的战场。

麦垛西侧，是一片平坦的开阔地，烈日下，成群结队的社员们头戴草帽，肩搭着毛巾，手握木杈子，秩序井然地翻挑着晾晒的麦子。不远处，几只老黄牛被人牵引着，拉着碌碡，在已晒干的麦子上一圈一圈地碾轧。

随着挑麦子的人流，董树旺双手握着木杈干了起来。

“旺子，你咋来了，不是还没放假吗？”一位黝黑的中年人将木杈戳在地上，直了直腰，用好奇的目光盯着董树旺。

董树旺抬起头，向前翻挑着麦子，说：“王叔您好，我已经高中毕业了，今儿是头一天上工。”

中年人拽下肩上的毛巾，擦着汗，笑着说：“都毕业啦？我说呢。这下子好了，你家里又多了一个壮劳力，给你爹挡呛了。”

过了一会儿，中年人将木杈扛在肩上，跨步来到董树旺身前，说：“旺子呀，我刚才瞄了会儿你，干活还是挺卖力气的，可有一样儿，你两手握杈的姿势不对，有些僵硬。握杈把儿的手攥得过紧了，这要是半天儿下来，你的双手就得磨出血泡，得不偿失了，你瞧着我。”

说着，中年人伸开双臂，两只手上下握住杈把，左腿弓右腿绷，将麦子挑起来上下翻飞。他又直起身回过头说："像我这样干，双臂用力，两只手放松，既省力又出活儿，手就不会磨出血泡了。"

"好，听王叔的，照着您说的做。"董树旺答应着，重新调整姿势，用心体会着中年人的示范，迈步向前挑晒着麦子，感觉身心都轻松了许多。他扬起头，中年人正微笑着看他，"好小子，有灵性，一学就会了，加油干吧，记住喽，干农活用的是巧劲儿，光用蛮力不行。"

董树旺挑晒着麦子，紧走几步追上了中年人，谦和地说："多谢王叔了！您既是长辈也是我师傅，以后的庄稼活儿还靠您多指教。"

中年人稳步向前，笑着说："好，只要你想学我就教你。庄稼活儿也没啥神秘的，比你在学校学的语文算数容易多了，一学就会。"

打麦场上突然多了这几位刚毕业的年轻人，社员们投来新奇、关爱的目光，干着活说笑着交谈起来。整个打麦场在酷热的骄阳照射下，伴着脱粒机的轰鸣声和社员们的欢笑声，呈现着一派繁忙、热闹的景象。

几天下来，董树旺已融入到晒麦、脱粒农忙的队伍里。他和社员们一起坐在麦垛的阴凉里，看着像小山一样黄澄澄的麦粒都赶在暴风雨到来之前，安安稳稳地归仓入库，他那被太阳烤晒得黝黑的脸庞露出了幸福的笑容，疲惫的身躯顿感轻松和舒畅。

这时，王队长乐呵呵地来到麦垛前，冲着正在休息的社员们说："老少爷们儿，兄弟姐妹，这些天为了抢收咱们得来不易的麦子，大家没白天没黑夜地干。今儿个算是收枪入库马放南山，完事大吉了！天王老子就是下上十天半月的大雨咱也不怕了。大队部刚给大家伙儿熬了绿豆汤，又从地里摘了一车大西瓜，一会儿就送过来。等大伙儿吃饱喝足了就都回家歇着去，给大伙儿放两天假。我看这天儿呀，云彩越来越厚了，这八成呀大雨也等不过今儿夜里了。老婆孩子热炕头，都足足睡个大觉，歇歇身子骨，两天以后都到大队部老槐树下重新派工。”

王队长的话音刚落，人群里传出欢快的叫喊声：“老婆孩子热炕头喽！”“大雨呀，你就下吧，下它七七四十九天！”“哈哈”……

不出王队长所料，当天的午夜时分，电闪雷鸣，倾盆大雨就哗哗地下了起来。

董树旺躺在土炕上，伸展着劳累酸痛的腰肢，又困又乏，在那狂风暴雨中进入了香甜的梦乡。

天亮了，下了一夜的大雨终于停了下来。董树旺从小就养成了早起的习惯，洗漱完毕后，脚踩着泥泞的路面，将西厢房储备的干柴抱到灶台前，帮助母亲烧火做饭。

吃完了早饭，他背起竹筐，卷着裤腿，对正在厨房收拾碗筷的母亲说：“妈，这两天队长放了我们的假，趁着没事儿我去运河边上割些猪草。”

“这几天你也够累了，瞧把你这脸晒得，又红又黑，早去早回，河边的路更滑了，多加小心，可别掉河里去。”母亲探出头来，笑着叮嘱。

“妈，您放心吧，我是运河边儿长大的孩子，从小就在河里泡着，您就放心吧！”董树旺笑着，走出大院，在雨水冲刷过的泥土路上深一脚浅一脚，直奔北运河岸边走去。

河岸边上的杂草丛，经过一夜大雨的冲刷显得更加茂盛，颗颗水珠镶嵌在翠绿的草叶上泛着晶莹的光。几只蚂蚱从草棵子里蹦出来，向远处的牵牛花丛里飞去，绿背白肚，瞪着圆鼓双眼的青蛙，趴在碧绿荷叶上“呱呱”地叫个不停。一群野鸭子看见了岸边走来的董树旺，扑打着双翅，鸣叫着向远处游去。董树旺站在绿草丛中，凝望着滚滚奔流的运河美景，伸开双臂，大口呼吸着清香湿润的空气，尽情享受着醉人的芬芳。

他放下竹筐，伸手从竹筐里拿出镰刀，蹲在杂草丛中，左手拢着草叶，右手握着镰刀把儿，刀刃贴着草根，一刀一刀地割了起来。那“唰唰”的割草声，伴随着蛙叫与蝉鸣，顺着微波荡漾的河面，缓缓地向远方飘去。

忽然，从村里的高音喇叭里传来一阵清脆高昂的歌声：

长鞭哎那个一呀甩吔，
叭叭地响哎，哎嗨咿呀。
赶起那个大车出了庄哎哎嗨哟，
劈开那个重重雾哇，
闯过那个道道梁哎，
哎嗨咿呀哎嗨咿呀，
哎嗨咿呀哎嗨咿呀，
要问大车哪里去吔，
沿着社会主义大道奔前方哎。
……

一段电影《青松岭》插曲过后，高音喇叭里又传来了大队长王少山粗声粗气的喊话声：“社员们注意啦，暴风雨刚过，各家各户要查看一下自家的房屋、电线，一定要做好防漏水、漏电工作。这场大雨只是刚刚开始，更大的暴风雨还在后头，大家要提高警惕，抓革命，促生产，一刻也不能放松。”

高音喇叭停顿了一下，王队长接着说：“下面，广播一个通知：

董树旺，董树旺，听到广播以后，马上到大队部来，马上到大队部来一趟，我有事要和你谈，有事要和你谈。”

高音喇叭的余音仍在运河水面上徘徊、回荡……

二

听到王少山队长的召唤声，董树旺将刚割下来的几堆阔叶草装进筐里，自言自语：“今儿个不是放假了吗，咋又招呼上了？还用高音喇叭喊，看来有啥急事，赶紧回去吧。”他背起半筐猪草，弯腰卷了卷垂下的裤腿，双手揪着杂草棵子爬上河堤，迈过一棵被狂风刮倒的柳树，在泥洼地上踉跄着身子，直奔大队部而去。

大队长王少山办公室的大门敞开着，土烟叶子的辛辣、苦涩、刺鼻的味道随着烟雾一同冒了出来。董树旺将半筐的猪草放在门外的石阶上，迎着呛人的烟味，咳嗽着迈进屋来。

王少山招呼着董树旺：“树旺，快坐，我刚打开门放放烟味，别介意，你大叔没别的本事，就好这一口。哈哈！”

董树旺坐在王少山的对面，笑着说：“瞧您说的，您若是没本事，能坐在这宽敞的办公室当大队长吗？这烟味我也闻习惯了，我老爹焊着铁活儿，嘴里还叼着烟袋锅子呢。”

王少山掸了掸桌面上的烟灰，望着董树旺说：“旺子，今儿一大早就去家里找你，董大嫂子说你去运河边割猪草了。大老远的，路又滑，我懒得去河边找你，就用高音喇叭把你喊回来了。不过你别紧张，我给你派个急活儿，也是好活儿。”

王少山端起大把缸子，喝了一口，又放回原处，说：“咱们村分为两个生产队，每个生产队都有三辆大马车，一队有个车把式叫兰全喜，你知道他吗？”

董树旺睁大眼睛，高声说：“他我还不知道！村里人都叫他‘兰四’，外号‘钱广’，我得管他叫兰四叔。”

王少山向前探着身子：“你这个兰四叔可不一般，有人说他脾气暴躁，酗酒打架闹事。其实是个胆大心细、有学问、行侠仗义、有一手好活儿的车把式。”

“是的，这些我都听说了。我还知道他最喜欢小男孩，赶马车若是路上遇到放学回来的小学生，他准是把车停下来，先让孩子们过去，还送给孩子们糖果、饼干吃。村里的孩子也都喜欢他，爱和他逗。兰四叔平时总是穿一身蓝色裤褂，头戴蓝色帽子，那气质、打扮，可像电影《青松岭》里那个钱广了。有一次，我看到兰四叔从外边拉活儿回来，刚到村口就被一群放学的孩子围住了，追着大马车高喊：‘钱广赶大车，给我拉点货，榛子辣椒还有蘑菇，钱广的老婆七姑说，为什么要给他捎山货，钱广说老娘们家家的管得倒挺多。’兰四叔赶着马车，不但不生气，还哈哈大笑着把马鞭子一扬，在天空‘叭叭’抽得山响，那群孩子乐得前仰后合，喊得更带劲了。”

王少山被董树旺的描述逗得哈哈大笑，顿时又严肃起来，说：“先别说钱广老婆了，兰全喜的老婆真的出事了。你兰四婶昨儿夜里顶着暴风雨到院子里遮盖她家的鸡窝，着了凉，中了邪风，嘴歪眼斜，一下子就病倒了。天还没亮，兰全喜就敲开了我家大门，红着眼圈，说了他老婆中风的事，向我请假，要赶着马车把他老婆送到河北省三河市燕郊镇他小舅子家。燕郊镇上有一位老中医，用针灸疗法，专治中风中邪的病。我立马就答应他了，看病是大事，耽误不得。”

“王叔您说的对，刚得的病，治得越早好得就越快。”董树旺站起来，急促地说。

王少山抬手按住董树旺的左肩，示意他坐下，说：“今儿一大早找你来就是为了这事，咱们村的人病了，有困难了，大队就得帮助解决。兰全喜赶大车拉活儿，得派个得力的人给他跟车。前几天是咱们村那个叫二愣子的给他跟车，笨手笨脚不说，还不听话，没少挨兰全喜的数落。二愣子倒是先急眼了，骂骂咧咧的，将铁锹往大车上一扔，说：‘小爷我还不伺候了。’你说这个二愣子，真是朽木不可雕呀。”

王少山站起身，将大把缸子推到桌角，说：“今儿个我找你来，就是派你给兰全喜跟车，他也向我推荐了你，说你是他从小看着长大的，人厚道又机灵。我当时也考虑，你是咱村团支部书记，干活勤快也舍得卖力气，就你最合适。”

王少山看董树旺有些愣神，说：“跟车这个活儿，在咱们村可是个美差，多少人想走后门干这个活儿都没赶趟，你就别嘀咕了，答应吧。”

董树旺回过神来，说：“我答应，多谢您对我的信任，您放心，我一定跟好车。”

“好小子，我知道你是个痛快人。好，你马上赶到兰全喜家，估计这钟点他已经把大车赶回家了，你帮助把他老婆送到燕郊，再跟着车到顺义木林镇，把白灰块拉回来。”

“好，您放心吧。”说着，董树旺冲出办公室，背起竹筐，先跑回家，将王队长派工跟大车的事向父母说了一声，顾不得停歇，直接跑向后街兰全喜家。

来到兰全喜家的胡同口，一辆三匹连排的马车已经停在兰家大门口的枣树下。兰全喜的大女儿大兰子正站在马车上铺着棉褥子，回头看见了董树旺，眯缝着笑眼说：“旺子哥，你来了！这回可要麻烦你了，我爸说一会儿你就会来的。”

董树旺快步走到大车前，将大兰子铺好的褥子两个边角向下抻了抻，问:“我四婶咋样了，好点了吗？”

大兰子红着眼圈，皱着眉，扶着车辕往下一跳，说:“嘴角还歪着呢，得赶紧送她去扎针灸，听说耽误的工夫大了就扎不过来了。”

董树旺安慰着说:“别太着急，听说燕郊那个老中医医术高强，针到病除，婶子得的这个病，到人家老中医手里就是小菜一碟。”

“树旺来了，快帮我把你婶子搀到车上。”兰全喜右臂挽着妻子的腰，左手拿着枕头，微笑着说。

董树旺跨步向前，双手抬着病人的肩膀向铺好褥子的车板上送去，病人顺势一歪，斜躺在车上，歪着嘴说:“旺子，不好意思，给你添麻烦了。”

董树旺将病人的背抬起来放平，说:“婶子，您别客气，躺好喽。燕郊离咱这儿也不太远，到大夫那儿扎上针，您这病就好了。”

病人用右手捂着嘴，将枕头拽了拽，开心地说:“还是旺子会说话，听你这么一说，我的病就已经好三成了。”

一切准备妥当，兰全喜将马缰绳从枣树上解开，将马车顺直，准备上路。

“树旺，你先上车，坐在你婶子头前，照顾着。大兰子，在家里照顾好奶奶和小兰子，傍晚我就回来了。”说着，兰全喜挥舞着马鞭子，朝天空一甩，“啪啪”两声，“驾！”，红棕马驾着辕，前腿向前蹬踏着路面，两匹在前面拉套的白马昂起头拉紧套，嘶嘶地吼了两声向前奔去。那三匹骏马的马蹄子踩踏在石子铺成的路面上，发出的“嘚嘚嘚”声和大车轱辘碾压路面的“隆隆”声混在一起，走出村东口，向北再向东，消失在远去的树影里。

兰全喜坐在车辕上，扬鞭催马，从国道上下来，左转，将马车赶上了潮白河西大堤。

“这下好了，顺着大堤一直往北走，再有一个小时就到白庙桥了。”兰全喜挥着马鞭子，掌着舵，侧过头对董树旺说。

董树旺扶着马车的车帮，目视远方，兴奋地说：“这潮白河大堤的路面还挺宽敞，马车走这样的路还挺顺畅的。”

“你别高兴得太早，昨儿夜里刚下了一场大雨，这堤面又是土路，说不准前面哪段路就被雨水冲坏了。你攥住车帮，扶好喽，照顾好你婶子。”兰全喜的话还没说完，“嗵”的一声，车轱辘陷进被雨水冲塌的路面上，整个车身在马的拉力下向上蹦跳着摇晃起来。兰全喜拉紧车闸，将马鞭子向下一挥，“吁（yū）！”三匹马顿时静止不动，停了下来。董树旺身子一歪，差点从车上摔下来。他右手紧握着车帮，身子向后猛地一倾，左手扶住正随车身晃动的病人，浑身冒着冷汗，望着病人说：“四婶，您没事吧？”

病人歪着嘴说：“没事，吓了我一跳，全喜，你加点小心！”

兰全喜跳下马车，低头看着车轱辘下的陷坑，自言自语：“真够笨的，咋就把雨后土路会塌陷打滑的事给忘了呢？”他拽着马缰绳，将马鞭子插在车辕上，冲着病人说：“老婆子，委屈你了，是我心太急了，只想着抄近道儿。没大事儿，你放心在车上躺着，这条路我走不是一回了，就凭我兰四多年的老把式，定是马到成功！”

“你别瞎吹了，好好赶车。”病人叨咕着。

“老婆子你躺好喽，树旺，你先下车，到车后边抄一下车帮，咱们接着走。”

董树旺答应着，跳下马车，跑到马车的后边，抄着车帮说：“四叔，您赶车吧！”

“得嘞，驾！”兰全喜松开车闸，抄起马鞭向空中“叭叭”抽了两鞭，只见那三匹骏马昂头蹬蹄用力前拉，“轰”的一声，马车从塌陷的泥沟里蹿了上来，向前猛走几步，兰全喜“吁”了两声，将马车停住。

“树旺，上车，咱们接着走。”

“得嘞！”董树旺擦着汗，一个箭步蹿上马车说：“四叔，您这位车把式还真行！”

兰全喜挥着马鞭子，马车继续前行，“瞧你说的，这才哪儿到哪儿呀！”

马车在大堤上奔驰着，大堤两侧的棵棵杨树被马车甩在身后，树影在眼前一闪而过。刚被大雨冲洗过的大堤两旁的绿树、花丛芬芳吐艳，宽阔的潮白河水急湍地流淌着。不远处，几只小船在河中游动，船上的打鱼人正在布网圈鱼。几十只鱼鹰，有的落在船帮上，有的跟在船的身后，不时地甩头、潜水，追捕着水中的游鱼。董树旺坐在马车上，欣赏着潮白河的美景，暗自高兴起来，说：“四叔，真是太感谢您了。若不是您推荐，我就没这个机会跟您走这么远的路，看潮白河的美景呀！”

兰全喜也高兴地大笑起来，说：“你小子，自从你光着屁股满街跑的时候，我就喜欢你。你爱学习，还聪明，我是看好你了。再说了，从你爹‘铁善人’那儿说，他可没少帮我家的忙，这些年我家的锅呀、缸呀、炉灶的烟筒呀，甭管是哪儿出了毛病，都是你父亲给补补焊焊的，从来没要过一分钱。你说这些恩德我咋报？”

“四叔，这些都是应该的，您别总记挂在心上。”

“不挂在心上咋成呀，不知道感恩那还是人吗？”

“四叔，您看好喽，前边有个大弯儿”。董树旺双眼紧盯着前方，高喊。

兰全喜挥着鞭子，矫正着马车的方向，说：“放心吧，我早看着那。”

拐过一道弯，前方又是平直宽敞的路面。兰全喜将鞭子又插回车辕子上，从腰间抽出烟袋，装上一锅土烟末，点着火柴，“吧嗒吧嗒”嘬着，吐着烟圈，说：“树旺，再往前走，就到了宋庄公社的地界，你看这地面都是沙土地了，那些村的土质都是沙子的，吃水，渗水又好，剩下的大堤路就一马平川了。”

看着眼前宽敞干松的沙土路，坐在平稳的马车上，董树旺的心情放松了许多，他长出了一口气，说：“四叔，我刚给您跟车就赶上了外出，好多跟车的规矩我都不知道，您可得多教教我呀。”

兰全喜将嘴里的烟袋拔了出来，笑着说：“我知道你是有心眼儿的孩子，脑袋瓜子灵，又肯学习，只要用心去学去做，几天的工夫就都学会了。咱就先说你跟车吧，首先得把赶车的活儿弄明白，那你才能配合好我这个车把式，把活儿干好。”

马车继续前行，兰全喜直了直身子，手指着大堤左侧说：“你看左前方那片红瓦灰墙的房子，就是沙窝村建起来的新址。原来的老房子几年前被一场大水冲垮了，你看那些沙土包子，原来可都是住家，如今都泡在水里了。我本家一个叔伯兄弟，就住在那片新房里，逢年过节我都去看望他老娘。沙窝村的蒸窝瓜、蒸红薯和菜瓜最出名，因为都是沙土地里长出来的，吃起来又面又沙还甜。去年我买了他们村一车的窝瓜、红薯，到了咱们村，嘿，一抢而空。”

兰全喜甩着马鞭，开心地笑着，又扭过头看着董树旺，说：“刚才我说了，要干好跟车这个活儿，你得先学会赶大车。要善待给你拉车的马，和它们做朋友。还得有德行有良心，把人做好。咱先说赶马车吧，一个好的车把式，控制好车最重要。这么说吧，想让马靠左边走，就要把马鞭子梢垂在马的右侧，想让马靠右边走，就要把马鞭子梢垂在马的左侧，如果你对马走得满意，就把鞭子收回朝后扬起来，如果不满意，你就打马的屁股。”

董树旺认真地听着，问：“赶马车还有这么多的规矩？”

“那敢情，我说的这些你得记住，学会，万一我这个车把式途中出现了啥情况，赶不了车的时候，你这个跟车的要把马鞭子接过来，能把马车赶回大队部。”

董树旺认真地听着，双眼紧盯着兰全喜，说：“哎呀，这跟车的责任可大了，还真不能马马虎虎，您得把那些本事都掏出来告诉我，我赶紧学会喽。”

兰全喜仰头大笑，“这就对喽！这只是基本技法，其他的咱们干中学。还有一点我得先跟你说清楚，就是人品问题。我这个人是有点坏脾气，比如说我若是看谁干活儿、做事情不顺眼的话，张口就骂，有时控制不住还伸手打人。可我这也是对他们好，是恨铁不成钢。村里有的人说我酗酒、撒酒疯，这个我也买账，谁让我古书看多了找不着知音，没有说话的地方呢，那就借酒发泄一下情绪呗。可我今儿个告诉你，尽管我爱喝酒，可在外出赶车拉活儿的时候是滴酒不沾的。老车把式都知道这句古话，叫‘赶马车的人，前面是马王爷，后面是阎王爷，不知道哪一天，就把人送进阎王庙’。这马王爷指的前面拉套的牲畜，阎王爷说的就是这车底下的两个大车轮子。车把式若是把握不好这马鞭子，说不准啥时候就出事故，那可是人命关天呀！一板一眼，一点儿都马虎不得。”

“全喜说的在理儿，树旺你这孩子年轻啥都得上心，多学着点，免得将来遇事受瘪。”病人躺在大车上，应和着。

“四婶，我知道了，您躺好。”董树旺答应着，回手将病人身上盖的夹被向上抻平、盖好。

兰全喜回头看了一眼夫人，说：“你好好躺着吧，过了沙窝就是师姑庄、北刘庄、摇不动村，到了白庙村一过大桥，咱就到燕郊了。”

兰全喜挥动着马鞭，“驾！”那三匹马拉紧绳套，马车加快了速度，向前飞奔。

“前些年破四旧，烧毁了不少古籍古书，真是太可惜了。当时我没管那一套，把家里收藏的古书放在一个木箱里，都藏进家里的菜窖了。我家里有一本明朝人冯梦龙写的《警世通言》，书中写了一个小故事：春秋时期，齐国宰相晏婴乘车外出，他在车上温良谦恭，而他的车夫挥动鞭子策马而行，意气扬扬，甚为自得，车夫的妻子瞧见后回家劝车夫不要那样扬扬自得，仗势欺人，车夫第二天就立即更正自己的态度，晏婴认为他是可塑之才。这个故事就是告诉你如何做人，不管你是车把式还是跟车的或者是从事其他行业，都要夹着尾巴做人，宽厚待人，助人为乐。《易经》里也说了：天行健，君子以自强不息；地势坤，君子以厚德载物。这才是做人的正道。”兰全喜语重心长地说。

“四叔，您看河对岸，那冒着白烟的高塔，那大片房子，那儿还有一大群人，真热闹，这是哪儿呀？他们在干啥？”董树旺兴奋地张开双臂，手指着河对岸，高喊起来。

兰全喜仍直挺着腰板，看着前方，卖着关子说：“那不是高塔，是酿酒用的大烟囱，那可是我的最爱！你问那是哪儿？到时候就知道啦。哈哈哈！”

三

兰全喜拉住马缰绳，让马车的速度逐渐慢下来。回过头高喊：“兰子妈，前面就是白庙桥了，跨过了潮白河，咱就到燕郊镇了。”

说着，他左手举着马鞭子，右手拽住马右边的缰绳“喔喔喔”，马车缓慢地从大堤向右转到白庙大桥上，“驾！”再一挥鞭，那马车加快了速度，车轮在桥面上飞速转动。

一会儿的工夫，马车跨过了大桥，走上宽敞平坦的石板路。兰全喜放下马鞭子，手指着前方笔直的公路说：“咱们从大桥上过来，就到河北省三河市地界儿了。树旺，你刚才在河堤路上看见的高大烟囱是燕潮酩酒厂。我最爱喝的就是燕潮酩，我那个小舅子知道我爱喝这口儿，逢年过节来看他姐姐，专门给我带上几坛子。你看见的那些来来往往的人群，是燕郊镇的集市。不知是何年定下的规矩，每逢阴历的一、四、六、九，就是燕郊开集的日子。一和六是大集，四和九是小集。这十里八乡的村民和商贩都过来赶集，可热闹啦。我小舅子就住在集市那条街上，他开了一个杂货店，前院开店，后院住人。你说怪不怪，咱们村那边割资本主义尾巴，割的是干干净净，看人家燕郊的集市，照开不误。呦，咱们到站了。”

说话间，马车已经来到了燕郊大集的街口。兰全喜从车上跳下来，拉着缰绳，让马车缓慢前行，避让着赶集的人流。马车在杂货店前停了下来，兰全喜刹住车闸，董树旺也从马车上跳下来，拽着前面两匹马的缰绳，以防伤着路人。

“姐夫，你咋来了？”

听到喊声，兰全喜抬起头，笑着说：“柱子弟，唉，别提了。你姐姐昨儿夜里被大雨淋病了，着凉受风嘴歪眼斜。急着赶来请咱这儿的名医蒋大夫给扎几针。”

病人拽着车帮，一翻身坐起来，捂着嘴说：“柱子，真倒霉，我都没脸见人了。”

柱子跑到姐姐身边，搀扶着下了车，说：“姐姐你别害怕，着凉中风，这在蒋老爷子那儿是小病，几针下来就没事了，快进屋歇会儿吧。”

兰全喜将马车赶到杂货店的后院，将驾辕的马缰绳拴在木桩上，拉上车闸，带着董树旺一起回到杂货店里，搀着夫人，说：“柱子弟，你先忙着，我扶你姐姐先去看病，蒋大夫的诊所我也去过，没几步路的事儿。”

“好，姐夫，先给我姐姐看病要紧。过一会儿宝子妈就回来了。”

兰全喜搀扶着夫人从杂货店出来，穿过马路，又过了一条街，来到了蒋氏中医诊所。

兰全喜将夫人交给董树旺：“树旺，搀着你婶子，我先进去和蒋大夫打声招呼。”说着，向前走了两步，躬身迈进诊所大门。

蒋大夫正低着头给一位患者扎着针灸，兰全喜没敢打扰，侧身站在边上等候。

蒋大夫将针灸埋好后，直起腰，抬头看见了兰全喜，笑着说：“全喜来啦，有些日子没见了，你的腰还疼吗？”

“蒋大夫好，自从上次您给扎了几针后就全好了。可我夫人又病了，她昨儿夜里中风了，嘴歪眼斜的，这就着急忙慌地跑过来请您给治治。”

蒋大夫寻视着问：“人呢？”

“人来了，在外面候着呢。”

“快让她进来，别耽误了。”

兰全喜迈出大门高喊：“树旺，快把你婶子搀进来。”

“好嘞！”董树旺答应着，搀扶着病人走进了诊室。

蒋大夫坐在诊桌前，示意病人坐在对面：“把右手伸过来。”

蒋大夫号着脉，双目扫视着病人的面部。过了一会儿，将手抬起来，说：“没大事，就是着了凉又受了风，再加上有点心火，血脉一时拥堵，上扰到脸部，这才导致嘴歪眼斜。来，坐在靠里的那张诊床上。这位小伙子，你过去，扶住她的双肩，扎第一针的时候会有点疼。”

说着，蒋大夫从诊箱里抽出一枚半尺长的银针，左手扶着病人的前额，将右手捏着的银针朝着百会穴位就扎了进去。病人身子一抖，“哎哟”一声，晕了过去。

“小伙子把病人扶住了别动，没关系的，再扎一针就醒过来了。”蒋大夫又从诊箱里抽出一枚更长的银针，朝着病人头上的百会穴位又扎了进去，捏着银针的手指不停地捻动。

兰全喜双手紧攥着夫人的胳膊，不知所措，浑身吓出一身冷汗。

蒋大夫轮换着捻动两枚银针，看着兰全喜冒汗的脸，笑着说：“全喜，你别紧张，你若是也被吓晕过去了我还得再扎你几针，哈哈！好了，你再看看她的脸，嘴和眼睛还歪吗？”说着，将两枚银针拔了出来，用酒精消着毒：“大侄媳妇，把眼睛睁开吧，没事了。”

真是神奇，病人好像做了一场梦，听到蒋大夫的叫声，睁开双眼。兰全喜正在惊讶地盯着她，高声说：“兰子她妈，你的嘴不歪了，眼睛也不斜了！蒋大夫真是神医呀，太感谢您了！”

董树旺也探过头，看着病人，高兴地说：“婶子，您的病真的好啦！”

病人半信半疑，将手捂在脸上，上下抚摸着，真的和平时一样的感觉。眼泪唰的一下流了出来，哽咽着说：“全喜，真是活菩萨下凡了，给蒋大夫磕头。”说着，从诊床上站起来就要下跪。

蒋大夫托住病人的胳膊，说：“这可使不得，治病救人是我的本分，刚扎完针，不能太激动。你坐在这儿，听我跟你说。”

兰全喜扶着夫人，又坐到诊床上，蒋大夫将两枚银针放到诊箱里，回过身，说：“这两针下去虽说把你的嘴和眼都矫正过来了，但还要再扎两个疗程才能彻底治好，需要两周的时间。”

兰全喜说：“是，听您的，她就不回去了，住在我小舅子家。”

“姐姐，我接你来了。”

“弟妹，你这么早就回来了。”

“我办完事刚到家，听柱子说你到蒋大夫这儿看病来了。”

“唉，就是昨儿夜里那场暴风雨闹得我是嘴歪眼斜的，别提多倒霉了。”

兰全喜搀着夫人，说：“得得得，你姐俩到家里去唠吧，别耽误蒋大夫看病。弟妹，先把你姐姐搀回家，我去交费结账。”

“得嘞，姐姐就交给我了。姐，老想你了，回到家咱姐俩好好唠唠。”

兰全喜结完了账，又来到蒋大夫面前，鞠着躬说：“感谢您治好我媳妇的病。我先回去了，下两个疗程还靠您多关照，下次再来看您。”

蒋大夫继续给其他病人诊着脉，说：“两周后见。”

兰全喜和董树旺告别了蒋大夫，回到柱子的杂货店。

柱子正在店铺前等候，迎着他俩说：“姐夫，这个点儿已到中午了，咱仨去燕郊饭馆吃饭，有些日子没见了，可想和你聊聊了。那个饭馆重新装修的，就在马路对面，两个月前刚开的业，他家的京东肉饼可是一绝。我姐姐你就甭管了，让她姐俩黏糊去吧。”

兰全喜笑着说：“这一来又让你破费了，等先把马料喂上，我俩就跟着你去吃饭。”

“瞧姐夫说的，太客气了。我早盼着你来，上次和你说的事也没个回音呢，等饭桌上说吧。两坛子燕潮酩也备好了，走的时候想着带上。”

来到燕郊饭馆，屋子里已坐满了人，穿着一身白工作服的中年人笑着迎过来，招着手说："柱子兄弟，来客人啦？里面有空座，请进。"

柱子向里走着说："曹兄，今儿客人可是满座呀。"

"可不嘛，都是赶集人，您瞧这大集不是刚散嘛。您三位就坐在靠墙那桌吧，那儿清静，说话也方便。"

"得嘞，多谢啦。"柱子答应着，先请兰全喜和董树旺入座，自己拿着茶壶，走到服务台，沏了一壶菊花茶，点了二斤肉饼，三碗绿豆粥，三碟小菜，付完钱提着水壶回到桌前，说："姐夫，还得赶大车，我就不给你买酒喝了，等晚上回到家自己喝吧，哈哈。"

兰全喜也乐了，说："外出赶大车，滴酒不能沾，这你是知道的。"

"这么半天了，姐夫还没给我介绍这位客人呢。"柱子看着董树旺说。

"他叫董树旺，是给我跟车的。高中刚毕业没几天，他可是个好小伙儿，我点名要的他。"兰全喜笑着说。

董树旺站起来，笑着说："我是给兰四叔跟车的，给您添麻烦，多谢了。"

柱子笑着说："到这儿来，就是到家了。还客气啥？一家人不说两家话。"

兰全喜直着身子，指着对面墙上的大画问："柱子，我刚瞄了一眼墙上那幅画，看那苍劲老辣的笔墨，气韵不凡，绝不是一般人画的。"

柱子歪着头，看着墙上的画，说："姐夫还有这雅兴？我可是一窍不通。这么着吧，一会儿等上菜的师傅过来，咱们问问他，这画是谁画的。"

正说着，一位白净的年轻人端着肉饼和小菜来到桌前，小心翼翼地将饭菜摆放在桌子上，说："三位客人，您请慢用。"

兰全喜说："小兄弟，跟你打听个事儿。你家墙上挂着的那幅画，知道是从哪儿弄来的吗？是谁画的？"

年轻人看着兰全喜，笑着说："您这算是问对人了，不光是这幅画，饭店里里外外墙上的油漆彩画，都是我们饭馆刘永增老爷子画的。这老爷子可不一般，听说从北京荣宝斋下放回到老家高楼村，饭店开张前刘书记把老爷子请过来画的这些画，开业后刘书记就把老爷子留在这儿了，平时在后厨帮帮工，把老爷子养起来了。"

董树旺也来了兴致，高兴地说："兰叔，咱们村裱画厂有三位老师傅，听说也是从北京荣宝斋下放回来的，他们还可能认识呢。"

兰全喜兴奋地说："对呀，裱画厂就在你家隔壁，平时我常去和裱画师傅聊天，好多书画方面的知识都是从那里听来的。小兄弟，能把那位老先生请出来见个面吗？老先生的笔墨功夫真是了不得呀！"

年轻人自豪地说："应该没问题，老爷子平时对我们可好了，他学问大得很，但从不吹牛，很低调。你们先吃饭，一会儿我去后厨跟老爷子说说。"

柱子拍着年轻人的肩膀说："得嘞，多谢。"

望着年轻人的背影，柱子说："姐夫，咱们先吃饭吧，过一会儿肉饼凉了吃着就不香了。"柱子抄起筷子夹起一块肉饼送到董树旺餐盘里，"树旺，初来乍到，你先吃。"回手又将一块肉饼夹给兰全喜，"姐夫，你也吃吧。"

正说着，年轻人走过来，高兴地说："老爷子答应了，他刚从宿舍回来，说从河西来了个学画画的，还在他宿舍里画画，老爷子是过来给那个学生买肉饼，等把肉饼送过去就来见你们。"

柱子说："好，那咱们先吃饭，边吃边等。"

兰全喜咬了一口肉饼，咀嚼着说："嘿，这京东肉饼做得真地道，那叫一个香。”他看着董树旺，问：“树旺，你和裱画厂那三位老先生熟吗？”

董树旺放下筷子，说：“我上小学的时候他们就来咱们村了，听说咱们村的裱画厂是荣宝斋唯一定点加工厂。那三位老先生原籍都是咱们村的张姓兄弟，他仨的名字叫张志镛、张志贤、张志广。裱画厂门口有一块大空场，小的时候，我们一群孩子常跑到大门口的墙根儿底下玩弹球、摔元宝、抽汉奸、推铁环，女孩子在空场上踢毽子、跳皮筋，可热闹了，厂门里边是不准我们进去玩的。”

正说着，年轻人将刘永增先生带到餐桌前说：“刘爷爷，就是他们三位，想见您。”

看到这位温文儒雅、和蔼可亲的老画家，三个人不约而同地站起来。“刘先生您好！打扰您了，是您墙上的画感动了我，您快请坐。”兰全喜恭敬地把刘永增让到座位上。

刘永增看着他们，温和地说：“谢谢，听说你们对画感兴趣，真难得。这些年都破四旧立四新去了，谁还有心思看画呀。你们是哪里人呀？”

兰全喜说：“我们从河西来这里办点事儿，这位是我内弟，在燕郊集市上开了个杂货店，是他请我俩来您这儿吃饭，正好看见墙上的画，一打听是您画的，真是遇到高人了。”

刘永增看着董树旺说：“这个俊小伙儿还在念书吧？得多读书，啥时候也离不开文化。”

董树旺又站起来，恭敬地说：“能见到您这位老画家是我的荣幸，我家是通县郎府冯各庄村的，高中刚毕业。”

刘永增点着头，说：“河西宋庄公社大邓各庄村有一个小伙子，他还在师姑庄中学读书，喜欢画画，看着比你小两三岁，常来找我学画画，刚从我这儿回去。”

董树旺说："您还教学生呀？"

刘永增说："我以前在北京荣宝斋修补字画，平时也画几笔画，十年前下放回到老家高楼村，离这儿倒是不远。闲着没事，就为乡里乡亲们画些油漆彩画。也没教啥学生，你说这年头的孩子连书都不念，更别说学画画了。"

顿了一下，刘永增兴奋起来，说："还别说，大邓各庄这个孩子也是在这儿找到我，非要跟我学画画。上一次他来找我，正赶上下大雨，他夹着一卷画，头戴草帽，光脚蹚着泥水，顶着雨，走了三个多小时的路。这孩子有出息，将来前途不可限量。"

说着，刘永增看着兰全喜："看你像个文化人，在哪儿高就呀？"

兰全喜忙说："刘先生您过奖了，我只是个赶大车的车把式，没读过几本书。一会儿去木林拉白灰。我们冯各庄有个裱画厂，厂里有三个裱画的老师傅，也是从荣宝斋下放回村的，如今还在厂里干着，也带了几个徒弟。"

刘永增说："那几年不少老伙计都下放回老家了。这老哥仨在家乡还能干着老本行，可真是不容易。裱画是个手艺活儿，如今也快失传了。我叫刘永增，回去后代我问他们好。"

董树旺笑着说："裱画厂就在我家隔壁，一定把话儿给您带到。"

刘永增站起身，说："好吧，你们也吃完了，去木林还得走一阵子路，别耽误着，赶早不赶晚。"

他们都随着站起来，和刘永增道别。

刘永增意犹未尽，指着董树旺说："你是个一表人才的俊小伙儿，高中刚毕业，别松劲儿，还得学文化、学手艺，多读书。有句古话讲得好：'腹有诗书气自华，走遍天下都不怕。'你知道老鹰为啥飞得高吗？那是因为它的翅膀硬！"

董树旺认真地听着，点着头说："感谢您老的教导，我一定努力。"

从燕郊饭馆出来，兰全喜拍着董树旺的肩膀，笑着说："树旺，这趟没白来吧？遇到高人了。刘老爷子的话，你可别当耳旁风呀！"

"哪能儿呀？还得感谢您给我这趟外出的机会。"

柱子走在前面，回过头，对兰全喜说："姐夫，上次去你家说的那件事想好没？我这边你大可放心。"

"柱子弟，上次你走后，我和你姐合计了一下，是有些顾虑。若真是把我家那些鸡呀、鸭呀，瓜果梨桃啥的拉到你这儿卖，这要是被村里人知道了还不告我一个投机倒把的罪状，那我可就真成'钱广'了。树旺也知道，我们那边抓得紧，管得严，不像你们这儿，山高皇帝远，没人管。"

"姐夫，你还真说错了。燕郊离天安门直线距离只有30公里，河北省围着北京一大圈，只有燕郊离北京最近。"柱子说着，停下脚步，低声说："姐夫我跟你说，因为燕郊和北京只隔着一条潮白河，为了改变生活环境，许多原在外省市的国家级研究院所，大的机关事业单位都搬到燕郊来了。这里人才济济，藏龙卧虎。就这地界儿，北京管不着，河北省省会在石家庄，离这儿也远够不着。这儿呀，简直就是一个小香港。前些年破四旧立四新，割资本主义尾巴啥的，在这儿就是一阵风。你看这燕郊大集，依然是一年四季红红火火，风雨无阻。河西那些村的人过来赶集、做小买卖的多了去了。我说姐夫，我那个杂货店可是个挣钱发财的好店，只要你把货拉过来，我照单全收，货款两清。"

兰全喜还是犹豫着，摇着头说："不行，这可使不得。真要是犯了个投机倒把罪，甭说我这个车把式当不成，我全家在村里也抬不起头了。"

四

来到杂货店，柱子说："姐夫，我也不留你了，去木林的路也不太好走，听说那边还挺乱的，多加小心，抓紧时间赶路吧。我姐姐有宝子妈照顾着，尽管放心。刚才咱俩说的这个事儿你也再考虑一下，我也是想让你挣点活钱，贴补家用，让我姐姐和孩子们生活得宽裕些。等一下，把那两坛子燕潮酩放在车上。"

兰全喜答应着："好，我再琢磨一下，多谢我这位好弟弟，兰子妈就靠你俩照顾了，两周后就把她接回去。"

兰全喜赶着马车，往东穿过了燕郊大街，来到一个十字路口。他将马鞭子放在马的右侧，"喔喔喔"，向左拐到南北方向的石板路上。石板路被两侧茂密的树叶遮盖着，向前望去，是无垠的田野。三匹骏马也来了精神，车轮飞转着，那马蹄子的"得哒"声，伴着马脖子上清脆的铜铃声，穿过杨树林，向湛蓝的天空飘去。

过了一个小村庄，眼前是一马平川的开阔地。兰全喜扬起马鞭，"驾！"加快了车速。他眼望着前方，说："树旺，刚过去的这个村叫交界庄，前面就是顺义县地界了。咱们顺着潮白河东岸往北再走五十里地，才能到达燕山尾脉唐指山脚下的采砂厂。"

董树旺看着前方，说："兰叔，这可够远的，前面一片荒滩，咋一个村庄也看不见呀？"

兰全喜向天空抽着响鞭，马车在绿野中疾驰，侧过身说："前边的路是出了名的干八里，八里地之内一个村子也没有。听说日本鬼子打过来的时候，冀东抗日联军曾在周边的野树棵子里狙击过一个日本中队。顺着这条路再走四十里，都是焦庄户的地道控制区，电影《地道战》说的就是焦庄户。"

董树旺扬起头，望着远方，笑着说："兰叔，今儿这趟车真是没白跟，您知道的事咋这么多呀！”

兰全喜也乐了，说：“好嘛，你兰叔赶这么多年的马车，不是跟你吹呀，方圆百里，甭管是天上飞的还是地上跑的，甭管是人文还是地理，上下五千年的故事都在你兰叔肚子里装着呢，哈哈哈。吹的是有点大，不过十之八九的事能略知一二还是靠谱的。哈哈哈，驾！”

马车向前飞奔着，兰全喜来了兴致，说：“咱就说左边这条潮白河吧，你能把它的来龙去脉说清楚吗？”

董树旺说：“中学地理老师给我们讲过，这条潮白河是中国海河水系五大河之一，另外四条河是咱们家门口的北运河和大清河、子牙河、永定河。潮白河的上游有两条支流，一条叫潮河，是从河北省丰宁县向南流进密云水库；另一条叫白河，是从河北省沽源县向东南方向流进密云水库。出了密云水库后，在密云县河槽村又汇合成了一条河，这条河就被叫作潮白河。它从北到南经过河北省、北京市、天津市，最终从天津市塘沽西南的宁东沽防潮闸汇入永定新河后流到渤海里去了。”

兰全喜听着，侧过头，说：“好小子，记性挺好，没白学。再往深了说，这条潮白河古称沽水鲍丘水。沽水是白河的古称，鲍丘水是潮河的古称。这两条河最早是独立的河流，古书上说，在北朝北魏那个年代曾经相汇，才有了潮白河的名称。树旺，关于说河的古书，我家里藏着一本，包括咱们家门口北运河的历史、典故啥的，那本书里写得都很详细，等回家后我给你找出来。要想肚子里墨水多，就得多看书。”

“兰叔，您看前面路中间有一个人，一瘸一拐的，好像还推个小推车。”董树旺手指着前方说。

“我也看到了，吁，吁！咱们慢点走，别碰到人家。”说着，兰全喜拉紧马缰绳，马车慢了下来。

“树旺，我把马车停住，你下车去看看，前面那位晃晃悠悠的，别是生病了吧？不行的话，咱们捎他几步。”兰全喜向前探着身子看着说。

董树旺答应着跳下马车，紧走几步来到路人的身后高喊：“前面这位老大爷，您稍让一让，马车来了，别碰着您。”

路人回过头，满头大汗从黑灰色的脸上流淌下来，身上的汗衫已经被汗水湿透贴在胸前，急促地喘着粗气。看到马车，他忙将车把向路边拐去，脚踩在路边的泥土里，身子一歪，连车带人一同向路边的水沟中摔去。

董树旺健步蹿到路人的身旁，左手抓住下翻的车把，右手拽住路人的胳膊，身子向下用力一蹲，连人带车都被拽了回来。车上装的两个布口袋，嗵的一声，沉甸甸地砸在路面上。

路人脱开董树旺拽着的手，扑向口袋，哭腔着说：“我家的命根子呀！快帮我装上车。”

这时，兰全喜赶着的马车已经停在路人的身后，说：“树旺，先把老爷子搀上马车吧，把小推车和布袋也放到车上，送老爷子一程。”

路人双手扶着马车辕子，看着地上的布袋高喊：“先把那两袋子大米装到车上。我今儿个是遇见活菩萨了，多谢您二位帮忙。”

董树旺松开路人的胳膊，弯腰将两个布袋提起来，放到马车上，再将小推车倒过来，平放在马车箱靠后的平板上，回到路人身旁，说：“两袋子大米和小推车都给您放马车上了，这下子您可以放心了，来，我抄着您的腰，您拽着车帮借力往上一爬，就上去了。”说着，董树旺双手托着路人的腰，高喊：“一二三！”路人顺势爬上马车，双手一撑坐了起来，说：“两位贵人，太感谢了，我昨儿夜里做了个梦，满室放光，果真就遇到了活菩萨。”

兰全喜看着路人，大笑起来：“嘿，我远看还以为是个老大爷呢，这一细看，吓我一大跳，敢情是个清秀的俊小伙儿，看你这年纪也就是二十大几岁吧？”

路人擦着满脸的汗，笑着说：“怪不得这个小兄弟叫我老大爷呢，原来是把我看成老头儿了。哈哈。”

董树旺扭过身，又仔细端详着路人，瞪着眼，说：“起初，看你推车走路的样子，还真把你当成老头儿了，这一细看不要紧，估摸着咱俩也相差不了几岁吧？”

路人说：“我今年二十八岁，看我推车晃来晃去像个老头儿，这也不奇怪，因为我是个瘸子，小的时候得了小儿麻痹症。”

董树旺不解地问：“就老兄你这身子骨，还推着车在路上跑，是遇到啥难事了吧？”

路人叹着气说：“家家都有本难念的经。我家里有一对双胞胎儿子，刚两岁，媳妇是个聋哑人，还有一个八十岁的老母亲。一天到晚的吃不上穿不上。这不一大早就从唐指山的安辛庄跑去燕郊赶集。要不是坐上您这马车，走到家里就得是后半夜了。”

兰全喜挥动着马鞭子，回头看了路人一眼。路人说：“两位贵人，还没问您二位尊姓大名，这都后半晌了，您赶车要到哪去呀？”

兰全喜调整着马车前行的方向和速度，说：“我俩是通县郎府公社的，去唐指山木林公社采砂厂拉白灰。”

路人高兴地说：“去木林呀！巧了，我就是木林村人，结婚倒插门才去的安辛庄。采砂厂的厂长外号叫王麻子，他是我的发小。前些日子出了一档子事，您可能还不知道吧？”

兰全喜说：“你说的那个王麻子我认识，这些年去那儿拉石子、白灰啥的，都是跟他结的账，那个小伙子看着虽说一脸凶相，可打起交道来还说得过去。我看他对马挺感兴趣，每次都跟我聊马的事，看那架势，他特稀罕我这两匹白马。”

路人打断了兰全喜，说：“看来您对王麻子这个人还不太了解。他可是当地出了名的笑面虎，心里可歹毒了。我当过两年采砂厂的会计，就是看不惯他做假账、坑蒙公家的钱，向公社告了他一状。没想到上边儿不但没处理他，反而把我写的告状信转给了王麻子，他一气之下就把我给开除了，暗地里派人刁难我，搅得我家是鸡犬不宁。后来没办法，我就娶了个聋哑媳妇，去安辛庄做了倒插门女婿。”

说到痛处，路人“当当”地拍着车帮高喊：“王麻子！真他妈不地道！同学一场，他想把我往死里整。开始他不这样，自打一当上采砂厂厂长，咋就变得不是个人了呢？”

董树旺劝着路人：“老兄消消气，看你满头的大汗，你这一生气脸都憋成茄子色儿了。”

路人平静下来，语速也缓慢了许多，他说：“我和王麻子从小学到中学都在一个班里念书，他两岁时出天花，长了一脸麻子。上小学的时候，一个麻子再加上我这个瘸子，在班里总是被同学取笑、侮辱。我俩同病相怜，一直要好，谁若是被欺负了，另一个准是上前护着，打抱不平。有一天放学回家，我俩被高一年级的孩子截住，围了个大圆圈，转着圈地喊：‘打竹板，呱唧唧，日本鬼子来抓鸡，抓了鸡，还不算，还让老头儿下俩蛋，老头儿气得没法子，坐在炕上数麻子，一加俩，俩加仨，十个不够加十八。’哄完了王麻子，又冲着我喊：‘瘸子狠，瞎子横，哑巴打架不要命。’王麻子哭着跑回家，他爷爷一听就不干了，说：‘这帮没教养的小兔崽子，欺负到我孙子头上了，没门。好孙子别怕，爷爷我给你做了一把仿真盒子枪，打今儿起，你就把它别在腰里，谁再欺负你就拔出枪吓唬他，若是还欺负你，把枪倒过来，攥住枪筒，用枪把儿直接抡他。’王麻子的爷爷曾经在焦庄户地道里打过游击。有一次他猛地从锅台里蹿出来，用一把大砍刀抹了日本小队长的脖子，夺过盒子枪又钻回锅台里。后来抗战胜利了，这把盒子枪一直在王麻子爷爷手里。新中国成立后他怕惹是生非，就把那盒子枪用油纸包好，装在一个陶罐里，埋在家院子里的枣树下。七年前，王麻子的爷爷卧病在床，把藏枪的秘密告诉了他，让他急需的时候防身用，但绝对不能干伤天害理的事。王麻子爷爷生前教他不少真本事，比如射击、摔跤、骑马啥的，就是怕他将来在社会上挨欺负。这些事儿都是王麻子告诉我的。”

兰全喜说：“这王麻子爷爷疼孙子真是出圈儿了，他就不怕将来违法犯罪。”

路人说：“谁说不是呢，六年前的春天，王麻子当上了采砂厂厂长。这个肥差，周边的人都红着眼盯着呢。你王麻子有啥本事，凭啥这宝座让你毛头小子愣头青坐呀？开始的时候一拨一拨的人跟他闹事，有一天在回家的路上被两个蒙面人下黑手打趴在地，差点没了小命。王麻子想，总这样装怂不行，不但服不了众还耽误生产。他从家的枣树棵子下面挖出盒子枪，子弹上膛，揣在怀里，外面挎着他爷爷做的仿真枪。刚开始还真把那群人给镇住了，后来一打听，王麻子挎的是假枪，那些人胆子又大起来。一天下午，王麻子在厂门口被五个大汉截住了，说要和他练练。他刚要张口，后脑勺就重重地挨了一拳。他右手捂着脑袋，左手拔出假枪大声说：‘我王麻子不是被你们吓大的，谁若是不要命了，就过来试试吧。话音刚落，两个大汉前后夹击，将王麻子打倒在地，并夺过他手里的假枪说：‘你王麻子本事不小呀，敢用假枪来仗胆儿，再吃我一拳。’这下可真把王麻子惹急了，他圆睁两眼，大吼一声，一个鲤鱼打挺从地上站起来，拳脚并用将那两个大汉打翻在地。其他三个大汉掏出凶器，兵分三路直向王麻子刺来，他将身子向下一蹲，躲过凶器，‘嗖’地从腰里掏出真枪，扣动扳机，‘当，当’两枪，两个大汉应声倒地，捂着大腿哭喊着打起滚来。另一个大汉一看不妙，拔腿就跑着高喊：‘妈呀，真家伙，饶命呀！’王麻子没有再追，用枪指着趴在地上的大汉说：‘今儿我就饶了你们，回去跟你们那些狐朋狗友说，谁若是敢再来找我王麻子的麻烦，这把盒子枪可不长眼。’这样一来，把周边的地痞流氓，黑恶势力都给镇住了。自打那儿以后，采砂厂风平浪静，王麻子干得是风生水起，上边的人也都对他另眼相看。也就是从那时起，王麻子开始膨胀狂妄自大起来，雇打手、养恶人，做假账坑国家，还以公家的名义在潮白河岸边成立了马车运输队，包揽开采、粉碎到运输全套业务，对外来拉活儿的车辆不是抬高价钱就是多称重量，中饱私囊。就是在前几天一个下午，听说是从大兴县过来了两辆马车，去采砂厂拉白灰。有一个车把式发现装车上秤有多称重量的问题，就和计量人员吵了起来，并找厂长王麻子理论。王麻子当时是笑脸相迎，赔着不是。他前脚儿将两辆马车打发走，后脚儿就给南务村的手下打电话，冒充治安人员，将那两辆满载白灰的马车拦截下来，抬手就打，并卸下半车白灰，警告他们，如果不服气，下次再来，让他们空着车回去。两个车把式看这天也黑了，又人生地不熟的，只好忍气吞声匆忙离去。从各县过来的车把式听说了这件事，都不敢在下午来了。”

董树旺听着路人的述说，瞪大眼睛说：“你说的这些事可怪吓人的，光天化日之下还有王法没有呀？”

兰全喜说：“这种恶人别说他们那儿有，咱们那边也有呀，上个月被公安局抓走的那几位，干的那些坏事儿，我听着都眼儿冷。

这也不奇怪，历朝历代的善与恶、美与丑总是对立存在着，古代老子在《道德经》里说：‘天下皆知美之为美，斯恶矣；皆知善之为善，斯不善矣。’意思是说，美与恶都是主观自生的，美与丑，善与恶是对立统一的关系。终究是好人多，善良的人多，正义总会战胜邪恶。我赶了这些年马车，走南闯北，遇到的事那可多去了。我就认定一条：不惹事也不怕事，身正不怕影子斜。”

董树旺说：“听您这么一说，我底气更足了。我常听老人讲，善有善报，恶有恶报，要做善良正直的人。”

兰全喜说：“树旺，走南闯北，出门在外，啥事都可能会遇到，还得多长几个心眼儿，不管是啥样人，啥样事儿，不能硬碰硬，要学会审时度势。就拿王麻子这个事说吧，他前些天刚犯完事儿，还不得想方设法去平息？不可能愚蠢到再去惹事。咱们这趟车一定会顺顺利利，平平安安。”

路人笑着说：“您这位车把式脑子里咋装这么多玩意儿呀？真是听君一席话，胜读十年书呀，哈哈。”

正说着，路人扶着车帮站起来，指着远处的山高喊：“快到了！您看那座山就是唐指山。咱们走的这条路叫燕木路，前面是一个丁字路口，往左拐就到了采砂厂，往右拐，没几步路就到了安辛庄。您把车停下来吧，多谢两位贵人了。”

听着路人的话，兰全喜拽着马缰绳，“吁，吁”，马车停了下来。

董树旺跳下马车，先将路人搀扶下车，将小推车拽下来放在路边，又将两袋大米放到小推车上。路人一瘸一拐地绕过马车，来到兰全喜面前，拱着手说：“真是遇到好人啦，爱听您聊天儿，长学问，大恩不言谢。”

兰全喜笑着说：“到哪儿都是好人多，若是有缘咱爷们儿还会再见面的。你腿脚不灵便，又学过会计，还是再找个合适的差事，总是偷偷摸摸地往燕郊跑，可不是个长久之计呀。”

路人说：“好，我听您的。唐指山下有一个药材加工厂，是公社供销合作社办的企业，正在招人，明儿个一早我就赶过去试试。您也别大意了，还是早去早回吧。”

路人转过身，走回到小推车前，对董树旺说：“你比我小几岁，我就管你叫老弟了。看你一脸英气，心眼又好，非等闲之人，我估摸着你干跟车这个活儿也是暂时的。我一个残疾人也帮不上你啥忙，在唐指山这边我是土生土长，以后有用得着的地方就去安辛庄找我，我姓吴，大名吴斌，小名斌子，外号吴瘸子，咱哥俩后会有期。”

董树旺扶着小推车说：“那我就叫你斌子哥了，你生活这么艰苦，人又如此耿直、坚强乐观，我得向你学习。我叫董树旺，是通县郎府公社冯各庄人，以后我还会常来这儿跟车拉活儿，到时候去安辛庄看你。”

吴斌挥着手，看着远去的马车，久久不忍离去。他推着小推车，拐到右边的石子路上，左摇右晃，一步一挪地向前走着，不时回过头，自言自语地叨念着：“还是好人多呀。”

兰全喜赶着马车，又拐了两个弯儿，就来到了采砂厂。真像吴斌说的那样，采砂厂门前冷冷清清，空无一人。

走进大门，直接来到白灰存放处，几名工人正在碎石机旁忙碌着。兰全喜将马车停下来，刚要说话，就听到后面有人高喊：“兰师傅，多日不见，您可来了！”

兰全喜回过头，一看是王麻子，笑着说：“是王厂长呀，咋看不见车呀？我还以为下班了呢。”

王麻子从衣兜里掏出一包纸烟，抽出一根递给兰全喜，又抽出一根叼在嘴里，打着火柴，凑近兰全喜，点着了烟，又用余火点着了自己的烟，吸了一口，吐着烟圈说：“前几天不是出过一档子事嘛，从大兴来的两辆马车，在回去的路上被人给劫了。那两个车把式回去后就告到了大兴公安局，大兴公安局又通报给了顺义公安局，昨儿还下来两名警察盘查此事，非怀疑是我指使的，甭提多冤枉了。这几天外地的马车都不敢来了，尤其是到了下午，这马车是根儿嘎净。今儿您来了，真是给我王麻子救了场，就凭您给我捧这个场，兰师傅，您将这马车装足，我给您打七折。”说着，王麻子冲打碎机前的工人高喊：“大秃子，你们几个，跟着兰师傅马车，把白灰块装满，直到装不下为止。”

兰全喜拦着王麻子：“别呀，王厂长，这多不合适呀，咱们公事公办。”

王麻子扬着手说：“这就不叫个事儿，您就瞧好吧。”又指着董树旺说：“这个小兄弟是给您跟车的吧，看这模样儿，这气场，比上次那个愣头青可强多了。”

兰全喜笑着说：“那可不嘛，还是你王厂长有眼力，树旺，过来见见王厂长。”

董树旺走过来，说：“王厂长好，我是给兰叔跟车的。您的大名久仰了，请多关照。”

王麻子哈哈大笑：“你小子真会说话，还久仰了，这词儿是一套一套的。好，对我脾气。”王麻子转过身，说：“兰师傅，您这两匹拉套的大骏马可太棒了。每次您来我都多看它俩几眼，我是属马的，看见好马就走不动道儿。”

兰全喜开着玩笑说：“看来你王厂长是马托生的，可惜我这马都是公家的，若是我自个儿家的一准儿白送给你！”

王麻子翻着眼皮，大笑着说：“哈哈哈！还是兰师傅会说话，说到我心窝子里去了。就冲您这句话，今儿这车白灰块子，我给您打五折。”

"王厂长真是个敞亮人，那我就替冯各庄大队多谢了。"

"客气啥呀，来我这儿拉货的大车把式，我只服您。在我这地界儿上，您来来往往一马平川，平趟！"

一袋烟的工夫，白灰块装了满满一马车，王麻子让计量员按五折称了重量，又吩咐手下将马车用防雨布盖上，拴牢。

"兰师傅，天儿也不早了，还要走几十里的路，我就不留您了。燕木大道您踏踏实实地走，谁要是敢动您一指头，我王麻子定饶不了他。"

离开了采砂厂，装满白灰块的马车很快就来到了燕木路上。董树旺回味着王麻子的话，不解地问："兰叔，您说这个王麻子，对您还真是挺仗义的，可是他让吴斌给说成了凶神恶煞。"

兰全喜挥着马鞭，说："都是在场面上混的人，大面上都过得去。咱们跟他既没冤也没仇，又没有利害纠葛，和气生财。他把白灰块按一半重量卖给咱，咱把事办了，给大队节省了资金，王麻子还闹了个高兴，何乐而不为呢？驾！"

"兰叔，跟着您这一路，我可领教到您的智慧和才华了，您干赶大车的差事真是屈才。"

"瞧你说的，我只读过初中，跟你这位高中生可没法比呀。只不过这些年赶着大车走南闯北，见识多了一些，又读过几本古书，没啥大出息。我跟你讲，晚清时期有个大臣叫曾国藩，他曾写过一副对联，就十二个字。上联是，敬胜怠义胜欲；下联是，知其雄守其雌。这副对联的意思是说，敬业尽职尽责能战胜懒惰带来的懈怠，而仁义之心能战胜欲望，虽然知道刚强的重要，但仍然要保持柔和的心态，做人要懂得灵活处事，随机应变，该硬气的时候不能软弱，该让步的时候不要太固执。今儿我把曾国藩这十二个字送给你。你把它记住喽，装在心里，让这十二个字跟着你，一辈子都会受用。”

夕阳西下，马路两旁的树丛，被夕阳染得通红。从远处飞来的归鸟，落在树梢上蹦跳、鸣叫着。马车在燕木大道上奔驰，迎着田野里飘来的香甜的晚风，缓缓地消失在归途的暮霭中。

第 二 章

一

终于熬过令人窒息的闷热之夜。冯各庄的早晨，骄阳高挂，热浪滚滚。大队部前，老槐树上派工的挂钟“当当”地响起来。社员们睡眼惺忪，没精打采地走出家门，开始了一天的劳作。

董树旺从马厩里拉出驾辕的枣红马，兰全喜双手托着套缨子和夹板，准备套车。

兰全喜双眼盯着枣红马的屁股高喊：“树旺，马身上叮着一层马蝇，快到马厩那儿把扫帚拿过来，把马蝇轰走。”

董树旺答应着，拿过扫帚，照着马屁股就拍了下去。这一拍不要紧，本来就被马蝇叮咬得狂躁不安的枣红马惊叫着，如闪电一般向前蹿了出去，马惊了！

兰全喜猝不及防，将手中的套缨子和夹板往车上一扔，绰起马鞭子就追了出去：“树旺，快追上它，抓住马缰绳向后拽，别伤着人！”

董树旺怔怔地站在原地，望着惊马不知所措，被兰全喜的喊声叫醒了，以百米冲刺的速度向马追去。

惊马顺着老槐树前边的土路向南狂奔着，三三两两的路人被吓得扔下肩扛手提的物件，贴着墙根儿、树棵子四处躲藏。

董树旺从岔路口冲出来，猛地向前一蹿，一把抓住了枣红马的缰绳。枣红马怒眼圆睁，脖子上扬，后腿一较劲，两条前腿随着直立的身子向上抬起，惊叫不止。

他双手攥紧升空的缰绳，用力下拉，枣红马前腿落地，一只马蹄子重重地踩在正在用力下压的脚面上。他“哎哟”，大叫一声，那只脚疼得他满头大汗，身子向后一仰，摔倒在地。

这时，兰全喜也跑过来，抡起马鞭，“叭叭”，照着惊马的耳根子就是两鞭。那枣红马顿时安静下来，顺从地低着头，舔蹭着主人的胳膊。

兰全喜拉住了马缰绳，梳理着马鬃，歪头看着已经从地上爬起来的董树旺，说:“树旺，咋样了，吓着了吧？”

董树旺一只脚着地，弯着腰，双手捂着被马蹄子踩伤的脚说:“没事的兰叔，都怪我把马给拍惊了。刚才这马蹄子踩在我的脚背上，差点疼晕过去，这会儿好了。”说着，他单脚蹦着坐在路旁的石礅上，脱下球鞋一看，脚背上已肿起了一个大血包。

兰全喜将马缰绳拴在路边的树干上，走过来看着董树旺的伤脚，心疼地说:“踩疼你了吧？我可咋向你爹交代呀？”他抬头看着围观的人群说:“小栓子，快过来帮帮忙，搀着你旺子哥去卫生所。”

小栓子将手抹了一下鼻子，答应着:“好嘞，我送旺子哥过去，这匹发疯的大红马，吓死我了。”

董树旺在卫生所简单处理一下脚伤，对小栓子说:“栓子弟，麻烦你把我搀到大队部去，兰叔在那儿还等着我去跟车呢。”

小栓子搀扶着董树旺，说:“旺子哥，你的脚受伤了，今儿个就别再去干活了，我把你送回家歇一天吧。”

小栓子话音刚落，卫生所门外传来马车的响声。

兰全喜停下马车，看见董树旺被小栓子搀扶着正往出走，迎过去说："树旺，你的脚伤咋样了？医生咋说？"

董树旺笑着说："兰叔，您把车赶这儿来了，我正要去大队部找您呢。大夫说这是硬伤，淤了点血，没大事。"

兰全喜低头看着董树旺的伤脚，说："刘大夫没给包扎一下，可别再感染。"

董树旺说："刘大夫说没大事，这大热的天儿，包上纱布再一捂更容易感染。栓子，帮下忙，扶我上车。"

董树旺上了马车，兰全喜松开车闸，挥鞭赶着马车，说："树旺，我这就把你送回家去，今儿个在家休息，等明儿早上你的脚伤好了再去上班。"

"兰叔，那可不行，您没有跟车的咋拉活呀？"

"树旺，你听我说，今儿个王队长派咱们去郎府供销合作社拉化肥，到了那儿人家给咱装上车，回到咱村库房有专人卸货，你就踏实在家歇着。听兰叔的话，做兰叔的好战士。哈哈！"

当天夜里，天气出奇的闷热。董树旺被马踩伤的脚，肿得像半个馒头叩在脚面上。他躺在炕上，脚疼得火急火燎，大汗淋漓，难以入睡。

凌晨时分，房顶上的日光灯突然发出光来，董树旺从睡梦中惊醒，腾地从土炕上坐起来，诧异地望着忽闪的灯光："难道是闹鬼了吗？"刹那间，窗外红光满天，雷声轰鸣，整个房间地动山摇般地颠簸起来。

"不好，地震了！"董树旺翻滚着从炕上爬起来，撞开房门，踉跄着，被地震冲击波拍倒在院子里。

此时此刻，只听有人扯开嗓门呼喊："地震啦，地震啦，快跑呀！"村子里房屋的倒塌声，人的哭喊声和鸡鸣狗叫声响成一片。

董树旺趴在地上，眼前的地面裂开一条半尺宽的大口子，一堆堆黑沙从口子里冒出，倒塌的院墙和门楼冲击出的尘土，像蘑菇云一样向上升腾。

“地震了，地震了！爸、妈，快跑出来！”董树旺呼喊着从地上爬起来，跨步奔向父母的房间。

“旺子，快，扶着你妈。我们出来了，地震啦！”董树旺的父亲左手扶着仍在晃动的门框，右手拽着老伴，冲着董树旺高喊。

董树旺将父母搀扶到大院中央空场处，扶着母亲的胳膊说：“妈，吓着您了吧？别害怕，有我呢。”

正说着，只听不远处有人高喊：“快救人呀，张民启被埋在屋子里了，快来人呀，救命呀！”

父亲听见喊声，说：“旺子，快过去救人，肯定是东院的张民启没跑出来。你快去，这里有我呢，救人要紧。”

母亲推开董树旺的手说：“旺子，快去救人！”

董树旺飞跑过去，高喊：“我来了，民启被埋在哪屋了？”

一个披头散发的年轻女子正趴在废墟里扒着砖头，哭喊着说：“人就在这个木头的下边，快救他呀！”

董树旺跑到近前，扒开木梁上压着的土坯块，张民启的两条腿露了出来。他又用力将木梁上压着的一大块断壁残墙掀起来，向前一推，高喊：“民启，坚持住，我来救你！”

这时，听到喊救声的几个村民也跑了过来，一齐动手，将木梁四周的碎砖乱瓦、障碍物搬挪干净后，用力将木梁抬起来，年轻女子急忙将张民启拽起来，哭着说：“民启，民启，你得救了！快睁开眼瞧瞧，记住这些救命恩人。”

张民启得救了，大家都松了一口气。董树旺疲惫地坐在断墙上，那只被马蹄子踩伤的脚又钻心地疼痛起来。眼望着四周房倒屋塌，人喊马嘶的凄惨景象，用手擦了擦泪眼模糊的双眼，一个念头涌上心头："村里倒塌了这么多房屋，肯定有些人没跑出来。我是大队团支部书记，必须站出来，首要任务是救人。"想到这里，他猛地站起来，拖着伤脚，向大队部的方向跑去。

"树旺，我正找你呢，快招呼村里的团员青年到大队部集合，我去喊党员，马上成立抢险救援队。"党支部书记王洪文光着膀子，抓住董树旺的胳膊急促地吩咐着。

"好，我马上召集团员青年，一会儿大队部见。"董树旺答应着，拖着伤脚，忍着疼痛咬紧牙关，向前街跑去。

天亮了，党支部书记王洪文，大队长王少山，团支部书记董树旺带领着抢险救援队，仍在倒塌的房屋里搜救被埋的村民。

"王书记，公社来紧急电话了，您快去接电话。"大队值班员跑过来高喊。

"好，我马上回去。树旺，你带着几个小伙子，再去后街看看，咱们村的老少爷们兄弟姐妹一个都不许少！"

王洪文抓起电话："喂，我是王洪文。"

"王书记，接县政府通知，今天凌晨河北省唐山市发生了强度为里氏七点八级大地震，波及北京市各区县，通县属于重灾区，损失巨大。县委县政府要求：第一，各级党政部门，立即成立抗震救灾领导小组，全力以赴搜救被埋人员，党团组织要起到模范带头作用。第二，确保人民的生命、财产安全，人民的利益高于一切。要采取有力措施，做好抗震救灾的各项工作。第三，电话机旁要有专人执守，确保上传下达，政令畅通。"

王洪文放下电话，打开刚刚修好的高音喇叭，将上级的指示传达出去，那铿锵有力的声音在冯各庄的上空久久回荡。

又是一个难熬的夜晚，董树旺坐在地震棚里，聆听着暴风雨的呼啸声，没有一丝睡意。

“旺子，你咋还不睡，明儿一大早你还得跟车拉救灾物资。”父亲一觉醒来，看着董树旺，也坐了起来。

董树旺回过头，望着父亲，小声说：“爸爸您甭管我了，别把我妈吵醒喽。”

父亲凑近董树旺：“我瞧瞧你这伤脚咋样啦？”董树旺将仍在疼痛的那只脚往夹被里挪了挪，说：“就让马踩了那么一下，早没事了。”

“你可别当儿戏，身体是本钱，若是没有个好身子骨，你咋去抗震救灾呀？”

董树旺看着父亲愁苦的脸，换了个话题：“爸爸，咱村这个裱画厂，房子都塌了。虽说把厂里的物件都抢出来了，可那几位老先生只会干揭裱字画的活儿，搭地震棚呀盖房子啥的，他们都不会。昨儿我们几个小伙子又重新给搭了个地震棚，原来他们搭的哪叫地震棚呀，纯粹是个简易窝棚。我想把那两间裱画用的房子也早点盖起来，听老先生说接了荣宝斋不少的活儿，就这么给人家耽误着，信誉就毁了。”

父亲说：“谁说不是呢，那老哥仨自打小儿就去北京学徒了，回到农村就是两眼一抹黑，是得帮帮他们。可裱画厂是咱大队的呀，你还是和王少山说去吧。”

董树旺说：“裱画厂是属于大队的，可队里那么忙，哪有精力管裱画厂的事儿呀。正好，跟您商量商量，咱们家不是还有十几根檩条吗，我想拿到裱画厂盖房子用。”

“不行，那十几根檩条是留着给你盖房娶媳妇用的，你不怕打光棍儿，我和你妈可还等着抱孙子呢。”

“爸，您可是十里八乡出了名的‘铁善人’呀，这点事您都舍不出去，以后谁还服您呀。”

父亲也乐了：“你小子拐弯抹角的别激我，别说十几根檩条了，你看见咱家墙外那两溜红砖了吗？都是为盖裱画厂准备的。我就是想逗逗你，看你在危难时期，能不能把‘人’做好喽，哈哈哈！”

董树旺听着父亲的话，两眼湿润了，将蓝大褂从头顶的木棍上取下来，给老父亲披在肩上，说：“您真是我的好父亲，有您的言传身教，我就更有信心了！”

“旺子，你是咱们村的团支部书记，是带头人，你的言行，小伙伴们可都瞧着呢。大灾大难的年代一定要把路走正喽。咱们哪儿都不去，就踏踏实实地在村里抗震救灾。”

董树旺说：“前天新闻广播里已经说了，密云水库白河水坝出现了险情。可是中国人民解放军施工部队，有丰富的抢险施工技术和经验，迅速抢修了大坝。作为一名军人，既光荣又伟大。您也知道，我的最高理想就是要成为一名光荣的中国人民解放军战士。”

一个秋风送爽的下午，董树旺跟着马车，在村南的庄稼地里往车上装玉米。刚从大地震阴影中走出来的社员们，露出欢快喜悦的笑脸，收获着用心血和汗水换来的黄澄澄沉甸甸的果实。

装满了马车，董树旺擦着脸上的汗说：“兰叔，今年这收成还真不错，您看这老玉米棒子，又粗又大，您再看路西那块谷子地，一片金黄色，一眼都望不到边儿，真是个丰收年呀。”

兰全喜将满载玉米的马车赶出地头，顺着小河边的土路往前走着，一蹿身坐在车辕上，从腰里抽出烟袋锅子，装着土烟末，说：“树旺，这还真让你说中了，老天爷不能总跟咱们过不去呀。今年咱村这地里，嘿，种啥收啥，你看这玉米棒子、高粱穗、谷子穗，撂着蹦儿长。再看咱村菜园子里种的茄子、秋黄瓜、大西葫芦，个顶个的棒。还有那个南瓜，都长成半人高了，一个南瓜得两个人一起扛着走。哈哈。”

董树旺坐在兰全喜的右侧，说："这个丰收年来之不易，还得说是社会主义好呀。"

兰全喜将烟袋锅往车辕上磕着，忽然想起了什么，扭头看着董树旺，说："郭兰英唱的那首《绣金匾》你会唱吗？我可爱听了。"

"我会唱，我这就唱给您听。"董树旺嗽嗽嗓子，动情地唱起来：

正月里闹元宵，金匾绣开了，
金匾绣咱毛主席，领导的主意高。
二月里刮春风，金匾绣的红，
金匾上绣的是救星毛泽东。
一绣毛主席人民的好福气，
你一心为我们 我们拥护你。
二绣总司令革命的老英雄，
为人民谋生存能过好光景。
三绣周总理人民的好总理，
鞠躬尽瘁为革命我们热爱您。
……

听完了《绣金匾》，兰全喜红着眼圈，说："每天晚上收工回家后，都打开话匣子，就爱听这首《绣金匾》，听一次感动一次，今儿你又让我感动了一次。"

马车前行着，兰全喜说："好啦，咱说点轻松的事儿吧。今儿早上我套车的时候，听张会计和治保主任刘胖子说，上面派送的抗震救灾物资里有十台手扶拖拉机，公社准备发给受灾最严重的十个村庄，其中就有咱们冯各庄一台，下个月就拨放到大队里了。刘胖子有个儿子，外号叫‘二愣子’，就是在你之前给我跟车的那个愣头青。我看他俩说话那个架势，是想让二愣子去开手扶拖拉机。”

董树旺听着，兴奋地说：“手扶拖拉机真要是能拨给咱们村，可就方便多了，它比马车跑得可快呀。”

兰全喜说：“看他俩嘀咕这事儿后，我想了一路，手扶拖拉机是集体财产，又是个稀罕物，不能让二愣子这个愣头青去开。把拖拉机交给他，我兰全喜这关就过不去。”

忽然，村里的高音喇叭里传来了《国际歌》的声音，董树旺打断兰全喜的话，说：“兰叔，您听，高音喇叭，咋播上《国际歌》了。”

兰全喜停住话茬，拉起了马缰绳，将车速慢下来，扬着脖子听着。

一段《国际歌》过后，高音喇叭里传来中央人民广播电台播音员的声音：“本台今天下午四点钟，有重要广播，请注意收听。”节目预告滚动播报着。

兰全喜睁大眼睛，急促地说：“树旺，咱们得赶快去场院卸车，四点钟之前赶回大队部，收听重要广播。”

董树旺从马车上跳下来，说：“我先跑着到场院，找小栓子他们帮忙卸车，我在场院等着您。”

兰全喜挥着马鞭：“驾！咱们场院见。”

下午四时，广播了中共中央、全国人大常委会、国务院、中央军委发布的《告全党全军全国各族人民书》，宣告了毛泽东主席逝世的消息。噩耗传来，全国人民震惊了，为失去自己敬爱的伟大领袖而悲痛、哀伤……

二

“我们的田野，美丽的田野，碧绿的河水，流过无边的稻田，好像起伏的海面……”

冯各庄小学的学生们，系着红领巾，在老师的带领下，正在运河的树林里给树苗浇水、培土。美妙动听的歌声穿过树林，在宽阔的河面上飘扬、回荡。

这时，一辆崭新的手扶拖拉机冒着青烟，从大堤的林荫道上由北向南驶来，那“嗒嗒嗒”清脆的马达声，吸引住孩子们的目光。

“高老师，拖拉机，开车的是我二叔董树旺。”一个清秀的小女孩，头上扎着两个小辫，高喊着摇着双手，向路边跑去。

好奇的同学们也都蹦跳着跑向路边，欢快地高喊：“拖拉机，马拉犁，抱着大鹅坐飞机……”

“同学们，站在路边儿都别动，注意安全。”马老师大步追着，高喊。

看到跑过来的学生们，董树旺降挡减速，右手捏着转向闸，贴着路边将手扶拖拉机停下来，熄火后抬脚下车，微笑着大声说：“同学们好，高老师好，这是县里送给咱村的手扶拖拉机，我刚开回来。”

高老师冲着学生喊：“同学们，说董叔叔好。”

“董叔叔好！”孩子们喊着，一哄而上，将手扶拖拉机围住，观赏起来。

高老师和董树旺交谈着：“这下可好了，咱们村又多了个运输工具，以后学生再出远门课外活动就不用坐马车了。”

董树旺笑着说：“是呀，以后学校再有外出的活动，您就跟大队说。学校的事就是咱村最大的事儿了，王队长说过，教育第一。”

满足了学生们的好奇心，董树旺开着手扶拖拉机，从运河东岸的岔路口向左，拐上通往冯各庄村的大路，向大队部开去。

手扶拖拉机开进村庄，村民们被清脆的马达声吸引着跑出院门，跟在后边追着，像谁家娶新媳妇一样热闹。

大队部前的老槐树下，已经围满了人。大队长王少山双手抚摸着拖拉机的机头、机身，激动地说："这回咱们村也有拖拉机啦，感谢党的关怀！树旺，你是咱们村第一个手扶拖拉机手，好好干，可别辜负了全村老少爷们对你的信任呀！"

董树旺站在王少山对面，望着周围的父老乡亲，高声说："请大队放心，我能开上这台拖拉机，是咱们村党团组织、大队部对我的信任。当着大家伙儿的面儿表个态，我董树旺一定会像爱护我的眼珠子一样爱护它，决不辜负全村人的信任。"

刘胖子从人群里走出来，两只眼眯成了一条缝，说："树旺呀，你能开上这台手扶拖拉机，那可都是王队长的决定呀，若是没有王队长，谁开这台拖拉机那还真不一定呢，还不赶紧谢谢。哈哈。"

王少山双眼瞪着刘胖子，笑着说："瞧你这马屁拍的，让树旺开这台手扶拖拉机，那可是大队从年轻人堆儿里扒拉出来的，谁好用谁，大家说是不是呀？"

"是！王队长说的我们爱听，谁好用谁。"

"对！把拖拉机交给董树旺开，我们放心。"

"是，王队长说的对！"

人群里传来一阵应和声。

刘胖子自觉没趣，缩着头，一扭身倒背着手回家去了。

他抬腿刚迈进自家的大门，就听见屋里的吵闹声：

"这饭我吃不下去，董树旺比我小，又比我上班晚，凭啥让他开那台拖拉机呀？这下好了，高工分拿着，补助拿着，吃香的喝辣的，全成他的了。”二愣子坐在饭桌前，歪着脖子噘着嘴，正在和母亲诉苦发牢骚。

母亲端着一盘洋葱炒鸡蛋，放在桌面上，说：“你也学学人家董树旺，长本事呀，等你本事大了，去开火车、开飞机，哪个不比开拖拉机强呀。”

二愣子说：“妈，您甭看不起我，明年开春儿招兵，我就去报名参军，当飞行员，把飞机开回来接您和我爸出国去看西洋景。哈哈。”

二愣子一席话把母亲逗乐了：“瞧你这个臭小子，真是异想天开，真要是能当上兵我就去给你烧高香。”

“好小子，有志气！要是真当上了兵，你在咱村可就拔头份了，全村老少爷们都得给你竖大拇指。”刘胖子一掀门帘，大笑着说。

“老爹，您也回家来了？还接着给董树旺站脚助威去呀。”二愣子回过头赌着气说。

刘胖子坐在饭桌上，说：“我看董树旺开着手扶拖拉机风风光光地回来，恨不得全村人都在那儿给他捧臭脚，当时气就不打一处来，可又没有撒气的地方，就回来了。在回家的路上我就琢磨，为啥董树旺受人待见呢？树旺这孩子，也是我从小看大的，他仁义厚道，聪明能干，又肯吃苦，豁得出去。地震那年，人家带着全村的青年救人、搭地震棚、抗震救灾，处处干在头里。可你小子呢？好吃懒做，见困难就躲，见便宜就上，你这些臭德行都是你妈给惯的。”

二愣子母亲一听就翻车了，说：“你这个当爹的好，在村里当个芝麻粒的小官就不知姓啥了，一天到晚跟疯狗似的乱咬人。你这些年干的丑事，把村里人都得罪遍了。就你那个德行，孩子都是跟你学的。真是应了那句老话了，子不教父之过，有其父必有其子。

你说我容易吗？里里外外见人都是笑脸相迎，笑脸相送，到处给你父子俩擦屁股。”

刘胖子拽着夫人的胳膊，笑着说：“瞧你，你还急了。我说的这些不都是为孩子好嘛，你说说，如今上大学从去年就全国统一考试，统一招生了。什么工农兵大学生呀，什么进城当工人呀，如今都吹灯拔蜡了，都得丁是丁，卯是卯考试去，择优录取。原本我还想着给儿子找个上大学当工人的机会，得，没门儿了。咱这儿子又不争气，干嘛嘛不成，吃嘛嘛香。一想起这些，我这心里就堵得慌。”

夫人红着眼圈说：“这两年我也瞧出来了，真是变天儿了，咋和从前都不一样了呢？”

刘胖子看着二愣子，语气平缓了许多：“你也是个七尺高的汉子，咋就没有个上进心呢？如今这个社会，光会耍横、犯浑，投机取巧，胡搅蛮缠都不行了，开始靠真本事吃饭了。你真得向人家董树旺学着点，学人家怎样做人做事，学人家怎样读书学手艺，学人家怎样干活挣工分。你还年轻，改邪归正一点都不晚。”

二愣子低着头，不服气地说：“我就是不服，咱们村的好风光都让他占上了。跟马车时髦，他就跟马车，手扶拖拉机来了他就开拖拉机。没准儿过两年大卡车来了，他还得当这个卡车司机。我就不信这个邪，非给他两把家伙尝尝。”

刘胖子说：“这还真不是没准儿，是有准儿。你比董树旺差远了，跟人家不在一个层面上。我算是白跟你费嘴皮子了，你呀，就是个四肢发达头脑简单的白痴。”

夫人拦住刘胖子的话，说：“你咋能这样数落孩子呢，你才白痴。他哪儿笨呀？咱得给孩子一个转弯儿的工夫，你说咱们村，这个脑筋不都是在转弯儿嘛。就说你吧，赶紧把屁股擦干净，到时候，村里人不把你吃喽就念阿弥陀佛吧。”

二愣子推开饭碗站起来，一扭身走出家门，嘴里叨咕着：“别看他今天闹得欢，明天叫他拉清单。”

转眼就到了麦收季节，一个骄阳似火的中午。

董树旺急匆匆地吃了两碗炸酱面，又喝了一碗面汤，将短褂搭在肩膀上，走出家门，大步流星地来到大队部的手扶拖拉机机房。

大队长王少山迎着董树旺，说：“树旺，今儿这趟活儿不比往常，你是团支部书记又是拖拉机手，代表咱们村领导班子，平平安安地把县里派到咱们村的两位三夏工作队的同志接回来。这是介绍信，我已给你开好了。”

“王队长，您就瞧好吧，关键时刻绝不给您掉链子。”

董树旺将手扶拖拉机加好油门，按下减压阀，插上发动机的摇把，用力摇着，飞轮由慢到快旋转起来。他开着手扶拖拉机，从村中出来向西直行，穿过一片枣树林后右转，拐到运河大堤路，一直往北一个小时的行程，跨过东关大桥再往西，在通县人民政府停车场停下车后，手拿着介绍信，在传达室办好手续，来到一楼会议室。

会议室里已经坐满了人，前几排是县政府派驻各村工作队的干部，后几排是各村来接人的领导们。

下午两点钟，派驻工作队动员大会开始。县政府主管负责同志传达了县委县政府《关于三夏大忙抢收抢种驻村工作队安排的通知》，并做了一个简短的动员部署后，公布了驻村人员名单。

分配到冯各庄大队的是两位年轻的女干部，董树旺做着自我介绍：“我是冯各庄大队的团支部书记，叫董树旺，热烈欢迎两位领导来我村指导工作。”

两位女干部热情地和董树旺打着招呼：“我叫刘佳，她叫高霞，感谢你来接我们。”刘佳握着董树旺的手笑着说。

高霞快言快语地说：“我老家就是咱们武窑村的，听说能回家乡那边工作可开心啦，咱们回村吧。”

董树旺带着两名女干部来到停车场，指着手扶拖拉机说：“委屈您二位了，只能坐手扶拖拉机回去。我跟您说，这可是咱们村最高待遇了。”

两位女干部手扶着车帮，抬起腿，身子向上一跃，跳上车箱，扶着前边的车栏杆，“每次回老家我都是骑自行车，这次坐上拖拉机，上档次了。”高霞笑着说。

董树旺手握摇把，转动飞轮，启动了发动机后，手握着车把，回过头说：“您二位坐稳喽，咱们赶路啦。”

“小董，没想到你这位团支部书记还会开拖拉机，真不错。我俩先在前面站会儿，等站累了再坐着。”刘佳向前探着头说。

董树旺开着手扶拖拉机，向东穿过县城，一会儿的工夫就穿过东关大桥，来到运河东岸的河堤路上。手扶拖拉机吐着浓烟，“突突突”的马达声响彻了运河两岸，树梢上的一群麻雀扑棱着翅膀，叽叽喳喳鸣叫着飞到对岸，绕了几圈后向前飞去，好像是给前方的同伴报信：“过来了一个响声震天的大怪物，快飞吧。”

董树旺开着手扶拖拉机前行，每逢路过坑洼的路面，他就减小油门，放慢车速，尽量让车身平缓地通过。

他大声地说：“对不住了，这大堤上过的车多，牛踩马踏的，再坚持一会儿咱就下大堤了。”

高霞说：“没关系的，我俩都是在村里长大的，没那么娇气。这条路我也常走，有一次骑着自行车顶着大雨从老家回县里，我是淋着雨推着自行车回的单位，可狼狈了。今儿咱们没赶上雨天，已经很幸运了，颠簸几下不碍事。”

“霞姐说的对，董师傅你就放心地往前开吧。”刘佳笑着大声说。

董树旺也笑了，说：“好，您二位这么一说我心里就踏实了，真怕怠慢了两位领导。”

“啥领导呀？我俩就是个毛丫头，是接受贫下中农再教育来了。等到了冯各庄，还请你多给介绍介绍村里的情况呢。”高霞说。

“前面就是岔路口了，我要转弯下大堤，您二位扶住喽。”说着，董树旺将油门调到最低挡，左转，下了土坡，拖拉机继续前行。

董树旺松了一口气，加大油门，高喊：“过了这片枣树林就是石板路了，再走一刻钟就到家了。”

话音刚落，“咣当”一声，手扶拖拉机的轱辘陷进土坑里，车头猛地向前一倾撞在坑沿上，整个车身斜躺着向路边翻去。

董树旺猝不及防，一只车把从手中脱落，整个身子向前撞去。就在这一瞬间，只见他一脚踩灭油门，拉上手刹，另一只脚迅速跳到地下，一弯腰双肩顶住正在侧翻的车厢，大喊一声：“攥紧车帮！”猛地向上一扛，将拖拉机的车身正了过来。

“妈唉！吓死我了！”高霞蹲在车上，双手紧攥着车帮惊叫起来。

两位女干部互相搀扶着跳下车箱，惊魂未定，站在路边擦汗，刘佳说：“霞姐没事吧？我这条腿磕在车帮上了，还有点疼，多亏双手攥得紧。”

董树旺走到拖拉机机头前，低头看着，自言自语：“去的时候没有这个土坑呀，真邪了门儿了，难道是坏人搞的鬼？”想到这儿，他抬起头向枣树林的深处望去。

“旺子哥，我来了！”小栓子喘着粗气，高喊着快步跑来。

小栓子跑到拖拉机前，看着董树旺说：“旺子哥，没事吧？我是跑过来救你的。”

“栓子弟，你咋来了？为啥要救我？”董树旺不解地问。

“兰叔叫我去大队部拿麻袋，我走到大槐树的时候，看见二愣子和铁蛋儿摇头晃脑地说着啥，我悄悄走到他俩身后，听二愣子说：‘这回有好戏看了，董树旺去县里接人，估摸着快到枣树林了。到时候“咔嚓、轰隆”，人仰车翻，够那姓董的小子喝一壶了，哈哈。’我又听铁蛋儿说：‘旺子哥多好的人呀，你为啥跟人家过不去呀？旺子又没招你惹你，再说了，你咋知道旺子去县城了？’就听二愣子说是听他爸说的。我一听不对劲儿，没去大队部就先跑枣树林来了。我真怕二愣子那小子给你使坏，别再出点啥事儿，没想到他竟敢使出这个损招儿！”

董树旺听着，瞪着双眼，攥紧双拳，高喊：“二愣子，我跟你没怨没仇，竟敢使出这种下三烂的损招害我，咱俩走着瞧！”

两位女干部站在旁边，听明白小栓子说的情况，高霞说：“董师傅，把你吓坏了吧？我看看，伤着没？”

刘佳说：“真是的，光天化日之下，明目张胆地搞破坏。”

董树旺从车座下面的工具箱里拿出一把小铲，弯腰低头，将车轱辘压着的土坑铲成了斜坡，又起身将摇把插入变速箱起动口，用力摇转飞轮，发动机开始匀速运转。

董树旺说：“还得麻烦二位领导，帮助在后面推一下车。栓子弟，你站在车头侧面，等我加油门，你就用力抬一下底座。”

“好，听到加油声我就用力推。”高霞说。

栓子挽着袖子，半蹲在车头侧面，做好抬车的准备：“你一加油我就下手。”

董树旺挂上低挡，松下手刹，加上油门高喊：“加把劲儿，用力推！”

手扶拖拉机“嗡”的一声，从土坑里爬出来，向前走了几步又停了下来。

董树旺招呼着：“两位领导，请上车，真是对不住了，回去后我接受批评。”

高霞笑着说：“没关系，你也别自责了，不是你的错。”

董树旺将两位女干部送到大队部，王少山正站在门口迎候。简短的欢迎仪式过后，村妇女队长王霞将高霞和刘佳带到早已打扫干净的宿舍安顿下来。

欢迎会结束后，董树旺拦住王少山，把在枣树林发生的事情做了汇报。

王少山手握着旱烟袋，沉思片刻，说：“这个二愣子，他是缺心眼儿，是嫉妒你，想着法要你的好看。这样吧，没有证据他也不会认账。我一会儿把这件事和他父亲说一下，把有人举报他儿子的事告诉他。他负责咱们村的治安保卫工作，叫他去处理此事，来个敲山震虎。县工作队的同志刚来咱们村，我看这件事先软处理吧，若把丑事闹大了会影响咱村的声誉。明天上午我和工作队的同志谈工作，顺便把今儿这事了结就算了。你也消消气，别跟二愣子一般见识。你现在去刘主任办公室，让他马上到我办公室去。”

王少山和刘胖子谈完话，天就黑下来了。刘胖子耷拉着脑袋，走出队部大门，越想越窝火，自言自语嘀咕着：“我咋就生了这么个傻儿子呢？你明明干了坏事，还明目张胆地去臭显摆，这不是缺心眼儿吗？”

刘胖子“嗵”的一声推开家门，高喊：“二愣子，你这个傻瓜蛋子，三天不打上墙揭瓦。”

听到喊声，夫人迎过来挡在门口，向外推着刘胖子，说：“你吃枪药了还是咋啦？孩子好好的正等你吃饭呢，瞧你急赤白脸的，孩子又咋着你啦？”

刘胖子气哼哼地说：“你问他去，今儿下午在枣树林干啥好事了？”

夫人侧着身，让刘胖子进屋，说：“孩子，跟你爸说清楚，今儿下午都干啥去了？”

二愣子坐在炕沿上，低着头，支吾着说：“我是去了趟枣树林，没干啥呀。”

刘胖子抄起门后立着的桃木棍，朝二愣子的头上打去说：“你还嘴硬，我打死你个混蛋玩意儿。”

夫人攥着刘胖子的手腕高喊：“跟儿子好好说，本来他就笨，你这一棍子下去再把他打傻了，我先撞死得了，我也不活了。”

刘胖子看老伴哭了，心又软了下来：“我这不在教育儿子嘛，你总是瞎掺和。就你这宝贝儿子，今儿下午把枣树林的路挖了一个大坑，董树旺开的手扶拖拉机掉坑里了，差一点把车上两个工作队的干部摔成重伤。多亏董树旺机灵，车没翻了。若真把那两位干部摔出个好歹来，你儿子就得蹲大狱、坐大牢。”

夫人听着，身子一软瘫坐在地上，哭着说：“你这个挨千刀的业障，快跟你爸说，到底是咋回事。”

二愣子将母亲从地上扶起来，小声嘀咕说：“我就是不服董树旺，凭啥他就比我强呀。”

刘胖子说：“我一猜就是因为这件事，我早就跟你说，要想比别人强就得自个儿长本事。你咋总是钻这个牛角尖呀？你要这小把戏就更显得你无赖无能了。再说了，你咋知道人家董树旺去哪儿呀？”

二愣子说：“是您中午回家在饭桌上说的，我听您跟我妈说，队长派董树旺去县城接工作队干部去了，您不是也看不惯董树旺出风头吗？”

刘胖子说：“我在家说的那是几句气话，只是和你妈唠叨唠叨而已，你咋能动那些偷鸡摸狗的歪心眼儿呢？这下好了，队长把查办这件事的任务交给了我，也跟我挑明了，有人知道枣树林挖坑是你干的。让我把此事处理好，若再有类似事情发生，我这个治保主任就甭当了。这是王少山一箭双雕，既把面子给了我，也对我下了逐客令。我今儿把话撂这儿，这一个月县工作队在咱村蹲点，如果你再出啥幺蛾子，我就一棍子打断你这狗腿！”

夫人给二愣子使着眼色，二愣子顺从地说：“爸爸，您别生气，我今后不再犯浑了，马上就三夏大忙，村里又来了工作队，我一定改邪归正，多想人家董树旺的好儿。明儿个一大早我就去找他赔不是，承认错误，您看这样成吗？”

刘胖子坐在饭桌前，有了笑脸，说：“你这样说就对啦。不但要长记性，更要长本事。再这样混下去，你就真的成废物点心了。打今儿起，咱俩都得夹起尾巴做人。吃饭吧，老婆子，拿酒来，我整两口，去去晦气。”

夫人将酒瓶和酒盅放在饭桌上，说：“瞧把你美的，也没啥开心的事儿，瞎喝啥呀？”

刘胖子狡黠地说：“你没听说吗，酒是智慧的结晶。这通州老窑一喝，我就计上心头。到了明儿个，儿子犯的这事就云遮雾罩烟消云散了。你这个傻孩子呀，记住喽，别再整这些小儿科啦。”

三

夏末秋初的一天晚上，圆月高悬，繁星满天。冯各庄大队部前老槐树下，坐满了村民，正在观看电影《黑三角》。

董树旺坐在后排，跟着银幕镜头，被惊心动魄的剧情吸引住了。当看到卖冰棍的女特务于黄氏将毒药洒进水杯里，躲在门后，从锁孔里透出诡异的眼神，看着养女于秋兰端起水杯刚要喝水的时候，董树旺为于秋兰的安危担心着，恨不得冲过去说出真相，将女特务制服。就在这一刹那，董树旺的肩膀突然被人拍了一巴掌。

董树旺惊出一身冷汗，猛回头，原来是自己的父亲。

父亲弯着腰低声说："树旺，咱家后院裱画厂那个有残疾的小青年又犯病了，你快送他去卫生院吧。"

董树旺站起身，小声说："救人要紧，我这就去开拖拉机，爸爸您一会儿去王队长家打声招呼，晚上用车得经队长同意。"

父亲说："少山那儿我去说，你先去开车送病人吧。"

"好，爸爸，我去了。"说着，董树旺绕过人群，向存放手扶拖拉机的机房跑去。

董树旺开着手扶拖拉机很快就来到裱画厂，裱画厂的张志广师傅搀扶着王跃林，正在门口焦急地等候。

董树旺停下车，说："张师傅，您别着急，咱们把跃林先扶上车，到了卫生院输上液就好了。"

张师傅说："唉，树旺，又麻烦你了。这孩子白天还好好的，刚吃完晚饭就犯病了，真是让我着急。你说，他若有个好歹，我咋向他父亲交代呀。"

董树旺说："您别着急，跃林这是老毛病，您踏踏儿的，咱这就走。"

手扶拖拉机的灯光照射在路面上，闪着白光，发动机"突突"的马达声响彻夜空，马路两旁树梢上的宿鸟，惊吓得将头埋在翅膀里，不知所措。

郎府公社卫生院的大门已经关闭，董树旺停下车，敲着铁门高喊：“开门呀，有病人。”

从大门里传来一位老者的声音：“来了，来了。别喊了，你这拖拉机的响声我从八百里远就听见了。”

大门被打开了，老者向前探着身子说：“快去吧，今儿夜里刘大夫值班。”

“多谢啦。”董树旺启动着拖拉机说。

老者说：“别客气了，大晚上的，这病搁谁身上都着急，快去吧。”

刘大夫给王跃林看过病，他开着药方说：“这小伙子还是老毛病，先输液吧，等烧一退病就好了。”

办好了输液手续，董树旺说：“张师傅，跃林已经输上液了，我陪着他，我看隔壁有个空床，您去那儿躺会儿，等跃林输完液再去叫您。”

张师傅说：“我不累，上岁数的人觉少，坐在这儿还能陪你聊聊天儿。”

输上液不久，王跃林睡着了。

董树旺小声地和张师傅聊起来：“张师傅，我听说跃林是您从北京带到咱裱画厂的？”

张师傅向前挪挪身子，低声说：“跃林这孩子挺可怜的，身子有残疾不说，眼睛还得了白内障。他的父亲王瑞祥先生是京城有名的书画鉴定家，在荣宝斋跟我们裱画的师傅都说得来，尤其是跟我，特别投缘。一来二去的，我俩处得跟亲兄弟一样。十年前他去东北黑河，临走前我去看他，他含着眼泪把这个残疾儿子托付给了我。我告诉王瑞祥，他的儿子就是我儿子。自打那以后我就带着跃林，我们张氏三兄弟从荣宝斋来到咱们村组建裱画厂，我就把这孩子也带来了，让他平时也干点零活。跃林这孩子别看他是个残疾人，心里可灵光了，谁好谁坏，是非曲直他都能分清楚，交给他力所能及的小活儿也都能干好。有时候我就想，这人活在世，苦呀、难呀、灾呀，说不定就找到谁身上，不就是得讲个诚信、厚德和良心吗？”

董树旺用敬佩的目光看着张师傅，说：“您的为人我都亲眼所见，我敬重您的人品，向您学习。您放心，从今以后您的事就是我的事。跃林生活有困难，我们团支部马上成立一个帮扶小组，轮着班照顾他，为他解决各种困难。再说了，裱画厂就在我家后院，您有啥事就招呼一声，我董树旺绝没二话。”

张师傅高兴地说：“树旺，你的话说到我心坎上了，我年纪也大了，还真想过跃林今后的事情，今儿听你这么一说我心里可敞亮了。你以后也多到裱画厂看看，可别小瞧这裱画的手艺，它可是咱们老祖宗留下的传统文化。我看你是个有出息的青年，若是想学我教你。”

董树旺认真地听着，说：“我还真挺喜欢看您干活，上次我去您那儿，正托着一幅画，转眼的工夫您把托的画绷在墙上，那幅画立马就活了，我还直纳闷，这也太神奇了。上次我跟您说去燕郊饭馆见到的那位老画家刘永增先生，他把几只花喜鹊画得活灵活现，好像要从墙上飞下来。您说他是咋画的呢，到现在我也想不明白。”

张师傅说：“你说的那个刘永增，原在荣宝斋修补字画，他那门手艺比我们装裱字画的更胜一筹。必须得会画画会书法才能干修补字画的行当。说起刘永增，我俩可是老相识了。他堪称大画家，想当初在琉璃厂那条街同行里，没有不知道刘永增的。那个人，本事大有才学，为人又厚道仗义，提起他都竖大拇指。有一次，他的一个徒弟可给他捅了个大娄子。当时一位熟客户拿来一轴旧画，他当着刘永增的面把那轴画打开，一棵用纯墨画的大柳树下站着两匹骏马，一匹正仰天长啸，另一匹低着头饮水，真是一幅精品。那幅画唯一可惜的是，仰头马前蹄上面的小腿残了一块。刘永增听着来人对修补残画的要求，满口答应下来。当天晚上刘永增被朋友请去喝酒，临出门时叮嘱他的徒弟再仔细看一看那幅画，等他回来后再修补。这位徒弟把画儿铺在画案上，一边琢磨修补的办法，一边等着师父回来。可到了后半夜刘永增还没回来，徒弟就趴在画案上睡着了，没想到胳膊一动，将画案上蘸着颜色的毛笔碰倒在画上，那笔尖把画面的右下角弄脏了。当刘永增醉意朦胧地从外面回来看到徒弟惹的祸的时候，酒也被惊醒了。情急之下，刘永增用刀片轻轻地刮去脏点，没顾上睡觉，连夜将脏点部分和残画部分修补好了。”

张师傅停顿了一下，接着说：“刘永增的手艺真是神了，简直是天衣无缝。当第二天早晨客人来取画时，非常满意，那个徒弟也暗暗松了一口气。没想到，刘永增从画箱里取出两幅他创作的画儿，递给那个客户说：‘不小心把您的画弄脏了一块，虽然已经修补好了，但我也要明白地告诉您这码事儿，这两幅画送给您，算是对您的补偿。’这件事过去后，刘永增没责怪徒弟，只是叮嘱徒弟说，无论做什么，都别忘记把‘做人’放在头里，刘永增对徒弟说的这句话，谁听了都很受用呀。”董树旺点着头，说：“您说的对，我也听懂了，无论学啥，都要先学‘做人’，把‘人’做好。”

一天傍晚，董树旺急匆匆赶回家。刚进家门就大声地喊：“妈，给我烙几张糖饼，我明儿个要出远门。”

母亲正在厨房往灶台里添柴做饭，擦着被烟熏出的眼泪笑着说：“旺子回来啦，去洗把脸，过会儿就吃饭。要出远门，去哪儿呀？”

董树旺半蹲着，帮助母亲将玉米秸往灶眼里放，说：“刚才王队长跟我说，咱们村西边枣树林到运河大堤的土路要铺成石子路，趁着这几天庄稼地里的活儿不忙了，派我去顺义县木林公社采砂厂去拉石子。一听说出远门，我挺高兴的。想当初去木林，那还是两年前给我兰叔跟马车时的事儿呢，这回我要自己开着拖拉机去。妈，这回我可是要单飞了，这得多开心呀。”

母亲看着董树旺，说：“出远门可不比在咱们公社周边转悠，人生地不熟的，可别当儿戏。开手扶拖拉机也不比跟马车，这可是人命关天。”

董树旺说：“妈，您就放心吧，您最知道我几斤几两。妈，一会儿您给我拿五张粮票五张布票，再给我三块钱，我有用处。”

母亲回头瞪着董树旺：“你要这么多粮票布票干啥用呀？这可都是攒着将来给你娶媳妇用的。”

董树旺蹲在地上往灶眼里添着柴火，仰着头说：“妈，跟您说实话吧，上次我跟兰叔的马车去木林拉白灰块，路上遇见一个瘸子，他叫吴斌，比我就大三五岁。他是木林人，结婚倒插门去了安辛庄。他瘸拉瘸拉地推着手推车去燕郊赶完集回家，看着怪可怜的。兰叔就让他坐在马车上拉了他一段。在马车上和他聊天时，才知道他娶的那个媳妇是聋哑人。他的一家有一个瘸子、一个聋子哑巴，再加上生了一对双胞胎儿子，他们可怎么活呀？这两年我一直惦记着，虽说只是一面之缘，一想起他一瘸一拐的样子我这心里就放不下。您看咱家后院裱画厂那个王跃林，也是个残疾人，挺可怜的。可他就住在咱家后边，有个病呀啥的，咱都能帮一把，手到擒来。那个吴斌，他家离咱这儿一百多里地，想帮他难呀。这下巧了，明儿个我去木林拉石子，正好能去趟安辛庄看望一下那对身有残疾的夫妻，也就了了我的心愿。如今我开手扶拖拉机了，在咱们村挣的是最高的工分，出车还有补助，还是能帮人一把。您不是也常教育我要积德行善吗？”

母亲揭开锅盖，用大铁勺搅着锅里热气腾腾的玉米粥，又在粥锅的上沿贴了一圈玉米饼子，盖上锅盖，看着董树旺，微笑着说：“旺子，你长大了。妈听你说的这些都在理儿，虽说咱家生活过日子也不宽裕，但是妈支持你，因为你做的是善事。我的爷爷曾说过一句话，占便宜的事让给别人，吃亏的事自己承当。今儿我把这句话也告诉你。你记住喽，要记一辈子，会有用的。”

董树旺认真地说：“占便宜的事让给别人，吃亏的事自己承当。妈，这句话我记住了。”

第二天早晨，董树旺开着手扶拖拉机，迎着朝阳，顺着潮白河西岸一路前行，经过白庙桥，燕郊镇，走木燕大道，再向北行，就找到了顺义县木林公社安辛庄。

来到村口，一棵老松树下石碾子旁，有几个小学生正围在一起玩摔纸元宝的游戏。拖拉机的马达声惊动了他们，都站起来向拖拉机张望。

董树旺停下车，问：“小同学，谁知道吴斌的家在哪儿？”

一个小胖子笑着说：“您找吴瘸子呀？他的家在后街，若是让我们坐拖拉机就直接带您到他家。”

“对，我们带你去吧。”

董树旺笑着说：“好，上车吧，坐好喽，注意安全。”

“行嘞！”同学们呼的一声，跳进车厢里。

小胖子站在车厢前面，扶着车栏杆大声说：“一直往前走，开到头左转弯。”

董树旺开着手扶拖拉机，大声说：“你咋叫人家外号呀，他叫吴斌，叫大名。”

小胖子说：“俺们村无论大人小孩，都这样叫他，叫惯了。老师也批评过我们，让我们要懂礼貌。”

董树旺说：“知道不礼貌还叫人家，你们得叫他吴斌叔叔。”

几个小同学听着，都哈哈大笑起来，高喊：“叫吴斌叔叔！哈哈。”

小胖子向前探着头，大声说：“当着吴瘸子，不是，当着吴斌叔叔的面儿，俺们可不敢叫他瘸子，有一次他拿着木棒子，追得俺们满街跑，我妈知道后，揪着我耳朵不撒手，狠狠地骂了我一顿。”

“拐弯儿，拐弯儿！向左拐。”小胖子手向左指，高喊。

董树旺向左拐着，说：“扶住喽，拐弯儿。”

拐过弯，向前穿过两条街，小胖子高喊：“前边那个路口向左拐就是后街，快，向左拐。”

董树旺向左拐着，说：“你早点儿说呀，差一点儿就开过了。”

“叔叔，快停车。”小胖子高喊。

手扶拖拉机停了下来，小胖子说：“快，都下车，可别让吴瘸子看见。”

同学们争先恐后地跳下车，向拖拉机的身后跑去。小胖子站在董树旺面前，伸手向前指着说：“第二家，有一棵大柿子树，你看满树的柿子，都快熟了，那个就是吴斌叔叔家，我们就不跟您进去了，可别说我管他叫吴瘸子啦，叔叔再见。”说着，小胖子也向车后跑去了。

董树旺把手扶拖拉机贴靠在路边上的空场处停下来，敲开了吴斌的家门。

吴斌推开门，探着头说：“你找谁？”

董树旺兴奋地说：“吴斌，就找你！我是通县郎府冯各庄董树旺，不认识我啦？”

吴斌睁大眼睛，上下打量，高喊：“董树旺！跟马车拉白灰块的那个小伙子，你可黑多了，都认不出来了。哈哈，快请进。”

吴斌摇晃着身子，将董树旺让进大院，说：“刚听见门外拖拉机的响声，没想到来我家，我说早上柿子树那两只花喜鹊咋‘呱呱’地叫呢？敢情是贵客临门呀！哈哈，快请进。”

吴斌的家有三间北房，两间东厢房，从北房中间门进去，来到西屋。

西屋的土炕上有个小饭桌，一位清秀的青年女子，坐在小饭桌前用笔描画着什么，抬头看见董树旺，微笑着点头打招呼，又低头描画起来。

吴斌手指着墙柜前边的长条木凳，笑着说：“请坐这边，喝点水。炕上这位是我的聋哑媳妇，她不会招待客人，别见怪。她正在赶着描画一批出口扇面，明儿一早就来人取活儿。”

董树旺坐在长条木凳上，看见靠在西墙的八仙桌上放着笔墨纸砚和字帖画片，好奇地问：“斌子哥，你家里咋还有这些老玩意呀，破四旧的时候不是都给抄走了吗？”

“你说这老砚台和字帖呀？我跟你说可巧了，是村里的李学文医生送的，这字帖是他让我在原帖上用拓蓝纸拓下来的。你看，这本是王羲之的《兰亭序》，这本是明代王铎的《千字文》，我都临一年多了，还别说，真有长进。”

董树旺端起茶杯喝了一口，扫视着四周，说：“斌子哥，瞧你家里这架势，可不像你说的那样寒酸，我的印象是你家里揭不开锅，穷得叮当响呀。”

吴斌坐在炕沿上，说：“那都是以前的事了，这两年可算是遇到贵人转运了。说来话长，你听我慢慢说。”

原来，吴斌从马车上下来，告别了兰全喜和董树旺，第二天就去木林唐指山下药材加工厂报名应聘当上了会计。干了没多久，就赶上了唐山大地震。家里搭地震棚时，两个双胞胎儿子在地震棚里玩耍，钻来钻去，其中一个孩子撞在铺着草席的床棱上鲜血直流。吴斌抱着孩子踉跄着往大队赤脚医生那里跑，心急之下一脚踏空，全身重心都落在那条残腿上，摔成了骨折，多亏村妇女主任从此路过，喊来三个小青年，将他和孩子一起抬到治疗室。

村里的赤脚医生姓李，名学文，家里祖传专治跌打损伤。他父亲不仅医术高明，还写一手好字。李学文从小就跟他父亲学医术、学书法。他父亲说："抓阶级斗争、抓革命，那是公家的事，咱们是草民，啥时都得凭真本事吃饭，给人治病那是积德，学好书法那是积艺。"祖传下来的几本书法字帖，他临过上千遍。

李学文处理好孩子头上的创伤后，又将吴斌的伤腿正骨、复位，说："你这条腿本来就发育不良，这再一骨折，虽说伤筋动骨一百天就会好，可你这条腿是雪上加霜，肯定恢复不到原来那样了，走路将更加困难。"

听着李学文的话，吴斌急得哭起来，流着眼泪说："我真是倒霉透了，黄鼠狼专咬病鸭子。看来我这会计也当不成了，家里一个老妈，两个孩子再加上个聋哑媳妇，您说我这个家还咋过呀？一想起这个家我的心眼儿就窄巴死。"

李学文给吴斌的残腿捆绑着石膏板，说："你先忍着点，打绑腿石膏固定要疼一会儿，放松，放松，得，好啦。"他转过身，从手术桌上拿起剪刀剪断绷带，抬头看吴斌哭得红肿的双眼，安慰说："好了，咱们是男爷们，有泪不轻弹。你家的情况我早有耳闻，咱们人穷志不能短，还得想着法子往前奔。我看药材加工厂会计这个活儿你还得接着干，要不然生活来源没了，全家都得去喝西北风。我给你出个主意，咱家弟妹会推手推车吗？"

吴斌抹着眼泪说："她会推，虽说她又聋又哑，可心里聪明着呢，那手推车可比我推得好。”

李学文笑着说：“这就好办了，这腿伤你别在家里养，让弟妹每天推着你去上班，早上送，晚上接，等过了一百天腿好了，再自个儿去。”

听着李学文的话，吴斌舒展了眉头，说：“李大夫您真是了不起，不但治了我腿伤，还治了我心病。听您一席话我这心呱唧一下子就放下了。”

李学文说：“我看你在药材加工厂也挣不了几个大子儿，前些日子我去焦庄户出诊，那位病人是焦庄户出口贸易合作社的经理。他们从木林公社招来二十多个残疾人，给北京外贸公司加工折扇、团扇、书签、灯笼、地球仪啥的。那里的活儿多，忙不过来，让我给推荐能写会画的残疾人，揽些活儿，可以把活儿拉回家干，按件计加工费。我看你挺聪明的，又是残疾人，你若是想干的话，我可以把你介绍给他，这样一来可以挣些额外收入，家里的生活也宽裕了。”

“我干，麻烦您给我介绍吧。我媳妇手可巧了，像剪纸、绣花、做衣服啥的，她全会。领来活儿我们夫妻俩可以一起干。可有一样，我也没学过写字画画，揽不了那手艺活儿呀。”吴斌为难地说。

李学文说：“没学过不要紧，只要你肯学，肯下功夫，我教你。”

吴斌说：“那可太好啦，打今儿起，我就叫您李老师啦。”

李学文站起身，从抽屉里取出两本发黄的字帖，打开让吴斌看：“这两本字帖，是我父亲传给我的，这本是东晋王羲之的《兰亭序》，那本是明代王铎的《千字文》。你把它拿回家，我这可不是送给你，是让你回家后用拓蓝纸把它们拓下来后当样本，练习毛笔字。”

吴斌双手捧着字帖，犹豫着说：“用拓蓝纸一拓您这字帖背面就被染成蓝色了，把字帖就毁啦。”

李学文说：“你俩都是残疾人，国家有政策，焦庄户办的贸易合作社也是按上级指示，专为残疾人办的，你俩就大胆地干，关键是要把活儿干好，那些活儿可都是给国家出口挣外汇的，可别当儿戏，回家后你找几张透明纸，字帖正面和背面各放一张透明纸，把拓蓝纸放在背面透明纸的下面，在拓蓝纸的下面放上一张白纸。正面盖上了透明纸，你在透明纸上双钩字帖上的字。拓完后，再分别把厚一点的白纸和正面上的透明纸钉成册子，你就有两本同样的字帖了。一本平时临帖用，另一本收藏起来备用。”

吴斌舒展开了眉头，笑着说：“我真是遇到贵人了，多谢李老师。”

听完了吴斌的述说，董树旺说：“怪不得刚进你家门就让我大吃一惊，还以为你是个大骗子呢。”

吴斌也笑了：“你和兰师傅送我回家，是我的恩人，我若是说瞎话骗恩人，那还算个人吗？”

顿了一下，吴斌说：“树旺兄弟，你今儿个大老远地来这儿，不会是专门来看我的吧？是不是还要去木林采砂厂拉活儿呀？”

董树旺说：“老哥说的对，我是打算先看看你，然后去采砂厂拉石子。”

说着，董树旺从上衣兜里掏出一个小布包，打开，说：“来之前我给你准备点儿粮票、布票和几块钱，留着你贴补家用。”

吴斌从炕沿上站起来，推着董树旺递过来的布包，说：“这可使不得，树旺老弟，你也看到了，我们家现在的生活可好了，够吃够花，还有积蓄。你大老远地来看我，我已感激不尽了，你一定把它拿回去。”

董树旺挣脱开吴斌的手，将布包放在八仙桌上，说：“我大老远的来了，你若不要可是打我脸了，你就是瞧不起我。”

吴斌无奈地说：“老弟若是这么说，那我就收下，我替全家谢了，已经快到中午了，留下吃饭。”

董树旺说：“我马上就得走，多谢老兄了。中午之前我得赶到采砂厂，要不然就得等到下午了。村里还等着石子铺路呢。来之前我妈已烙好了糖饼，等着装石子时，两张糖饼就进肚儿了，哈哈。”

吴斌给董树旺茶杯里续着水，说：“采砂厂和从前可大不一样了，规范多了。原来那个厂长王麻子春节前被判了十年刑，正在茶淀清河农场蹲监狱呢。”

董树旺听后一怔，问：“王麻子犯啥事儿了？”

吴斌将董树旺送出院门，说：“老话不是常说嘛，老天爷要是让你亡，就先让你狂。王麻子开办那个运输队，因为抢占地盘和邻村的一群人打了起来。听说那群人也不是善茬，双方都见了血，有两个人被王麻子的人打残了。王麻子掏出盒子枪吓唬那群人，正好被赶来的公安人员抓个现形。”

告别了吴斌，董树旺将手扶拖拉机开到采砂厂，装满石子，结完账后没再停留，顺着木燕大道向南前行。手扶拖拉机那清脆的马达声伴着夕阳西下的红霞，渐渐地消失在秋高气爽的旷野中。

四

秋末的午后，北运河岸边的榆林庄，遍地金黄、五彩斑斓。碧蓝的天空镶嵌着朵朵白云，倒映在微波荡漾的河面上。野鸭穿行，大雁南飞，宛如童话中的仙境。

董树旺开着手扶拖拉机，在榆林庄种子销售站的大门前停了下来。种子站的大门被一位白胡子老者打开，同董树旺打着招呼：“小伙子，是来拉种子的吧？哪村的？”

“我是冯各庄的，来拉稻种，麻烦您把门再开大一点，我把拖拉机开进去。”

“噢，冯各庄，十麻袋稻种都在库房里，不过拖拉机不能开进来，库房里的种子金贵，不能让拖拉机冒出的柴油给污染喽。这里有手推车，你多受点累吧。”

董树旺按白胡子老者的指挥，将拖拉机停在大门的右侧，跟着他进了仓库。

老者用手指着码放整齐的十袋稻种说：“昨儿接到电话后就把这十袋稻种准备好了，手推车在里面靠墙根儿放着，你去推吧。”

董树旺将十袋稻种装进车厢里，又跟着老者去门房结了账，转身刚要走，被老者拦住了。

老者摘下老花镜，仰着头说：“小伙子你先别急着走，我问你，苫车的防雨布带来了吗？”

董树旺扭回身，说：“带来了，在车厢里卷着呢。”

老者站起身，推了董树旺一把，说：“快去，把防雨布苫严实喽，再用绳子捆结实。”

董树旺不解地问：“这大晴天的，秋高气爽，苫啥防雨布呀？”

“我说小伙子，这你就不懂了，你抬头看西北方向的天空，黑云已经上来了，这叫鬼杀天儿，半小时之内暴风雨准保砸过来。”

董树旺心中暗想，“我今儿是碰上活神仙了还是咋的？俗话说不听老人言吃亏在眼前，也甭管他是神仙还是半仙儿，先把这十袋稻种苫盖好，有备无患。”

董树旺从车厢里取出一捆苫布，展开后苫盖在麻袋上。

老者在车厢的对面抻拽着苫布，说：“快拿绳子，捆好喽，你看那大块黑云，已经到通州城了。”

董树旺按老者说的方法，将车厢苫盖得严严实实，又用绳子捆好，拴在车帮上。仰头看西北天空，黑云正打着滚地赶过来。突然，电闪雷鸣，狂风大作，落叶裹着黄沙漫天飞舞。

“快走吧，趁着雨还没下，过了榆林大闸就啥都不怕了。”老者扬起右臂护着头，左手推着大门高喊。

董树旺开动拖拉机，走出榆林庄的村口，向左拐上通往榆林庄大闸的石板路。狂风夹杂着闪电在头顶上盘旋，车身抖动着在闸桥上前行。当车头刚刚从闸桥上向右拐到运河东岸的大堤路上的一刹那，天黑地暗，倾盆大雨从天而降。

董树旺攥紧车把，强睁开眼，打开车灯，眼前依然一片漆黑，雨雾茫茫。

拖拉机缓慢前行，董树旺仗着路熟，奓着胆子向前开了一里多的路，在电闪雷鸣中看到路边那座已经废弃的机井房。心里想，先避雨吧，再往前走非翻车不可。

想到这里，他将拖拉机向右停靠在路边，灭火刹闸，跳下车，双手抱头猛地向机井房奔去。

他摸索着找到房门，刚探进半个身子，听见里面有响声，他心里一惊，身子猛地向后一闪，高喊：“什么人！干吗的？”

机井房里传来中年人沙哑的声音：“是我，避雨的，别害怕。这大雨天的，若是个孤魂野鬼早就扎进大运河里去了。”

董树旺将身子探进房门，一手扶着门框，一手攥紧拳头，说：“你到底是干啥的？吓我一大跳。”

“你还吓我一大跳呢，若不是听到拖拉机的响声，你蹦跳着钻进来，早把我吓趴这儿了，哈哈。”

董树旺将腿迈进门里，探着头张望：“你还笑得出来？我白毛汗都吓出来了。”

“鬼是害怕雷电的，它可不敢在这小黑屋里待着，只剩下我这个倒霉鬼了，哈哈。”中年人笑着说。

董树旺双手向前摸索着，忽然碰到一个竹筐：“这是啥呀？是筐吧？”

“你停住，再往前走就撞上我的自行车了，我是人，别害怕了，往我这边靠。”中年人往里挪着身子说。

中年人看着董树旺说：“小心着点，自行车后座上有两个竹筐，装的可都是宝贝，若弄碎一件，把你那个拖拉机卖了也赔不起呀。来，往我这边来，这儿有个木墩子。”

董树旺向中年人靠过来，弯腰伸手摸了一下木墩，坐下来，双手擦着脸上的雨水。

中年人向前倾着身子，伸手摸着董树旺的胳膊，说：“咱俩是麻秸秆打狼，两头怕。小伙子，你这身上都湿透了，快把上衣脱下来，我筐里还有一件工作服，先穿上，免得着凉，瞧这鬼天气，一场秋雨一场寒呀。”

董树旺脱下被雨水淋湿的上衣，穿上中年人递过来的工作服，说：“多谢您啦，穿上您这件衣服可暖和多了。您贵姓呀，咋也被大雨截这儿了？”

中年人笑着说：“这场暴风雨来得太快了，电闪雷鸣的时候我就钻进这机井房里。天上那块黑云刚飘到通州城的时候，我就骑着自行车从榆林庄赶到这儿了。”

“您也知道要下雨？真是活神仙，榆林庄种子站那位白胡子老头也知道要下雨，若不是他让我把车上的稻种用防雨的苫布苫好、捆好，我车上这十袋稻种可就毁了。”

中年人说：“你说那个白胡子老头，他可不是一般人，他的爷爷在北京城里做过大官，是清朝的翰林大学士。”

董树旺听着，好奇地问：“您咋知道的？难道您也是榆林庄人吗？”

“我不是榆林庄人，可我对那个庄门儿清。告诉你吧，我是河北香河人，家住在潮白河边儿上，走街串巷收废品破烂儿，大运河、潮白河两岸周边的村庄几乎走了个遍。我姓黄，村里人都管我叫黄二爷，因为我祖上辈儿大，村里上了年岁的老人见到我也叫爷，把我都叫成老头了，哈哈。”

“那我也称呼您黄二爷了，我是郎府冯各庄的，姓董，叫董树旺，在村里开手扶拖拉机。”

“你是冯各庄的？冯各庄有一位黑白铁匠，人称‘铁善人’，你知道他吗？”

“您说的那位铁善人是我父亲，您认识他？”

“嘿，真是越说越近了，你父亲身体可好？他可是俺村的大恩人呀。”

董树旺不解地问：“我爸咋还成了您村的大恩人呢？”

中年人沉思着，说：“那一年我三十几岁，饿得前胸贴后背，趴在潮白河岸边挖泥鳅晕了过去，是你父亲正好路过救了我。后来怕再给他添麻烦，也就没和他联系。”

董树旺说：“您说的这些事没听我爸讲过，前些年一天到晚的就是干他那个黑白铁，不太爱说话。”

“是呀，如今好了，你听那话匣子里总是讲科学技术是第一生产力，知识分子是工人阶级的一部分，要向科学技术现代化进军。最近话匣子里又讲实践是检验真理的唯一标准。我看咱们国家要动真格的了。”

董树旺说：“您说的这些我也听说了，村里党员团员多次开会，学习传达党中央的指示精神。近些日子，我开着手扶拖拉机甭管到哪儿去，干啥去，接触的那些人精气神都和从前不一样了，科学的春天真的要来了吗？”

中年人笑着说：“这还有假，我每天都听话匣子。尤其是你这样的年轻人，以后会大有作为。”

忽然，金灿灿的阳光从窗外照射进来，天晴了，机井房里顿时亮堂起来。

董树旺看着中年人笑着说：“呦，刚看到您的真容，还留个山羊胡子，再戴个黑墨镜，您简直就是一算命先生大文豪呀。哈哈。”

中年人也笑着说：“你可比我估摸的年轻多了，简直就是一个风华正茂神清气朗的英俊青年呀，哈哈。”

“您可别夸我，我跟您说，全国统一高考我没赶上，进城当工人没我的份儿，参军入伍当一名光荣的解放军战士，嘿，体检、政治文化考核、家访三关都过了，就是因为有人一折腾，没我的事儿了。您说我还有啥前途呀？能参军去当兵是我的梦想，梦想都破灭了，我当时真有点心灰意冷，不知所措了。”

中年人说：“人生在世都会遇到挫折，都会有不尽如人意的事情，但要拿得起放得下，知道变通，该放手时就放手，是金子到哪儿都发光。”

顿了一下，中年人说：“就说我吧，打小就爱读书，虽然没正儿八经地读过几年书，可唐诗宋词、四书五经，我这吃窝头的肚子里可没少装。别看我是个收破烂的，到处瞎转悠，但我玩儿的是高格调、高水平。我把收回的那些坛坛罐罐、旧书旧画都拿回家当宝贝一样藏着，早晚有一天，这些东西都能登上大雅之堂。今儿中午，我专门去了一趟榆林庄，我知道这个村的道行深。你看我这两筐瓷器，都是从榆林庄收的。你看这个瓷坛子，一个老太太一直用它淹咸菜疙瘩，太可惜了。这坛子底盖着大印，大明弘治年制，这可是明朝的官窑瓷呀。”

中年人将竹筐里的东西拿出来，饶有兴致地给董树旺讲着，又一件一件装进筐里，盖上厚厚的棉布垫，开着玩笑说：“我的宝贝们，咱们一会儿就到家喽。”

董树旺帮中年人扶着自行车，说：“您刚才说榆林庄道行深是啥意思呀，能给我讲讲吗？”

中年人把自行车后架上两个竹筐用绳子绑结实，扶着车把，用右脚一踹，将支撑架放下来，掉转着方向，推到门口，说：“这小屋里太憋闷了，等把车推到河堤上再跟你说榆林庄的事。”

天晴气爽，云淡风轻。大运河堤岸的树丛披着水珠，晶莹璀璨；墨绿色的河面上，水蒸气在彩虹中升腾；斑斓剔透的秋草花，在秋风的吹拂下，散发着醇甜的清香。

中年人站在河堤上，向北指着榆林庄水闸，说：“你往北看，水闸的北边那片宽阔的河面，它是通县运河段最宽的河面。为啥呢，你看榆林庄，像不像一个小岛或一艘军舰漂浮在大运河上。这个榆林庄西有凤港河，北临凉水河，村东五十米处就是流淌了二千四百多年的京杭大运河。在大运河畔三面都环水的村庄，在整个通州没有第二个。要说它历史悠久，我给你举个例子，乾隆皇帝曾六下江南，其中有一次沿着运河行船南下，在行进途中，他忽见运河两岸树木葱茏，鲜亮的串串榆钱缀满枝头，游兴大发，命令立刻停船登岸，跨步来到榆树林中。他手指榆树林南边的小村落，向陪伴他身边的刘墉问道：‘卿可知此村何名？’刘墉一看，村北边是树林，那就叫北树林，脱口说道：‘北树林。’乾隆说：‘看这榆钱串串的大片榆树林，此村就叫榆林庄吧。’刘墉弯腰躹躬，代当地百姓叩谢万岁赐名。此后数百年，一直就叫榆林庄。这村名都是乾隆给起的，能不说它道行深吗？”

董树旺听着，点头说：“皇帝给起的村名，这道行是够深的。”

中年人接着说："再说得远一点，宣德四年，大明朝廷在千里大运河沿岸共设置了七座钞关，其中一座叫四爷台钞关，就坐落在榆林庄。所说的钞关，就是官府在运河岸上设置的收税关卡。当时收税的依据是由税兵测量船只大小而定，过往船只在缴了多少不等的纸钞后才给予放行，由此而得名钞关。我去榆林庄收这些瓷器、古董，就是冲着它在大运河边儿上悠久历史而来的。"

董树旺说："听您这么一说，榆林庄真是厉害，我看榆林庄的人更厉害。就拿种子站那位白胡子老头说吧，他抬头一看就知道啥时候下雨，还知道哪块云里有雨，他就是一个活半仙。"

中年人说："你算是说对了，那白胡子老头可不是凡人，满腹经纶，上知天文下知地理，而且家藏丰厚。听说他的爷爷在北京皇宫里做大臣的时候，专门结交书画家朋友，像扬州那个郑板桥，和他爷爷的交情可不浅。上次我跟白胡子老头聊了会儿，虽然他不明说，可我探出他的口风，扬州八怪的画他家全有，还有八大山人的画，京城名家的书画、古董呀，那些收藏更别说了。"

董树旺问："您说这扬州八怪、八大山人，我咋听不明白呀？他们是怪物还是神仙呀？"

中年人大笑着说："哈哈！都是画家的名号。扬州八怪说的是清朝活跃在扬州地区的一批风格相近的书画家总称，比较有影响的有八位，他们的书画风格异于常人，就被称为'扬州八怪'了。其中就有郑板桥，他画的墨竹最出名。"顿了一下，他说："八大山人是一个画家的名号，他叫朱耷，因为他出生时耳朵大，就给他起了朱耷这个名字，'耷'字是上面一个'大'字，下面一个'耳'字。他是明末清初的大画家。我听白胡子老头说，八大山人是明朝皇帝朱元璋的后裔，是个奇人，几笔下去就是一张画。"

董树旺说："听您这么一说，那些画画的还真是够神的。"

中年人说："我也就知道点皮毛，若是有缘能亲眼看看白胡子老头的家藏，那就不白活。"

董树旺问："他家里有那么多书画古董，破四旧的时候没被抄走？"

"我也问过他，说那阵子村里人都暗中保护他，明着摆出大喊大叫抄家的架势，实际上没动真格的。"

一阵凉风吹来，中年人紧了紧上衣的领口，接着说："这个白胡子老头有个性，他说不想把这些宝贝总藏在自己家里，有朝一日要让它们放到该去的地方。"

董树旺脱着工作服说："我真爱听您聊天，您走的地方多，见识广，我得向您学习。谢谢您这件工作服，现在还给您，我这件上衣也快干了。"

中年人右手扶着自行车的车把，左手推着董树旺递过来的工作服说："这件工作服是从榆林庄收来的，洗得很干净，你若是不嫌弃就穿着吧，你那件上衣还没干呢，若在身上溻着就该得病了，快穿上。这天儿也不早了，咱俩就各奔东西吧，回去后问你父亲好。我记住你了，姓董，叫董树旺。以后有缘咱俩还有见面的机会。"

中年人推着自行车，抬腿刚要往上迈，好像想起了什么事，又将腿迈下来，扭过头说："小董，先等会儿再走，想起你刚才在机井房里避雨的时候跟我说高考没赶上，当工人没门路，当兵又没当成。心灰意冷，没有目标了？当时跟你说了几句，我觉得还没说透。"

董树旺刚要发动拖拉机，听中年人在跟他说话，直起腰，走到他面前说："是呀，黄二爷，我最大的理想就是当一名光荣的解放军战士，理想没有实现，看来冯各庄我是飞不出去了。"

中年人又将自行车支起来，手把着竹筐，盯着董树旺说："小董，你大可不必对前途灰心丧气，咱们国家形势正在往更好的方向发展，你要心里有底气，跟着时代的步伐往前走。这底气从哪儿来呀？是从你自身来，要多读书学文化，提高自身的道德修养。”

董树旺认真地听着，中年人意犹未尽，索性将自行车靠在拖拉机的轱辘上，用手推了推竹筐，认定牢靠了，转过身拉着董树旺，坐在河堤边的沙土墩上，聊了起来。

中年人说：“树旺，我问你，你是在咱俩身后这条大运河边上长大的吧？大运河和咱们通州是啥关系？”

董树旺说：“通州位于京杭大运河的北端，历史上是交通要冲和漕运仓储重地，被视为‘水陆之要会，畿辅之襟喉。’堪称京师屏障，素有一京二卫三通州之说。这些我在一本书上看过。”

中年人说：“说的好，通县的前身叫通州，你知道通州二字是咋来的吗？再深一点问你，在通州之前，通县叫啥名呀？”

董树旺想了想，说：“您还真把我问住了，我还真不知道。”

中年人扭头看了一眼大运河，说：“通州二字取自漕运通济之意。通州之前叫潞县，是三点水加一个道路的路，在三点水这个潞县之前叫没有三点水的路县。我说得有点绕嘴，你慢慢听。”

董树旺点着头说：“我听明白了，您接着往下说。”

中年人说：“清代有本书叫《光绪通州志》，那本书里说得详细。书中说，这里从西汉时期开始设县建治，称为路县，就是刚才说的没有三点水那个路县。到了东汉时期就把路前面加了三点水，改称为有三点水的潞县了。为什么潞县又改称为通州了呢？”

董树旺听得入神，说：“通县的历史可真够深的，我今儿是遇见您这位老学究了。”

中年人摆着手说：“我可称不上老学究，你若是跟榆林庄那位白胡子老头聊聊，那才是遇见高人了呢。我接着跟你说，到了金朝第四位皇帝海陵王完颜亮即位后，他下了一个诏书，决定迁都，从会宁府，现在的黑龙江省哈尔滨市，迁都到燕京，现在的北京，兴建了中都城，就是北京城。为了保证中都城粮食等物资的供给，海陵王下旨开辟漕运，利用金沟河引永定河水，开凿东到潞县一带的运粮河，随即在潞县设立刺史州。因为这个刺史州是运粮河北端的终点，就取‘漕运通畅周济’之意称为通州了。大概意思是说漕运是金都粮道，千万不能堵塞。八百年来，通州地区一直是漕运及仓储重地。”

董树旺瞪大双眼，说：“听您这么一说，我出生在大运河畔通州大地真是自豪呀。”

中年人看着董树旺，说：“我说大运河文化、通州文化，目的就是让你增强信心，增加自豪感。我琢磨过几年易经八卦，也读过几本相术的书籍。今儿咱俩在暴风骤雨中相识，是有缘人，我就再给你打打卦。你叫董树旺，把出生年月日告诉我。”

董树旺将自己的出生年月日告诉了中年人。

中年人闭着眼睛，掐着手指，沉默了一会儿，又睁开眼睛，说：“你的生辰八字那是没的说，大吉之命。你姓董，叫树旺。大树在啥情况下才旺呢？就是原地不动，自然生长。俗话说，人挪活，树挪死，你是大树的命，是一棵生长在通州大运河上的大树。只有沐浴着大运河的灵和性，才能根深叶茂，厚积薄发。你的生命之根智慧之源就来源于生你养你的这块土地。因此，你刚才说的高考当工人和参军都没如你的愿，这对于你今后的发展前途来说一点影响都没有。我送你十二个字：‘立定原点，望远登高，前程似锦’。”

董树旺入神地听着，在心里默念：“立定原点，望远登高，前程似锦”。他望着中年人，动情地说：“多谢啦黄二爷，您送给我的十二个字已记在心里了，太佩服您了，简直是我的指路明灯呀。”

中年人说：“咱俩这个缘分，也是你父亲铁善人积的德。我再送你个锦囊妙计，就四个字：‘潞县通州。’这四个字的具体含义不深说了，这要靠你的悟性去实践。”

说着，中年人从地上捡起一块土坷垃，站起身，用力向运河里扔去，“嗵”的一声激起了几圈水花。

“树旺，你听见土坷垃扔进河里的响声了吧？用多大的力气，扔出多大的土坷垃，河里就会传出多大的响声。还有一句老话，师傅引进门，修行在个人。该说的我都说了，这回该各奔东西了，哈哈。”说着，中年人准备推车。

董树旺帮着中年人将自行车从拖拉机轱辘旁立起来，说：“多谢了，您送我衣服穿，还给我讲了大运河文化和人生哲理。听您一席话我的心胸豁然开朗，真是胜读十年书呀。路上滑，您骑车可要多加小心。”

中年人向前推着自行车，回过头说：“你放心吧，这个河堤路我常走，都是沙土地，干松，不好走的地方我就下车推着，这两筐宝贝玩意儿得在意好喽。”

说着，中年人骑上自行车，嘴里哼唱着：“路漫漫其修远兮，吾将上下而求索……”

雨后秋凉，微风轻轻地吹着。董树旺目送着中年人远去的背影，起动了手扶拖拉机，那清脆悦耳的马达声，穿过树林，在宽阔的河面上久久回荡……

第　三　章

一

1980 年，一个大雪纷飞的夜晚。

冯各庄村董家大院正房的东屋里，忽闪着橙红色的灯光。团团雪花飘打在瓦沿上，发出“唰唰”的响声。

董树旺坐在八仙桌旁，正俯着身子，认真地记录着父亲讲述的黑白铁技术的注意事项。

父亲坐在煤火炉旁，抚摸着他当年用过的工具箱，自言自语地说：“你可是咱家的功臣呀，风风雨雨跟了我四十年，如今我是扛不动你了。本来想着把你们放到炕沿下当我坐凳用，这回不成了，儿子又要走村串户干这个黑白铁行当了，你就再陪陪他吧。”

董树旺扭过头，说：“爸，听您这话口，您疼这个工具箱比疼我这个儿子还邪乎。”

父亲抬起头，直了直腰，说：“你算说对了，别小看这个工具箱，想当年我是从你爷爷手里接过来的，它可是咱家活命的命根子呀！”

董树旺说：“这下好了，您儿子又把它接着用了，真成传家宝了。”

父亲叹了口气，说：“我一直在想这件事，你说你，自打高中毕业，跟马车、开手扶拖拉机，你放着好好的铁饭碗不端，非要死乞白赖地干个体户，连团支部书记都不当了，你走村串户满大街地吆喝，就不怕别人翻白眼儿？”

“爸，那有啥呀，有句话不是常说吗，‘不经风雨哪能见彩虹。’再说了，我干个体户做黑白铁匠，那是凭手艺吃饭，那白眼儿也没长在我身上，谁爱翻谁翻。我又不是去偷鸡摸狗不务正业，您甭为我担心。昨儿大队也跟我谈了，一直劝我别去当那个出头鸟，看我死着心地去当个体户，也拿我没办法了，就给我规定每月要上交大队十五块钱的管理费，一年算起来要交一百八十块钱。咱们村一个劳动力一天最高也就是挣十个工分，折合人民币才六毛钱，我一年要交一百八十元，相当于给大队贡献三千个工分呀。您说我干个体户，不也是为大队做贡献吗？依我说，我干个体户既光荣又光彩，没毛病。”

父亲听董树旺这么一说，笑了起来：“你小子，打小我就看出你是个犟脾气。咱们是穷人家的孩子，靠黑白铁手艺养家糊口过日子，这也是咱们家三代人的传统。黑白铁匠按东北人的话说就是‘小炉匠’，我看呀，小炉匠就小炉匠了，虽说你干的是讨饭吃的生活，但是，我支持你。”

“谢谢爸爸，有一件事还得问您，我走村串户接到活儿以后，怎么收人家的修理费呀，有没有一个标准呀？”董树旺问。

父亲考虑了一下说：“你接活儿的物件不同，修理的程度也各异，没啥统一的标准。但有一个基本尺度，就是价格再高也不能超过所修理物品市场物价的一半，否则人家就花钱买新的了。记住喽，你收费时宁可少收不能多收。咱们家是凭手艺吃饭，不靠手艺发财。”

董树旺说：“好，我记住了。您也早点休息吧，工具箱里的工具我自己装就行了。”

父亲拉开工具箱上的抽屉，说：“我都给你装好了，你看这个抽屉里装着锤子、砧子、钳子、铁剪子、烙铁、焊锡、锉刀，下面这个抽屉装着煤炭口袋、修补用的铁片、铝片、焊接材料，还有锔子钉、铆钉啥的。小火炉和风箱也检查过了，都好使。这个提兜里装的是胶皮垫布、手套、护眼镜、手摇鼓啥的，想着都装到手推车上。外面大雪还在下着，若不成你先在家里待几天，我再教教你，等雪停了再出去吧。”

董树旺侧过身子，爬到炕上，看着窗外说：“爸，我看这雪比白天小多了，明儿个一大早我就推着手推车练摊儿去，您不是常说冬练三九夏练三伏吗？”

父亲笑着说：“看来我是管不了你了，等你妈把糖饼给你烙完，让她来收拾你，哈哈。”

第二天早晨，雪停了，白毛风刮着雪花漫天飞舞。

董树旺头戴护耳羊毛的帽子，手戴棉手套，青色的棉袄腰间系着一条牛皮带，脚穿大头棉皮鞋，肩上挎着一个军用水壶和手摇的小鼓。就是这样，一个刚毅坚强，踌躇满志的“小炉匠”迎着寒风，在冰雪覆盖的大地上出发了。

马路被白雪覆盖着，董树旺推着手推车，深一脚浅一脚地拐进路边的村庄。

村头的高坡上是个宽大的四合院，一个瘦高的青年人正带着一群孩子在院门口前的雪地里堆雪人、打雪仗。

董树旺放下手推车，摇着手鼓吆喝起来：“焊洋铁壶喽，锔盆锔碗锔大缸喽！”

听到吆喝声，瘦高个和孩子们都好奇地跑着围了过去。

瘦高个上下打量着董树旺，笑着说：“瞧您这身打扮，不就是智取威虎山里的那个小炉匠栾平吗？大家说像不像？”

孩子们异口同声地说：“太像了，嗷嗷！”随即哄叫起来：“小炉匠，栾平。栾平，小炉匠！”

一位中年女人打开大门高喊：“二秃子！你们这几个臭小子吵啥呢？我家小孙子都让你们给喊醒了，吓得他直哭。”

瘦高个说：“兰婶，咱村来了个小炉匠栾平。”中年女人说：“啥栾平小炉匠的？我瞧瞧。”她双脚在雪地里一步一滑地向前蹭着，看着董树旺，说：“多俊的小伙呀，你们净瞎说。啥栾平北平的？还坐山雕呢。”

董树旺说：“大妈，您别生气，他们就是喜欢热闹，让他们叫吧，开心快乐就好。”

中年女人拍了一下董树旺的肩膀，笑着说：“别叫我大妈，都把我喊老了，叫我兰婶。瞧你嘿，心里还真敞亮，别跟他们一般见识。看你这些家伙什儿是干洋铁活儿的吧？”

董树旺说：“兰婶您真有眼力，我是黑白铁匠，就是他们叫的小炉匠，满街筒子串的差事。”

兰婶说：“满街筒子串咋了？干啥不行呀。还别说你是个手艺人了，锔锅锔碗焊洋铁活，那还不都是为乡亲们服务吗？得，我家里正好有一个瓦盆裂了个大口子，给我锔上。你稍等，我回家去拿。”说着，兰婶又踉跄着蹭着雪地回到院子里。

过了一会儿，兰婶举着瓦盆走了出来，董树旺迎过去接着瓦盆说：“兰婶，您把盆交给我吧，冰天雪地的路太滑，您多加小心。”

兰婶说：“得嘞，我就爱听你说话。你看看，锔个瓦盆需要多少钱。”

董树旺看着瓦盆上的裂纹，说：“兰婶，我把这个盆给您锔上，分文不收。因为您是我接的第一个活儿，图个吉利，免费维修。”

兰婶笑着说："还有这便宜事呢，好，算我抄上了。得嘞，你心眼好，我也不让你白忙乎。这个村人全听我的，我就这么一喊，家里有需要修理的活儿都得拿到这儿来，这点面子他们都给。"

说着，兰婶转过身高喊："二秃子，你们几个都给我听着，满大街地喊去，就说王兰婶的亲戚来修洋铁活儿了，家里的东西啥坏了都能修，过时不候。"

"好嘞，听兰婶的话，咱们向前冲呀，杀呀！"二秃子答应着，指挥着孩子们分头向村里跑去。

"王兰婶家的亲戚是焊洋铁活儿的，谁家的坛坛罐罐需要修理的，拿着家伙，马上去王兰婶家报到喽！"

兰婶听着孩子们的喊声，望着孩子们远去的背影，笑着说："这群野小子，一天到晚地跟野驴似的，到处乱跑，铁豆子吃到他们胃里都得化成灰。"

兰婶扭过身子对董树旺说："小师傅，这大雪天的，你不能在雪地里干活儿，若是这雪地里坐上半天儿，那你的屁股就得冻成两半喽。这么着，你到我家西厢房去干活，屋里升着煤球炉子，也有空地儿，你就用我家的炉子化铁化锡的，可省不少事儿呢。"

董树旺躬着身子说："那真是太谢您了，您帮我找客户还让我在您家里干活儿，今儿是遇见观世音菩萨了。"

兰婶笑着说："瞧你说的，我俩儿子都在县里上班，平时回不来，家里就剩下我和大儿媳妇，带着个大胖孙子过。你这一来，我家里就该热闹了。快跟我进屋，把手推车一块儿推进来，过不了一会儿，村里的老少爷们就会排成队等着你锔锅锔碗锔大缸，哈哈。"

董树旺跟着兰婶将手推车推进院子里，将工具箱搬到西厢房，说："真暖和，太谢谢您了。"

兰婶将炉子上的水壶提起来，用铁钎子捅了捅炉膛，火苗随之向上升腾，她歪头躲着蹿上来的火苗，又将水壶坐在炉台上，说：“这有个马扎，你就坐在这儿干活吧。我去把门口的积雪扫一扫，到时候乡亲们到这儿再滑倒摔个大马趴，那我可就没面子了。”

董树旺放下工具箱，转身往门外走着，说：“兰婶，您歇着，我去扫吧。”

兰婶推着董树旺，说：“别呀，你快抓紧把干活的工具准备好，一会儿都来了得在门口排着队等，把大家伙冻着了可不行，快去。这点雪对我来说就是小菜一碟，哈哈。”说着，扛起扫帚向大门口走去。

一会儿的工夫，兰婶扫完雪来到西厢房，探着头说：“小师傅，都准备好了吗？我跟你说，这村里人都把我当亲人看，他们家里日子过得都不宽裕，待会儿你收修理费的时候可得手下留情，给我个面子，打七折。”

董树旺将工具箱里的零散工具放在脚边的地上，扬着头说：“兰婶您放心，您说的话就是圣旨，我都给他们打五折。遇到生活困难户，您就告诉我，全部免费。”

兰婶拍着大腿，笑着说：“就这么定了，比我还痛快！这个面儿你给了我，就等于给我家老头子的面子。我跟你说，我那个老头子，生前是这个村的大队长，两年前他胃癌晚期，一口气儿没上来就走了。”

说到这儿，兰婶心情骤变，擦着眼泪，说：“这个挨千刀的，他两只手一撒，到西天享清福去了，害得我一天到晚没着没落的。”

董树旺不忍心看兰婶痛苦悲伤的表情，转过话题说：“刚才说给您面子就是给兰叔的面子，这是为啥呀？”

兰婶红着眼圈说：“说来话长，唐山大地震时，俺们村受灾特别严重，房倒屋塌伤了人不说，还砸死了两个人。当时我家老头子是大队长，可把他给急坏了，带着全村人抗震救灾。那几天又赶上下大雨，把村里人都折腾苦了。他不吃不喝，东跑西颠地到处去组织人力、物力，搭地震棚，抢救伤员、物资。本来平时就有胃疼的毛病，这样一来胃痛病犯得就更邪乎了。他捂着胃，猫着腰强忍着，让我千万给他瞒着。他说：‘只要全村人都住进了地震棚，都有吃有喝的不犯愁了，我这胃病就好了。’他让我们全家把两口大锅都支上，熬粥、蒸馒头、蒸窝头，切了两桶咸菜疙瘩，告诉全村的人，凡吃不上饭的都来我家里吃。那些天，就这个院子里，跟办喜事搭大棚一样，人来人往，流水席。等我家老头子病危临走的那几天，全村的男女老少都过来看望他，记着他的好儿。好多人都流着眼泪，坐在这院子里陪着他，咋劝都不回去。我家老头子临咽气前，攥着我的手说：‘这辈子知足了，我走以后，你要处处对乡亲们好，你给乡亲们的面子，就是给我的面子。’”

兰婶说着，哽咽着哭起来。她双手捂着脸，又扬起头，看着房顶上咕噜咕噜叫的鸽子，说：“你看房顶上那几只鸽子，就是老伴走了之后我开始养的，从小养到大，就是为他养的，我把它们当成信使。鸽子飞走时，我就想着是代我去看他了，它们飞回来，我又想，它们给我老伴捎话来了。不说了，一说就没完。我去门外迎迎，你听见门外的说笑声了吧？他们都来了。”

不出兰婶所料，村里来了不少的人。他们举着、捧着要修理的手使手用的东西，高喊着，说笑着和兰婶打起了招呼。

兰婶举着双手，高声笑着说：“老哥、老姐们，这大雪天的，把大家招呼来，没别的，我看这个焊洋铁活儿的小伙子实诚，他说起话来可我的心思。虽说他不是我家啥亲戚，让孩子们这么说的目的就是想给他多揽点活儿。再说也快到年根儿了，家家户户把使坏的东西修补好喽，过起年来也顺畅。这位小师傅也跟我说了，今儿个给咱们修东西，修理费打对折，谁家若是有困难就跟我招呼一声，修理费就全免。”

“好！一切听兰婶的。”院里传出一片快乐的欢呼声。

兰婶挥着手，说：“依我说呀，各位手里抱着这些坛坛罐罐、锅碗瓢盆都在院子里等，又冷又累的不划算。咱们挨个把手里的东西放在地上排好队，让小师傅一个一个地跟你们谈，把修理费谈妥了就各回各家等着。等小师傅把这些东西修理得差不离儿了，就让隔壁的二秃子去喊你们。到时候一手交钱一手取货，大家说咋样呀？”

“没问题，按兰婶说的办。”随着喊声，大家依次将手中的东西码放整齐，等着和董树旺交代要修理的部位。

董树旺第一次出来做黑白铁匠就遇到了这种感人的场面，一股暖流涌上心头，他扬起胳膊大声说：“今儿来到咱们村，干这个小炉匠的手艺，刚一进村就遇到了善良热情的兰婶，又看到这么多父老乡亲对兰婶的尊敬、热爱，我被这个美丽的村子感动了。今儿我也说句话，一定把大家放在这里的东西都修补好，不完活儿不回家，而且修理费分文不收。刚才听兰婶说到了地震，说到了兰叔，我非常敬佩兰叔的所作所为。我是冯各庄的人，叫董树旺，唐山大地震那年我刚刚中学毕业，是村里的团支部书记，抗震救灾我感同身受。兰叔曾是你们的父母官，他也是我做人的榜样。希望大家答应我这个决定，你们若是看得起我董树旺，信得过我这个小炉匠，就回家踏踏实实等着，包您满意。我再说一句，你们若是答应了，就是给我兰叔兰婶的面子。”

听到这里，大家哄堂大笑，人群里传出一个沙哑的喊声：“这哪儿成呀？这可不成，你这位小师傅顶风踏雪来到俺们村，为俺们村里人服务，还不收修理费，这若是让外村人知道喽，还得说俺们村不讲理，欺负人哩。不成，打对折就已经够优待了，俺们不能得寸进尺，大家说是不是呀？”

“是，张叔说的对，不能欺负外来人。”大家高喊着。

看这架势，修理费非收不可了。董树旺张着嘴，看着兰婶。

兰婶向前走了两步，高声说：“大家听我说，我看小董师傅这个人说的是实心实意的真心话。既然他这么说了，咱就答应他吧。我跟大家伙儿把话说在前边，从今儿以后，无论谁家有锔锔补补、铆铆焊焊的活儿，都留着让小董师傅干。到那时修理费没的说，该收多少就收多少。谁家若是遇到了急需修补的活儿就过来告诉我一声，我让二秃子直接去冯各庄请他过来。咱们还肥水不流外人田了，大家说成不成呀？”

“成！全听兰婶的。”

“今后有活儿都交给小董师傅干。”

“让小董师傅今儿中午到我家去吃饭。”

人群里顿时热闹起来，这暖意融融的情谊，随着寒风，在冰天雪地的大院上空升腾着，向白茫茫的雪野中飘去。

兰婶将乡亲们送出大院，大院里顿时安静下来。

董树旺坐在炉前的马扎上，烙铁放进火炉中加着热，把胶皮垫搭盖在双膝上，拿起兰婶的瓦盆，在裂缝两边钻孔、锔钉、抹油灰，聚精会神地修补起来。

临近中午，摆放在院中的器物已经修补好了一多半。兰婶让二秃子招呼村民将修补好的东西取走，又将剩余的八件器物向西厢房门口挪了挪后，走进西厢房说：“小董师傅，你这手艺真是不赖，修补得又快又好，大家都很满意。我数了数，还有八件，你先把手里的活儿放下，我刚才往脸盆里舀了两瓢凉水，你再加上热水洗洗手，擦把脸，把饭吃喽，大白馒头加上猪肉炖粉条，等吃饱有劲儿了再接着干。”

董树旺放下手中的工具，站起身，搓着酸疼的双手，说：“我妈给我备好了糖烙饼，就不麻烦您了。”

兰婶将铁丝上挂着的毛巾递给董树旺，说：“你妈烙的糖饼留着明儿再吃，午饭都给你准备好了，得趁热吃。”

董树旺说：“那就给您添麻烦了。”

兰婶说：“别客气了。我看你干活儿真不善，就凭你这手艺，十里八乡的到哪儿都是平趟呀。”

董树旺洗着手，说：“谢谢您的夸奖，刚开始干的时候还真有点儿发慌，干着干着就顺手了，多亏打小就看我爸爸干这些活儿，他老人家又手把手教我。要不然，一下子遇到这么多各式各样的东西，非砸了锅不可。”

兰婶说：“一看见你就觉得是个机灵鬼儿透亮碑儿，再看你干活那架势，真是把好手。快到东厢房吃饭吧，再耽误会儿红烧肉就凝巴上了。”

吃完了午饭，稍加停歇，董树旺从火炉里取出烙铁，堆焊着铝壶的裂缝。

修补的最后一件是要换钢精锅底，董树旺拿起锅上下端详着。换锅底不能用胶水粘，全凭用锤子敲出严丝合缝的卷边，而且要保证不漏水。他测量好锅底的尺寸，裁剪好钢板料，当拿起锤子敲的时候，无论如何也敲不出严丝合缝的卷边。

董树旺左右转动着锅底，思考着敲不圆的原因。这个手艺还真把他难住了，急得头上冒起汗来。他索性将锅放下，站起来围着炉子转了两圈，回想着父亲平时教他的技能。忽然，他想起了父亲说过的话：“敲功的秘诀是把握平衡。”想到这里，眼前一亮，拍着脑门自言自语地说：“我咋这么轴呀？总是顺着一边敲，那是敲不圆的，十字交叉地敲呀。”

董树旺兴奋地坐在马扎上，双腿盖上胶皮垫，将锅底朝上，按十字交叉的顺序一锤一锤地敲了起来。

钢精锅的锅底终于换好了，董树旺长出了一口气。他擦着脸上的汗水，眼望门外，夕阳透过空荡荡的大院，映射在东厢房的窗棂上，泛着温暖的红色的光。

兰婶正在院子里用棉垫遮盖着晾晒一整天的白菜垛，回头看见董树旺端着锅走出西厢房。

兰婶走过来，说：“小董师傅，累了你一整天，真是不好意思。”

董树旺笑着说：“感谢您给我这个检验维修手艺的机会，在您这儿干一天活儿，我心里更有底气了。”

兰婶将董树旺手里的锅接过来，说：“快回屋收拾家伙吧，太阳都快落山了，路上化了的雪又冻成冰了，趁着天还亮着，早点回家歇着吧。”

董树旺答应着，转过身回到西厢房，收拾好工具箱，摆放到院里的手推车上捆好，准备回家。

兰婶从北房东屋快步走出来说：“小董师傅你稍等，我送送你。”

“兰婶，不用送，您也忙乎一天了，早点休息吧。”

兰婶将董树旺送出大院，来到街口，拽着他的胳膊说：“你先停一下，我再跟你说句话。”说着，她从棉袄内兜里掏出一个纸包，塞到董树旺的手上说：“这是我代表全村感谢你的一点心意，不多，就五块钱，你千万别推辞，收好喽。”

董树旺拒绝着，说：“兰婶您可别这样，咱不是事先说好了吗？您若这样往后我还哪有脸再到村里来呀。”

兰婶急了，瞪着眼说：“你别再推了，若是把我推一个大屁股墩，摔在雪地上，我可饶不了你。好小子，听话。这点儿钱若是不收就是没给你兰婶面子，更没给你兰叔面子。成了，快赶路吧。”

说着，兰婶一扭身，走回大院，咣当一声关上了院门。

董树旺愣愣地站在雪地上，侧身望着兰婶家的四合院。兰婶叫鸡回窝的喊声，从大院里传出来，是那么的清脆、温润和甜美……

二

又是一个天寒地动的早晨，董树旺吃完早饭，将手推车推到正房门口，把工具箱和一应用具装到车上，回过头向屋里喊：“妈，我先走了，今儿天太冷了，您要少出门。”

母亲掀开门帘，揣着双手，说：“都进腊月了，能不冷吗？老话说腊七腊八冻死寒鸭。你把棉帽子带系上，把军大衣领子立起来，这寒风吹在脸上跟刀子割似的。”

董树旺按照母亲的吩咐将帽带系紧，双手把棉大衣领子立了起来，说：“妈，您看，这回放心了吧，冻不着。”

母亲说：“还说冻不着，瞧你那双手都冻成了紫茄子色了，大拇指裂的口子，我看着都揪心。这一进腊月，家家户户都准备过年，不再出去奔命了，不行你也歇着吧，挣钱也得有时有晌。”

董树旺推起手推车，说：“前几天就跟沙古堆小学刘校长约好了，趁着学校放假，让我把每个教室的炉子和烟筒都维修一下，万一有漏气的烟筒不修好，学生们就该煤气中毒了，有生命危险。我得讲诚信，不能失约。”

母亲追到大门口，看着董树旺远去的背影高喊：“那是得去，人命关天。要多喝热水，中午饭前把菜团子和馒头在炉子上烤热了再吃。人是铁饭是钢，别总让我惦记着。”

董树旺回过头高喊:“妈，您快回屋吧，我都多大了，还不放心。”

母亲踮着脚，伸着脖子，望着董树旺远去的方向，不忍离去。

隔壁的王大妈抱着两棵大白菜，放在院外的石碾子上晾晒。扭头看见董树旺母亲正在向前张望，打着招呼说:“老嫂子，又在看您家树旺吧?树旺这孩子多有出息呀，您就甭操心了。大冷天的，快回屋吧。”

母亲笑着说:“大妹子晾白菜呢?我也知道树旺已是大人了，可他还没娶媳妇，在我眼里就是个孩子，儿行千里母担忧嘛。”

王大妈说:“老嫂子说的在理儿，树旺这孩子也到了说对象的年龄，您也该抱大孙子了。”

母亲向院里走着，说:“谁说不是呢，都二十六岁的大小伙子了，说媒的都快踏破门槛了，就是不找，也不知道他在等谁，真急人。”

“老嫂子甭着急，儿孙自有儿孙福。再说这婚姻大事都是老天爷给安排好的，老话说千里姻缘一线牵。树旺这孩子心气儿高，他看上的女孩子那都是千里挑一。”王大妈也回过身向院子里走着，安慰着说。

母亲被王大妈的话逗乐了，开心地说:“这话我爱听，那就借大妹子吉言了。”

进了腊月，新年的气氛随之就浓了起来。

董树旺推着手推车，穿村而过的时候，看到的都是忙碌着准备过年的景象。杀猪宰羊、摊煎饼炸饹馇盒、磨豆腐炸豆腐酿豆腐、蒸馒头豆包，热气腾腾的大白馒头上点着喜庆的大红点，炒花生的、炒棒子花的、买鞭炮红灯笼的，到处都能闻到过年的香味。

路过几个年味飘香的村庄，顺着大路西行，又走了五里路就来到沙古堆村的村口。

沙古堆小学校坐落在村大队部北侧，学校大门前边的东侧是一个用水泥抹成的大平台，是学校学生们活动时的场所。

董树旺在大平台前停下手推车，走到校门口，向值班室说明来意后，敲开了校长办公室的大门。

刘校长正在看一份红头文件，抬头一看是董树旺，高兴地站起来迎过去说："小董师傅，你真是准时准点呀，快坐下来歇会儿。我正看上级发下的文件，要求做好寒假期间学校的安全保卫工作，其中就强调仔细检查教室取暖炉的安全问题，确保学生们的身心健康和生命安全。你来了，我心里就踏实了。"

董树旺站在刘校长面前，说："刘校长，我不累。既然您这么信任我，我也向您保证，一定把学校里的取暖炉子和烟筒都检查到位，修补到位。"

刘校长拍着董树旺的肩膀说："你可真是雷厉风行呀，你的手艺和认真负责的工作态度我早已领教过了，我们学校信得过你。教室的门都开着，下面的事就交给你了。"

"得嘞，我先去校门口把工具拿进来。"

刘校长站在办公室门口高喊："把车也推进来吧，校门里安全。"

董树旺来到校门外大平台前，推着车刚要往学校里走，就听身后有人高喊："您是董师傅吧？可把您给盼来了，我都等好几天了。"

听到喊声，董树旺回过头，说："小同学，我姓董，是黑白铁匠，你认识我？"

"嘿，我太认识您了。上个月您来我们村修洋铁活，把我爷爷那把瓷茶壶给锔好了，别提他多高兴了，天天抱着那把壶不撒手。我爷爷说那把壶是明朝时期一个大官送给我爷爷的爷爷的。他一高兴又从墙柜里抱出一个瓷罐，可惜瓷罐上的盖被摔成两半了。我爷爷夸您的手艺高，非叫我在大街上等着您，好把瓷盖给锔上。我妈直催我，说那瓷罐更是我爷爷的稀罕物，若等不到您我爷爷这个年肯定过不好。嘿，还真把您给盼来了。您可别走喽，我马上回家里取瓷盖。”

董树旺放下手推车，说：“你别着急，我今儿一上午都在学校里干活，估摸着中午之前就完活儿了。你中午吃完饭就在台子这儿等我，那时阳光充足，天儿也暖和些了，保准把瓷盖给你爷爷锔好。另外再麻烦你一下，看谁家还有要维修的东西，趁着我在这儿，一块儿都给修好喽，也好快快乐乐地过大年。”

“好嘞，我这就顺着前后街跑一圈，咱们吃完中午饭见。”小同学话还没说完就蹦跳着跑走了。

临近中午，董树旺手提着两个烟筒的拐脖来到刘校长办公室。

刘校长站起来，拿起暖壶给放在桌上的白瓷缸子加着水，说：“真是辛苦你了，这茶是专给你沏的，坐这儿，瞧你，都被炉灰染成包公脸了，哈哈。”

董树旺坐在刘校长的对面，用棉袄袖子擦了一下脸，说：“总算都检修完了，就是这两个弯脖不能用了，我把它拿回家再做两个新的。做弯头是很难的板筋活儿，家里有工具，还有我父亲给把关，您就放心吧，过一半天就给您送过来装上。”

刘校长将身子往前挪了挪，说：“我太放心了，跟你接触有几次了，我就琢磨你，手艺好，人实在又有朝气，社会上的青年若都像你这样，国家的教育事业就到位了。咱们国家改革开放都好几年了，有些小青年还是游手好闲的不务正业，时间不等人呀，我都替他们发愁。”

董树旺从布袋里掏出一个饭盒，放在炉台上，说：“刘校长，该吃中午饭了，我把饭先热上，吃完了饭，校门外还有点活儿。”

刘校长站起身，低声说：“在这村里做活儿你可得多加小心了，就是因为你的手艺好，人又随和，村里人有活儿都找你干。这样一来，你可把别人的活儿给抢走了。我听了几耳朵，那几个混混正想找你算账呢。”

董树旺抬起头听着，说：“我一个小炉匠，凭手艺讨饭吃，既没得罪人也没占别人的便宜呀？我身正不怕影子斜。”

刘校长探着头说：“我再跟你挑明了说吧，这村里有几个小青年，天天混在一起，打架斗殴，欺负老实人。那个领头的外号叫大花瓢，他是本村民兵连长阚大吹的儿子。他看学校有油水可捞，想把学校里的建筑维修的活都揽过去，当时我就回绝了。学校是教书育人的神圣之地，把活儿若是交在他们手里，就等于把学生往火坑里推。想往学校里插手门儿都没有，只要有我这个校长在一天，他们就甭做这个美梦。他们看软的不成就来硬的，指使坏人拉一车沙土把校门给堵上，还找各种理由断水断电。我就不信这个邪，直接到大队部，当着大队长的面指着阚大吹的鼻子，揭穿他的鬼把戏。并直接上报到公社、县主管部门，公安机关也备了案。这阵子总算踏实下来了，可我看那帮人不是善茬，说不定哪天又出啥幺蛾子。”

董树旺说：“您说的那个大花瓢我知道他，他妈是我们村二愣子的姐姐。那一家子人我可领教过，看着都人五人六的，没少干背后捅刀子的坏事。”

刘校长说：“怪不得呢，真是不是一家人不进一家门呀。我看他们也蹦跶不出圈了，这村的大队长是我的表弟，阚大吹这个民兵连长也是兔子尾巴，长不了。”

董树旺吃完了饭，将空饭盒装进布袋里站起来说：“刘校长，今儿就不跟您多聊了，外面的人还等着呢。”

刘校长把董树旺送出门口，说：“抓紧时间干活，这天儿黑得快，早点回家。”

董树旺将工具箱放到手推车上，说：“好嘞，您快回去吧，我走啦。”

走出校门口，平台上坐着一群人正说笑着等着他。

小同学跑到董树旺面前说：“您看，我把人都给您喊来了。有四家想让您给修补东西，其余的人都是来看热闹的。”

董树旺笑着说：“我可不是耍猴的，可别拿我当猴耍。”说着，他把工具箱从手推车上取下来，坐在马扎上，看着抱着东西的人说：“我看了一眼，都是小活，咱们按先后顺序来，先来的排在前边，后来的就排在后边稍等片刻。这位小同学上午就来了，我还得谢谢你帮我跑腿儿。把瓷盖拿过来，先给你爷爷锔这个活儿，而且为感谢你，维修费就免了。”

小同学高兴得蹦了起来，说：“太好了，这修理费归我了，又可以去供销社买几本小人书了！”

董树旺很快就干完了三个活儿，看热闹的人也多了起来，把董树旺围成了一个圈。他抬头看着人群，开着玩笑说：“多谢大家伙儿给我捧场，您这么一围，给我挡住了寒风，浑身上下都觉着暖和。”说完，又低着头认真地修补起来。

突然，从人群的外边飞过来一串着火的鞭炮，落在董树旺的膝盖上“噼噼啪啪”地炸响起来，董树旺躲闪不及，连忙用手将鞭炮拨了出去，右手大拇指被炸开了一个口子，鲜血直流。

周围的人也被这突如其来的横祸惊呆了，向后躲闪着回头找那个扔鞭炮的人。

董树旺左手攥着流血的大拇指，站起来刚要抬头看个究竟，猛然间一把沙土向眼前打来，他下意识地把头一闪，有几个沙粒还是重重地打在了脸上。

董树旺“呀”的一声抄起锤子四顾着人群高喊：“我董树旺跟

你们无怨无仇，为什么要欺负人？是谁干的？有种就站出来。”

就在这一瞬间，一个秃着脑袋的瘦高个，脖子上绕着金链子，龇着两颗大门牙从人群中蹿进来，一把揪住董树旺的脖领子，瞪着小眼儿恶狠狠地说：“我大花瓢今儿个就欺负你了，你若是识相就赶紧滚蛋！”说着，猛地一脚踹下去，将工具箱来了个底朝天，恶狠狠地说：“这一脚是替我舅舅教训你。”

董树旺出门在外，与人为善和气生财是他的宗旨。心想，看来今儿个是遇到地痞流氓了，对这种恶人是忍无可忍，必须痛打落水狗。

想到这里，只见他双脚一较劲，将手中的锤子别在大花瓢的胳膊上用力一拧，大花瓢“妈呀！”一声，头朝下向地上戳去。董树旺抬起右脚顺势一踢，大花瓢“嗵”的一声滚倒在平台上。董树旺跨步向前一脚踩在他的后背上，用力一蹲，大花瓢“哎哟”一声惨叫打着滚哭喊：“饶命呀！”

正在这时，从人群中又冲出两个同伙，一个叫臊耙子，另一个叫铁蛋。臊耙子举着菜刀，铁蛋手舞着铁链，直奔董树旺打来。

董树旺站稳脚跟，闪身躲过打来的铁链子，一个扫蹚腿将铁蛋踢翻在地，又抡起铁锤向劈下来的菜刀横扫过去，只见那把菜刀“当”的一声向天空飞去，当菜刀即将落向人群的一刹那，董树旺健步如飞蹿过去接住刀把，一扭身抓住臊耙子的头发，将菜刀架在他的脖子上说：“你再敢祸害人，我今儿就宰了你！”臊耙子吓得尿湿了裤裆，缩着脖子说：“爷爷您饶命，我再也不敢了。”铁蛋从地上爬起来抄起铁链又朝董树旺的头上打来，董树旺双眼一瞪，把菜刀从臊耙子脖子上拿下来，向上一划，那铁链子磕到刀刃上火花飞溅，他顺势飞起右脚朝铁蛋的前胸踹去，铁蛋“呀”的一声滚倒在地，捂着磕在石棱上的门牙哭喊：“妈呀，大花瓢，我上你的当啦。”

臊耙子被眼前这一幕吓蒙了，站在董树旺身后颤抖着双腿发呆。

大花瓢趴在地上高喊：“臊耙子，快去大队部找我爹。”

臊耙子被大花瓢喊醒了，转过身撒腿就跑。

董树旺将工具箱翻过来，将散落在地上的工具归拢着往抽屉里装着，说：“还找你爹？我就不信这光天化日之下，没有说理的地方。”

这时，大花瓢的父亲阚大吹和几个手下跑过来，将董树旺围在中间。

阚大吹走到大花瓢的身边，抬腿就是一脚，大声骂着：“你这个混蛋玩意儿，整天给我惹事。你舅舅不是告诉过你，人家学过擒拿格斗吗？你咋不知深浅呀？给我滚一边去。”

大花瓢捂着屁股连滚带爬地站了起来，捂着扔在流血的鼻子说：“那我舅舅还告诉我打蛇要打七寸呢，不对，是我姥爷说的。他还说没让那小子参上军就是打他七寸了。”

阚大吹又捶了大花瓢一拳，说：“你这缺心眼的玩意儿，再胡说八道我打断你的腿。”

大花瓢指着鼻子说：“您看他把我打的，鼻子都歪姥姥家去了，不向着我，还胳膊肘往外拐。”

围观的人群被大花瓢的丑态逗得哈哈大笑。

阚大吹又走到坐在地上捂着嘴哭的铁蛋跟前，伸手拽着他的脖领子说：“瞧你这副熊样，仨都打不了人家一个，还觍着脸装横，快给我滚蛋。”

大花瓢拉着铁蛋跑着说：“咱俩先回家，阚大吹你等着，找我妈去，非得让我妈收拾你。”

大花瓢缺心眼的话又把围观的人群逗乐了："这个大花瓢，平时的威风哪儿去啦，这回碰上硬茬的，认怂了吧？"

阚大吹来到董树旺跟前，脸色顿时严肃起来，说："你是从哪儿来的？敢在这儿扰乱社会治安，好大的胆子。"扭头冲着手下说："你们几个，把他的摊子抄喽，把他和这个箱子、手推车一块儿押到大队部，接受调查处理。"

听阚大吹这么一说，人群里炸开了锅，七嘴八舌地高喊：

"阚连长，你这是咋断的案子呀？惹是生非的人你都给放跑了，把受欺负自卫反击的给叩这儿了，这还有王法吗？"

"嘿，阚大吹，我看你头上的乌纱帽不想戴了吧？别在这儿给咱村丢人了！"

"阚大吹，把人家放了，你若是敢抓人，今儿我就跟你死磕。"

阚大吹瞪着眼珠子，高喊："都给我闭嘴，反天了是咋的，谁不服？都把你们抓起来，一块儿进局子。"

"我就不服。"刚才说死磕的中年人，从人群里站了出来，手握着拳头，双眼盯着阚大吹，说："今儿这事来龙去脉我都亲眼所见，人家这位小伙子来咱们村修理洋铁活儿，没招谁没惹谁，你儿子大花瓢带着那俩狗崽子，凭啥冲人家扔鞭炮扬沙子呀？你睁大眼睛看看，人家这大拇指，被炮仗炸开了大口子，那血'哗哗'的还流着呢。你们仗势欺人，干的那些伤天害理的事，我早就想去县里告了。我今儿把话撂这儿，你若是胆敢胡乱抓人，我就敢打断你的狗腿。"

阚大吹气急败坏，那脸是红一阵白一阵，刚要说话，被一个手下拦住说："阚连长，这事我也听明白了，人家是外来人，再给他几个胆儿也不敢惹是生非呀。若是把人带到大队部去，这事可就闹大了，不好收场呀，您消消气儿，这事就这么地吧。"

阚大吹自知理亏，正好有这个台阶，心想：“就坡下驴吧。”他缓和了语气，对董树旺说：“我今儿念你是个外村人，就饶你这一回，下不为例。若敢再来沙古堆闹事，我就抓你坐牢。”

董树旺心中暗想，“既然你想息事宁人，我也就放你一马。”冲着围观的人群说：“各位乡亲，让大家受惊了，我在这儿赔不是了。谢谢大家伸张正义，帮助我说理解围。我是个走村串巷的小炉匠，个体户，就是靠黑白铁手艺为大家服务，也是为了讨口饭吃。这些日子，我走了三个公社几十个村子，遇到的大多数都是善良的好人。要说地痞流氓倒是有，我认为他们是吃不开的，因为他们走的是歪门邪道，一定是过街的老鼠，人人喊打。”

“好！小伙子正直、正派，说到我们心坎里了，好样的！”人们高喊着，热烈地鼓起掌来。

刘校长来到阚大吹面前，说：“小阚呀，我可是看着你长大的，咱们做人要讲道德、讲文明。回去后教育一下你家公子，要学着堂堂正正地做个好人，做个有道德讲文明的人，眼前这位小董师傅就是他的榜样。我看，带着你的兵快去干正事吧，人家小董师傅还要赶路回家呢。”

“是呀，阚连长，你们快回去干点儿正事吧。”人群里又发出高喊声。

阚大吹的手下拽着他退出了人群，走着说：“队长还在大队部等着咱们汇报呢。”

一场闹剧落幕了，人群散去，小学校的大门前顿时安静下来。

刘校长帮助董树旺将工具箱装上手推车，捆好，说：“这回没事了，你一出手打得他们是魂飞丧胆，你替周边的村民出了这口恶气，我替他们感谢你这位敢做敢当，伸张正义的小炉匠！”

董树旺说：“多谢了，若不是您替我解围，还不知道要纠缠到啥时候呢。刘校长，我想不明白，这大运河边上历来是民风淳朴，怎么还有如此的恶人呢？”

刘校长叹了口气，说：“善与恶是没有地域之分的，关键看他的教养，如果教育跟不上去，还会有恶人出现的。你看过刘绍棠的小说吗？他专门写发生在大运河畔的故事，里面不是也写了不少恶人吗？但是善恶终有报，归根到底要做一个好人。你还年轻，今后的路还很长，还会遇到许多挫折磨难，别害怕，人生最大的成功就是在磨难中前行。”

顿了一下，刘校长说：“刘绍棠小学就是在沙古堆念的，他的家是路南的儒林村。要说他受的挫折、磨难谁能比呀？可他愣是坚持下来了。赶牛车，劳动改造，他不怕，完全接受，怎么都行，就是不能耽误自己写小说。前些日子他还从北京来到学校里坐了坐。都说他是神童作家，让我说人的智商都差不多，就看你怎么用它。关键是要胸怀大志不改初衷，只有这样才能做成大事，才能成为一个对国家有用的人。好了，不说了，天也快黑了，你抓紧赶路吧。”

董树旺告别了刘校长，推着手推车，他回想刚刚发生的一切，深知善与恶、美与丑的较量无处不在。心中油然充满着一股向上的力量，他昂然挺胸，迈开坚定有力的步伐，向前走去。

三

春天毕竟是美丽的，北运河两岸已被满坡的桃花染成了粉红色。

嬉闹的春燕排起了长队，在黄绿色的柳枝间穿行，南来的大雁，在湛蓝的天空中掠过。

运河的水面上漂荡着一只油棕色的木船，船上坐着的是一对新婚的青年人。也许是新婚后第一次回娘家，新郎在船尾轻快地摇着前行的双桨，一身红装的新娘坐在船头，挥舞着红纱巾，欢快地唱着甜美的歌声：

我们的家乡
在希望的田野上
炊烟在新建的住房上飘荡
小河在美丽的村庄旁流淌
一片冬麦，那个一片高粱
十里哟荷塘，十里果香
哎嘿哟嗬呀儿咿儿哟
嘿！
我们世世代代在这田野上生活
为她富裕为她兴旺
我们的理想在希望的田野上
……

董树旺推着手推车，行走在春意盎然的河堤上。他踏着从木船上传来的悠扬的歌声，整个身心都被融化在醉美的春光里。

他顺着河堤往东，来到了大运河的拐弯处吕家湾村。已和张队长约好，今天要去给吕家湾村现场指导喷雾器的维护与修理的方法。

据传，吕家湾已有七百年的历史，元朝末年时期天灾人祸不断，饿殍遍野民不聊生，大批难民在中原地区无法生活，被迫北迁谋求生路。以吕姓为主要姓氏的人们，迁往大运河周边的拐弯处，慢慢形成了村落，吕家湾也就成了村庄的名字。

村庄的南边是悠悠过境的大运河，东侧是醇美自然的潮白河。两条河流如同柔软的屏障，将吕家湾呵护在怀抱中，赋予了这座小村庄清新脱俗的灵秀气质。

董树旺走到村口，向北又穿过一条鸭鹅戏水、春花灿烂的小河，就来到了吕家湾村大队部的门前。

张队长正招呼社员们在大柳树下摆放着喷雾器，抬头看见了董树旺，高兴地走过去说："树旺老弟，辛苦了。"又回过头高喊："吕小福，快过来，把董师傅的手推车推到大柳树下面去。"

吕小福跑过来说："董师傅，您把车交给我吧，一直盼着您呢。"将车推过去，卸下工具箱，又去大院里搬喷雾器了。

张队长手指着摆放在地上的喷雾器说："树旺老弟，你看这地上摆着的，都是需要检修维护的喷雾器，有机械式和电动式两种，一年之计在于春，还请你把这些小青年都教会喽，一年下来我就不用发愁了，哈哈。"

董树旺低头看着喷雾器，说："张老兄，您把这些喷雾器用得可够苦的，从外观上看，裂的裂、瘪的瘪，是用它们打仗去了还是咋的？哈哈。"

张队长弯下腰，看着一个老式喷雾器说："可不是嘛，你看这台手动的，摇臂都折了。树旺我跟你说，俺们吕家湾地多得都种不过来，从这里到河堤那几百亩地，到了该打农药那几天，把家底都搬出来了还是不够用。杀虫的农药在五天之内必须得喷洒完，要不然就白忙乎了，每到了那几天喷雾器都是连轴转，把它们用得太苦了，这就需要老弟你妙手回春了，哈哈。"

一切都准备妥当了，社员们围坐在董树旺身旁，大柳树下顿时安静下来。

张队长站在人群里高声说："今儿个，特意把董树旺师傅请过来的目的，一是帮助咱们检查维修这十几台喷雾器，二是要让你们跟董师傅学会这方面的使用知识和检修技术。董师傅家三代人都干过黑白铁匠，你们要认真学，谁要是稀松二五眼没学好，到时候就会干瞪眼，那我就让你自个儿掏腰包，再买一台新的。"

张队长的训话把大家逗乐了，人群里传出哄笑声。

张队长瞪着眼说："还在那儿傻笑！我看你今儿的工分是不想挣了。得了，我也甭逗咳嗽了，树旺，下面的就瞧你的了。"

董树旺从工具箱里拿出几样工具，说："张队长，您忙别的去吧，这里就交给我了。"

张队长拍了一下董树旺的肩膀，说："好吧老弟，我去公社办点事儿，等中午回来咱哥俩喝两盅。"

送走了张队长，董树旺坐在马扎上，说："刚才张队长把我的来意说了，下面就听我的。虽说大家坐在这里听我讲，但是也挺累的，因为你们既要听我讲、看着我干，还要亲自动手把技术学会。大家也别害怕，没啥复杂的活儿，只要认真听认真看，一学就会。好，下面我就开讲了。"

董树旺让吕小福搬过一台喷雾器，他从喷雾器的发展历史、结构、特点，到喷雾器操作方法、保养检修的注意事项，都进行了详细的讲解和演示。针对喷雾器摇臂损坏后的维修方法；喷雾器充电后使用时间不长，喷雾距离变小的故障处理方法；电动喷雾器中水泵的维修与养护，以及修理喷雾器出水量小的方法等具体问题，都逐个现场操作讲解。

时间不知不觉地过去了，当讲解、维修完最后一台喷雾器的时候，已近中午时分。

吕小福走到董树旺身前，递过毛巾，低声说："董师傅您先擦擦汗吧，再喝口热水，我看您的后背都湿透了。”

董树旺推开毛巾，说：“谢谢你，看我这满手的油泥，别把毛巾弄脏了，我先去洗洗手。”

说着，他站起身直了直腰，大声说：“今儿个我要说的和做的都完事了，大家再看看还有啥不明白的，我先去洗个手。”

听董树旺这么一说，大家都站起来，动手摆弄着喷雾器，互相交流着：

“修理喷雾器出水量小、扬尘低的故障用啥工具？我给忘了。”

吕小福说：“瞧你这记性，用螺丝刀和镊子呀。”

“万用表直流档测量电瓶电压，多少伏正常呀？我没听清楚，再告诉我一下，多谢了。”

吕小福皱着眉头，说：“董师傅讲的时候你是不是开小差儿了？十二伏正常。”

“还是你这个小福子记性好，得嘞，下次去地里干活我替你背着喷雾器。”

吕小福笑着说：“这还差不多，再有不会的你就问我吕师傅，哈哈。”

董树旺从人群里出来正朝大队部院子里走，忽然听到不远处喊叫他的声音：“小董，你稍等，还认识我吗？”

顺着喊声望去，一个中年人站在自行车旁，正在向他招手。他一下认了出来，高喊：“黄二爷，您咋在这儿呀？好久不见了！”

黄二爷向前走了两步，笑着说：“我常来这个村转悠，站在你身后看半天了，看你讲得那么认真投入就没去打扰。我还想问你呢，不开手扶拖拉机啦？”

董树旺说：“早就不开了，在郎府综合厂又干了三年黑白铁，从去年开始又干了个体户，当黑白铁匠。这回跟您也差不多了，您是走村串户收旧货，我是走街串户当小炉匠，哈哈。”

黄二爷说：“几年不见，你这跨度还挺大，这回好了，真正接你爹铁善人的班了。看你这满手的油泥，快洗手去，我在这等着你，一会儿再聊。”

“好，我先去洗手，真想再和您聊聊天儿，上次在榆林庄大堤没聊够。”

董树旺洗完手从大院里出来，先走到大柳树下，让吕小福负责把喷雾器都搬回库房，将工具箱放到手推车上，就和黄二爷一起坐在大队部门口的台阶上聊了起来。

董树旺看着黄二爷，不解地问：“您刚才说常来这个村，为啥呀？”

黄二爷说：“这个村离我家较近，都挨着潮白河，最关键的是这个村子有灵性。你看，从通县城里往东南到这儿的大运河只拐了两个大弯，一个是张家湾，再一个就是吕家湾。张家湾就不用说了，这个吕家湾自古以来也是南北漕运的重要码头，繁华之地。我就是冲着它厚重的文化底蕴而来的，想在这里多淘些宝贝。”

董树旺笑着说：“听您这么一说，吕家湾的道行也够深的。”

黄二爷站起身走到自行车前，从车筐里抱出一只大掸瓶，说：“小董，你过来看看，这是我刚收的旧货。”

董树旺走过来，弯下腰看着掸瓶，说：“这是五彩瓶，在我二大爷家里瞧见过。这瓶子的耳朵没了一只，怪可惜的。”

黄二爷说：“可不嘛，若是这两个耳朵都完好无损，这钱我得加倍地给人家。可惜只有这么一只，要是一对的话，我到通县城里倒手一卖，两辆飞鸽牌自行车的钱就有了，哈哈。”

董树旺说：“这些老物件还真不多了，破四旧立四新那几年，得遭毁多少老东西呀。我记得那时候还小，常和村里的同学一起到河边捡那些摔碎的瓷片，到了晚上两个瓷片一划就蹭出火花，玩得可开心了。”

黄二爷说：“是呀，所以我这阵子往出跑的次数更勤了，这一改革开放，大家都明白过来了，好东西都不轻易往出拿了。我寻思着，这些老玩意越来越不好淘换了。得啦，收多少是个够呀？顺其自然吧。”

黄二爷将掸瓶又放回筐里，低声说：“我早就听说这村里有一把宝扇，是清朝康熙年间石涛送给本村一个老渔翁的。据说新中国成立后有人见过那把折扇，现如今应该还在这村的人手里。”

董树旺说：“您到这儿来的目的就是为那把扇子吧？”

黄二爷说：“还真是让你说对了，一想起那把扇子我都有点犯神经了。每次到这边来我都是拐到吕家湾，前街后街吆喝两声，这把扇子的来历可不简单呀，它是有故事的。”

“还有故事？没听说过，您给讲讲呗。”

黄二爷拉着董树旺又坐回台阶上，说：“你想听我就给你说说，咱先说好喽，这个故事不能外传，若是传出去了，全国各地的人都来村里淘换那把扇子，那可就乱套了。”

“您放心吧，我守口如瓶。”

黄二爷从上衣兜掏出一盒红梅牌香烟，抽出一支递给董树旺，董树旺用手阻挡着说：“我不会，您抽吧。”

黄二爷自己点着了烟，吸了一口，吐着烟圈，说：“那咱就从清朝康熙年间说起。江南一带有一位非常有名的画家，画名叫石涛，是个出家的和尚，俗姓朱，名若极。康熙皇帝顺着大运河南巡时，石涛在南京和扬州曾两次迎驾，他也曾北游京师问道，谋求发展。有一年，他乘船沿着大运河从南京来到北京的途中，行船到吕家湾，突然乌云遮天蔽日，一会儿的工夫就电闪雷鸣，风雨交加。

他乘坐的船只好停靠在吕家湾码头，登岸避雨。此时的石涛浑身上下已被雨水打湿淋透，见到岸边有一个窝棚，急步走到近前，敲门而入。窝棚里坐着一位老人，披着蓑衣头戴斗笠，正在避雨喝茶。老人看着来人的打扮，虽说是被雨水淋成了落汤鸡，但一看他的五官气质，绝非等闲之辈。老渔翁站起身，将石涛让到里边的木凳上。石涛双手合十连连道谢说：'阿弥陀佛。大雨突降，没有避处，只能来此叨扰。'老渔翁斟满一杯清茶递给石涛说：'法师能来此寒酸的窝棚里避雨，真乃是我老渔翁的福分呀。'石涛抻着衣袖甩着雨水说：'贫僧冒昧前来，还望您老人家多多见谅。稍坐片刻，雨停即行。'老渔翁将茶炉打开，又加了两块黑炭，让火烧旺起来，说：'我家住在吕家湾的村口，一年四季以打鱼为生，风风雨雨几十年。在这个运河湾上我是识人无数，如今见到这位法师相貌非凡，定是个奇异之人。若是瞧得起我这个土窝棚，就将外衣脱下来，放到茶炉上烘烤一时，待僧衣干透，天也就晴朗起来，到那时再赶路也不迟。'石涛放下肩挎的包裹，打开看着，因为外层用油纸布包裹着，里面的东西依然无碍，舒展了眉头，说：'多谢老人家，我依您便是。'说着，石涛将僧衣脱下来就要坐在茶炉前烘烤。老渔翁赶忙接过湿漉漉的僧衣说：'烘烤衣服的差事还是我来吧，像我这种常在河水里泡着的人，烤晒衣服那可是家常便饭，法师就请坐在炉边烤火喝茶吧。'大约过了一个时辰，雨停了，天上飘出朵朵彩云，阳光明媚，窝棚的上空笼罩着道道彩虹。"

说到这里，黄二爷停下来，又从烟盒里抽出一支烟，在烟盒上戳了两下，点着，深深地吸了一口，扬头吐着烟圈，烟雾弥漫在头顶，缓缓散去。

董树旺入神地听着，催着说："那后来呢？您接着往下说呀。"

黄二爷又吸了一口烟，说："别急，也得让我喘口气歇会儿呀。

好，听我继续说。”

黄二爷将烟掐灭，将剩下的半截烟又放进烟盒里，继续说了起来：“石涛穿好行装，准备登船赶路。老渔翁将石涛送到船上，说：‘法师虽是才高八斗慧聪异禀之人，但也看出面露几分忧郁之相，我说句话，愿听则听，若是不愿听就如同这大运河之水随波而去。’石涛双手合十说：‘贫僧愿洗耳恭听。’老渔翁从腰间摘下鱼篓，将其放到水里沉下去又提上来，说：‘人这一辈子，就如同这个鱼篓子打水，下也空空，上也空空，早放下早轻松。’石涛若有所思，忽然仰望晴空，油然顿悟，大喊一声：‘天亮了！’说完，从挎包里抽出一把折扇，递给老渔翁说：‘您送给贫僧一句话，我将这把扇子送您。扇子正面是我画的画，背面是我题写的诗，请您指教。古语有云，礼尚往来，来而不往非礼也，阿弥陀佛。’一叶扁舟离开吕家湾向西北方向驶去，一阵微风吹过，宽阔的河面上清波荡漾，转眼之间又复归平静起来。”黄二爷不说话了，又掏出那支半截的烟，点着，吸着，吐起了烟圈。

董树旺说：“我听您这故事讲的，咋像收音机里播放的《三国演义》呀？就是袁阔成说的那个评书，您还真有两把刷子。”

黄二爷笑着说：“这可让你给吹大话了，人家袁阔成是谁呀？那是红遍大江南北，家喻户晓的评书演说家，咱跟人家还差着十万八千里那，哈哈。”

“那您就别卖关子了，接着把故事讲完呀。”董树旺催着黄二爷。

黄二爷说：“老渔翁站在岸边，望着石涛远去的背影，心中默念：‘天有不测风云，吉人自有天相。’送走了石涛，老渔翁又回到窝棚里，斟上茶水，悠闲自得地喝着。他打开那把折扇，仔细看了起来。扇子的正面是一幅画，画的是黄山烟云，背面是首诗：

黄山是我师，我是黄山友，心期万类中，黄峰无不有。落款是康熙二十九年初春，石涛并题。老渔翁手捧折扇，自言自语地感叹：‘石涛，笔墨高古，真是画如其人。’”

故事讲完了，黄二爷接着说：“那把扇子，听说老渔翁传给了他的儿子，老人临终前叮嘱儿子说：‘这把扇子是石涛所画，不同寻常。你一定把这个传家宝继承下去，无论是遇到天灾还是人祸，都不能出手。切记，切记。’”

董树旺着急地问：“那后来呢？这把扇子又落到谁手里了？”

黄二爷叹着气说：“据说是老渔翁家传到第九代，就没再生男孩，听说是聘闺女时把扇子做嫁妆了。她嫁的那个人家当时在通州十里八乡也是个大户人家，后来因为她丈夫抽鸦片，把扇子当了出去。再后来听说被老渔翁的本家后代把扇子又赎了回来，从那以后这把扇子就没再离开过吕家湾。”

董树旺将信将疑，说：“黄二爷，听您说这些事可够神乎的，不会是空穴来风听人家瞎编的吧？”

黄二爷一本正经地说：“无风不起浪，就算是道听途说，那也说的是吕家湾呀，咋没说张家湾、刘家湾呀？我是宁可信其有，不可信其无。管它树上有没有枣，先打一杆子再说。”

董树旺玩笑着说：“您这枣在吕家湾打了不止八杆子了，可啥也没有呀？”

黄二爷手指着车筐说：“你瞧见我筐里那些宝贝了吧？如果我不过来打这一杆子，就收不着这些玩意儿。说来也怪，我这些年走街串巷，经常遇到无心插柳柳成荫的事，想起来都觉着奇怪，这就是缘分吧。”

顿了一下，黄二爷看着董树旺，说：“别光说这些事了，也该说说你了。我问你，这些年你结婚没有？有孩子了吗？”

董树旺大笑着说：“还结婚生孩子呢，连对象还没有呢，哈哈。”

黄二爷也乐了，笑着说：“别怪我多嘴，你可是该找了，你想找啥样的？有啥条件？”

董树旺说：“能有啥条件呀？我一个小炉匠，高不成低不就，一直没遇上对眼的。我觉着两个人只要能有缘，互相能看上眼就成呗。”

黄二爷说：“你这可不是没有条件，是条件太高了，你要的是天仙配呀，哈哈。”

董树旺有点害羞，红着脸说：“您可别拿这事耍戏我，您走南闯北认识的人多，看着有合适的给我介绍一个。”

黄二爷想了下，说：“你还别说，真有一个合适的。我家附近有个郎庄村，郎庄的徐家有两个闺女，嘿，长得别提多好看了！有可能是在潮白河边长大的，这两个闺女真是女大十八变，越变越好看，漂亮得就跟那出水芙蓉似的。老大嫁到俺们村，刚生的孩子，她的妹妹叫徐凤红，长得更漂亮，苗条婀娜，亭亭玉立，两只水汪汪的大眼睛，梳着两根大长辫子，那脸蛋是又白又嫩，说起话来大大方方，有理有面，真是谁看着都稀罕。这孩子在公社珐琅厂当会计，就是因为自身条件太好了，至今没谈婚论嫁，可把她妈给急坏了。前几天老嫂子去我们村伺候大闺女月子，见到我就说起她二闺女的婚事，说我常在通县地界转悠，看到合适的小伙子就给张罗张罗。当时我就想到了你，要说天仙配，你俩还真成。你若是想谈这个对象的话，我回去后找她妈说，你看咋样？”

董树旺犹豫着，说：“人家女孩那么漂亮，工作单位又好。我是一个跑村串户的个体户，小炉匠，人家哪能看上我呀？您就别费这份心了。”

黄二爷加快了语速，说："小炉匠咋啦？个体户又咋啦？如今这个社会，干个体凭的是真本事挣钱。咱们可大街筒子找，还能找出第二个像你这样有手艺、懂技术又聪明能干长得还俊气的个体户吗？再说了，我听她妈说那个意思，也想把闺女嫁到通县，我看这事能成。"

董树旺红着脸，说："那就听您的，麻烦您多费心了。"

黄二爷高兴地拍着董树旺的肩膀，大声地说："一言为定，你就等着好消息吧。"

张队长急匆匆地从公社赶回来，停下自行车，说："树旺，不好意思，要办的事情太多了，这点儿才回来，对不住兄弟了。"他又对黄二爷说："你也来了，你俩认识？挺远的就听见你俩说话了，聊得还挺热闹，啥好消息呀？从你黄半仙嘴里说出的话，我们可全当圣旨呀，哈哈。"

黄二爷站起来，笑着说："张大队长，咱可是老交情了，可得嘴下留情呀，您这一忽悠，我可真把自个儿当成半仙了，哈哈！"

张队长搂着董树旺的肩膀，说："咱哥仨到我家喝酒去，你嫂子早把饭菜整好了，酒桌上再请黄老兄给讲讲收的那些坛坛罐罐的来历，咱也长长见识。"

董树旺推着手推车，跟在张队长和黄二爷的身后，边走边想着黄二爷说过的话，仿佛那个心仪美丽的姑娘徐凤红正向自己走来，眨着漂亮的双眼，抿着嘴，幸福地微笑着。

四

黄二爷告别了董树旺和张队长后，骑车离开了吕家湾，往东南方向直奔河北省香河县淑阳公社潮白河西岸的郎庄村而去。

一个小时后，在郎庄徐凤红家大门口下了车，将自行车斜靠在枣树上，用绳子捆牢靠后，敲开了徐家的大门。

听到敲门声，徐凤红的母亲走出屋门，高声问：“谁呀？”

“老嫂子，是我呀。”黄二爷沙哑着嗓子回应着。

“是黄二弟呀，稍等。”

大门“吱呀”一声被打开了，黄二爷笑着说：“大嫂，我大哥在家吗？今儿个我来可有大喜事要向兄嫂通报。”

徐母迎着黄二爷，说：“你大哥在家，正在写大字呢。你今儿咋这么早回来了，哪天不是披星戴月呀？”

黄二爷跟在徐母身后往屋里走着，说：“是呀，我今儿是为您二闺女凤红的婚事来的，没回我们村，直奔您这儿来了。”

徐母挑着门帘，说：“快进屋吧，你大哥这毛笔字写得铺天盖地的，连下脚的地儿都没有，你瞧着点脚下，别把纸上的黑墨蹭到鞋上。”

徐父手攥着毛笔，将老花眼镜推到脑门上，抬眼看着黄二爷，笑着说：“黄老弟你来得正合适，快过来给我评评，我这字有没有长进。”

黄二爷边看边笑着说：“王羲之的《兰亭序》，虽说临得有模有样了，可与字帖比还有一大段距离。您可别烦我说话呀，王羲之的儿子王献之，当年学他父亲的字，自认为学得已经很像了，得意地拿写好的字给他老娘看，老娘看了一眼说：‘吾儿写尽三缸水，只有一点像羲之。’这一点还是他父亲王羲之点的。所以我说老哥，您就踏踏实实临帖吧。”

徐父放下毛笔，皱着眉玩笑着说：“还打算让你夸两句呢，你这么一说，把我这个皮球又给扎了一锥子，泄气啦，哈哈。”

徐母弯腰捡着地上的字，说：“你这个大哥呀，也就是总在我这儿瞎吹，这回遇见高人了，老实了吧？”

黄二爷摆着手说：“嫂子您可别这么说，我大哥这字的确不错了，我这也是在和他开玩笑。我看大哥这书法水平，在咱们香河那可是没谁了！”

徐父开心地笑着，说：“黄老弟又忽悠我，打一下你就揉三揉。就我这两把刷子，我可知道该吃几碗干饭，哈哈。”

黄二爷坐在炕沿上，说：“今儿哥哥嫂子都在，咱就书归正传，我是为凤红的婚事而来。”

徐母说：“我最着急的就是凤红的婚事，你说的是谁家的小伙子呀？”

徐父拦着徐母说：“你别着急呀，听黄老弟慢慢说。”

黄二爷说：“今儿上午我去了潞通县西集公社吕家湾，真是巧了，正碰上郎府公社冯各庄大队的小青年，他姓董，叫董树旺，正在给吕家湾村维修喷雾器。那个小伙子三年前我就见过面，那年他是村里的手扶拖拉机手，如今干起了个体户，做黑白铁匠。二十年前常来咱们这边干黑白铁匠那个‘铁善人’就是他的父亲。”

徐父听着，说：“那个‘铁善人’，当时是无人不知无人不晓，他可是咱们周边几个村的贵人呀。”

黄二爷说：“是呀，那个小伙子长得，要个儿有个儿，要模样有模样，还有一身的好手艺，说话办事既痛快又厚道诚实。我当时就把他和凤红联系到一块儿了。心想，这要是处对象，那可是天生的一对呀。我当时就问他结婚没有？有孩子了吗？嘿，他说连对象都没有，哪来的孩子。我就将凤红介绍给他，看那架势，这个小伙子对凤红还真是挺满意，托我给牵个线说合说合。我也知道兄嫂的心意，就急着赶过来说这件事，您二位掂量掂量。”

徐父沉思着，说:“黄老弟若是看着成，我看就有希望。你是看着凤红长大的，就咱闺女这条件，她若不是心气儿太高早嫁出去了。就冲小董那孩子是‘铁善人’的儿子，那人品肯定是没的说。凤红她娘，你看呢？”

徐母站在墙柜前面，看着墙上挂着的一排照片，用手抚摸着镜框，说:“要说咱这个丫头，论长相，那是百里挑一；论工作，在珐琅厂当会计，那是优秀工作者；论家务，缝缝补补、洗洗涮涮，都是一把好手。再说她做饭，就她做的那个手擀面，再拌上她榨的肉酱，亲朋好友、邻里乡亲吃上这一口都竖大拇指。这丫头聪明、能干、豁达、开朗，真是十全十美，没得挑。我看呀，既然是黄二弟保的媒，咱就同意了吧。凤红那儿，等下班回来我跟她说。不过还得按咱香河的规矩来，选个良辰吉日，带着闺女去男方家相亲。这门婚事能不能成，那还得看两个孩子的眼缘，婚姻大事，由他们自己做主。”

黄二爷说:“既然兄嫂都同意，其他的事儿我来办。刚才我算了算，咱就把相亲的时间定在四月六日，那天是个吉日。”

徐父说:“我看成，就按你定的日子办。”

黄二爷站起身，说:“好，等嫂子跟凤红说妥后，就把信儿告诉我。”

徐父说:“等吃了晚饭再走吧，咱哥俩喝两盅。”

黄二爷向外走着，说:“不啦，我淘来的两筐宝贝还在枣树下面拴着呢，等把凤红这门婚事谈妥，咱哥俩再痛痛快快地喝。”

火红的太阳从村东原野的尽头冉冉升起。五彩的鲜花在原野中开放；茂密清香的绿萝花缀满枝头；袅袅炊烟在冯各庄村的屋顶上升腾；成群的麻雀，叽叽喳喳地鸣叫着向大运河岸边的草甸子飞去。美好的一天开始了。

今天，对于董家人来说，是个吉祥喜庆的日子，董树旺盼望已久的心上人就要见面了。他早早地醒来，忙着喂鸡、喂猪，将院内院外，房前屋后打扫得干干净净。

母亲穿着一身新做的蓝布裤褂，满面春风，在宽敞明亮的房间里摆放着迎接客人的茶果、点心、花生瓜子等一应物品。突然想起了什么，一拍大腿，冲屋外高喊："树旺，快去小卖部买两条牡丹牌香烟，你弟弟昨儿忘记买了。"

听到母亲的喊声，董树旺大步跨进屋里，笑着说："妈，瞧把您高兴的，忘事儿了吧？我弟弟把烟放在西屋墙柜上了，我给您拿过来。"

母亲笑着说："瞧我这记性，昨晚上是我让他先放到西屋的，真是高兴得过头了，哎呀。"

"妈，我把二大爷接过来了，也把油条买回来了，先吃早饭吧。"弟弟走进大院，高喊。

母亲从屋里快步走了出来，挥着手说："他二大爷来啦，快到屋里坐着，咱们这就吃早饭。树旺，到前院喊一声你爸他们，先把手里的活儿放下，等吃完早饭再干也不迟。"

吃完了早饭，弟弟擦着嘴说："妈、爸，我先去村口等着，等香河的客人来了就跑回来报信儿。"

母亲在厨房里洗着碗筷，高喊："你慢点跑，别摔着。"

太阳高高地升起来了，几只花喜鹊在大院门口的柿子树上不停地鸣叫着。宽敞洁净的董家大院，一派喜气祥和的景象。

前来相亲的队伍来到了董家大院，大院里顿时热闹起来。

黄二爷首先将徐凤红的父母介绍给董树旺的父母，双方像久别重逢的亲人一样嘘寒问暖，亲热地打着招呼。

黄二爷指着董树旺的父亲说："这位就是咱们几个村的贵人，

大名鼎鼎的‘铁善人’，这回见到真人了！”

徐父握着董父的手说：“是呀，俺们那地方的人都是知道感恩的，一直没忘记您这位‘铁善人’呀。”

董父谦和地说：“那都是过去的事情了，乡亲们遇到了困难，搁在谁身上都得帮这个忙呀。来，咱老哥俩进屋喝茶去，慢慢聊。”

黄二爷又把董树旺和徐凤红叫到一边，分别向双方父母介绍着。看着眼前这位如花似玉美丽大方的姑娘，董树旺的父母眉开眼笑，心里乐开了花。

董母紧攥着徐凤红的手，上下打量着，高兴地说：“多俊俏的闺女呀，我这一打眼就喜欢上你了。得嘞，就是我的儿媳妇了。”徐凤红低着头，害羞地说：“大婶，谢谢您夸奖，一见到您，我这心里热乎乎的，好像早就认识您一样。”

董母疼爱地说：“跟婶子进屋，先喝口热茶，暖暖身子，走累了吧？”

徐凤红看了董树旺一眼，红着脸，抿嘴乐着，跟在董母身后向屋中走去。

董树旺看着徐凤红的背影，怔怔地站在那里，心里嘀咕着：“这不就是我梦中相见的美丽的姑娘吗？难道她就是上天赐予我的爱人吗？”

“树旺，别愣着了，快进屋招待客人，把凤红的父母陪好喽，哈哈。”黄二爷推着董树旺，笑着说。

徐凤红的姐姐弟弟们也都和董家人见了面，两家人坐在一起欢声笑语，热闹非凡。

相亲仪式结束后，黄二爷对董树旺和徐凤红说：“你俩今儿个就算认识了，婚姻大事全由你俩做主，还需要有一个相互了解的过程。我看这样，离中午吃饭还有一段时间，树旺，你带着凤红到村里村外转一转，让凤红熟悉一下村里的情况，你俩也能在一起多待会儿。”

董树旺红着脸，说：“听您的安排，凤红，咱俩出去吧，我带你去大运河边儿上转转，那里也正好路过我家的菜园子。”

徐凤红跟在董树旺身后向院外走着，说：“黄二叔，那我俩去了，您一会儿跟我爸妈说一声，一会儿就回来。”黄二爷笑着说：“快玩去吧，你爸妈那儿我去跟他们说。”

董树旺走在徐凤红的前边，虽然表面上显得挺轻松的样子，其实心里边也有几分紧张和腼腆。他低着头大步朝前走着，一会儿的工夫把徐凤红撇下几米远。徐凤红在后面追着，高喊：“董树旺，你慢点走，我都追不上了。若是把我走丢了，我可向你妈告状去。”

董树旺停下脚步，头上冒着汗，说：“对不起，我心里一紧张，这步子就迈大了。”

徐凤红追了上来，笑着说：“你紧张啥呀，我又不是老虎。”

董树旺也笑了，看着徐凤红，没话找话说：“我好像见过你，你那两只大眼睛特别像电影《青春之歌》里的林道静。”

徐凤红走着，说：“你说林道静呀，好多人都说我像她。你看过电影《青春之歌》？”

董树旺说：“那么好的电影谁没看过呀，《青春之歌》那本小说我连看了三遍。”

“你知道那部小说的作者是谁吗？林道静和余永泽的原型是谁？是哪里人？”

董树旺想了一下，说：“那部小说的作者笔名叫杨沫，林道静和余永泽的原型是谁我不知道，原型又是哪里人，我就更不知道了。”

徐凤红扬着头，神秘地说：“你猜猜，猜不着我再告诉你。”

董树旺想着，说："我真猜不着，还是你告诉我吧。"

徐凤红倒背着手，双眼眯缝着，说："真猜不出来了？好，那我告诉你，他俩都是我们香河人。"

董树旺惊讶地问："都是香河人？从来没听说过呀，到底是咋回事呀？"

徐凤红假装严肃起来，向前迈了两步，扭过身说："小说作者杨沫老师就是林道静的原型，那个余永泽呢，就是杨沫曾经的丈夫，从我们香河考进北京大学的大才子张中行老先生。杨沫老师曾经在香河的一所小学里教过两年书，那个小学的校长就是张中行的哥哥。"

董树旺认真地听着，说："香河还出过这么有名的大作家，真是不简单。"

徐凤红往前走着，说："香河不简单的事情还多着呢。我再问你一个问题，香河这个名字是咋来的？为啥叫香河呀？"

董树旺拍着脑门说："呦，我就知道河北省有个香河县，香河这个名字咋来的，我可真没听说过。"

徐凤红看着董树旺，笑着说："还是我告诉你吧，香河的历史可久远了。早在六千年前，就有人在那儿住了，但建制是从辽宋朝代开始的，辽太宗在那儿设置的淑阳郡。到了明朝，明太祖朱元璋推翻了元朝之后，逃到大草原以北的元兵时常过来袭扰。于是，朱元璋就封四太子朱棣为燕王，挂帅扫北，并派军师刘伯温随军出征。燕王很快就平定了元兵。这时，燕王蓄谋自立君王，就派刘伯温寻找合适的地方建立都城。有一天，燕王带人来到了香河淑阳镇，时值六月，淑阳镇四面河水环绕，水中荷花盛开，景色秀丽，香气袭人。燕王赞不绝口'此处真乃香河也！'从此就把此地称为香河了。刘伯温一见燕王有意在此地建都，便勘测制图。等到了动工时，因为缺砖少木，只好大图小建，变成一座小城。听说东西南北四面都是一里地远，比北京城小了十倍。城的四个门仍与北京城一样，直出直入，没有回避墙，也没建接待官宦的亭子。因此，香河城有小北京之称。从明朝到清朝，香河县都属于朝廷直接管辖，无论来多大官，香河知县一律不接不送，所以被称为直隶香河。你说我们这个香河厉害不厉害？”

董树旺连连点头，说：“真是厉害，我看你就够厉害的，懂那么多知识，这得要看多少本书呀？”

徐凤红笑了，说：“我从小在潮白河边儿上长大，那里有个教书先生非常厉害，要求我们从小就要多看书，谁若是偷懒就让他在潮白河岸边罚站。”

董树旺说：“我们这边儿可没遇上那么厉害的教书先生，我高中毕业后就跟了马车，看的书也不多。”

徐凤红一听，大笑起来，说：“你也跟过马车？你看过电影《箭杆河边》吗？那里有个叫二赖子的就是跟马车，你不会也像他那样犯赖吧？哈哈。”

董树旺说：“《箭杆河边》我们村也放映过，我可不像电影里那个二赖子，游手好闲，好吃懒做。我跟马车时可卖力气了，还学会了赶马车的技术呢。再说了，那个二赖子也被教育好了，还协助公安人员把搞破坏的车把式佟善田给逮住了呢。”

徐凤红说：“我们郎庄村也放映过几次《箭杆河边》，那时拿个小马扎，和几个小姐妹坐在一起，从头到尾，可爱看了，你知道为啥吗？”

董树旺和徐凤红并肩走着，问：“为啥呀？”

“因为那条箭杆河从北京顺义县流过来，经过香河，最后又流到天津的宝坻县去了。那是我们家乡的河，所以每次放电影我都去看，从不落空。”

董树旺手指身边的菜地说：“你看，这块地就是我家的菜园子，刚长出秧苗，等过俩月你再来，瓜果管够。尤其是菜瓜和面瓜，可好吃啦。”

徐凤红看着菜园子说：“这么大的菜园子，满地都是绿油油的，真好看。我也种过菜，我妈常带我去家里的菜园子拔苗、浇水、择菜。这些年到珐琅厂上班，就很少去菜园子了。我最喜欢吃西红柿，还有鸡蛋西红柿拌面。我做的那个炸酱面条，可是全村公认的名人小吃，哈哈。”

董树旺看着徐凤红，好奇地问：“我知道潮白河和大运河都从香河县经过，但不知道箭杆河也经过香河，为啥叫箭杆河呀？”

徐凤红说：“说起箭杆河名字的来历，也是有一个传说。在隋朝末年的时候，北平王罗义的儿子罗成，在香河中了隋兵的埋伏，兵败而逃。隋兵穷追不舍，用箭射死了罗成的战马，罗成慌不择路，步行逃命。由于身披重甲，行动艰难，他不得不脱掉了铠甲。卸掉铠甲后，又遇到一条小河拦住了去路，罗成只好下水，但因淤泥太深了，罗成陷在河中，被追来的隋兵乱箭射死，在河里漂了一层箭杆。后来，罗成卸甲的地方渐渐形成了村落，村民们为纪念罗成，把村子叫作卸甲庄，把罗成遇难的那条小河就叫作箭杆河了。”

说着，徐凤红有些伤感，低下头默默向前走去。

董树旺观察到徐凤红的表情，知道她说到悲伤处动了感情，就转换了话题，手指着前方说：“凤红，你看，大运河到了！”

徐凤红兴奋起来，向前跑着高喊：“大运河，我来啦！”

董树旺在后面追着，说：“小心着点儿，河边坡陡，别摔下去。”

徐凤红站在河堤上，挥着手高喊：“董树旺，你快过来，河堤下有一大片芦苇塘，跟我家门口潮白河一个模样，真是到家了。”

董树旺快步走过来，看着堤岸，说：“那里是一片湿地，芦苇的尖芽刚长出来。我小的时候常去那儿挖泥鳅和鳝鱼。咱俩坐在这棵柳树下歇会儿吧。”

徐凤红坐在董树旺的对面，将头抬起来，眼望着那片芦苇甸子，动情地说：“这大运河跟潮白河还有相似的地方，太神奇了。我们郎庄就坐落在潮白河大堤的西侧，小的时候和姐姐弟弟们常往河边跑，抓蚂蚱、粘蜻蜓，玩儿得可开心了。我家门前的潮白河滩平沙细，河水可清澈了，宽阔的河水长年流淌。岸边就像前面那样，是大片的湿地。春天刚到的时候，湿地上冒出成片的紫红色芦芽，几天不见就会齐刷刷地长高起来，很快就是一片翠绿，像平坦的草坪一样，我都想爬到上面打几个滚儿。”

董树旺拦住徐凤红的话，说：“你可别这么想，你若是真爬上去了，人可就掉进泥塘里爬不上来了，哈哈。”

徐凤红说：“你听我说，我那是想象着爬上去，若真爬上去那还不成了大傻子，哈哈。”

董树旺笑着说：“你接着说吧，我不打断你了。”

徐凤红眨着眼睛，看着董树旺，说：“这还差不多。到了夏天，茂密的芦苇，遮天蔽日，潮白河畔又变成一片绿色的海洋，水炸子鸟在芦苇里叫个不停，可好听了，清风一吹，绿波荡漾，太美了；到了深秋的时候，天高云淡，秋风瑟瑟，那些簇拥摇曳的芦穗，把整片湿地染成了白里透红的淡粉色；冬天的芦花洁白纯净得好像把湿地盖上了一层皑皑白雪，银光闪烁，如诗如画。我若是个画家的话，一定会把这四季美景描绘出来。还有更好玩的呢，每年端午节前，我随着姐姐她们一起去芦苇塘旁边劈苇叶，用苇叶包成的糯米红枣粽子，可香了。现在一说起来我的口水都快流出来了。”

董树旺笑着说：“你说的这些，等你嫁到了冯各庄一切照旧，我陪着你来到大运河边儿，看苇塘、劈苇叶，给老爹老娘包糯米大枣粽子吃。”

徐凤红瞪着董树旺，笑着说：“你想的还挺远，咱俩这才是头一次见面，八字还没一撇呢，哈哈。”

董树旺站起来，大声说：“我董树旺相信缘分，也有这个眼力，更有这个信心，一定把你娶回家，你就看我的实际行动吧！”

徐凤红也站起来，看着董树旺，说：“我也相信缘分。今儿个来到你们董家，一点儿没有陌生的感觉，就好像见到了久别的亲人。尤其来到大运河岸边，就如同是我家门口的潮白河。我会珍惜这些缘分，时候不早了，咱俩快回家吧，别让家人等着。”

董树旺说：“好，咱俩回家。”

一对心仪的青年人，就像是一对一见钟情的恋人，在充满生机和活力的田野中，幸福地漫步、徜徉……

九月的秋天来了，无垠的田野中，一片片金黄、一片片高粱，阵阵谷香、阵阵瓜香。成熟的果实缀满枝头，已然到了收获的季节。

这个丰收的季节，对于董树旺来说，更是一段不寻常的日子，他和徐凤红就要结婚了。

董家人院张灯结彩，喜气洋洋。

明天是董树旺和徐凤红结婚的大喜日子。今天这个夜晚，对于这位新郎官来说，显得是那么的漫长，那么的难熬。躺在床上，辗转反侧，没有一丝的睡意。

他从床上坐起来，仰望着窗外的夜空，圆月高悬，繁星满天。憧憬着未来，将要和心爱的人一起携手并肩开始幸福美好的新生活。想到这里，他打开电灯，从枕头下面取出徐凤红写的回信，又泪眼模糊地捧读起来：

亲爱的树旺：

再过五天，就是咱俩步入新婚殿堂的庄严神圣大喜的日子，两颗相爱的心终于融化在一起永远不分离了。

你常说自己曾是个跟马车的青年，又是一个手扶拖拉机手，再后来又当了个体户，做黑白铁匠，是走村串户讨饭吃的小炉匠。你曾经悲观过，迷茫过，吃过不少的苦，也受了不少委屈。但你没有惧怕和退缩，反而燃起了拼搏奋进的信心和斗志。你是凭一双手、凭智慧、凭善良厚德的人品养家糊口挣饭吃。在我心里，你是最光荣、最有本事，最靠谱的男子汉。我对你的爱无法用语言和文字表达。那就给你讲个铁匠的故事，作为我的回答吧：

西汉初年，刘邦胜了项羽，一统天下，经济趋向繁荣，盐铁业成了国家财政的主要收入。位于齐鲁要冲的济南国，因东濒黄、渤二海，盐铁业非常发达，是当时的五大铁都之一。传说济南王有个女儿，十分美貌，专好挥矛舞剑，并爱上了一个在宫廷作坊铸剑的年轻铁匠。她利用舞剑的机会，与铁匠或密语于栏杆池畔，或幽会于斤榭花园。铁匠以亲自锻打的宝剑相赠。二人海誓山盟，情笃意浓。消息传到了济南王的耳朵里，一心想从侯门相府择婿的济南王大怒，便叫夫人严加看管公主，下令将青年铁匠抓起来，严加拷打，逼其放弃与公主的关系，铁匠不从，被囚于密室。公主于夜深人静时走出闺房，用心爱的利剑劈开囚门，救出铁匠，逃离了济王宫，逃到长白山栖身。两人隐姓埋名结为夫妻，以打铁为生。天天走村串乡，为农家打制各种工具，深受百姓爱戴。时间久了，许多穷苦人便来拜师学艺。他们对来者有求必应，悉心传授。一传十，十传百，铁匠便多了起来。

树旺，你在我心目中就是那位铁匠，今后的生活，无论是富贵还是贫穷，无论你走到天涯海角，我都会义无反顾地陪伴着你，白头到老……

第 四 章

一

1986年入冬后，下了一场小雪。雪花淅淅沥沥下个不停，已经泛黄的杨树叶垂挂在树梢上，被积雪覆盖着，沉甸甸、湿漉漉的。一会儿的工夫，树叶挟裹着积雪落下来，泥湿的地面顿时变成了金黄色。

这天早晨，天刚放亮。董树旺推开家门，左肩上搭着一件红色毛衣，双手遮挡在脑门上，自言自语："瞧这场雪下的，还没完了。"

这时，妻子徐凤红手举着雨伞从屋里跑出来，高喊："树旺，你稍等，把伞打上。大冷的天，别冻出毛病来。"

董树旺停下脚步，回过头说："没几步路就到卡车跟前了，没事儿的。"

徐凤红将雨伞递给董树旺，说："还没事呢，看你头发湿的，都趴头皮上了，这红毛衣上都是雪水，快拿着。"

董树旺接过伞，打在头顶上，说："凤红，你快回屋吧，别着凉，刚才我看家麟都睡醒了。"

徐凤红往屋里看着说："好，我这就回屋，你今儿去天津别忘记给小静买天津大麻花回来呀，昨晚你可答应她了。"

董树旺举着伞，向院外走着说："好，我忘不了。我开咱家的卡车先去香河，孙瑛让我开着他的吉普车，我俩一起去天津。"

徐凤红扬着手说："开别人家的车不熟悉，路上慢着点。"

董树旺向前走着，高喊："你快回屋照看两个孩子吧，吉普车可比咱家的卡车灵便多了，你就放心吧。"

董树旺开着卡车向东一路奔驰，来到香河朗悦建材公司停车场，将卡车停了下来。

他跳下卡车，锁好车门，打着伞朝公司经理孙瑛的办公室走去。

孙瑛正在办公室收拾公文，抬头看着董树旺说："树旺，你来得真准时，我还怕雪天路滑被耽误呢。今儿个咱俩不去天津了，马上跟我去石家庄。昨天半夜接到紧急电话，让我在今天中午十二点前到达省办公厅会议室，张省长要跟我谈重要的事情。"

孙瑛抬起手腕看着表，说："现在是早上七点钟，还有五个小时，可丁可卯。你现在就去发动吉普车，三分钟后我在门口等你。这是车钥匙，油箱已经加满了，快去吧。"

董树旺从孙瑛手里接过钥匙，转身向门外走着说："好的，孙经理，我马上过来接您。"

董树旺开着吉普车，孙瑛坐在前面，叮嘱着："树旺，今儿这雪天路上滑，咱们赶路不着急，安全第一。"

董树旺手握着方向盘，目视前方，说："孙总放心，我小心着呢。天越来越亮了，雪下得比早晨也小多了。"

吉普车从香河往西南方向开到了京津公路的时候，雪停了，天空飘着彩云，金色的阳光照射在被雪水冲刷过的柏油马路上，晶莹闪亮，如平镜一般。

董树旺平稳地驾驶着汽车，看着眼前一马平川的柏油马路，心情放松了许多，笑着对孙瑛说：“咱们上国道了，天晴了，马路上也没几辆车，您把靠背往后放放，先休息会儿吧。”

孙瑛右手松开扶手，身子向上挺了挺，说：“我一般不在车上睡觉，就是爱看车窗外的景色，坐着汽车旅游那可是别有滋味呀。虽说前面挺远都不见一辆车，那也得多加小心。咱俩还是聊天吧，免得你犯困。”

董树旺双眼直视着前方，说：“好，听您的。”

孙瑛侧着头说：“树旺，我刚才算了算，你来我这儿有小半年了，感觉咋样？能适应我的节奏吗？”

董树旺说：“是呀，已经来您这儿整六个月了，非常适应。能给您这位河北省的劳动模范打工，那是我的荣幸。再说了，我开着卡车给您建材公司拉活儿，走南闯北的，长了不少见识。而且总有新鲜感。比如说去唐山拉了几趟盘条，又去迁西拉趟瓷罐，过两天再去天津劝业场拉布料，真是让我过足了车瘾，也看到不少好景色，吃了不少有特色的饭菜。就说上次去天津吧，我把天津大麻花和狗不理包子买回家，嘿，就我那个宝贝闺女吃得甭提多香了，高兴得直撂蹦儿。昨儿晚上她知道咱们要去天津，她一直拽着我不撒手，非得答应她买回天津大麻花才放了我，哈哈！”

孙瑛笑着说：“这回你女儿肯定得失望了，石家庄有一种叫金凤扒鸡的挺好吃，可以买两只带回来。”

董树旺说：“那好，等到了石家庄，您见省长那会儿，我去商店买扒鸡。”

孙瑛说：“那可不成，我今儿给你安排了重要任务，在和张省长见面时，你在旁边做记录，当我的秘书。把省长说的指示呀、讲话啥的都记下来，回来我好去落实。”

董树旺说：“那怎么成呀，我一个开大卡车的司机，可揽不了您这瓷器活儿。”

“没问题，你一个高中毕业生，有这个水平。再说了，你在我那拉活儿这么长时间，我看好你了，你办事，我放心。笔记本和笔都在后座上，昨夜里就给你准备好了。”孙瑛扭头向后座看着说。

董树旺说：“我多问一句，您可别烦呀，张省长那么大的领导，直接把您叫他那儿去，那可不是一般的关系，您咋能认识这么大的官呀？”

孙瑛笑着说：“嘿，太简单了。张省长那些年下放到香河，就住在我们村。我父亲知道张省长是个有才能又正直的好官儿，对他相当照顾。那时我还在念中学，我父亲常请他到家里来喝酒、下象棋，从潮白河打来的大草鱼，给他清蒸着吃。他非常喜欢我，给我讲故事，讲做人的道理。前些年落实政策，又回到省政府工作。他知道我在香河开办了建材公司这个民营企业，一直鼓励我大胆地干，传授我规划、经营方面的经验，还给出点子，搞多种经营。我平时派你去迁安，去唐山拉那些瓷器，就是打算搞这方面的经营时用。眼下，公司发展速度简直跟飞似的，一天一个样，我这个脑袋瓜子有点不赶趟了。趁着今儿去省里，让省长帮忙推荐个企业管理方面的培训学校，去补补课。”

董树旺说：“您这是遇到贵人了，真替您高兴。”

孙瑛说：“是啊，我常告诫自己，要知道感恩，好好做人、干事业，绝不能给张省长丢脸。”

“关键是您人好，我来您这儿一晃六个月，您平时对我的照顾，对我的好，真是感激不尽。”

“别这样说，我比你也大不了几岁，能在一起共事那都是个缘分。我还有个打算，准备成立个运输队，想让你当运输队长。这事，不知你能否答应？”

听到这里，董树旺减慢了车速，思考着说：“您能如此信任我，我董树旺给您当这六个月的车夫值了！我也是知道感恩的人，一辈子也忘不了您的好。我也有一个想法，在您这儿六个月，既开阔了眼界，也挣了不少的钱，我想换一辆好一点的运输车，再注册一个公司，当经理。我说了您别怪我，我是想自己当老板，不想总是给别人打工。”

孙瑛听着董树旺说的话，沉思了一下，大声说：“树旺有志气！我没看错你，你想当老板，我支持你，等你开办了公司后我跟你合作。你也看到了，香河可是块宝地，今后的发展不可估量。你媳妇家又在香河，就在香河扎下根儿吧。一个好汉三个帮，凭你的人品、能力和干劲儿，等在你前边的，那就是金光大道。哈哈。”

中午时分，董树旺开着吉普车平安抵达石家庄省政府的大门前。

孙瑛从车上走下来，张省长的秘书小李已经在门前等候。

孙瑛和李秘书聊着，向办公大楼走去。

董树旺在门卫的指引下将车停放在指定位置，拿出笔记本，快走几步追上孙瑛走进大楼，直接来到省办公厅会议室。

李秘书将孙瑛和董树旺让到座位上，工作人员刚沏好的茶杯里热气向上升腾着，宽敞明亮的会议室显得格外温暖、端庄。

一会儿的工夫，张省长大步走进会议室，伸着双手高喊：“孙瑛，临时抓壮丁，没烦我吧？哈哈。”

孙瑛连忙从座位上站起来，迎着张省长说：“张省长您好！您百忙之中招我来，那得是多大的面子呀，我高兴得都找不着北啦。哈哈。”

张省长示意孙瑛坐下，说：“你还是改不了口，叫我张叔，那听着得多舒服呀。”又看着董树旺说：“这个小伙子你们一块儿来的？辛苦啦。”

孙瑛解释着说：“他是我带来的秘书，专门记录您的指示，我怕一激动没记住，没法跟您交代。”

张省长摆着手，笑着说：“你别紧张，今儿把你找来就是想跟你随便聊聊。好，咱们书归正传，就半小时时间，谈完咱就去吃饭。”又冲着李秘书说：“小李，你做好记录。”

李秘书点着头，认真地记录起来。

张省长说：“今年的第一天，中共中央、国务院发出一号文件。文件指出：我国农村已开始走上有计划发展商品经济的轨道。农业和农村工业必须协调发展，把‘无工不富’与‘无农不稳’有机地结合起来。今年农村工作总要求也提出来了，就是要落实政策，深入改革，改善农业生产条件，组织产前产后服务，推动农村经济持续稳定协调发展。根据中央指示全省早已部署实施。今年中央还召开了全国经济工作会议，确定了‘七五’期间进一步加强企业管理，推进管理现代化的奋斗目标。就是要以提高经济效益为中心，把提高产品质量，降低物质消耗作为主攻方向，增强企业自我改造，自我发展的能力。由计划经济向市场经济转移。根据中央要求，今年全民所有制企业改革启动，紧接着全民所有制小型企业改革要先行。我今天把你找来，就是想听听你对于私营企业和全民所有制小型企业的管理方法上相比较，有哪些特点？有哪些可以借鉴的地方？下面我就听你说了，别紧张，敞开了说，没人给你扣帽子。”

孙瑛认真思考着张省长的讲话，沉思了一会儿，抬起头说：“张省长，当着您的面儿我就直说了，哪儿说哪儿了。”

张省长看着孙瑛，笑着说：“就跟我在你家那样，实话实说。”

孙瑛说：“我干这些年私营企业，感受最大的是，这里没有

‘大锅饭’，没有‘铁饭碗’，按劳取酬，干得多挣的钱就多。不像那些国营企业，企业吃国家的‘大锅饭’，职工吃企业的‘大锅饭’。吃来吃去，这种平均主义再继续下去的话，企业没有积极性，职工个人也没有积极性，国家受到的损失也就更大。我们这种私营企业，没有论资排辈，注重个人能力，个人提升的空间大，职工的工作积极性就高。再说了，我们这种企业管理方法灵活，没有国营企业那么多的条条框框，还可以多种经营，船小好掉头。这些都是私营企业的优势。”

张省长点着头，说：“你说的这些正是我在考虑的，那就是如何打破‘大锅饭’的问题。你接着说。”

孙瑛说：“我们企业这几年的发展速度的确是很快，我简直有点力不从心了。感到管理水平已跟不上企业的发展速度了。再给您说说我们私营企业面临的问题，第一是管理制度不健全，也不科学；第二是用人的标准也没有，只凭我这个当经理的好恶、印象用人，缺乏专业人才；第三是决策的随意性强，没有一个长远的目标规划。归根到底是急缺高水平的管理人才。这次我来您这儿，还想请您帮我推荐个企业经营管理方面的培训学校，真是想再恶补它一年半载的。我这个当经理的若是停留在低水平的管理方法上，那企业就没有多大的发展前途。”

张省长说：“你说的这些问题很有代表性。我找你来就是想听一听私营企业的状况，取得第一手材料后才能找准问题，正确分析问题，有的放矢开展工作。你说的要参加培训班的问题，我交给秘书小李去办。”他看着李秘书说：“小李，你今天下午就跟河北大学联系，把相关事宜办妥后，直接告知孙经理。”

张省长顿了一下，对孙瑛说：“可有一样，你是全省的劳动模范，又是全省的示范企业，学习和经营要两促进，两提高，关键时刻可不能给我掉链子。”

孙瑛答应着：“一切照您指示办，请您放心，我就是脱了三层皮也不给您掉链子。”

张省长笑着说：“好小子，我可不是周扒皮呀，哈哈。好了，咱今儿就到此结束，一起去食堂吃饭，去晚了可就要啃凉馒头啦。哈哈。”

刚刚经历过一场小雪的石家庄，树木依然苍葱茂密，公路两边绿草如茵，点缀在冬青丛中一簇簇的月季花，在冷风中摇曳、绽放。高楼大厦在色彩缤纷的原野上拔地而起，建筑工地塔吊林立，彩旗招展，马达轰鸣，这座在改革大潮中阔步前行的省会城市，到处充满着对美好未来的渴望。

董树旺开着碧绿色的吉普车，行驶在省府的林荫大道上显得异常的兴奋，他对坐在身旁正透过车窗向外看的孙瑛说：“孙经理，您带我出来这一趟，可真是大开眼界了。听张省长的一席话，我的脑门顿时觉得敞亮了许多。”

孙瑛侧过身，笑着说：“你那叫开窍了。原来在村里听他说的那些话，我就有开窍的感觉。真可谓是听君一席话，胜读十年书呀。来到他身边，他就是啥都不说，我都能感受到一股向上的力量在心中涌动。”

董树旺说：“那是激发了您的上进心，真是应了那句老话，叫作鸟随凤鸾飞腾远，人伴贤良品质高呀。”

孙瑛大笑起来：“董树旺呀，你真是个能干会说的聪明人呀，你这个朋友我算交定了。等你以后有大出息了，可别把我这个香河小人物忘到脑瓜子后面去呀，哈哈。”

董树旺也大笑起来：“得嘞，孙总您可别跟我开这种玩笑，就凭您的聪明才智，还有您的人品、人脉，将来何止在香河呀，整个的大河北，大北京，您都得是人中之龙呀，哈哈。”

孙瑛说：“你好好开车，咱俩也别逗咳嗽了，别忘了还得给你女儿买金凤扒鸡呢。你看前面有个岔路，左拐弯儿后就有一家副食店，咱俩到那里去逛一下。”

董树旺踩着刹车，将车速减慢下来，说：“好嘞，我闺女的事儿那就是我的头等大事。”

董树旺和孙瑛手里各提着金凤扒鸡礼盒和特色小吃，从副食店里走了出来。

董树旺说：“孙总，真是不好意思，又让您破费了，我替闺女谢谢您。”

孙瑛向前走着，说：“这算啥呀，别跟我客气啦。你跟着我出远门，一路辛苦，谢你还来不及呢。再说了，每次来石家庄我都得把扒鸡买回去，我老爹老妈都爱吃这口儿。咱俩上车，抓紧时间赶路吧。”

董树旺发动了吉普车，手握方向盘，一脚油门将车开了出去。拐上回香河的国道，说：“孙总，这回您是累了，就在车上睡会儿吧，我打开收音机，听首歌，就算给您当催眠曲了。”

孙瑛将车座的后背向后推了推，半躺着身子，闭着眼睛，说：“好吧，一切听你这位大司机摆布啦，放首歌听吧，我眯瞪会儿。”

董树旺伸过右手，点开车戴播放器的开关，顿时传出一个男高音独唱歌曲《敢问路在何方》：

你挑着担，我牵着马
迎来日出，送走晚霞
踏平坎坷，成大道
斗罢艰险，又出发，又出发

啦啦……

一番番春秋冬夏。

一场场酸甜苦辣。

敢问路在何方，路在脚下。

……

飞转的车轮，伴随着悠扬高亢的歌声，向东北方向驶去。

董树旺将吉普车开到香河县，再开着自己的卡车回到冯各庄的时候，已经是深夜了。

他拖着疲惫的身子，来到家门口。大门虚掩着，他轻轻地推开门，看见妻子徐凤红正站在屋门前等候着。

徐凤红快步迎过去，接过丈夫手提的东西，心疼地说："每天都这么晚才回来，总是让我揪着心。快进屋先洗把脸，热水都给你打好了。"

董树旺跟在妻子的身后，迈进温暖的房门，说："你不用担心，我这不是平平安安地回来了嘛，两个孩子都好吧？"

徐凤红揭开热气腾腾的饭锅，向外端着饭菜，说："家麟睡得早，小静刚睡着，她一直说等你回来后再睡，孩子实在太困了，刚躺到床上就睡着了。你提着的盒我看是金凤扒鸡，咋没给孩子买天津大麻花呀？"

董树旺擦着脸，说："今儿一早到了香河，孙总临时改变了行程，拉着他直接去了石家庄，所以回来得就更晚了。"

董树旺坐在饭桌前，看着妻子，说："那盒扒鸡和小吃都是孙总花钱买的。这次跟着孙总去了省政府，看见了省长，真是大开眼界。如今国家更重视农村经济的发展了，国营企业也开始改革了，尤其是国营中小型企业要先走一步，要打破'铁饭碗'和'大锅饭’，这回要动真格的了。我想呀，再过一段时间，多挣些钱，再买一辆新的卡车，再注册个公司，咱们自己当老板。看国家这形势，只要肯卖力气，合法经营，肯定能发家致富过上幸福的生活。”

徐凤红将西红柿炒鸡蛋放到饭桌上，说：“有件要紧的事忘记跟你说了，今儿下午快吃晚饭的时候，咱们村的大队负责人王少山过来找你，看你没在家，让我转告你，明儿早上八点钟，到大队部和他一起去乡里，他说乡党委书记孙文宽找你谈话。”

董树旺听后一怔，说：“乡党委书记找我谈啥话呀？我一个个体户，也没招谁惹谁，咋还惊动了党委书记？”

徐凤红将一盘冒着热气的大白馒头放在桌子上，说：“你先吃饭吧，再不吃又凉了，还得再给热去。你也甭想那么多啦，是福不是祸，是祸躲不过，明儿个到乡里一去就全知道啦。”

二

第二天早上，董树旺来到大队办公室，大队负责人王少山正在办公室整理文件柜中的材料。

董树旺敲着门说：“王叔，我来了。”

王少山捆着一摞档案袋，扭着头说：“树旺，进来吧，我正等着你呢。”

董树旺推开门走了进来，看着桌上的档案袋说：“王叔，这么多材料，我帮您捆吧。”

王少山将捆好的档案袋又放进柜子里关上柜门，说：“现在用不着你捆这些档案材料，以后你小子可就离不开它们啦。”

董树旺没听明白，说：“您说的这是啥话呀？那些档案袋子跟我有啥关系呀？”

王少山笑起来，说：“你这个傻小子，一会儿到了乡里就都明白了。时间不早了，咱爷俩这就走。”说着，左手拽着董树旺的胳膊，右手拉开房门，向外走着，说：“我给你准备了自行车，咱爷俩一人一辆，骑车去乡里见孙书记。”

董树旺骑着自行车，跟着王少山来到乡政府办公大院，将自行车放在停车棚里，来到党委书记孙文宽的办公室。

办公室的大门敞开着，屋子里空无一人。王少山拉着董树旺坐在办公桌前面的沙发上说：“坐这儿先等会儿，刚上班，孙书记可能正在安排工作呢。”

王少山的话音刚落，一位身材健壮、四方大脸的中年人走了进来，扯着厚重的嗓门说：“少山兄，对不住了，刚去趟政府那边，一会儿县里来人检查工作，让他们准备一下。”话还没说完，他就大步迈到董树旺身边，拍着他的肩膀笑着说：“你就是董树旺？瞧这副身板多壮实，就是你这张脸有点黑，都是开卡车晒的吧？哈哈。”

董树旺摸着自己的脸笑着说：“我这阵子常去天津塘沽拉煤，连吹带晒就成了黑包公。”

孙文宽也笑了，说：“你还傻笑，这回好了，不用再去拉煤了，你该给冯各庄拉套啦！好，请坐，咱们说正事。”

孙文宽坐在办公桌前，党委办公室工作人员走了进来沏了两杯茶水，放在王少山和董树旺前面的茶几上，又走出去，将门关上。

孙文宽从办公桌上拿起一盒红塔山牌香烟，抽出两支，分别递给王少山和董树旺。董树旺摆着手说：“谢谢孙书记，我不会抽。”

孙书记说：“不会抽可不行，今后跑业务联系人，烟可是润滑剂，抓紧时间把抽烟学会。”

王少山接过烟，放在茶几上，说:“孙书记您抽吧，我俩回去再抽，在您办公室抽烟不雅观。”

孙文宽笑着说:“到我这儿来了，还讲雅观？忘记当年在你们村开会，您这个烟袋锅子一口接一口，把我给熏的，三天都不想吃饭，哈哈。”

王少山说:“好汉不提当年勇，这些年把肺都抽黑了，到了夜里一躺在床上就咳嗽不止，我都后悔死了，干吗死叼着那杆烟枪不放呀？真恨自个儿没出息。”

孙文宽说:“少山兄你真得把旱烟忌掉，上次老嫂子一直跟我唠叨这事，她就是怕你总这样咳嗽下去，身子骨扛不住。”

王少山说:“这回好了，我可以卸担子睡大觉了。”

孙文宽看着董树旺，说:“树旺，这次把你叫来，有一件重要的事情和你谈。”

董树旺点头认真地听着。

孙文宽说:“你也看见了，王少山这几年一直是冯各庄大队临时负责人，他已经超龄了，总这样下去也不是个事儿。经少山老书记推荐，乡党委会讨论通过，决定任命你为冯各庄村大队长，主抓副业，同时负责裱画厂的全面业务工作。你们村有一个很有发展潜力的副业，就是大队这个裱画厂，这些年虽说有所发展，但总是等着荣宝斋派活挣饭吃的模式已经不成了。如今市县两级政府都要求各乡镇、村办企业跟上国家改革开放的有利形势，迈开大步发展经济。这就需要选拔一批有能力、有干劲、有思想的年轻人走上领导岗位，既懂农业又抓副业，让乡村的经济发展起来，让农民逐步富裕起来。对于农村来说无工不富，你走马上任后首先要把副业抓起来，尤其是冯各庄裱画厂，要想着法儿地把他搞活做大。借助北京荣宝斋这个文化平台多做文章，逐步发展成县乡两级明星企业。乡党委、政府对你很有信心，希望你能够摆正个人利益与集体利益的关系，为集体多做些事。我要说的就这些，少山，你再说说。”

王少山看着董树旺，说：“树旺，孙书记找你来之前，我就跟乡党委汇报了咱村的情况，并推荐你当大队长主抓副业，同时负责裱画厂的全面业务工作。你上任大队长岗位后，我这个村党支部书记全力配合支持你的工作，村里农业生产这块你不用多费心，有我盯着，主要是村里的副业，尤其是裱画厂业务这块，你得花大力气把它搞上去。现在负责跑业务的老王你也知道他，是老实巴交挺厚道一个人，就是年纪大了，对外联系跑业务有些力不从心，裱画厂眼看着就经营不下去了。我也知道你这几年干个体户，很出色，口碑也很好，小家庭也富裕起来了。刚才孙书记说你得发挥特长，为集体多做些事，这也是冯各庄大队对你的期望。希望你能服从乡党委的安排，就跟孙书记表个态吧。”

董树旺认真地听着，似乎还没完全反应过来，他沉思了一会儿，看着孙书记，说：“首先感谢乡党委对我的信任。这件事儿对于我来说来得太突然，一点思想准备都没有。这些年我当个体户无拘无束的已经习惯了，能不能当好大队长真是心里没底。尤其是您说那个裱画厂，虽说厂址就在我家后边，但对裱画方面的业务、知识一点都不懂，两眼一抹黑。我也是有顾虑，若是把企业搞砸了，那可对不住冯各庄的父老乡亲。”

王少山说：“我事先也替你想过这些困难，最大的障碍一个是你对裱画方面的业务不熟悉，要从头开始学，第二个是现在跑业务的老王，猛地把他撤换掉可能想不通，需要做好他的思想工作。全村的人我也都捋了一遍，这个大队长主抓副业，只有你最能胜任，非你莫属。你也别担心，村里不是还有我王少山给你撑着吗？业务不熟没关系，你年轻又聪明，这些年干个体户走南闯北，也长了不少见识，就没有你学不明白干不好的事。”

董树旺想了一下，痛快地说：“既然乡党委和村党支部这么信任我，我也就没的说了，请孙书记和少山书记放心，我董树旺只要答应干的事，就是上刀山，下火海，也在所不辞。”

孙文宽高兴地说：“好！我就喜欢你这个痛快劲儿。你就大胆地干，以后如果遇到啥过不去的坎儿，乡党委、乡政府都会帮助解决问题。我希望冯各庄裱画厂一年之内走上市场经济发展之路，两年成为郎府乡明星企业，第三年成为全县的明星企业。”说着，又看着王少山：“少山书记，我给你一周的时间，把树旺接任村大队长的相关事宜处理完，也给树旺一周时间，把家里的事情处理好。下周一准时走马上任。”

孙文宽站起身，拍着董树旺的肩膀，大声说：“董树旺，年轻有为，我看好你！”又转过身对王少山说：“少山兄，咱今儿的谈话到此结束，我也不留您了，还有个会要开。您把树旺带回去，后面的事情就交给少山兄啦。”

离开了乡政府办公大院，在回村的路上，董树旺和王少山并排骑着自行车往村里走着。

王少山说：“树旺，你回家后多做做凤红的工作，这回自己的钱挣不着了，可得把媳妇的思想工作做通呀。”

董树旺手扶着车把，直了直腰，向前骑行着，说：“王叔放心，我媳妇那个心眼儿，比我可敞亮多了，回去后就向她说明情况，把家里的事情处理好。为了让全村老少爷们过上好日子，我甘愿舍小家顾大家，绝不掉链子。有一件事您还得帮个忙，把跑业务的老王的工作做好，那些业务单位不能因为人员调整断了线，否则我可真是两眼一抹黑，瞎猫碰死耗子。”

王少山说：“老王的工作我去做，你跟他接触时要放低姿态，和为贵。具体裱画方面的业务，那就得靠你去尽快熟悉啦。”

董树旺说：“熟悉业务您放心，我自己去学去问，争取尽快进入角色，成为内行人。”他看着前方，说：“王叔，我拐弯儿先回家了，其他事情我听您信儿。”

王少山刹了一下车闸，将自行车速减慢下来，挥着手说：“好吧，咱爷俩随时联系，你骑的自行车可是我借的，别忘记送回去。”

董树旺回到家里，夫人徐凤红已经做好了炸酱面，就等着下锅煮面了。

徐凤红正在案板上切着黄瓜丝，看着董树旺，说：“看你回来这表情，显得很兴奋，看你这张脸，黑里透红的，肯定是好事。”

董树旺在脸盆里洗着手，说：“还是媳妇眼光毒，你说得对，是好事！但是，咱们家的生活就得重新开始了。”

徐凤红放下手中的切菜刀，将擦脸的毛巾递给董树旺，说：“咋回事呀？你坐下来慢慢说。”

董树旺坐在饭桌前面，看着摆好的碗筷，问：“离吃中午饭还早呢，咋都摆好桌了？”

徐凤红将切好的黄瓜丝放到盘里，端到桌子上，坐在董树旺的对面，说：“你早上一出门，我心里就七上八下的不踏实，我怕乡党委书记找你去干啥大事，来不及吃饭，就把面条切好了，你随时回来吃几口热汤面再去办事，我这心里也好受些。”

董树旺深情地望着夫人，说：“又让你着急了。自从你嫁给我，没享过一天福，总是跟着我担惊受怕，让你受委屈了。”

徐凤红笑着说：“瞧你说的，都两个孩子的妈了，还要享啥福呀？一家老小平平安安，不愁吃不愁穿，就是我要享的最大的福。不说这些了，今儿乡党委书记找你到底是啥事儿呀？”

董树旺说：“孙书记跟我说了乡党委的决定，任命我为咱们村的大队长，主抓副业，并负责裱画厂全面业务工作。让我为集体多做些事，下周一到大队报到。这么大的事情我也来不及跟你商量，当时就答应了。”

徐凤红双眼盯着董树旺，过了一会儿，说：“这件事的确够大的，把你靠干个体户发家致富的想法都改变了。我觉得改变得好，这对于你的发展前途和咱这个家，特别是对于咱们村的经济发展都是件大好事。你这是舍小家为大家，我支持！还没进这个家门时我就说过，无论是贫穷还是富有，我都陪伴着你。我嫁给你图的是人，只要是你选择好的路，就是吃糠咽菜，我也跟着你走到底。”

董树旺红着眼圈说：“能把你娶回家是我的福分。有你做后盾我这心里就踏实了一多半，今后遇到再大的困难，我也有信心战胜它，直到最后胜利。”

董树旺说的话，把徐凤红逗乐了，她说：“瞧你说的这些话，就跟要上战场前向首长表决心宣誓似的。这几天你也把前前后后的事情捋清楚，都处理交接好。”

董树旺笑着说：“我这是跟咱家的首长表决心，有你这个好媳妇在，我孙悟空就没有飞不过去的火焰山。你说的对，我马上去趟香河，把孙总那边的事情处理好。一会儿我先顺道找一下裱画厂的老张师傅，请他晚上到咱家吃炸酱面。我也好长时间没陪老爷子下象棋了，下棋的时候想向老爷子讨教讨教裱画方面的事情。”

徐凤红从凳子上站起来说：“那我赶紧去煮面条，吃完再去。老张师傅那儿你去请吧，我把炸酱面和下酒菜都准备好。”

董树旺站起身，看着手表，说：“时间还早，我还不饿呢。中午之前赶到香河，请孙总吃顿饭，谢谢他这半年多来的照顾。一下午的工夫就把香河那边的事情办好了。”说着，他提起皮包向门外走去。

徐凤红追了出来，高喊："你别着急，慢点开车。晚上五点钟我就把老张师傅接过来，你放心吧。"

"好吧，我早去早回。"随着回应声，董树旺已经跨步走到胡同的拐弯儿处了。

当天傍晚，董树旺在香河办完事，开车回到冯各庄。

刚来到家门口，女儿董静从院里跑出来，迎着父亲高喊："爸爸，我在院里等您半天了，张爷爷正在屋里等着您呢。"

董树旺领着女儿往院里走着，说："大冷的天，你在屋里等着我就成了，瞧把你小脸冻的，都成红苹果了，看你这小手都是凉的，快跟爸爸进屋。"

女儿向屋里跑着，高喊："妈，我爸回来啦！"

徐凤红正在厨房准备着饭菜，听到女儿的声音，探着头说："你爸回来啦？快进屋吧，张大叔正等着你呢。"

董树旺迈着大步走进屋里，高喊："张大叔，让您久等了，抱歉！"

老张师傅从椅子上站起来，迎着董树旺说："没关系，你是个大忙人，早出晚归的，不像我这个闲人。我这手可痒了，就盼着你早点回来下象棋呢，哈哈。"

董树旺笑着说："好，我先洗把脸，这就跟您下象棋，老规矩，三盘两胜。"

女儿董静双手向上伸着，从墙柜上取下象棋盘和棋盒，放在八仙桌上，码着象棋说："我给您当裁判，输棋不能反悔呀。"

老张师傅将身子转过来，正对着棋盘，笑着说："听侄孙女的，不能悔棋，我肯定是你爸爸的手下败将，哈哈。"

董树旺洗漱完毕，坐在张师傅的对面，说："我都一个多月没摸棋了，谁输谁赢还真不好说，还是老规矩，您先我后。"

大约过了一个小时，三盘棋下完了。董树旺抬起头，看着老张师傅说："您这棋还真有长进，三盘棋您赢了两盘，我认输。"

老张师傅摘下老花镜，眯着眼睛，笑着说："我也纳着闷呢，平时咱爷俩下棋，都是你让我赢一盘，这回太阳从西边出来了还是咋的？连着让了我两盘。你这小子，是哄着我开心，哈哈。"

董树旺笑着说："哪能呀，您这是棋艺大长呀，看来我还得再学两招，把盘再翻过来。"

老张师傅佯装严肃，说："不对，你知道我最爱吃侄媳妇做的炸酱面，又让我赢棋，看来你是有事儿求我。得嘞，吃人家的嘴短，趁着我高兴，有啥事儿你直说吧。"

董树旺将木棋盘折过来，将棋子码放进棋盒里，递给董静说："好闺女，把棋放回去吧。"转过身，望着老张师傅，说："还真是逃不过您的法眼，今儿请您来家里，有事相求，您听我慢慢说。"

老张师傅端正了身子，看着董树旺，说："树旺，你尽管说，只要你张叔能办到的，一定会尽力。"

董树旺说："是这档子事，今儿上午，咱们村的负责人王少山书记带着我到乡里，见了一趟乡党委孙文宽书记。他跟我正式谈了话，任命我为咱们村的大队长，主管副业，并负责冯各庄裱画厂全面业务工作。"

老张师傅听着，高兴地说："这可是件大好事呀，于村于己你都是最佳人选，向你祝贺！看来，乡村两级领导选人用人真是有两下子。这么说来，你是要问我裱画厂的事情。虽说我已经退休了，但是裱画厂的事儿我还是知道不少，你就直说吧。"

董树旺向前欠着身子，说："又让您老猜着了，裱画厂里的人我跟您最熟，也最敬重您。您又是从北京荣宝斋过来的老裱画师，懂得多，见识广。我想请您给我上一课，裱画厂的发展脉络？裱画这活到底是咋回事？我是个大外行，连门都摸不着。我若是能知道一知半解的，以后跑起业务来也顺畅些，最起码不说外行话，下面我就拜师学艺，洗耳恭听。”

老张师傅想了想，说：“树旺，你这么想就对了。要想管理好裱画厂，把业务跑回来，就得先当个内行人。咱们村这个裱画厂自从开业建厂至今二十多年了，当时是北京荣宝斋总经理侯恺先生决定建的厂。这个裱画厂在咱们通县是首个，也是唯一一家专为荣宝斋做加工业务的定点加工厂。技术工人只有户籍是冯各庄村人的我们张氏三兄弟。装裱使用的木制大漆红案子，裱画用的木制壁子、排笔，棕刷等手使手用的工具也都是由荣宝斋无偿提供的。当时大队条件有限，裱画车间不足二十平方米，放上一个二米乘四米的大案子，几块一米乘两米的木制壁子，冬天取暖时还要安个大煤球火炉子。这些你小的时候来厂里玩时也都看见过。当时的业务来源都是由荣宝斋业务科发放，不愁没活干。两年以后上了一名学徒工，就是勤杂工，白天挑水、打浆子、擦桌子、晚上扫地、打扫卫生，冬天负责生炉子、烧开水，遇上冬天下雪，把车间打扫干净。说到这儿了，这孩子你也知道，他叫王跃林，身体有残疾，是北京老书画鉴定家王瑞祥的儿子。你开拖拉机那年，还拉着他去公社卫生院看过病，这些年你也没少帮助他，尤其是侄媳妇凤红，隔三岔五地给他做好吃的送过去。”

老张师傅端起茶杯喝着，说：“那些年，由于厂地有限，再加上我们张氏三兄弟都已年近六十岁，只能做些修补扇面、册页、小幅画、宣传册等一些小活儿。承担了荣宝斋木版水印画、毛泽东诗词、毛主席像的托裱任务。到了后来，由于荣宝斋分发下来的业务增加了，大队又给派了两个二十来岁的年轻姑娘，边学徒边培养，裱画厂的业务员由大队支部书记王洪文兼任。荣宝斋根据分派业务量的大小，经常派来技师进行指导。几年后，这两个年轻的姑娘还真是心灵手巧，技术水平大增，普通技术活儿都能拿起来。我们三兄弟看到后继有人了都非常高兴，陆续退下来也放心。很快又进入了 80 年代，根据荣宝斋业务需要，大队又新建了装裱车间。这个车间建得可气派了，高三米五，宽八米，长三十三米。车间高大明亮，能承揽大幅书画作品装裱。当时又分成两个车间，一车间装裱名人作品的原作，二车间专为荣宝斋装裱木版水印复制品，每年都在五千件轴以上，还要为荣宝斋门市部加工玉版宣，就是把两层宣纸托在一起，四边裁口，边儿上打有荣宝斋特制玉版宣红长条印章。每年要为荣宝斋门市部托各种颜色的花绫上万米，由荣宝斋门市部对外销售。那几年，荣宝斋的活儿实在太多了，干不过来。大队又给增加四个年轻的学徒工，为加快提高技术，荣宝斋派来装裱技师郭振洪夫妇，吃住在咱们冯各庄，进行两年的技术总指导。这样一来，咱们村这个裱画厂，厂房有了，技术工人也培养出来了。就在这人强马壮的节骨眼上，正准备大干一场的时候，就赶上国家的改革开放，也波及到咱们这儿。特别是这两年，都是市场经济，荣宝斋自己还吃不饱，也顾不上咱们了，要靠跑业务找活干。如今最急需的就是要找一个年轻能干的负责人，把业务跑回来。有了业务裱画厂才能活起来，才能为国家创造利润，才能为咱们村里的发展做贡献。裱画这个行业，那可是咱们老祖宗历朝历代传下来的传统文化，可不能毁在咱们手里呀！”

董树旺说：“张叔您可要保重好身体，说不定以后还得请您出山呢。”

老张师傅摆着手说：“上岁数了，不行了。岁月不饶人呀，若是再早几年，说啥我也陪着你干。今后你若是用得着我，就吱一声，我也只能动动嘴说说而已。”

董树旺站起身，把老张师傅的茶杯续上水，说：“您动动嘴把把关就足够了，只要有您在，我心里就有底。再说了，我还得陪着您下象棋呢。”

老张师傅听着，开心地笑起来，说：“那可不嘛，到时候你可不能讨厌我这个臭棋篓子呀，哈哈！”

董树旺又坐回原处，笑着说：“哪能呀，到时候还得跟您对口诀呢，您说：马走日，象走田，车走直路炮翻山，士走斜线护将边，小卒一去不回还。我就给您对：马为骑兵，直走斜砍，故走日；象为军师，防卫营地，故走田。车为战车，横冲直撞，故走直路。炮为火炮，隔空打远，故谓翻山；士为卫士，贴身保护，故在将边；卒如荆轲，那当然是一去不复返。哈哈！”

老张师傅笑着说：“树旺，怪不得乡党委书记都看上你了，你聪明能干，人又厚道，真是个大有出息的可造之才呀！”说到这儿，老张师傅停下来看着董树旺，说：“树旺，裱画这个行业对你来说刚刚要接触，趁着今儿高兴，我就给你讲讲它的来龙去脉。”

这时，徐凤红端着碗筷来到八仙桌前说：“树旺，别光顾着说了，先让张叔吃饭吧。”

董树旺接过碗筷，在桌子上摆放着，说：“好，张叔，您先去洗洗手，咱爷俩边吃边聊，今儿我陪着您得多喝两杯。”

老张师傅起身往屋外走去，说：“得嘞，先吃侄媳妇做的炸酱面，这酒呀，咱爷俩得慢慢喝。”

吃完了炸酱面，酒过三巡，菜过五味，老张师傅来了兴致，举着酒杯说：“来，树旺，咱爷俩再干一杯。就冲侄媳妇做的这碗炸酱面，我也得多给你说几句装裱这门手艺。”

董树旺和老张师傅碰着杯，说：“那就太感谢您了，在您面前我就是一个刚上学的小学生，啥都不懂，啥都想听。”

老张师傅放下酒杯，干咳一声，又饶有兴致地讲了起来：

“装裱可不是简单的一门手艺，它是一门艺术，在咱们国家具有悠久的历史和民族特色，要想达到书法和绘画笔墨功夫的美妙，必须经过装裱才便于后人收藏、流传和欣赏。因此，装裱技术的高低，绫绢色彩的选择与装裱形式的设计，直接影响到作品的艺术效果。咱就说历代的书画珍品，比如它已经糟朽破碎了，只要经过精心装裱，它就犹如枯木逢春。为什么历代珍贵的书画文物都能留传下来呢。这就是装裱的功劳。”

董树旺认真地听着，说：“听您这么一说，装裱这一行历史意义可真够伟大的。”

老张师傅说：“是呀，这门独特的装裱技术在咱们国家又是怎样发展起来的呢？你听我慢慢说。唐朝那个年代，有一个叫张彦远的名人，他写了一本书叫《历代名画记》，书中有这样一段记载，他说：‘自晋代以前，装背不佳。宋时范晔始能装背。’从这段文字可以看出，远在晋代时期，则是这门技艺的萌芽阶段。而到了南北朝时期，装裱技艺已经趋于成熟。还有一本史书上说：‘宋武帝时徐爰，宋明帝时的虞龢（hé）、巢尚之、徐希秀、孙奉伯编次图书，装背为妙。’由此可见，南北朝时期，装裱技艺不仅有了发展，而且引起了上层统治者的重视。到了隋朝和唐朝时期，已经结束了魏、晋、南北朝时期的战乱状态，随着社会经济逐渐繁荣，文化艺术也就随之繁荣起来。那个时期书画的发展，也就推动了与书画有关的装裱向前跨进了一大步。为什么说装裱这门技艺从隋唐时期就繁荣发展起来了呢？我讲个故事，你一听就明白了。这个故事说，后梁时期有个叫刘彦齐的画家，官职升到了左千牛卫将军，官至正三品，他喜欢画竹子，就是不擅长画人物。凡是画中有人物的都要请一个叫胡翼的画家代笔。刘彦齐家藏的书画珍品不少于千卷，每逢夏天都要拿出来晾晒，都是由他一人亲手打开晾晒后再卷回收藏起来。由于他对这些珍品的耳濡目染，鉴别能力无人能与他相比，当时就流传说：‘唐朝吴道子之手，梁朝刘彦齐之眼。’能与一代画圣吴道子相提并论，他的声名之显赫可想而知了。不过，刘彦齐虽贵为驸马爷，在古代美术史上却是个被人诟病的千古人物。他不仅精于绘画和鉴别，而且特别擅长摹制赝品，并且敢耍花活搞鱼目混珠。历史上记载，他曾私下里贿赂富贵门第掌管书画藏品的管家，把别人所藏的珍品名画偷借出来。得手之后，他亲自动手临摹复制，再用旧裱轴装裱成和原画一模一样，然后竟然把他制作的假画退还给人家，把真迹据为己有。你说这位刘驸马爷可恨不可恨？”

董树旺说：“真是够可恨的，这种行为不就是咱们常说的坑蒙拐骗吗？”

老张师傅说：“的确就是坑蒙拐骗的勾当，这也是我要跟你说的装裱技艺的久远历史。得嘞，我看时候也不早了，酒足饭饱，该回家了。咱爷俩说书至此，且听下回分解，哈哈。”说着，他站起来，双手抱拳向门外走着说：“多谢侄媳妇这顿炸酱面。树旺，把我送到家门口，路上再跟你唠叨几句。”

董树旺搀扶着老张师傅说：“您放心，我一直把您送到家，您讲的这些我还没听够呢。”

夜深了，圆圆的月亮挂在天上，满天的星星像闪光的灯笼在天宫中行走。寒冷的西北风刮起飘落的枯叶，向前翻滚奔跑着。

董树旺将老张师傅送到家门口，看着老人关上大门，吟诵着唐朝诗人李白的《行路难》：

金樽清酒斗十千，
玉盘珍馐直万钱。
……

闲来垂钓碧溪上，
忽复乘舟梦日边。
行路难，行路难，多歧路，今安在？
长风破浪会有时，
直挂云帆济沧海。

吟诵之声渐渐远去，董树旺放心地掉转回身，阔步前行。那健壮的身姿，在严寒中矗立，就像一只待发的巨轮：乘风破浪潮头立，扬帆起航正当时。

三

一周的时间过得很快，转眼就到了董树旺走马上任的日子。他任冯各庄大队长的第一天，就首先去了裱画厂。

裱画厂的大门虚掩着，董树旺推开半扇门，迈进大院，高喊："有人吗？"

身患残疾的勤杂工王跃林，提着一只空桶，从裱画车间走出来，迎着董树旺说："树旺，恭喜！听说你当大队长了，还全面负责裱画厂的业务工作，我真是太高兴了。你再不来这裱画厂就快趴架了。这两天老王给师傅们放了假，你先进屋，我打桶水，马上过来。"

董树旺抬腿迈进屋里，高大宽敞的裱画车间暖意融融。他走到裱画用的红漆大案旁，抚摸着光滑透亮的案面，感到无比的亲切。唐山大地震那年，是他和几位乡亲把这红漆大案从倒塌的废墟中抬了出来。

裱画案子右边的角上放着一个牛皮纸信封，几个大字映入董树旺的眼帘：树旺大队长亲启。他从信封里抽出信纸，打开看了起来：

树旺：

你好！

首先祝贺你荣升冯各庄大队长，并负责裱画厂的全面工作。

三天前，王少山书记已经跟我谈了话，将情况向我做了说明，并要求做好和你交接的准备工作。我完全服从大队和乡党委的决定，于当天下午就整理好了相关资料，装在一个档案袋里，让王跃林转交给你。这两年我负责裱画厂的业务工作，领导一直要求跟上改革开放的步子，转变观念，由等业务调整为跑业务的工作思路。由于我的年岁大了，对外联络交往遇到了许多阻力和障碍，不但业务跑不来，浑身的毛病倒是添了不少。这回好了，你的到来拯救了我，我就如同一头拉磨的毛驴，终于能摘下眼罩歇歇脚了。

少山书记找我谈完话后，说实话，心里还是有些不痛快。需要的时候让我拉套，有事没事的还要抽上几鞭子，不需要了，就卸磨杀驴。我在整理材料时越想越生气，就把对外联系的名单随手扔进炉子里烧成了灰。烧完后我可真后悔呀，回到家跟你婶子一说，她大骂了我一顿，说我是个糊涂蛋，你跟王少山赌气，可人家董树旺没招你没惹你呀，你把名单给烧了，人家董树旺还咋跑业务呀？那不是堵人家的路吗，你这头丢人现眼的倔驴！看你还有啥脸面见人家董大队长。你婶子说的对，树旺，我真没脸见你了。趁着我说话还顶用，给裱画的师傅们放了两天假，也弥补一下我平时对他们的歉意。这两天我心口憋闷得要命。准备去通县医院做个检查。等我看好了病，再向你当面赔罪。

董树旺看着信，自言自语：“瞧这个老王，真是个实心眼儿，联系单位名单没了怕啥？地址电话是死的，但人是活的呀！”

这时，王跃林提着半桶水，放在炉子旁边，又走到办公桌前，拉开抽屉，取出一个档案袋交给董树旺，说：“这个袋子是前天下午老王让我转交给你的，他说你周一不来周二准来。”

董树旺接过档案袋说：“跃林大哥，那几位装裱的师傅明天上班吧？”

王跃林说：“明天是周二，老王让他们周三上班。”

“跃林大哥，天气预报说今夜里有大雪，你把炉子烧好，别让师傅们感冒着凉。再一个就是要注意安全，满屋子都是名人字画，千万要防火防盗。”董树旺将炉上的铝水壶提起来，看着炉膛里的火苗叮嘱着。

王跃林将几张散落在裱画案上的白宣纸卷在一起，捆着，说：“树旺你放心，我处处加着小心呢。”

董树旺往门口走着说：“我先去办点儿事，明儿一大早先去趟北京荣宝斋，周三上午我再过来。”

王跃林往出送着董树旺，说：“好，你赶快忙去吧，新官上任三把火，你可得看准了再烧呀。”

董树旺笑着说：“跃林大哥，你说的对，我可没诸葛亮那本事。”

第二天的早晨，天刚放亮。董树旺从床上坐起来，穿好衣服，推开房门，眼前白雪茫茫，天上依然下着鹅毛大雪。

董树旺的夫人徐凤红早已经起床，在厨房里做完了早饭，正在犹豫是否叫醒睡梦中的丈夫，忽然听见开门声，她挑着厨房的门帘，探着身子说："树旺，多穿点，大雪还在下着，北京荣宝斋我看你是去不成了，要不然再多睡会儿。"

董树旺揉着眼睛，将棉袄上的纽扣扣好，双手遮着头，缩着脖子跑到厨房，说："你咋不早点儿叫醒我？看来头趟公交车是赶不上了。"

徐凤红连忙揭开热气腾腾的柴锅，向竹浅子捡着热菜团子、红薯，说："看来你非得去了，那就赶紧洗漱吧，我把饭和粥都盛出来，吃完马上走还赶趟儿。"

董树旺又跑回正房，做了简单的准备后，在厨房里匆匆吃了几口饭，夹着皮包就往门外跑，说："我吃饱了，马上去追公交车。"

徐凤红从厨房里追了出来，高喊："你的帽子，快把帽子戴上，别着急，头趟车赶不上还有下趟呢。"

董树旺听到喊声，停下脚向回走了两步，接过妻子手中的帽子，戴在头上说："我知道啦，你放心吧，咱家小静和家麟你可看好喽，大雪天儿别让她俩瞎跑。爸妈那儿待会儿也过去看看，让他们就在屋里待着吧。"

徐凤红伸手掸着丈夫头上的雪花说："家里就放心吧，总是婆婆妈妈的不放心，这不是有我吗？照顾好你自个儿就成了，早去早回呀。"

董树旺迎风冒雪，一口气跑到郎府乡任辛庄车站，眼前的公交车正在起动，缓慢前行着。他向公交车挥着手，狂奔着高喊："师傅！停一下，我要上车！"

突然，埋在雪里的一块方石头绊住了董树旺的左腿，全身前冲着趴在雪地上，半边脸重重地磕在马路牙子上，顿时疼痛起来。

司机师傅从后视镜里看到董树旺挨摔的这一幕，连忙轻点刹车，右打方向盘，靠边停车，打开了车门。

董树旺捂着疼痛的脸，从雪地上爬起来，踉跄着跑到车门处，拉着门把手，抬腿上了汽车，看着司机师傅说："师傅，太谢谢您了，您若是不踩这一脚刹车等着我，那我这一跤可就白摔了。"

司机师傅关上车门，开动了汽车，笑着说："听你说话还挺幽默，摔疼了吧？快点坐下来，把身上雪掸掸，可别再冻感冒了。"

因为是头班车，又赶上下大雪，车上没有几个人。董树旺坐在头排右面靠窗处，和司机仅隔着发动机的机盖。

司机师傅侧脸看了董树旺一眼，说："你小子还真会找地儿，知道挨着发动机坐着暖和吧？"

董树旺笑着说："还真是让您说着了，我也是开过卡车的老司机呀，哈哈。"

司机师傅看着前方，调整着方向盘，说："遇到同行了，你急着追我这个头班车，是有急事吧？"

董树旺说："倒是没啥急事，因为我要去北京荣宝斋，又赶上下雪天，怕一趟赶不上，趟趟赶不上。若是把时间都耽误在路上，等到了荣宝斋人家下班一关门，那我可是二流子串胡同撞了南墙——倒霉透了。"

董树旺说的话，把司机师傅逗得直乐，笑着说："那你可真是屋子里开煤铺——倒霉到家了，哈哈。"他平稳地开着车，接着说："你去荣宝斋，在宣武区和平门，可得倒好几趟车呢，这鬼天气，等你到了荣宝斋还真不知道是猴年马月呢。"

"师傅，荣宝斋我还真没去过，我就知道地址在和平门琉璃厂西街，您去过那儿吗？"

司机师傅看着前方，缓慢地拐过一段弯路，调直了方向，说：

“和平门我倒是去过几趟，都是路过，可没去过荣宝斋。那么有名的一个画店，到那儿一打听就成了。我告诉你，到了北苑公交总站下车后，再向前走几步就是去北京的三一二路车站，坐到郎家园再倒一路，坐过天安门就下车，到府右街再去坐十四路，琉璃厂街有一站，你下车一问就知道了。”

董树旺认真地听着，说：“今儿我这个大马趴没白摔，坐上了您开的车，取暖、聊天、听路线，您看外面，这雪还越下越小了，您真是雪中送炭，不愧为人民的好司机。”

司机师傅笑着说：“我开着公交车，难得遇上你这么一位开心果。看你那半边脸，被雪地挫得又红又肿，这也应了一句话，叫作雪中追车嘴啃地，鸿运当头迎大吉啊，哈哈。”

一个小时以后，售票员从车门后边的售票座位上站起来，高喊：“各位乘客，北苑总站到了，带好自己的物品，请准备下车。”

董树旺站起身，向门口走着，说：“师傅再见，希望下次还能坐您开的车。”

司机师傅将车熄灭了火，准备下车，回过头看着董树旺，笑着说：“好，再见。今儿下雪天，路上车少，开得又慢，才敢跟你逗逗咳嗽。下次可不能这样跟你聊了，车队有纪律，再聊就扣分了，哈哈。”

董树旺倒了几次车后，终于找到了荣宝斋的裱画车间，已然到了吃中午饭的时间。他来到裱画车间办公室，两位身穿蓝色棉布长衫工作服的女子手拿着饭盒，正准备去食堂吃饭。

短发女子看着满头冒汗的董树旺说：“你找谁呀？都去吃饭了，下午一点上班。”

董树旺捋着棉袄袖子，看着手表说：“都十二点了，我是从通县赶过来的，要找这儿的领导谈点儿事。”

"从通县啥地方来的？" 短发女子问。

"我是从通县郎府乡冯各庄裱画厂来的，叫董树旺。"

"是冯各庄裱画厂的，我去过你们那儿，可没见过你呀？哟，瞧你这半边脸，又红又肿，是受伤了吧？快坐里边暖和暖和。"短发女子瞪大眼睛，看着董树旺。

董树旺身子向后仰着，摸着脸说："不坐啦，别耽误您二位吃饭，我下午再来。我这脸是早上追公交车时摔了一个大马趴，磕在马路牙子上。没事，过两天就好了。"

另一个俊俏的女子放下手中的饭盒，拦着董树旺说："您大老远过来的，先坐屋里歇会儿，我去打点热水，把脸洗洗，看您这满脸的泥道子，都可以登台唱花脸了，嘻嘻。"说着，端起脸盆向屋外走去。

董树旺坐在办公桌前面的椅子上，这才感觉到又累又饿，半边脸滚烫着又疼起来。

短发女子端来一杯热水，递给董树旺说："你先稍坐一会儿，我们裱画车间蒋保兴主任去荣宝斋门市部了，也该回来了。"

正说着，从外面走进来一位身材魁梧高大的汉子，揣着手说："今儿这天可真够冷的，从荣宝斋跑到咱这儿都冻成透心凉了，哈哈。"

短发女子笑着说："谁让您不穿大衣就出去的，这回快给冻成冰棍了。"又指着董树旺说："蒋主任，这位小老弟是从冯各庄裱画厂来的，找您说点儿事，在路上追公交车还摔了一跤，脸都挫伤了。"

董树旺站起身，看着蒋保兴说："蒋主任您好，冒昧前来打扰，给您添麻烦了。"

蒋保兴快步走过来，握着董树旺的手，高兴地说："冯各庄我可没少去，裱画厂的老王咋没来呀？快坐下，咱哥俩慢慢说。”

俊俏的女子端着半盆热水走了进来，说：“这位师傅，趁热快把脸洗洗吧。”

董树旺道着谢说：“真是不好意思，太谢谢您了。”

蒋保兴伸手推着董树旺的胳膊说：“还客气啥呀？快去洗吧，你这满脸花，我看着直心疼。”又转过身对两位女士说：“你俩快去吃饭吧，听说今天有热汤面。”

短发女子说：“那您咋办呀？要不然把饭给您打回来？”

蒋保兴说：“甭管我了，谈完事就过去吃，热汤面打回来吃，那还不得成朝鲜冷面了。哈哈，你俩快去吧。”

蒋保兴坐在董树旺的对面，说：“我叫蒋保兴，是荣宝斋裱画车间主任。我常去冯各庄裱画厂，咋没见过你呀？”

董树旺喝了一口热水，说：“是这样，我叫董树旺，刚被郎府乡党委任命为冯各庄村大队长，主抓副业，并负责裱画厂的全面业务工作。我上任后第二天先来您这儿报个到。”说着，从棉衣兜里掏出一个信封，抽出里面的介绍信，说：“这是大队的介绍信，请您过目，上面还有大队和裱画厂的联系电话。”

蒋保兴接过介绍信，看着，说：“好，好，你是接老王的班，以后涉及冯各庄裱画厂的业务就直接联系你董大队长了。得嘞，也别叫你董大队长了，太绕口，以后就叫你董厂长。这样吧，你先跟我去食堂吃午饭，咱哥俩边吃边聊。荣宝斋不但装裱字画一流，食堂大师傅做的饭菜那也是一流的。今儿还有热汤面，咱俩得赶紧去，去晚了可就吃不上这口了，哈哈。”

董树旺站起来，拦着蒋保兴说：“蒋主任，您别着急呀，我还有好多事向您请教呢，过一会儿我请您到琉璃厂旁边的饭馆去吃饭，请您给我这个面子。”

蒋保兴戴上棉帽，穿着外衣，说："董厂长，别客气，你顶风冒雪来这儿找我，为了赶公交车还摔了大跟头，哪有让你请吃饭的道理？再说荣宝斋的伙食不赖，你也享享口福。"

蒋保兴拽着董树旺往外走，指着天空说："你一来这大雪也停了，快看，太阳都出来了。你们村裱画厂那个老王也在我们这儿吃过饭，那个人真是挺实在的，就是嘴有点闷，不爱说话。这回换成你了，可得多到我这儿来几趟，跑业务嘛，不来回来去地折腾，有活儿也抓不住，如今可是信息社会了，要眼观六路，耳听八方才行。"

董树旺跟着蒋保兴向前走着，笑着说："既然您这么说，那我以后就不把您当外人了。一个是我多到您这儿来，第二还得请您多到俺们那儿去指导工作。我听您这话口，爱吃热汤面，等过几天我把您请到家里去，让弟妹给您做炸酱面吃，您肯定吃了两碗还想第三碗。"

蒋保兴笑着说："你还别说，我最爱吃的就是炸酱面。从小在北京胡同里长大的孩子，老北京炸酱面就是咱的根儿呀。你说话可得算数，弟妹做的炸酱面我可是吃定了。哈哈。"

来到荣宝斋职工食堂，蒋保兴找了一个僻静的餐桌，让董树旺坐下，说："董厂长你先坐这儿稍等，我去打饭。"

董树旺不肯坐下，说："蒋主任，这得多不好呀，我和您一块儿去端饭吧。"

"不用，你是客人，食堂有服务员，她们帮着端饭，你就踏实坐着吧。"蒋保兴说着，向卖饭的窗口走去。

过了一会儿，一位身穿白色工作服的女服务员跟在蒋保兴的后面，将饭菜端到董树旺面前的桌子上。

蒋保兴端着一个餐盘，坐在董树旺的对面，说："这是份饭，一人一份，不够再去盛。你先把热汤面吃喽，看看这儿的手艺比弟妹咋样？”

董树旺还真是饿了，端起盛热汤面的大瓷碗就吃了起来，说：“蒋主任，那我就不客气了，倒了半天儿的公交车，还真是饿得慌。”

吃完了一碗热汤面，又吃了一碗米饭和一个馒头，餐盘里的两种炒菜也吃干净了。这时，董树旺感觉浑身上下都暖融融的，精气神更足了。他抬头看着蒋保兴，坐在面前的这位健壮魁梧又开朗率真的蒋主任，有一种相见恨晚的感觉。他那善良、热情的言行，就像磁场一样，深深地吸引打动着这位初来乍到的通州人。蒋保兴吃完了饭，看着董树旺问：“你吃饱了吗？若饭菜不够再让服务员给加点儿。”

“别提多饱了，这些年在家里从没吃过这么多的饭，还是荣宝斋的饭好吃呀。”董树旺用餐巾纸擦着嘴说。

“你若是真吃饱了，我把餐盘收拾喽，咱哥俩坐这儿说会儿话。你也好赶路，我怕你回去太晚，雪地再冻成冰，路就不好走了。”说着，蒋保兴将两个餐盘端起来，朝餐厨走去。

董树旺从纸盒里抽出两张餐巾纸，将餐桌擦干净，又下意识地摸了摸脸，哎，不疼了。他高兴地站起来，棉袄的扣子正好刮在桌沿上，“叭”的一声，差点把桌子掀倒在地。他眼疾手快，一把抓住桌角，又坐回到凳子上。

蒋保兴用餐盘端着两碗热面汤，正好看到这一幕，笑着说：“董厂长出手不凡呀，练过武吧？”

董树旺接过面汤，红着脸说：“刚才我一摸被磕的脸，嘿，不疼了。一高兴想站起来，没想到这衣服扣子刮到桌沿上，差点儿就出了丑。您还别说，我上高中的时候还真学了两年擒拿格斗。想着参军以后用得上，没想到报名参军体检都合格，最后还是给刷了下去。当时对我的打击可大了，心灰意冷的。”

蒋保兴看着董树旺，说：“喝口热汤吧。你没当上兵也是天意。人这一辈子且得遇到困难和挫折呢，那就看你如何面对，想当年我也想去当兵，也是没当成。中学刚毕业就分配到了荣宝斋裱画车间，我当时也挺苦闷的。可是一想起来我们班大多数同学都去农村插队去了，我直接当了工人，这么一比，我还是幸运的。就下决心踏踏实实学手艺，干一行爱一行，一晃十多年过去了，这不挺好吗？我知足。”

董树旺喝了两口热面汤，又将汤碗放在桌子上，说：“听您这么一说，没当上兵我也不再纠结了。就像您说的，干一行爱一行，只要能在自身岗位上发光发热，为集体、国家做出贡献，到哪儿都是一名革命战士。”

“你说这话我爱听，咱们聊正事吧。你来找我，是为接上头还是有啥事情需要我们办吗？”蒋保兴将一碗面汤喝完后，把空碗放在餐盘里问。

“倒是没啥大事，主要是先来您这儿报个到，以便今后得到您的帮助，多揽点业务。村里的裱画厂现在是大马拉小车，业务量太小，不够干的。也是想前来请教，让您给出出主意。”

蒋保兴想了想，说：“你们村里的裱画厂，可是荣宝斋老经理侯恺老爷子一手操办起来的，从一九六几年到现在也有二十年了。侯经理不但把家在村里的三位张姓师傅派过去了，还经常把荣宝斋手艺高超的装裱师傅派过去传帮带。如今是兵强马壮，凡与装裱有关的活儿没有不能干的，而且裱工精到，技术一流。近几年随着国家的改革开放，市场经济了，荣宝斋也有些不太适应，上边的领导多次开会，让我们转变思想观念，跟上时代的步伐，把荣宝斋的业务搞好、搞活。荣宝斋是传统的文化产业，各级领导部门都非常重视。这阵子把荣宝斋主管业务的副总经理米景扬先生急得够呛。整天往外跑联系业务。以前米经理常到裱画车间了解情况，检查指导工作，这都十多天了，连影都没见着。原来总能在食堂碰见，现如今也有几天没见了。这个大米呀，他就是个工作狂。"

蒋保兴正说到兴头上，突然被一只大手拍了一下，他猛回头，惊讶地站起来，高喊："米总！说曹操曹操到，真是巧了。"

米景扬大笑着说："挺远就听见你在和客人嘀咕我，快交代，说啥坏话啦？哈哈。"

"米总，您快坐下歇会儿，我给您介绍个新朋友。"蒋保兴从餐桌下面拉出一只凳子，张罗着。

米景扬和蒋保兴并排坐下来，看着董树旺说："这位小伙子你也快坐下。"又看着蒋保兴问："他就是你的新朋友？"

"对，他叫董树旺，是通县郎府乡冯各庄村大队长，刚上任，还负责冯各庄裱画厂的全面业务，我管他叫董厂长。"蒋保兴向米景扬介绍着。

"冯各庄裱画厂董厂长。"米景扬点着头说。

董树旺又站起来，连忙说："您就叫我小董吧，裱画厂我刚接手，还一窍不通呢，请您多指教。"

蒋保兴手扶着米景扬的胳膊，说："这位就是荣宝斋常务副总经理米景扬先生，他还是一位著名的书画家和书画鉴定家。看来你和米先生有缘，第一次来荣宝斋就见了面，你得感谢荣宝斋那碗热汤面，哈哈。"

米景扬也笑了起来，挥着手对董树旺说："小董，你坐下。冯各庄裱画厂那几位老伙计还好吧？他们可都曾是荣宝斋装裱车间的台柱子，有几年没见了。"

“我们村那三位张姓师傅早就退下来了，身体都挺好的，裱画厂遇到难崴鼓的活儿时还经常请老师们出山，解决难题。”

“那几位老伙计可是装裱行的宝贝，你可得把他们保护好，手艺活儿靠的就是传帮带。”米景扬动情地说。

董树旺说：“看您啥时候有时间，我请您和蒋主任到冯各庄指导工作。眼瞧着就到了年根儿，农村的年味儿可浓了，我们村的炸饹馇饸、炸豆腐、瓤豆腐在整个通县都是出了名的。”

蒋保兴笑着对米景扬说：“董厂长跟我说了，他家弟妹做的炸酱面在那十里八村也是盖帽了。”

米景扬开心地笑着对蒋保兴说：“你还别说，小董这么一说，我哈喇子都流出来了。保兴，你和小董约个时间，到冯各庄去一趟，主要是帮助裱画厂把业务搞起来。农村开办这个裱画厂可不容易，还得感谢咱们的侯恺老爷子，更要对得起侯老的一片苦心。也让裱画厂多挣点钱，为乡村致富发展多出点力，这也是咱们荣宝斋分内的事。”

蒋保兴对米景扬说：“一定按您的指示办，董厂长这次来，如今厂里面临着业务量少，没活干的局面。我刚才也想了想，今后给董厂长多联系些业务，有活儿就多给冯各庄裱画厂推荐。他们的装裱技术也过硬，不会砸锅。”

米景扬歪着头，想了想说：“这么着吧，小董，这回你也跟荣宝斋联系上了，蒋主任就是你们冯各庄裱画厂的联系人。你俩互相把电话都记好，荣宝斋全力支持你董厂长。小董，可有一样，咱得把丑话说在前头，接到新活儿不许糊弄，必须要精益求精，保质保量。你若是掉链子，那也就是一锤子买卖。再有一点我得告诉你，作为村里的大队长，裱画厂的厂长，要把眼光看远一点，把业务放宽一点，不能只盯着荣宝斋这一亩三分地。你们裱画厂有经验有技术，要到社会上去揽活儿，揽有技术含量有影响的大活儿。比如说，全国人大、政协、军委、钓鱼台国宾馆等等，各大会议接待单位，都需要装裱大型美术作品，装框上墙悬挂，再比如全国各大出版社、美术品公司、对外出口工艺美术品，都需要装裱包装方面的活儿。我说这些也只是抛砖引玉，目的就是让你开阔思路，开拓业务渠道。有了业务渠道，你这位董厂长就会成为大老板。但这个前提是，你要肯卖力气，肯动脑筋，还得要尽快成为内行人，想方设法把业务跑回来。”说着，米景扬站了起来，“保兴，你再和董厂长聊会儿，我得先走一步，下午区长召集开会，也是生产经营，抓经济效益指标的事。小董，就这样，咱们下回再见。下回咱到冯各庄去，把饹馇饸、炸酱面准备好，哈哈！”

送走了米景扬，蒋保兴对董树旺说：“董厂长，咱哥俩说得也差不多了。这样吧，我已经有你的电话号码了，你把我的电话也记下来。我想你是刚接手冯各庄这个裱画厂，首先得要拜访一下建厂的创始人侯恺老先生，对你今后开展工作非常有好处。眼看就快到元旦了，等我跟侯老联系好，把时间定下来，带着你去给老爷子祝贺个节日，顺便跟老爷子讨教一下荣宝斋的历史，让他再帮你出出主意，你看如何？”

董树旺痛快地答应着：“一切都听蒋主任的安排。您把侯老那边的事儿联系好后就告诉我，随叫随到。再有，您别忘了把米景扬经理请到冯各庄去一趟，米先生刚才这一席话，让我茅塞顿开，简直说到我心坎里去了。拜托了，蒋主任。”

蒋保兴笑着说：“你也别叫蒋主任了，咱俩就兄弟相称吧。我比你大几岁，就叫我蒋大哥，我直呼你树旺。今儿咱就到此为止，有事再电话联系。”

董树旺和蒋保兴并肩走出荣宝斋职工食堂，董树旺说：“蒋大哥，这边的事儿就全靠您了。我把您送到裱画车间后再去荣宝斋营业大厅转转，也开阔一下眼界。”

蒋保兴停下脚步说：“树旺，你不用送我，荣宝斋营业厅就在前边几步远的路，你抓紧时间看吧，看完了赶紧回家，天太晚赶不上末班车可就瞎了。”

董树旺说：“好，蒋大哥那就再见了。路上还有冰流子，您也多加小心。”

“好，树旺，再见。”

蒋保兴望着董树旺走进荣宝斋营业大厅的背影，转过身，迈着大步，朝着裱画车间的方向走去。

四

今天是大雪的节气，早已被冬雪覆盖着的乡村旷野，虽说是落叶纷飞，草枯木萎，天寒地冻，但这正是冬天的温暖，孕育着早春的勃勃生机。

这天早晨，董树旺身背装得满满一筐的白菜、土豆、红薯、萝卜，手提着鸡蛋、花生、小米、豆腐丝，满心欢喜地坐上去往北京的公交车。他已经和蒋保兴约好，前去拜访荣宝斋掌门人侯恺先生。这对于刚刚接手冯各庄裱画厂，准备大干一场却又对装裱行业一知半解的董树旺来说，无疑是一次求教高人、指点迷津的珍贵旅程。

敲开了侯恺先生的家门，一位满头白发、精神矍铄的老人打开门，操着一口山西话，大笑着迎了出来，伸开双臂，爽朗地说：“欢迎，欢迎！保兴呀，这位就是你说的董厂长吧？快进屋，屋里暖和。”

老人向屋里退着，高喊：“老婆子，快给客人沏茶。”

侯恺把蒋保兴和董树旺让到客厅的沙发上坐了下来，他自己坐在对面，眯缝着细长的眼睛，看着董树旺：“这些天保兴给我打了好几次电话，米景扬上周三到我这儿来，也提起了你董厂长。所以董树旺这个名字早就印在我脑子里了。看你身板健壮，又这么年轻，没问题，好好干吧。”

老夫人将茶沏好端了过来，微笑着对董树旺说：“自从保兴打电话说你董厂长要来，俺家这老头子就特别兴奋，他一说起冯各庄裱画厂的事就没完没了，你可别嫌弃他唠叨呀。”

董树旺连忙站起来，恭敬地说：“我一直盼着见侯老呢，刚接触裱画这个行业，啥都不懂，正在启蒙阶段，就想着让侯老给指教点拨呢。”

侯恺说起话来声音洪亮，底气十足，大笑着说：“我家这个老太婆就爱瞎操心，都管到我离休回家了，你俩可看见啦，她还是限制我说话，哈哈！”

蒋保兴也站起来，笑着对老夫人说：“侯婶，董厂长从家里给您背来一大筐菜和一大兜子鸡蛋花生啥的，您先把鸡蛋拣出来放好，看看是否有路上硌坏的。”

老夫人答应着，看着董树旺：“瞧你这个董厂长，来就来得了，大老远的还背这么些东西干啥呀，瞧把你累的，满脸都是汗。”

董树旺跟在老夫人身后，走到菜筐前说：“也没给您带啥，都是家地里种的土特产，有大白菜、土豆、红薯，那几个红心美萝卜是今儿一大早刚从萝卜窖里挖出来的。”

侯恺扭过身，看着竹筐和大兜子，笑着说：“好好，你背来的这些土特产都是我最爱吃的。今天正好是大雪的节气，按照俺们山西老家的话说：‘碌碡顶了门，光喝红黏粥。’这话的意思是，到了今天，天儿冷不再串门，只在家里喝热乎乎的红薯粥。你俩今儿来家里串门我可高兴坏了，尤其是你婶子，比我还开心，今儿晚上她一准儿给我白菜炖土豆煮红薯粥吃，哈哈！”

老夫人蹲在地上往瓷盆里捡放着鸡蛋，抬头瞪着老伴，佯装生气地说：“我还不知道你那点嗜好，见着红薯大白菜就走不动道儿，都是当年行军打仗时养成的坏毛病。”

侯恺大笑着对董树旺说：“你听见了吧？爱吃红薯大白菜还成了坏毛病，既健康又有营养，还给她省菜钱，这样的老头打着灯笼也难找呀，哈哈！”

董树旺笑着说：“侯老，这个好办，我们家的菜园子、自留地里种的都是您爱吃的瓜果蔬菜和粮食，而且不打农药，纯天然。您以后过冬的大白菜、倭瓜、红薯、土豆、胡萝卜啥的，就包在我身上了。以后常到您这儿来打扰，可别烦我这个农村人呀。哈哈！”

侯恺也从沙发上站起来，来到董树旺身边，被董树旺的一席话逗得开怀大笑：“哈哈！你这个董厂长说话可真痛快，随我，你这个朋友我算交定了。咱可先说好呀，交你这个朋友可不是图你家的红薯大白菜。一个是一看你就是实诚人，说起话来直来直去，对我的脾气；第二个因为你是冯各庄裱画厂新任厂长，这个厂是我一手筹办起来的，对它有独特的感情，这二十多年，是我看着它逐步发展起来的。所以景扬和保兴跟我打招呼后就一直盼着你来，跟你好好聊聊。”说着，侯恺拍着董树旺的肩膀说：“来吧，咱还坐在沙发上，聊正事儿。”

侯恺戴上老花镜，从茶几上拿起一本书，对董树旺说：“这是今年刚出版的《荣宝斋画谱》，都是白雪石画的漓江，送给你。”

董树旺站起来，走到侯恺身旁，接过画谱，翻看着，说：“谢谢您，印刷得真漂亮，我拿回去好好看。”

侯恺笑着说：“首先是画家画得好，印刷出的效果才清晰、漂亮。你干这个装裱行业，首先就要熟悉画家，熟悉他们的画。咱们全国知名的书画家在荣宝斋挂上号的有七十来人，大师级的画家有十几个。他们都擅长画什么画，有啥特点，是哪里人我都门儿清。只有做到心中有数，在经营他们的作品时才能有的放矢。”

董树旺认真地听着，说：“听您这么一说，这里的学问可深了，我需要填补的知识太多了。”

侯恺摘下老花镜，说：“你别紧张，无论哪个行业，哪方面的知识，都是靠平时一点一滴留心苦学积累来的。边干边学，只要你用心，肯下功夫，就没有学不会干不成的。”

董树旺点着头说：“侯老，这次来拜访您，就是听您传道授业解惑的，您是荣宝斋的掌门人，想请您普及一下荣宝斋的相关知识，比如说它的历史、经营历程、您的经营之道、理念啥的，我都想听。”

侯恺看着董树旺，笑着说：“你这刨根问底的习惯也像我。听到你问这些问题，就想起我二十岁接手荣宝斋时那个心情。当时也是两眼一抹黑，啥都想知道，啥都想学。那些老皇历，现在回想起来，在眼前就如同刚发生的事情一样。你容我想一下，咱们慢慢聊。”

侯恺端起茶杯喝着，又放到茶几上，将身子向后挪了挪，靠在沙发背上，又直起身板，双手放在沙发扶手上，讲了起来。

侯恺说：“我 1922 年生于山西省左权县。是回族人，生来爱吃素，尤其是红薯土豆大白菜，我吃起来没个够。我擅长的是版画，还有两个别名，叫朱林和鲁耕。1938 年参加革命后，换了不少工作岗位，比如说在太行新华日报、胜利报、中共太行区党委、一二九师及野战军政治部等都从事过宣传工作。还在前方鲁艺当了两年的教务干部。说起前方鲁艺这所学校，好多人都误认为是延安鲁艺，其实不对。前方鲁艺是 1940 年元旦在山西省长治市武乡县下北漳村成立并开学，全名叫鲁迅艺术学校，是中共中央北方局和八路军总部在晋东南抗战前方建立的一所培养文艺骨干的学校。为了与延安鲁艺区别，就将这所晋东南鲁迅艺术学校称为太行鲁艺，也叫前方鲁艺。1942 年又在晋绥边区文联、晋绥日报等处工作，创办了大众美术社。1950 年开始，就把我从国家文物局出版总署木印科科长的位置派到荣宝斋任经理，那时我二十八岁。”说着，看着董树旺，问：“小董，你当冯各庄裱画厂厂长是多大岁数？”

董树旺回答：“我上个月任的职，今年也是二十八。”

侯恺大笑起来：“哈哈！你说巧不巧，真是天意！这就说明咱俩是忘年交呀。我 1985 年在荣宝斋离休，你 1986 年在冯各庄裱画厂任职。这说明啥？说明装裱行业后继有人呀，哈哈！”

蒋保兴也笑起来，说：“侯老，听您这么一说，您这二位一老一少真是有缘呀。您是荣宝斋的掌门人，又是冯各庄裱画厂的奠基人。您前脚在荣宝斋离休，小董后脚就在冯各庄裱画厂上任，还真是后继有人。”

侯恺接着说：“小董，我跟你介绍在荣宝斋前的工作经历，就是想告诉你，外行不可怕，就怕自己没勇气、没信心去迎接新的挑战。我来荣宝斋这个文化老店之前，就是一个从山沟里走出来的‘土包子’。在荣宝斋这三十多年，就是从不懂到稍懂再到内行，一步一步带领职工，把荣宝斋给发展壮大起来。听我这么一说，你的信心和胆量就有了吧？”

“侯老您说的对，刚才站在您门口时，我还胆胆怵怵的，您老这么一说还真是给我壮胆了。”

侯恺挪了挪身子，笑着说：“小董你这么想就对了，当兵打仗上战场首先要斗志昂扬，要有招之即来，来之能战，战之能胜的坚强意志。好，下面就给你讲讲荣宝斋。”

侯恺稍微停顿了一下说：“荣宝斋的前身是‘松竹斋’，始建于清康熙十一年，也就是 1672 年，1894 年才取‘以文会友，荣名为宝’之意，更名为荣宝斋。当时的荣宝斋主要经营笔墨纸砚‘文房四宝’，兼营一部分中国传统文玩字画，有些年还在店外组合承印诗笺、信笺之类木版水印技术，印制出版经鲁迅、郑振铎搜集编成的《北平笺谱》和《十竹斋笺谱》，从此名声大振。”

“那个年代荣宝斋就出大名了？”董树旺问。

侯恺说：“是呀，荣宝斋在那两年是个辉煌时期，可到了日伪统治时期，荣宝斋饱受摧残，业务萧条得一塌糊涂，在新中国成立前已经奄奄一息，眼看就要倒闭了。1950 年初的时候，为挽救残局，当时的荣宝斋经理王仁山多方求援，经时任国家文物局局长郑振铎介绍，出版总署的负责同志当机立断，毅然决然地决定投资，把这个有二百七十多年历史的文化老店接着办下去。那时候我正在出版署木印科任科长，领导就把我派到荣宝斋，作为公方代表担任经理。当年荣宝斋是北京文物界最早实行公私合营的私人企业，又给它取了新名，叫‘荣宝斋新记’，特意请郭沫若先生题的匾额。刚开始公私合营的时候，我盘点了荣宝斋的家底，那些存货都是旧存滞销的陈底货，连破痰盂烂板凳都带上，总共折合现币也不到八千元。荣宝斋新记刚开张的最初两年，把店堂里的古玩字画都换了领袖像、连环画、新画报还有小人书，看上去倒是一派新气象，然而让我始料不及的是，荣宝斋新记没能因此获得新生，经济上一度陷入了困境。老舍先生来店里参观时对我说：‘我看这不像个文化老店，很像个杂货铺，就缺油盐酱醋茶了。’老舍先生的话对我刺激很大，开始对自己的经营方针和内容产生了怀疑。心想，派驻荣宝斋之前，我在出版总署工作，衣食无忧，每个月的薪金是旧币一百二十万元，那在当时就是高薪了。可来到荣宝斋以后，整天为店的不景气愁得慌。那些日子，我经常一个人跑到天坛祈年殿前的石板甬道上仰天苦思，愁得面容憔悴，头发灰白，俨然一个老气横秋的小老头。”说到这里，他摸着自己的头，苦笑着说：“你看我这满头白发，都是那些年发愁愁的。”蒋保兴对董树旺说：“我刚分配到荣宝斋工作时，见到侯总还纳闷呢，侯经理咋是个白头发的小老头呀？后来听老师傅们介绍侯经理创业艰难历程后，我对侯老肃然起敬，更热爱荣宝斋裱画这项工作了。”

侯恺笑着说：“小蒋刚来荣宝斋时，高高的个子，瘦得跟麻秸秆似的。我给他们岗前培训时，他坐在最后一排，不怎么爱说话，没想到他在裱画车间一干就是二十年，如今不但装裱是高手，还当上了车间主任。小蒋从不张扬，踏实肯干，我给你竖大拇指。”

蒋保兴站起来，恭敬地向侯恺鞠着躬说：“都是侯老教育培养得好，看到您一天到晚地为荣宝斋操劳，我们做职工的都敬重您、心疼您，一点不敢怠慢。您就是荣宝斋的定海神针。”

侯恺摆手笑着说：“没那么邪乎，我一个扛枪打仗的土包子，职工们对我的支持和信任，就是我想把荣宝斋经营好的原动力，不甘心进入新社会的荣宝斋在我的手中垮掉。那咋办呢？我就骑着一辆已经破旧的自行车，到处奔走寻找出路，四处访贤问友，发动职工们献计献策。经过两三年摸索，在主管部门领导和文化界名流的启发下，逐渐明确了荣宝斋的发展方向。我对职工们讲，荣宝斋不是杂货店，它为工农兵服务是间接的，那就是要通过古玩字画，展现我国劳动人民创造的悠久历史、灿烂文明。荣宝斋的办店方针明确后，我的心里也敞亮了，职工们有了干劲。荣宝斋上下一心，拧成一股绳，就是坚定地走‘以其业务所长，对内进行爱国主义教育，对外增进国际文化交流’的经营路线。从 1954 年开始，荣宝斋临摹复制历代古画，把其中的经典作品作为国礼赠送给国际友人，也被世界众多博物馆和收藏家竞购收藏，从此蜚声海内外，荣宝斋步入了一个新的发展阶段。我记得到了 1956 年，中共八大确定‘百花齐放、百家争鸣’的文艺方针。这时的荣宝斋恢复了一些传统商品，同书画家建立了广泛的联系。在经营历代书画和文房用品之外，我带领职工们刻苦钻研、反复试验，先后成功复制徐悲鸿的《奔马》和齐白石的《白茶花》等当代名家的画作。说起和画家的交往，让我记忆最深刻的就是齐白石。那位老画家虽说是国画大师，但他更是个老顽童，可有意思了。”说到这里，侯恺停了下来，他走进书房取出一本已经发黄的线装画册，打开扉页说：“这本画册是荣宝斋当年给齐白石大师出版印刷的，你俩看，这是白石老人送我书时的签名题字。”他小心地将画册平放在前面的茶几上说：“你俩也开开眼，可不能用手摸呀，年代久了，纸张容易碎裂。”

蒋保兴和董树旺低头认真地看着，董树旺说：“这本画册既有意义又珍贵，您可得收藏好，说不定将来要进博物馆的。”

侯恺将画册送回书房，坐在沙发上，说：“既然说到白石老人了，那我就讲一段和齐老爷子交往的故事。自从 1950 年我接管了荣宝斋，荣宝斋就和白石老人陆续建立起良好的友谊关系。白石老人一生以书画为本，而荣宝斋是买卖字画的，又是印画的。那个时期，既售卖白石老人的原作，又精选他的作品用木板印出来。这样，既增加了数量，又降低了售价，基本做到了普及。的确一度搞得红火热闹，蜚声中外，博得各方好评。徐悲鸿先生的作品也是在这时销售，并出版了他的《奔马》复制品。荣宝斋的开头，那就是靠齐、徐起家的，不过这是稍后的事了。荣宝斋重新开张时，白石老人的作品就遭到了冷落，经历的坎坷可不少。1950 年初，荣宝斋公私合营了，并要通过荣宝斋这块文化陆地，以其所经营的商品，要对社会进行‘新民主主义教育。’当然了，白石老人的作品大多属于花鸟鱼虫，是不含有政治教育内容的，而且还被认为是有害的。白石老人的作品便被打入了冷宫，休眠于库房。不料，就如前面我讲的，荣宝斋从开张到年底总共不到半年时间，企业已经摇摇欲坠，连职工的一日三餐都成了问题。我们经过市场调研、名家咨询，确立了新的经营方针以后，更换商品，重新经营起字画门类，那当然就和白石老人接触，使其作品又和欣赏者见面了。不过，那时白石老人的作品举目可见，四处可睹，从字画店到小市地摊到处都是，而且售价又很低。当时荣宝斋为其定价是两元一平尺，小市地摊是两元一幅，虽然价格低廉，但解放初期又有谁买呢？如此，又冷落了一段时间。过了一年半载，各地开始兴建和扩建博物馆，陆续收到当代书画家的作品，以及宾馆饭店也开始装点房间，使当时书画家的作品渐渐有了销路，而且很快供应显得紧张起来。荣宝斋看到了商机，准备将白石老人的作品选择一些适宜的，进行木板印刷，增大数量，逐步满足社会需要。就在这时，白石老人周围的弟子纷纷向老人进言，并为老人起草函件，要求提高画的价格。不得已，荣宝斋由原来两元一平尺增加一倍，提高到四元。同时恰好在这个时候，荣宝斋出版了《白石老人画集》第一部，就是刚才给你俩看的那本画册。白石老人的弟子又捉刀代笔，为老人向出版署函告荣宝斋付酬太低。当时的胡愈之署长，以其个人的名义起草打印了函件，责成我持函向白石老人说明情况，并表示歉意，顺便重新磋商协议画价。随后又经白石老人的几位弟子共同商定，由原四元一平尺，提高为八元。从这一点上也可以看出，白石老人的那些弟子们，对老师是何等的忠诚和抬爱呀。”

蒋保兴走到侯恺面前，端起茶杯说：“侯老您先喝口茶，歇会儿再讲。我就知道齐白石的大弟子是李苦禅，还有卢光照、许麟庐，这三位老画家都画大写意，据说都是齐白石的高足。”

侯恺喝完茶，又将茶杯放在茶几上，笑着说：“白石老人的弟子可不少，在全国各地都是大名鼎鼎，说明白石老人教导有方。他常告诫弟子，‘学我者生，似我者死。’他画虾最出名，当弟子的若是再画虾，那准得玩完。要学白石老人的笔墨精神，不能学他皮毛。保兴刚说的白石老人那三个弟子，走的都是自己的路，有自己独特的笔墨风格，自成一家，在画坛上都立稳了脚跟。”

董树旺说：“我理解您说的话，就是不能死学，要活学活用。”

侯恺笑着说：“小董说的对，理解到位。咱还接着说白石老人。荣宝斋出版了《白石老人画集》，稿费从优，老人也非常高兴，以后他一有闲暇就经常来荣宝斋消闲。他每次来，我都要求店里对老爷子要热情接待，并为他准备茶点水果等。由此，白石老人还闹过一次笑话，凡有朋友去看望他时，就说：‘你们要吃橘子，到荣宝斋去买，他们那里的橘子好吃；他们那里的妹子多，都特别热情。’哈哈，荣宝斋成了卖橘子的了。其时他每次吃的甜橘子都是店里为招待他特意从市场上买来的。荣宝斋女职工比较多，老人每次来都抽空跑到会客厅看看他，所以他感到都特别热情。和白石老人交往次数多了，我们相互交谈也就随便了。除了谈书画艺术外，也谈些其他的内容。白石老人总是夸荣宝斋，有一次他对我说：‘有一家出版社出版了我的画，我去取稿费，坐在那里等两个钟头，给我一块钱，像打发小朋友一样，你们好，给得多，给新票子，还给我送到家，好、好。’以后和白石老人往来的次数更多了。或去洽谈事，或专门去看望他。我每次去，白石老人都要特备茶点糖果。他有一个怪癖，也许是老年人的关系，凡去他家必备茶点糖果，你如果不吃，也得拿手动一动，否则他会极大地不高兴。他身边的家里人告诉我：‘侯经理，备下这些茶点糖果，你不要客气，你如果没有兴趣吃，但请你要当着老人的面，拿手动一动，比画比画，否则他会认为交情不厚而不高兴。’如此说来，我只得照办。嘿，确实是很灵验的，顿时他便笑逐颜开，话也多了。这时你要请他做什么的话，那简直是有求必应。比如说请老先生写一大幅横匾：‘发扬民族文化’这幅字，为白石老人举办的大型展览曾借去展出过；再比如请他画了八尺整纸顺开的大幅《蕉下鸣蛙》，用木版水印复制出来后，气概大极了，深得各方人士的好评。诸如此类，通常都是在这种欢快的情况下实现的，可见我和白石老人彼此的交情之深呀。”侯恺顿了一下，说：“好，和白石老人交往的事情就说到这儿，若是让我细说，那你俩就别想走了，哈哈！”

董树旺站起来，给侯恺鞠躬说：“听您这么一说，我真是大开眼界，原来那些大画家离您这么近，荣宝斋真是藏龙卧虎呀。”

侯恺笑着说：“小董你别客气，快坐下。还真是让你说对了，荣宝斋是一个经营单位，它离不开书画家们的支持。我们对待书画家的态度，不是单纯的客户之间的态度，而是像朋友一样。他们有啥困难，我们都能给予支持和帮助。而且要想把经营工作做好，首先得把服务放在第一位。当年的荣宝斋，那就是北京和外地来京画家的会聚之所。很多著名书画家来北京，他们不住饭店，都是住在荣宝斋。由于卖画并不太容易，大多数画家都比较贫困，逢年过节我就派人到他们家里收购作品，让他们过个好年。”

董树旺说：“荣宝斋就是书画家之家呀。”

侯恺笑着说：“可不是嘛，1959 年那年，荣宝斋承担了人民大会堂宴会厅巨幅中国画《江山如此多娇》的物质保障和装裱工作。画家傅抱石先生在创作中，不管缺什么东西，总是说：‘家里拿去。’身边的人问他：‘你的家不在北京呀？’傅先生说：‘画家之家荣宝斋嘛！’当时有人把傅先生说的话传给了我，我这心里热乎乎的，甭提多开心了。我在荣宝斋三十六年，的确交了不少书画家朋友，从齐白石、徐悲鸿、郭沫若、傅抱石，到如今的启功、董寿平、黄永玉等等，那可都是我的‘知音’呀。”

侯恺越说越兴奋，猛地站起来，挥着拳头说：“我做梦也想不到，一个在山沟里长大，只会扛枪打仗的‘土包子’来了荣宝斋，还跟全国著名的大书画家、文化名流成了知音，你俩说，这上哪儿说理去呀？哈哈！”

蒋保兴也站起来，笑着说：“侯老，在我们眼里您可不是‘土包子’，您不但是位扛过枪，打过仗的荣宝斋的掌门人，您还是一位德高望重的版画家呀！”

侯恺摆着手，开心地说：“得得，那些都是老皇历了，早就翻片儿了。”又看着董树旺说：“小董，别光听我说，我也想听听你当上冯各庄裱画厂厂长后，有啥打算呀？咱们都坐下，我听你说。”

董树旺坐下来，思考了一会儿，说：“侯老，我来的目的，一是专门拜望您，跟您这位冯各庄裱画厂的大恩人报个到；第二就是想听您说说荣宝斋和您的经营之道，向您讨教经验，回去后把您说的这些话好好消化，找到值得借鉴的地方，再去经营冯各庄裱画厂。三天前我又去荣宝斋找了一趟米景扬经理，他对我们非常支持，计划将荣宝斋所有木版水印复制品的装裱任务交给我们做，每年高达上万件；还计划把门市部加工玉版宣和托裱画用的绫子都交给我们做。这一下我心里就有底了，最起码每年正常的生产量得到了保证。米经理还说陆续给我们介绍新的客户。来拜访您前我也想好了，您若是不嫌弃的话，冯各庄裱画厂想聘您为长期艺术顾问。希望您这位老革命家再给我们把把舵，引引路，把咱们国家的传统艺术发扬光大，永久地传承下去。”

侯恺想了想说："这样吧，我刚离休，就别当啥顾问了。我家门你也认识了，以后常来我这儿坐坐，有啥情况就多沟通。等明年开春，你把我和老伴接到冯各庄去看一看，那个裱画厂是我扶着它长大的，有感情呀。我再跟你说两句话，你不仅要记牢，还得脚踏实地地去做。第一句话就是要拓宽业务渠道，走高精尖中国传统文化之路；第二句话就是稳步前行，力争把冯各庄裱画厂发展成为中国第二个荣宝斋。"

董树旺听着侯恺先生说的话，心潮澎湃，激动地说："多谢您老的点拨，一定照您说的去做，不达目的誓不罢休！"

侯恺拍着董树旺的肩膀大笑着说："好小伙子，有志气。我相信你，放开手脚，大胆地往前冲。"

离开侯恺先生的家，董树旺对蒋保兴说："多谢蒋大哥，您不仅是我的贵人，而且是冯各庄裱画厂的贵人，更是我们全村的贵人。在我最迷茫的时候，得遇了您的热情帮助，就好像您拽着我的手，走出黑暗，见到光明，让我看到了希望。我替全村的老百姓感谢您！"

蒋保兴向前走着，开心地笑了起来："树旺老弟，你讲起话来一套一套的，是个大才子呀，哈哈。你也别跟我客气了，我相信缘分。只要看着你把裱画厂搞好了，发展壮大，厂子里有活干，村里的老百姓能受益，我就满足了。真要是像侯老说的那样，在不久的将来，冯各庄裱画厂成了第二个荣宝斋，也算我蒋保兴没看错人，没白帮你！"

大雪节气的北京，寒风劲吹，长河冰封。董树旺站在公交车站上，等待着即将进站的公共汽车。他迎着凛冽的寒风，将双耳棉帽向头上按了按，仰望着湛蓝的天空，那颗对未来充满无限遐想和渴望之心，早已飞回到冯各庄裱画厂。这正是：寒冬已降迎春来，扬鞭催马续新篇。

第 五 章

一

1990 年春节过后，转眼就到了春暖花开的季节。冯各庄村南的运河两岸，桃红柳绿，草长莺飞；无垠的田野，浸润着绿色的芬芳；一群雪亮的白鸽，伴随着清脆的鸽哨声，在湛蓝的天空上盘旋，飞过大运河，宛如一朵白云，向遥远的天边飘去……

今天，对于冯各庄裱画厂来说是个极不平常的日子。为适应对外业务经营和经济发展的需要，经郎府乡和通县两级政府部门的批准，冯各庄裱画厂更名为北京通县潞通工艺品厂，董树旺出任厂长。

这天上午，冯各庄村西南的一块空地上，彩旗招展，锣鼓喧天。新厂名揭牌仪式和新址建设开工的奠基仪式，在喜庆祥和的气氛中圆满成功。

仪式结束后，县乡两级主管领导和受邀嘉宾围坐在裱画车间的红漆大案前，召开了小型座谈会，畅谈谋划对通县潞通工艺品厂发展的建议。

北京荣宝斋原掌门人侯恺先生首先讲话，他笑着说："今天受邀来此地参加这个活动，我很高兴。冯各庄裱画厂自 1964 年创办至今已整整二十六个年头。从一个白手起家小作坊的村办企业，逐步发展成为今天的通县潞通工艺品厂，实属不易，可喜可贺。我算了算，和董树旺厂长相识只不过就四年。我亲眼看着小董是如何一步一个台阶地把这个裱画厂做大搞活的。小董这四年，起早贪黑，追着汽车跑业务，还不耻下问求贤若渴，不仅学到了高深的装裱书画知识，还请来了荣宝斋的精兵强将。从这一点上来说，小董是个既精明能干又有远见的厂长。”

说到这里，侯恺双眼寻视着四周，接着说：“我刚才抬眼一看，右手这半边坐着的都是荣宝斋的精英呀！大家请看，我身边这位是米景扬，现任荣宝斋副总经理；挨着大米的是雷振方，荣宝斋主管大堂业务的经理；接着是蒋保兴，荣宝斋裱画车间的主任；再有就是我们荣宝斋木版水印总设计师孙树梅，木版水印高级技师孙连旺、王玉良，书画装裱高级技师崔玉海，刻版高级技师张近深，工匠大师冯成本。今天乡党委书记、县领导和在座的各位领导都看到了，这就等于把荣宝斋搬到咱们冯各庄来了。我往这儿一坐，这简直就是荣宝斋往常召开的工作会议。哈哈！这说明啥？说明董树旺的工作热情和他人格魅力所在。米景扬你说说，此情此景是不是似曾相识？哈哈！”

侯恺一番开朗风趣的讲话，逗得大家会心地笑着。

米景扬笑着说：“侯老说得太对了，就今天这个场面，我仿佛又回到了几年前，侯老给我们开会时的场面。虽说我和小董也刚认识四年，可就凭他对事业的那番刻苦敬业的执着追求，不仅深深地感动着我，也深深地感动着和他接触过的同人们。我们都乐意帮助他，为他出主意想办法，介绍业务。小董我还跟你说呀，就咱弟妹徐凤红做的那碗炸酱面，也是功不可没。哈哈！”

听着侯恺和米景扬的讲话，座谈会顿时轻松活跃起来。大家踊跃发言，表达着对冯各庄裱画厂的深厚感情和改名后的新厂寄予的殷切期望。

吃完了中午饭，嘉宾们陆续离开了冯各庄。董树旺将侯恺、米景扬、雷振方、蒋保兴请到装裱二车间，观赏为荣宝斋装裱的木版水印名人字画和制作高档的锦盒。

侯恺抚摸着装裱好的木版水印作品，动情地说："看到这些字画，就想起了我当年和技师们一起研究木版水印技术时的日日夜夜。"

董树旺安慰着侯恺："没有那些老前辈的潜心研究，就没有木版水印的今天，也就没有我们裱画厂的今天，这都是您老领导得好。"

米景扬探过身子，对侯恺说："侯老，那时候我还记得您说过的话：'攻坚克难就如同士兵上战场，视死如归勇者胜。'这句话都成咱们荣宝斋的企业精神了。"

侯恺摆着手，笑着说："那些都是老皇历，如今讲究的是科学，再靠人海战术就落伍了。可是有一样儿，民族的传统艺术不能丢。尤其是荣宝斋，一定要扛起继承、弘扬民族精神这杆大旗。"侯恺回过头，看着董树旺说："小董，你们厂也一样，一定要沿着民族传统文化这条路走下去。"

董树旺认真地说："侯老您放心，我们潞通工艺品厂一定跟着荣宝斋，高举民族传统文化的大旗向前冲！"

米景扬拍着董树旺的肩膀，笑着说："小董这口才就是厉害，每次听你说话我都是激扬澎湃，热血沸腾。启功先生上次到荣宝斋去还夸你们的裱工呢。"

董树旺说："去年荣宝斋委托我们裱的那批字画，我当时听说是启功先生为纪念恩师陈垣先生，决定捐出一百多幅字画，在香港举办义展，给北京师范大学筹集'励耘奖学金'。启老不忘恩师，绵延师道的高尚品德，淡泊名利的无私胸怀令我非常敬重佩服。”

米景扬说：“启功先生那可是名副其实的德高望重的艺术大家呀。”

董树旺兴奋地说：“装裱启老那批字画的时候，他的书法作品许多句子我都能背下来。如‘行文简浅显，做事诚平恒’‘能与诸贤齐品目，不将世故系情怀’‘立身苦被浮名累，涉世无如本色难’‘能将忙事成闲事，不薄今人爱古人’等等，我当时都把这些句子翻拍下来，并记在了心里，等忙过这几天，我想去拜见启功先生。”

米景扬说：“回去后我先跟启先生打个招呼，让老先生有个思想准备。”

董树旺说：“那我得先谢您了，啥时去拜见启老，我听您的信儿。”

雷振方陪在侯恺身边交谈着，忽然转过身对董树旺说：“树旺，刚才侯老说了，让我多给你们厂找些业务，下周三你到荣宝斋去一趟，咱俩再仔细把这件事碰一碰。”

董树旺高兴地说：“那可太好了，下周三上午我带着老技师去找您，又要给您添麻烦了。”

雷振方笑着说：“树旺别客气啦，你们厂名都改成工艺品厂了，就得往‘工艺品’三个字上下功夫，等将来你的工艺品种类越多，越精致，顾客越喜欢，荣宝斋卖得就越好，你这是在给荣宝斋创收，我还得谢你呢，哈哈。”

蒋保兴走了过来，对董树旺说：“昨天上午，三间房北京工艺品进出口公司的张吉浦到我那儿去了。他们那里几年前把三间房仓库改成了北京工艺品陈列馆，深受外国友人的欢迎。听他说北京特种工艺公司正在大力扶持北京市的传统工艺品生产销售，扩大出口创汇。我把你介绍给了他，他对你们厂也很感兴趣。”说着，他从上衣兜里掏出一个纸条，递给董树旺说：“这是张吉浦的联系电话和地址，你抓紧时间去一趟，别错过合作机会。”

董树旺接过纸条，说：“谢谢仁兄，今儿下午我就给他打电话。”

这时，侯恺来到董树旺面前，高声说：“小董，该看的我都看了，不错！下一步具体怎么走，你和景扬、振方他们找个时间再合计合计。下次再来，就去你的新厂参观啦。”

侯恺扭过头，对米景扬说：“景扬，咱们打道回府，客走主人安，哈哈！”

董树旺将侯恺一行送到荣宝斋依维柯商务车上，挥手道别。银灰色的商务车驶出村口，穿过绿色的田野，疾驰而去。

董树旺站在村口的高台阶上，翘首目送着远去的汽车，感恩帮他一路走过来的贵人们。他扬起头，踌躇满志地遥望着远方。一排南来的大雁从头顶上掠过，高昂地鸣叫着，向北飞去……

突然，一阵急促的呼喊声从董树旺的身后传来：“不好啦！董厂长，工地出大事了！不知从哪来了一群人，把刚垒的墙给推倒了，还打伤了咱的人。”

听到喊声，董树旺回过头，看着来人说：“别着急，你慢慢说，到底咋回事？”

来人喘着粗气，说：“那群人一边推墙一边高喊着您的名字，说要跟您练练。您还是先别过去了，我看他们来势汹汹，身上都带着家伙，咱们还是先报警吧。”

董树旺镇定地说：“先不用报警，我去会会那帮不速之客。光天化日之下，我就不信这个邪，咱们走！”

来到新厂工地，建筑工人们正在跟那群不速之客纠缠着。工地上尘土飞扬，一片混乱。

董树旺跨步向前，高声断喝："都给我住手！"

工地上打斗的人群被董树旺震耳欲聋的喊声镇住了，停下手站在原地，朝着喊声张望。

一个蓬头垢面，满腮胡须的驼背男子，双手揣着裤兜，摇摇晃晃地来到董树旺的跟前，满嘴喷着酒后的恶气，好似一只被掐住脖子鸣叫的大公鸡，他怪声怪气地说："你就是董树旺？在大运河边上沙谷堆一带，你的大名可是如雷贯耳！今儿我这个运河一霸，就是想瞧瞧你到底有多大本事！"

董树旺瞪着驼背男子，大声地说："请问你是哪路神仙？缩脖端肩的，你还运河一霸，别给咱们这清澈干净的大运河丢这份人！"

驼背男子身后的一个秃头撇嘴黑脸人，钻出来指着董树旺说："你没长眼呀？我这位大哥就是名震郎府的运河一霸刘三砖。当年他被俺村的知识青年连拍三块大板砖，眼都不眨，头上的血蹿出去两丈远，把那帮知识青年吓得撒丫子就跑，运河一霸刘三砖，难道你没听说过？"

董树旺蔑视着眼前这两个猥琐之人，笑着说："你就是那个顶风臭十里的刘三砖呀。当年那几个知识青年怕你，是怕把你打残吃官司。我董树旺身正不怕影子斜，吃软不吃硬，专打癞皮狗。你还运河一霸，趁早滚回去，别再给咱大运河丢人现眼了。我看你不是运河一霸，你也就是大运河里的一只臭鱼烂虾。"

刘三砖被董树旺说的一番话气得是火冒三丈，咬牙切齿，瞪着董树旺高喊："董树旺，你别铁嘴钢牙光逗贫，咱俩今儿个单独练练，如果你把我打趴下，我给你倒磕三个响头，从今往后不再找你的麻烦。你若是被我打趴下，这个工地的活儿我包了，还得倒贴我这个黑脸兄弟两千块钱。这笔买卖你干不干？"

董树旺倒背着手，看着刘三砖说：“我凭啥倒贴他两千块钱呀？我把钱扔进大运河里去还能听个响儿打个水漂儿呢。”

刘三砖指着黑脸人说：“他就是半年前你在公交车上抓的那个小偷，害得他蹲了一个半月的局子。真是贵人多忘事，他剃成秃瓢你就不认识啦？这个损失不找你赔谁赔？”

董树旺仔细看了一眼黑脸人，大笑起来，说：“原来是你呀，他不给我提醒还真认不出来了。你在公交车上偷人家的钱包，违法乱纪，缺德到家了，公安局不抓你抓谁呀？你手欠还偷出理了？我看你就是皮痒，欠揍！”

刘三砖身后那群人被董树旺的话激怒了，掏出凶器将董树旺围在中间，准备动手。

董树旺稳稳地站在原地，眯缝着眼睛，看着刘三砖，大声说道：“刘三砖，我今儿要是眨一下眼睛，董树旺的名字倒着写。你说，咱们是群殴还是单练？我奉陪到底！”

刘三砖驼着背高喊：“你们这帮孙子都给我退后，一群人打他一个，这要是被大运河边儿上的同道儿知道喽还不戳我刘三砖的脊梁骨？你们靠边站，我今儿要和他单挑。”

说着，刘三砖脱下蓝布褂，光着膀子，一前一后张开双掌，半蹲着身子，摆开了打斗的架势。

董树旺示意拿着铁锹围过来的建筑工人后退，也将上衣脱下来，大声地说：“动手吧，把你的看家本事都亮出来！”

刘三砖“啊”的一声，将前掌收回，后掌猛地朝董树旺的头上劈去。

董树旺站稳脚跟，身子向后一仰躲过来掌，抬起右腿，朝着刘三砖前倾的屁股猛踢过去。

刘三砖前掌用力过猛，整个身子借着惯性正往前栽，又被董树旺借力打力，只听他“哎哟！”一声，一个倒栽葱，一头扎进垒墙用的泥灰里。

就在这时，只见旁边站着的泥瓦匠抄起铁锹，猛地朝刘三砖趴在泥灰上的驼背砸去。

“住手！”董树旺大喊一声，右腿一较劲，从地上蹿起来，左脚用力一踢，将砸下的铁锹踢飞出去。泥瓦匠被震得双手直抖，张着大嘴，怔怔地看着董树旺，不知所措。

董树旺走到刘三砖身旁，朝着驼背一脚踹去，刘三砖翻滚着身子，仰面朝天躺在泥地上，浑身上下已经被糊成了泥人。

刘三砖痛苦地坐了起来，双手扒着泥眼哀号着说：“小黑子，快来救我！我的眼睛瞎了。小黑子，你这个三只手的玩意儿，若不是因为你，我何必来冯各庄自讨苦吃？你们一起上，把董树旺也给我打泥里去，快来人呀！”

小黑子和那群地痞流氓早被董树旺的神功吓呆了，缩着脖子撒腿就跑。小黑子跑在最前面，回过头高喊：“刘三砖，你别怕，给我挺住，我回去找大花瓢给你报仇。”

围观的人群好似看戏一样，看着他们的丑态，开心地高喊：“再跑快点儿！你爷爷在这儿等着那个大花瓢。哈哈！”

董树旺指挥着泥瓦匠说：“春子哥，你去找一根绳子，先把刘三砖捆上，再把那只水桶拿过来，把他脸上的泥洗掉，让他睁开眼看看，他那些个狐朋狗友都是啥嘴脸。”

泥瓦匠答应着，将刘三砖双手倒背着捆住，又提着满满一桶水，举起来猛地朝刘三砖的头上泼过去。刘三砖被凉水激得全身颤抖，张着嘴刚要喊叫，从头上冲下来的泥水都被灌进嘴里，噎得他上气不接下气地瘫倒在泥地上。

董树旺对泥瓦匠说：“春子哥，你再招呼两个师傅，把刘三砖抬到路边那棵老槐树下，拿条干毛巾把他身上的泥擦洗干净，再把褂子给他穿上，我一会儿过去找他。”说着，董树旺穿好上衣，走到建筑工地，看着刚被推倒的砖墙，对站在身边的工地领班说：“张大叔，工地上的事儿就交给您处理了，若再有捣乱的直接报警。您让工地这些师傅多加小心，保护好集体财产和自身的安全。”

工地领班说：“有今儿这一出戏，估计以后再借他们几个胆儿也不敢来了。你放心，我一定把工地的活儿安排好，保证工期按质按时完成。”

董树旺转身往路边走着，说：“有您张大叔在这儿把着关，我放心！”

董树旺来到老槐树下，刘三砖已经清醒过来，坐在树下的土埂上懊悔不已，低头驼背缩着脖子，回避着董树旺犀利的目光。

董树旺从路边搬来三块砖头，放在刘三砖面前，说：“我把这三块砖放这儿，你若不服再拍它三砖试试。”

刘三砖缩着脖子说：“董厂长，我知道错了。我是有眼不识泰山，您大人不记小人过，就饶我这回吧。”

董树旺坐在刚码放好的三块砖上，笑着说：“你说得倒是轻巧，饶你这一回是不是还有下一回？”

刘三砖用手擦着粘在胡子上的泥块，说：“不是，绝对没有下回了。您刚才那一脚踢醒了我，我就是一头没脑子的蠢驴。”

董树旺双眼盯着刘三砖：“你可别糟蹋那些老实拉磨的驴，咱俩无怨无仇，你为啥找我的麻烦？如今摆在你面前的有两条路，一条路是把你交给郎府乡派出所，依法处理；另一条路是你把这件事的来龙去脉如实说清楚，我放你回家。这两条路你自个儿选。”

刘三砖连连点头说：“我选第二条，第二条。”

“好，你说吧，我听着。”

刘三砖将身子晃了晃，干咳两声，说了起来：

“我是运河边儿儒林村人，离沙古堆村就隔着一条马路。十年前染上了酒瘾，有酒必喝，喝了必醉，醉了就撒酒疯。记得有一年和村里几个下乡知识青年在一个饭馆里吃饭，我酒喝多了就跟他们动起手来。那几个知青都是愣头青，把我拽出饭馆，抄起板砖冲着我的脑门就砸了三砖头，当时就把我砸蒙了，头上的血蹿出老远，我一点反应都没有。他们还以为我是个不怕死的凶神恶煞，吓得四处奔逃。这件事就传开了，以讹传讹，顺着儒林、沙古堆大运河一带，都把我吹上了天，还给我戴上运河一霸刘三砖的高帽。我看这高帽还真管用，不但没人敢惹我，有些小流氓二流子还供我酒喝。得嘞，我就顺坡下驴，留起了连毛胡子，身边总有几个跟屁虫围着我转。就这么一来二去的，我还真把自个儿当成了运河一霸。其实我早已酒精中毒，浑身上下就跟散了架似的，只是比画几下花拳绣腿吓唬人。”

董树旺听着，惋惜地说：“你说你，一个堂堂的男子汉，被别人吹上了天，还就真把自个儿当成皇帝啦？那不是皇帝的新装自欺欺人吗？”

刘三砖叹了一口气，说：“您说的对，人都有一颗虚荣之心，我就是被它毁的。四年前的一天晚上，我在沙古堆村的饭馆里和几个兄弟喝酒，旁边那个桌子坐着的是沙古堆村的大花瓢。和他一桌喝酒的都是周边村子里有头有脸的人物。因为他知道我的大名，平时也让我三分。他端着酒杯主动过来敬酒，借着酒劲儿，我说起了大话。跟他说：‘花瓢兄弟，周边一带你若是遇到啥难事就吱应一声，没有我码不平的事儿。’大花瓢心眼多贼呀，他趁机说：‘三砖大哥，眼下还真有一件难办的事儿，榆林庄运河大堤有一个修坝筑堤的工程，我一直想把它拿下来，可听说拿到工程那小子上头有人给撑着。你若是能帮我把事儿办成，我用五千块钱做酬谢。’我满口答应下来，第二天一早，带着几个弟兄就来到了榆林庄运河大堤，将打夯机围了一圈人，不让开工，两天以后还真把工程给拿下了。自从那次以后，大花瓢一直利用我，在运河周边干了不少的坏事。两天前大花瓢又把我和几个弟兄请到沙古堆村口那家鲁菜馆，灌了一通酒后说：‘两天后，冯各庄要举办裱画厂更名建新址仪式，县乡两级领导和市的专家都来捧场。那个厂长叫董树旺，我和我舅舅都曾跟他结过仇。这次想借机恶心搅和，让他威望扫地，丢人现眼。’桌上坐着一个弟兄，都管他叫小黑子，又黑又瘦还秃头，他对大花瓢说：‘你说冯各庄那个董树旺，他也是我的仇人。半年前我在公交车上偷钱包的时候，被董树旺抓了现形，让我蹲了一个半月的局子。当时在派出所做笔录时，我记住了他的名字。这回好了，我和他老账新账一块儿算。’大花瓢答应我，若把今天这事办成，不但出一万块钱答谢，还送两箱茅台酒。我当时就把这笔买卖揽下来。上午没敢动手，没想到碰上了您这位硬茬。”

董树旺点着头，说：“原来你是被大花瓢利用了，有句俗话说，不是不报，时候未到。总干那些偷鸡摸狗丧尽天良坏事的人，总有一天会遭报应。我听说大花瓢的右腿三年前就被人给打瘸了。”

刘三砖说：“是呀，不但他的腿瘸了，眼睛也瞎了一只，听说两年前一伙人拿着菜刀找他报仇，他实在没地方躲了，就一头扎进运河里，一只眼睛正好撞上水闸下面的铁钎子，眼珠子当时就流出来了，水闸周围的水都被染成了红色，真够惨的。我今儿算是明白了，还是踏踏实实做个好人吧。”

董树旺说：“你这么想就对了，人这一辈子也就几十年，若是走歪了路变成坏人，那就如同行尸走肉，白活。”

刘三砖低下头，哽咽着说：“其实从小学到中学我一直是个好学上进的孩子。记得我妈常拿我们村大作家刘绍棠的例子教育我，我也一直把刘绍棠做榜样。初中二年级那年，我父亲得癌症去世了，我妈拉扯着我和妹妹艰难度日。因为我家的成分不好，看不到前途。到初三毕业的时候，看到有的同学进工厂了，有的去参军当了兵。可我啥也不是，只能回家种田。那些年我心灰意冷，借酒浇愁，就赶上了和本村知识青年打架挨三砖头那件事，从此以后就破罐子破摔，一发不可收拾。当年把我妈气病了好几回，骂我没出息，给儒林村丢脸，愧对刘绍棠。三年前我妈把我赶出家门，已经不认我这个儿子了，现在想起来真是后悔。我还得感谢您，若不是被您一脚踢成了嘴啃泥，还执迷不悟呢。”说着，他跪在董树旺面前，连磕了三个响头，说：“谢谢您这位大恩人。”

董树旺猝不及防，连忙站起来搀扶着刘三砖，说：“快起来，别这样，不打不相识，浪子回头金不换。如今咱们国家早就不唯成分论了，比的是真本事，谁要强谁肯干，谁就有钱挣有饭吃。”

刘三砖站起来，说：“得嘞，您大人不记小人过。打今儿起，戒酒戒烟，我要重新做一回人。”

董树旺笑着问：“有啥打算呀？”

刘三砖想了想，说：“我从小就喜好拉手风琴，如今再把它拾起来，将来组织乐队，办一个农民俱乐部，挣钱养家，也让村里人看看，儒林村不光有个作家刘绍棠，还出了个音乐家刘三砖。”

董树旺点着头，开心地笑着说：“你看你，说你咳嗽还喘起来了。你也别跟刘绍棠比了，只要你能改过自新，能自食其力养家糊口，我就给你竖大拇指。”

刘三砖也笑了，认真地说：“我还真没跟您瞎掰呼，我念初二那年，县话剧团还真来人考我的手风琴，就是因为出身问题没去成。我真是有天赋，就说乐谱吧，只要看它两遍，过目不忘。我原来也是个英俊的小伙儿，我这个驼背也是这些年喝酒抽烟胡折腾给闹的。”

董树旺端详着刘三砖说：“还别说，我细看你这模样还真是满脸的文气，再加上你这满腮的连毛胡子，再好好打扮一下，还真有音乐家的气质，不过你还是先找点可行的事做吧。”

刘三砖站在那里抚摸着头说：“别的我也不会呀，再说我这副弯腰驼背的身子骨也干不了重活呀？”

董树旺想了想，说：“这样吧，我给你出个主意。回去后你找一些木工资料，或者去县城学点木工的手艺，再买几本名人字帖，练练毛笔字。两年之内若是把木工的手艺学成，毛笔字也写得像模像样，我给你活儿干。因为裱画厂长期需要装画的木框，给你点活儿就能养家糊口衣食无忧。不过好马还需配好鞍，好画更要好的画框配。我让你练毛笔字，是为了让你熏陶书画方面的修养。你别小看做画框，并不简单，若没有一定的书画修养，做出的画框就是死的，我要的是有内涵有文化耐人看的画框。”

刘三砖高兴地说：“我听您的，回去后就做准备，两年后我扛着木框向您报到。”

董树旺拍着刘三砖的肩膀，笑着说：“好！咱俩一言为定。两年以后，你就到这儿来，我等着你。”说着，从上衣兜掏出一叠钱，递给刘三砖：“这是两千块钱，送给你做本钱。你稍等，我派车送你回家。”

刘三砖双手推着董树旺说：“谢谢您的一片好意，我心领了。您的大恩大德，我只能用实际行动报答。”

董树旺将钱塞进刘三砖的口袋里，说：“你就别推三阻四了，我给你的钱虽说不多，但这钱是干干净净的，等你以后能靠自己的双手，凭本事挣钱吃饭了，那我今天就没白帮你。好，车来了，上车，咱俩后会有期。”

汽车开动了，刘三砖将头探出车窗，依依不舍地向董树旺挥着手，眼泪唰地流了出来。

二

十天以后，董树旺如约来到北京市工艺品进出口公司三间房工艺品陈列馆。

陈列馆外是一个宽阔的广场，广场外一条平直的柏油马路南北贯通，车来人往；马路两侧的槐树上，含苞待放青绿色的花头成串地挂在枝条上，泛着诱人的清香；广场的甬道旁，竖立着各色的外国国旗，在乍暖还寒的春风中飘扬招展。

董树旺顺着旋转的大门走进陈列馆，找到业务科，开门迎接他的正是张吉浦科长。

董树旺站在业务科门口，看着张吉浦，说：“您好，我是通县潞通工艺品厂的董树旺，找一下张吉浦科长。”

“我就是张吉浦，快请进，正等着你呢。”张吉浦微笑着将董树旺让到沙发上，沏着茶说：“咱俩通过两次电话，虽说没见过面，可是从蒋保兴那里早就知道你董厂长啦。”

董树旺接过张吉浦递过来的茶杯，说：“张科长，打扰啦，不耽误您正事吧？”

张吉浦将椅子拉过来，坐在董树旺对面，笑着说：“今儿上午，我把科里的同事都派出去了，明天馆里要接待一个外国使团，都在忙乎着。我的第一件事就是见你，再有就是见一位从顺义过来的书法家。时间足够用，咱哥俩慢慢聊。”

董树旺手指着门外大厅说："真没想到在通县和朝阳交界还有这么壮观气派的陈列馆，来到广场，看到一大排外国国旗，把我吓了一跳，还以为来到了外国大使馆。当时蒋保兴主任跟我可没说这么高大上呀，哈哈。"

张吉浦笑着说："保兴大哥平时说话丁是丁，卯是卯，向来是简单明了。可是他说起你来就打开了话匣子，赞不绝口。保兴大哥和我有二十几年的交情，他若是说谁好，那肯定就是好。所以我对你董厂长没有陌生感，就像老朋友一样。我们馆里的字画都是放到荣宝斋裱画车间去装裱，这几年随着咱们国家对外交往的力度加大，来馆里参观购物的外国友人逐年增多，裱画量也随着大起来。保兴主任把通县潞通工艺品厂介绍给我，才有了今天的见面机会。你们厂的装裱质量和信誉度，保兴和米景扬经理都跟我打了保票。我也专门去荣宝斋门市仔细看了你们装裱的作品和柜台里展示的你们厂制作的锦盒及一些工艺品，都很好。你把那些东西都可以拿过来展卖。"

董树旺高兴地说："那真是太感谢了！您又给我们厂打开新的销路，我代表潞通工艺品厂的全体员工感谢您！"

"别感谢我呀，要感谢你就感谢蒋保兴和米景扬。没有他俩的鼎力推荐，咱俩也就没有今天这个见面的机会。等待会儿走的时候先给你一批要装裱的书画作品，全是当代知名画家新创作的精品。给你一个月的时间，精装精裱后就送过来，五月份这批作品要在陈列馆亮相，迎接咱们国家重要的外国友人，这个任务非同小可，一定要保质保量地完成任务。你也应该知道，这批活儿对你们厂今后与陈列馆合作的重要性。"

董树旺从沙发上站起来，郑重地说："请张科长放心，我董树旺用人格担保，一定按时、保质、保量完成任务！若潞通工艺品厂在装裱过程中出半点纰漏，除按十倍赔偿外，再也没脸踏进陈列馆这个大门。”

张吉浦摆手笑着说：“树旺，没那么严重，我若是信不过，也绝不会把这么重要的活儿交给你。业务上的事儿谈完了，咱俩也别这么严肃认真，聊点别的吧。”

听张吉浦这么一说，董树旺也放松下来，说：“张科长，三间房我还真是头一次来，没想到这三不管的地界，建了这么大的陈列馆。刚才我站在外面看，那一排排的大高房子都一眼望不到头。把接待外国友人的陈列馆建在这儿，一定是有啥缘由吧？”

张吉浦往董树旺的茶杯里续着热水，说：“树旺，你别叫我科长，就直呼我的名字吧，还是叫名字显得亲切。”他将暖水瓶放到文件柜旁边的木桌上，又坐回到董树旺面前，说：“说起这三间房和陈列馆可不简单，它们都是有故事的，你若想听我就给你讲讲。”

董树旺连忙说：“我想听，了解这里的情况，以后再来就不陌生了。”

“好，那我就给你白呼白呼。”说着，张吉浦走回办公桌前坐下来，喝了一口茶水，看着董树旺说了起来：“先说这个三间房吧。它坐落在朝阳区东部的通惠河畔，因作坊而得名。据说在成村初期，此地有三爿（pán）作坊，这个爿的意思是一间作坊叫一爿，三间作坊叫三爿，这个村因此得名‘三间坊’，后谐音称为‘三间房’。三间房的西北侧有一个朝阳门的石道碑，是清朝乾隆二十六年由皇帝弘历亲笔题写的御碑。这个三间房在通惠河畔，与京杭大运河一脉相承，是人杰地灵的福地。不但通县的界碑立在此地，晚清才子那桐的墓地也在此地。那桐这个人可不简单，他的祖姓叶赫那拉氏，是内务府满洲镶黄旗人，清末朝廷重臣。光绪年间，历任内阁大学士，弼德院顾问大臣等职。”

说到这里，张吉浦问董树旺：“你去过清华大学吗？”

董树旺想了想，说：“有一年我开卡车拉活儿的时候路过清华大学的西门口，但没进去过。”

张吉浦说：“清华大学建校初期的主校门，是一座古典优雅的青砖白柱三拱牌坊式的建筑。门楣上‘清华园’三字就是那桐的手迹。大门外正额上‘清华学堂’四个大字，也是由那桐题写的。选清华园的校址就是经他批准的，那时他正是兼管学部和外务部的中堂尚书。”

“这么大的一位人物的墓地选在三间房，说明此地还真是宝地。”董树旺喝着茶说。

张吉浦抬手指着外面，说：“是呀，据说当年选墓地时，从皇宫里来个勘查大师，到这儿一看就定下了。你刚才来时，在陈列馆路西边看见那家内燃机厂招待所了吗？”

董树旺回忆着说：“在找陈列馆的时候我四处都看了，是有一家招待所，我就是把车停在招待所大门口问的路。”

“对，就是那个招待所，院内有一处三进四层带西跨院的四合古建筑，坐北朝南，门前左右有一对青石上马石，就是那桐墓地上的建筑，是他墓地的阳宅。有的时候我吃完中午饭散步，常到那儿转一转，古色古香的幽静小院门框上，还挂着匾额、对联，听说是清朝末期一个翰林大学士的手笔。”

董树旺越听越感兴趣，高兴地站起来，说：“听您这么一说，我还真想去参观，也长点儿见识。”

张吉浦笑着说：“那好办，待会儿我先带你在陈列馆内转转，看看你们厂生产的工艺品摆放在啥地方合适，等咱俩把正事儿都谈妥后再去也不迟。”

听张吉浦这么一说，董树旺又坐下来，看着他：“这个陈列馆是咋回事？请您再给讲讲。”

张吉浦也坐回到办公桌前，想了一下，问：“北京流传着这样一个口头语：‘登长城，吃烤鸭，逛三间房工艺品仓库。’你听说过吗？”

董树旺想着，说：“我没听说过。只是听说：‘登长城，吃烤鸭，逛前门大栅栏。”

“你说的那句话也对，可近些年把最后那句改成‘逛三间房工艺品仓库’了。这就说明咱们国家改革开放以后，三间房工艺仓库在国际交流上产生了很大影响。由三间房工艺品仓库到如今的陈列馆，发展变化的来龙去脉，我还真得跟你白呼几句。”顿了一下，张吉浦接着说：

“三间房原为北京市工艺品进出口公司的文物仓库。北京市工艺品进出口公司前身是北京市特种工艺公司，是新中国成立后最早成立的国营专业贸易公司之一。最初开设在崇文门，还有鲜鱼口、西交民巷、花市大街和广安门大街等处。1980 年迁址到建国门外十号，将三间房文物仓库改为北京工艺品陈列馆。这个三间房文物仓库始建于 1956 年，当时这里只有一大一小两个大坑。大坑还没来得及填平，一排排青砖青瓦的库房就在大坑的南侧盖了起来。之后，在仓库周围圈上了围墙，架上了铁丝网，形成全国首家传统工艺品存储，集散、包装、出口基地。那些年咱们国家还处于计划经济时代，可这里是繁忙的工艺品销售中心。当年美国前总统老布什，美国前国务卿黑格将军、柬埔寨西哈努克亲王夫妇、菲律宾总统马科斯夫人、意大利总理马尔蒂尼都曾来此购物。”

董树旺瞪大眼睛看着张吉浦：“三间房工艺品仓库这么厉害？怪不得说‘登长城，吃烤鸭，逛三间房工艺品仓库’呢。”

“可不是嘛！”张吉浦接着说，“当时仓库里的瓷器特别多，大部分都是清代的藏品。三层的大架子摆得满满的，里面放不下就沿着墙根儿摆到仓库外，码成高高的瓷垛。可惜的是1976年唐山大地震时，一个仓库整体坍塌，仓库外的瓷器垛也几乎全军覆没，变成一地碎片。当时的工作人员只好将碎瓷片填埋进了那两个大坑里。前几年，随着仓库的扩建，大坑被夯实并在上面盖成库房，那些碎片也就再没有见过天日，真是太可惜了。我想随着咱们国家经济建设的高速发展，那两个瓷片坑总有一天会重见天日，成为国家的文物展示一大奇观。"

说着，张吉浦站起来，说："我带你到陈列馆看看，这里展示着许多工艺大师创作的作品，尤其是牙雕和漆雕，还有十多年前请书画大家们创作的精品，别处你根本看不到。"

张吉浦的话音刚落，就听见"当当"的敲门声。

张吉浦大声说："请进！"

推门而入的是一位瘦弱的中年人，他拐拉着腿，冲着张吉浦高喊："吉浦兄弟，对不住，我来晚了。"

张吉浦向前迈着步，迎着中年人，热情地说："吴老师来了，快请坐，您来得一点都不晚，您看，我还在和客人谈着事儿呢。"

中年人看着董树旺，说："有客人，对不住，打扰了，您先谈着，我过会儿再进来。"

董树旺看着中年人，忽然间想起了什么，猛地向中年人扑过去，攥着他的手高喊："斌子哥！"

中年人惊讶地仔细看着董树旺，也高兴地大叫起来："树旺兄弟！多年没见，你还是那么英俊壮实。太巧了，我做梦也想不到能在这儿见到你。哈哈。"

张吉浦看着眼前的情景，也感到很惊奇，笑着问吴斌："吴老师，您咋认识他呀？我和董厂长今儿可是头一次见面，看来北京还是不大，到哪儿都能遇见老熟人。哈哈！”

吴斌笑着说：“我和树旺是在马车上认识的，后来他开着拖拉机又去家里看我，一晃十来年，没想到在这儿又碰上了。”

董树旺蒋吴斌让到沙发上并排坐下来，高兴地说：“吴大哥，今天咱哥俩有缘相会，一会儿你办完事，我请客，我来时看大门不远的路边上有一家北京肉饼店，咱哥俩好好聊聊，这么多年没见，还真是挺想的。”

吴斌刚要说话，被张吉浦打断，说：“吴老师，我看这样吧，董厂长今儿是第一次来，该说的事儿也谈完了，先让他在陈列馆看一看。”说到这儿，他看着董树旺，“树旺，我就不陪着你转了，陈列馆有解说员，她们比我说得更清楚，等你看完再回到我这儿，吴老师的事儿简单，一会儿就办完。”

董树旺说：“完事儿后咱仨一起去吃饭吧，我还想再听您讲讲呢。”

张吉浦用手推着董树旺的胳膊说：“你抓紧时间快去看吧，我们单位有纪律，工作期间不能接受客人、关系单位的邀请吃饭，我和吴老师在这儿等着你。”

董树旺走出业务科，回过头说：“好吧，我先去看，您二位聊着，过会儿见。”

在展示大厅里，董树旺仔细地端详、欣赏着工艺大师们创作的各种精品。当走到书画作品展区时，被展墙上悬挂的书画作品吸引住了，他目不转睛地看着出神入化的佳作，忽然发现每幅作品既没有作者的名款，也没有盖章。他扭过身，看着陪同在身边漂亮雅致的解说员，问：“这些作品咋没有作者的署名和印章呀？不知道是谁画的，咋回事呀？”

解说员微笑着，说：“这位老师，您的问题提得好。许多客人看到这部分书画作品后，都提出过您这样的疑问，请您耐心听我的解答。”

解说员看着董树旺，伸手指着画作说：“您请到这边来。”

董树旺顺着解说员手指的方向，来到一幅山水作品前，扬着头看着。

解说员开始讲了起来：

“在六七十年代，咱们国家经济发展还处于极端困难时期，遵照上级的指示精神，北京外贸部门组织了一批当年在北京画坛一流的老画家，专门画鱼虫花鸟、青绿山水和古代仕女人物，供来京参观旅游的国际游客选购，赚取国家稀缺的外汇。那些作品大部分在友谊商店专门对外销售，外部极少有人知道，此项销售工作在1979年就停止了。在那个特殊的年代，这部分纯粹传统的绘画作品，绘制在特定的宫绢上，不盖章、不留款。因为参与这项工作的多为当时北京画坛的大家名家，他们爱国爱党，高风亮节，创作态度极为认真，因此每幅作品都十分精美，有极强的艺术感染力，深受外宾喜爱，在近十年的时间里，大量作品都流向了海外，为国家换回不少的外汇。到了80年代初期，这项工作结束时，大部分外贸画作已经流向海外，渺无踪迹，少量存留在三间房工艺品仓库无名无款的外贸画，都在这里展出销售。您请看，就是这些作品。”

随着解说员向前走着，董树旺问：“这些无名无款的画作，若是买回家去收藏，能有啥意义呀？”

解说员看着董树旺，微笑着说：“这部分当年的外贸画作，现今存量很少，但意义重大。首先它是那个特殊年代的特殊文化产物，体现了那个年代中国传统绘画的生存状况和表现形式，铭记了老一代书画家在国家困难时期的无私奉献；其次是这些绘画虽称外贸画，但实为艺术大家们的精心之作，尺幅虽然不大，都绝精绝美，老画家们各自不同的艺术风格、笔墨持点、精妙构图跃然纸上，令人拍案叫绝。”说着，解说员指着身后的几幅作品：“您请看这几幅作品，根据艺术风格和笔墨特点分析，一看便知是王雪涛、田世光、董寿平、黄均、王叔晖、吴光宇创作的作品。”

解说员又往前走了几步，说：“您再请看这几幅作品，分别是何涵宇、祁大寿、吴镜汀、徐北汀创作的作品。”停顿了一下，她又指着对面展墙上挂着的作品说：“对面挂着的那几幅分别由任率英、何海霞、赵望云等画家创作的。”

董树旺认真地欣赏着，说：“听你这么一讲，我还真能分辨出一些画家的画。你看王雪涛、董寿平、何海霞的作品，我一眼就能认出来。”

解说员笑着说：“看来您也是位行家呀。”

董树旺摆着手，笑着说：“行家可算不上，那几位老画家的画都在我们裱画厂装裱过，所以一看就能认出来。”

解说员指引着董树旺说：“您请跟我来，前面挂着的那批画，都是如今活跃在中国画坛书画家们的作品，有章有款，每幅都是精品，价格也相对便宜些。”

董树旺扬头看着，嘴上念叨起来：“张登堂、王炳龙、闫学曾。”

“您说的这三位是山东画家，他们经常到这里来，都是年富力强的知名书画家，作品销售得也很好。”

来到一幅书法作品前，董树旺看着作品，对解说员说：“这幅书法作品咋跟启功先生写的一样呀？落款不是启功，我看看：书于顺义潮白河东岸，吴斌。呦，是吴斌，他都成知名书法家啦？”

解说员看着作品说：“对呀，这位书法家叫吴斌，专门写启功体。他是个残疾人，经常来馆里找张吉浦科长。听说吴老师挺惨的，怕媳妇。可他的作品挺受欢迎，价钱不高，但走得很快。”

董树旺说："这个吴斌是我多年前的朋友，真是三十年河东，三十年河西，人不可貌相，海水不可斗量呀。"

解说员红着脸："您和吴老师是朋友呀？可别把刚说怕媳妇这句话传给他，吴老师自尊心强，虽然平时爱跟我们开玩笑，可若说他怕媳妇，那脸蛋子当时就耷拉下来。"

董树旺看着解说员，笑着说："你放心，我不会说的，他刚过来，正在和张科长谈事儿呢。"

解说员给董树旺鞠着躬说："那就谢谢您。"她又手指着对面说："我陪您到对面再去看一看，那边儿挂着的都是从海外回流的书画作品。"

来到展品前，董树旺一幅接一幅仔细观赏着，忽然，他眼前一亮，兴奋地对解说员说："齐白石的藤萝小鸡，齐良迟的喇叭花，齐良已的荷花蜻蜓，这幅是齐秉声画的葡萄麻雀。嘿，齐家祖孙三代的画都在这儿，真是难得。"说着，他凑到画前，低头看着画签，自言自语地说："画价可不低呀，等我有了条件，非把它们买回去不可。"

解说员听见了董树旺说的话，搭讪着说："您若是能把齐家的画都买回去，那可值大了。祖孙三代的画凑到一起卖的机会不多。"

董树旺站在齐家画前，踱着步，认真地赏读着，心中油然升起一个远大的梦想："侯恺老先生不是让我做成第二个荣宝斋吗？我若是能把这批画都买回去，就离荣宝斋又近了一步。"想到这里，他攥紧拳头，猛抬头，迈出大步，正要往前继续参观，只见张吉浦迎面走来；"树旺，还没看完？吴斌老师坐在那儿等你半天了。咱俩先去把要装裱的那批画手续办好，我这里就完事了。"

董树旺笑着迎过去说："今儿个可真是开了眼啦！没看够，下次来再接着看吧。走，我跟您去办手续。"说着，又回过头看着解说员说："谢谢你的解说，我如同上了一课，听着真过瘾，下次再见。"

解说员鞠着躬说："谢谢您的夸奖，请您下次再来。"

董树旺怀抱着一卷包装好的书画作品，和吴斌一起从张吉浦的办公室走了出来。他将那卷画小心翼翼地放在汽车的后备厢里，开车拉着吴斌，来到马路西侧的老北京肉饼店。

一位白净清秀的服务员，将他俩让到里面靠窗的餐桌前坐下来，提着一壶已经沏好的菊花茶水说："二位请先喝杯菊花茶，在这儿吃饭，喝菊花茶水不要钱。"

董树旺翻看着菜单，说："多谢，小伙子，就冲你这份热情劲儿，我就得点几个好菜，你帮我推荐一下。"

服务员倒完茶水，放下茶壶，又抄起点菜本说："多谢您的夸奖，您二位在我们这儿吃饭，既实惠又可口，我看一菜一碗一汤，再加一斤牛肉大葱饼，就足矣。"

董树旺抬起头问："小伙子，今儿就听你的，你说说是哪一菜一碗一汤？"

服务员抬手擦着桌子，笑着说："一菜就是一盘京酱肉丝，一碗就是白菜粉条咕嘟豆腐，外加一碗紫菜蛋花汤，再配上一斤肉饼，包您二位吃好、吃饱，吃了这回还想再吃第二回。"

吴斌笑着说："你这个小伙子真会说话，怪不得一下子就来了这么多客人。"

服务员将碗筷摆放在桌子上，说："还真让您给说着了，就这八张桌子，天天是满员，您看那几位，是从大北窑赶过来的，专爱吃这口老北京大肉饼。"

董树旺拍着服务员的胳膊说："按你说的办，抓紧时间上菜。"

服务员直起身子，将擦桌子的毛巾往肩膀上一搭，大声招呼着前台说：“一菜一碗一汤，外加一斤牛肉大葱大肉饼！”又低下头说：“您二位稍等片刻，饭菜随即就到。”说着，他鞠躬后退，又到门口去接待其他客人。”

董树旺和吴斌对坐在餐桌前，喝着菊花茶。

吴斌看着董树旺，说：“咱俩十来年没见了，可是你这模样还真没啥变化，显得更加稳重老成。这些年你都干啥去了？刚才听张吉浦说，你在村里的裱画厂里当厂长。我记得你当年开手扶拖拉机，这行跨得可够大。”

董树旺端着茶壶将两个茶杯续满茶水，又将茶壶放回原处，抬起头看着吴斌说：“这些年我受了不少磨难，也有不少的收获。我开了两年手扶拖拉机后又改行干上了黑白铁匠的个体户，春夏秋冬，顶风冒雪，走村串户，吃的那些苦，受的那些累就别说了。通过经历的人和事，也长了不少的见识，更懂得了做人的道理。后来，我又买了一辆卡车给香河一家私营企业打工。再后来，国家开始了改革开放，我们村有个老的裱画厂经营不力，急需跑业务的人，乡党委书记就任命我为村大队长，主抓副业，并且让我主管裱画厂的全部业务工作，就相当于裱画厂的厂长。经过几年的发展，裱画厂有了起色，逐渐壮大起来。为适应生产经营的需要，十天前把厂名改成通县潞通工艺品厂，我还是当厂长。新厂址也选好了，正在打地基，预计今年十月份新厂建好，就可以搬过去了。我和张吉浦科长经朋友介绍刚见的第一面，他这个人还真是热心肠办实事，当时就给我一批重要的活儿干，还让我把厂里制作的工艺品拿过去展卖，让我喜出望外。我发现，无论走到哪一步，都会遇到贵人相助。想起这些贵人们，我是感恩不尽，无以回报。只能好好地把事情做好，把厂子搞好，才对得起他们。”

吴斌认真地听着，看着董树旺，说：“你说的这些贵人相助，说明你平时为人厚道、善良、诚信，人心换人心，都愿意帮你的忙，好人有好报，这一点谁都无法否定。”

董树旺点着头，说：“老哥，这些年你是怎么过来的？刚才在陈列馆里看到你的书法作品，写得特别像启功先生，听解说员说你的作品卖相很好。真没想到一晃十几年你已经迈进书法家这个行列了，为你高兴、自豪！”

吴斌摆着手说：“树旺老弟别这么说，啥书法家呀？我只不过苦练了这十几年毛笔字而已。唉，说起来惭愧，虽说如今能靠写字挣几个钱，可一想起我家那个凶神恶煞的媳妇就头痛。”说着，他喝了一口茶，低头叹起气来。

董树旺安慰着吴斌：“十年前我去你家，我那个聋哑的嫂子挺好呀？总是低头干活，见到客人就热情、善良地微笑，多贤惠呀，咋又成了凶神恶煞？”

吴斌抬起头说：“家里的事儿一时半会儿也说不清楚，我就跟你简单说吧。我和那个聋哑媳妇小日子本来过得挺红火，两个双胞胎儿子念书也很争气，中学时都考上了牛栏山中学，又在那所学校读了高中。我和孩子他娘给焦庄户出口贸易合作社打工挣钱，这家合作社和三间房工艺品仓库是合作单位，我媳妇描绘的那些团扇、扇面啥的和我写的书签、画的山水扇面和书法作品，都拿到三间房去展卖，一来二去，仓库里的工作人员对我也熟悉了，尤其是张吉浦，那个人可仗义了，帮我不少的忙。可是天有不测风云，人有旦夕祸福。我媳妇五年前得了白血病，当时哪有那么多的钱给她治病呀？再说两个孩子读高中也得用钱。就这样，把媳妇的病给耽误了，不到一年的工夫就咽了气。一年后，村里人看我一个残疾人还拉扯着两个孩子怪可怜的，就给我说了如今这位媳妇。我说她凶神恶煞，其实一点都不过分。刚开始的时候，她听说我能写会画有本事，以为能挣大钱过富裕日子，很乐意嫁给我。等她过门以后，看我那两个读高中的儿子不仅要花学费，还能吃。画画写字的人大多都过着穷酸的日子，一年到头也挣不了多少钱。她看家里头盆朝天碗朝地的穷样，一下子就和我翻脸了，发起火来摔盘子摔碗不说，还经常往外轰我那两个听话的儿子。他俩实在忍受不了后妈的刁难，一赌气都搬到学校去住。他俩一住校不要紧，学杂费用又上去不少。我实在没辙了，在村子里挨家挨户地借钱。有些乡里乡亲看我可怜，就慷慨解囊帮了我一把。可是，我回家把借钱的事跟她一说，她又火了，二话没说，直接把我推倒在地上，说我给她丢人，不给我做饭吃，就这样过了两年。突然有一天，木林村刚从监狱里放出来的那个王麻子到家里来找我，这个王麻子不知你是否还记得他？”

董树旺说：“王麻子，我记得，十年前我听你说他被判了十年有期徒刑，坐了大牢。”

吴斌说：“是呀，1986 年他从大牢里出来就没回家，直接和一个狱友合伙，在石景山区开了一家装修装饰公司，听说干得不错，挣了不少钱。那天他开着捷达小汽车来到我家，掏出两万块钱放在桌子上，说要买我一批字和画，准备给装修的客户布置新房用。当时我正发愁没钱给两个儿子交学费，真是天下掉馅饼，让我喜出望外。我就抱出一大摞平时练习和创作的书画作品，放在炕上，让王麻子挑。他坐在那儿一张一张地挑，一共挑了三十幅启功体书法和十幅山水画。他说先拿走这些字画，下次让我多画些横幅的山水画，裱好装上框挂在人家里好看。他让我放心，到我家一手交钱一手交画。还真是如他所说，这两年他来我家五次，拿走一百多幅字和六十幅画，一共给了我十万块钱。不管咋说，足够两个儿子念高中上大学用。我那个恶媳妇，看我能靠写字画画挣钱，还真是高兴些日子。去年秋天，两个儿子也真是争气，老大吴大兵考上首都经贸大学，老二吴小兵考上北京工业大学。当两个儿子把录取通知书拿回来的时候，我别提多高兴了，心想这回算是熬到头了。没想到那天晚上，我媳妇不干了，说啥也不让把卖书画攒下的钱给两个儿子交学费，她说留着养老用，还说要准备再给我生个大胖小子，亲生儿子和她一条心。那天真是把我气急了，趁着两个儿子不在家，我抄起半盆墨汁就朝她脸上泼去。她瞎着眼鬼哭狼嚎地就朝我扑来，抓住我的手腕子就咬住不撒嘴。"

说着，吴斌伸出右手，露出手腕："你看这五个大牙印，一到阴天下雨就疼得要命，直到我服软了她才把嘴撒开。你说她不是凶神恶煞是啥？"顿了一下，他接着说："最近这两年，三间房陈列馆挂了我几幅启功体的书法作品，卖相还不错，尽管价位不高，但薄利多销，每年还是能卖些钱，够我两个儿子在大学里的生活费了。我把家里的情况和张吉浦兄弟说了，他很同情，我俩说好，卖出书法作品的钱，按比例我所得的那份，不要往我家里寄，给我攒着。我两个月来一趟，拿到钱后直接去大学里交给我两个儿子。他们俩在大学里都很出色，学习好，都拿到了奖学金，还勤工俭学，课外去辅导高中的学生挣饭钱。我来三间房从不跟媳妇说，就说是去北京看书画展览。一来二去的，陈列馆的许多工作人员也都认识了我，他们对我都很尊重、照顾，也常跟我开玩笑，怕媳妇的大名就是这样叫出来的。"说着，吴斌又低下头，无奈地叹着气。

这时，服务员将饭菜摆放在餐桌上，说："二位请用餐吧，这肉饼得趁热吃，那才香。"

董树旺拿起桌上的筷子，往吴斌的空盘里夹了一块肉饼，说："我这双筷子还没用，吴兄趁热吃，咱俩边吃边聊。"

吴斌手扶着盘子，说："谢谢老弟，你也吃吧。"

一会儿的工夫，餐桌的饭菜都吃光了。董树旺抽出一张餐巾纸递给吴斌，随即又抽出一张，擦着嘴说："这肉饼和菜还真是地道，尤其是老北京肉饼，含在嘴里我都舍不得咽。吴兄吃饱了吗？若不够再来半斤。"

吴斌擦着嘴说："够了够了，最后这块饼我是强吃下去的，这一菜一碗好吃又量大，咱趁热把汤喝了吧。"

喝完了汤，吴斌说："感谢树旺老弟这顿美餐，今天见到你可把我高兴坏了，终于找到了能说话的人。这回咱俩算是联系上了，如今又都在书画行里做事儿，有啥需要的地方就告诉我。我也没啥本事，写写画画还算成。"

董树旺去服务台结完了账，又坐在吴斌的对面，说："既然吴兄说了，我有事需要帮忙的时候一定去找你。我看你娶回这个小嫂子可不是善茬，你还得感化她。人心都是肉长的，你那两个儿子也都长大成人了，又这么有出息，不远的将来，你这个家庭会人强马壮，美好幸福的生活如芝麻开花节节高。你要和嫂子讲，让她明白这一点，她一旦醒悟过来，心态就会平和乐观。全家人拧成一股绳，劲往一处使，人多力量大，再大的难关也能渡过去。如果将来生活上再遇到过不去的坎儿，老兄若认我这个弟弟，就给我打个电话，我会尽全力帮助你战胜困难。这样吧，一会儿我开车送你去孩子那两所大学，等你见到儿子办完事儿后，再把你送回来，这儿离顺义近些，开着你的残疾车从这儿往家更方便。"

吴斌站起来说："那不行，你还有好多事要去办，不能再耽误你的时间了。这两所大学都在朝阳区，相距也不算太远，我一遛边光就完事儿。"

董树旺搀扶着吴斌往饭馆门外走着，说："老兄就别推辞了，今天就听我安排。下次我还想请你到我家里去，我那里有画案子，还有许多书画家朋友，和他们一起搞个笔会，热闹热闹，到时候我派车去接你。”

吴斌站在董树旺的汽车旁，动情地说：“今生能遇见树旺兄弟，那是我的福分。你对我一个穷酸的残疾人都能够称兄道弟地帮衬，可见你平时为人处世是何等的善良、厚道和仗义。”

董树旺将吴斌扶到汽车的后座上，说：“咱们既然是称兄道弟的朋友，就不说别的了。”他看吴斌已经坐好，关上车门，又到驾驶室座位前，打开车门，坐好，握紧方向盘，启动了汽车，脚踏油门高声说道：“吴兄，坐好喽，先去北京工业大学，再去首都经贸大学，咱们出发。”

董树旺开着崭新的银灰色桑塔纳轿车，顺着南北方向的柏油路，往北再往西，消失在春风送暖的树影里……

三

1991 年 8 月 8 日，酷热难耐的暑气在夜雨中消散，一丝久违的凉意，给北京城带来了立秋的节气。

这天上午，董树旺手捧着一个精美雅致的锦盒，来到国学大师、著名书画家、教育家启功先生的家门口。锦盒里装着一幅刚装裱好的晚清书法家何绍基的书法作品。

启功将董树旺让到客厅，微笑着说：“荣宝斋米景扬刚给我打完电话，说你马上就到。快坐下，大热的天儿让你跑一趟，辛苦啦。稍坐，我给你切西瓜吃。”

董树旺将锦盒放到八仙桌上，客气地拦着启功说：“启老，打扰您了，您歇着吧，我不渴。”

启功开着玩笑说:“看你这满脸的汗,你都把我给看渴了,还说不渴,哈哈。”

董树旺诚恳地说:“启老,我真的不渴,刚才停车的时候,已经喝了一瓶矿泉水了。”

启功看着董树旺,无奈地笑着说:“好,好,这可是你董厂长自己说的呀。哈哈,得嘞,咱坐这儿喝茶吧,我都事先给你沏好了,西湖龙井,喝上它既解渴又去暑。”

说着,启功也坐在沙发上,手摇着折扇,看着董树旺说:“听米景扬跟我介绍,我还以为你得是个老先生呢,没想到是个年轻壮实的大小伙子。去年你给裱的那些书画我都看了,非常好。这幅何绍基的书法,我拿到荣宝斋找米景扬去裱,他又把活儿转给你了,他说这么珍贵的作品,只有放在你手里裱最放心。”

董树旺站起来,走到八仙桌前,打开锦盒说:“多谢启老的信任!请您先查验装裱的质量吧。”说着,他小心地打开画轴,举起来,请启功先生观看。

启功向后退了两步,戴上老花镜,弯着腰,仔细地看着,连连点头说:“好好!真是三分画,七分裱呀。何绍基这幅书法遇见了你这位装裱高手,也算是不枉传世呀!好,卷起来吧。”说着,又坐回到沙发上,看着董树旺,问:“裱这幅书法多少钱?”

董树旺小心翼翼地将书法轴卷起来,放进锦盒里,回过头说:“启老,我得倒找您钱!”

启功一听乐了,问:“还倒找钱,啥意思呀?”

董树旺坐回到沙发上,探着身子,恭敬地说:“我一个农村的装裱师傅,能给您裱画,那是我天大的荣幸,到您这儿来的都是贵客,您还给我打广告了呢。”

启功开心地大笑着说:“还有这个理儿?你这位董厂长真有意

思，哈哈。”

董树旺认真地说：“启老，在您面前我就是个毛孩子，您就叫我小董吧。前年给您装裱的那批画，听说是为纪念您的恩师陈垣先生，捐出了一百多幅字画，要在香港举办义展，给北京师范大学筹集‘励耘奖学金’。当时我就佩服得您五体投地，特别想亲眼见您老一面。真是上天恩赐，今儿个见到您，我这心里是又激动又紧张，高兴得不知说啥好。”

听到恩师陈垣的大名，启功先生的心情顿时沉重起来，他静静地坐在沙发上，眼望着窗外，不说话了。

看着启功先生的表情，董树旺紧张地站起来，鞠着躬说：“启老，对不起，我不会说话，让您伤心了，您好好歇着，我回去了。”

启功坐在沙发上，扬着头，看着董树旺说：“小董你别急着走，坐下来，听我说。”

董树旺点着头，又坐回到沙发上说：“好，启老，我听您的。”

启功摇着折扇，沉思着，说：“你刚才说到我的恩师陈垣校长。在我的一生中，有幸遇到好几位恩师，有画家，有诗人，有学者，有书画鉴定家。但是呢，我‘终生的大恩师’只有一位，就是陈垣先生。”顿了一下，他看着董树旺，充满感情地述说起来：

“我恩师陈垣先生，是中国当之无愧的历史学家、宗教史学家、教育家，毛主席曾称他为‘国宝’。早年，他在民主革命的影响下，和几位青年志士在广州创办了《时事画报》，以此为阵地进行反帝反清斗争，民国初期，被选为众议院议员，后来因政局混乱，潜心于治学和任教。他曾任国立北京大学、北平师范大学、辅仁大学的教授、导师，后来又先后任辅仁大学校长和北京师范大学校长。我为什么说他是我的终生大恩师呢？”说到这里，启功先生放下折扇，端起茶杯喝着，又将茶杯放在茶几上，接着说：

“我出生在1912年，比陈垣先生小三十二岁。我是清世宗雍正的第五子和亲王弘昼的第八代孙。我的曾祖父溥良袭爵为奉国将军，那时他主动放弃了爵位，参加科举考试，及第后官至礼部尚书。我的祖父毓隆也是以科举入仕，官居四川学政。我的父亲十九岁就夭折了，那时家里的花销全由我祖父承担。我十岁那年，祖父也仙逝了，是我祖父的两位学生，一位是邵从煾，另一位是唐淮源，是他俩以‘扶助老师和弱孙’的名义募集了两千元善款，我和母亲、姑母一家三口的衣食才算有了着落。我是十二岁进的北京汇文小学，插班读四年级，后升入汇文中学，十五岁拜画师贾羲民学画，后又拜在吴镜汀、齐白石的门下学画，同时随戴姜福、溥心畬学中国古典文学及诗词写作，后来由于个人兴趣和家庭经济问题，中途退的学。”说到这里，启功先生停了下来，看着董树旺，说：“小董我跟你说，也就是今天跟你说这些事情，若放在十几年前，门儿都没有。”

董树旺认真地点着头，说：“启老，我特别想听您和恩师的故事。”

启功笑着说：“我跟你说这些，是想要说下面‘终身大恩师’的事情。”

启功又喝了一口茶，接着说：

“我退学的时候，高中还没有毕业，是一个肄业生。当时找不着工作，只能靠临时教一些学馆维持生活，偶尔也能卖一两张画再补贴一点，可这种入不敷出的生活实在是太艰难了。我记得是1933年，我祖父的门生，曾任教育总长的傅增湘先生，把我推荐给了当时任辅仁大学校长的陈垣先生。我至今还记得傅老先生介绍我跟陈校长会面时的情景：我是先到了傅家，把我做的几篇文章和画的一幅扇面交给傅老先生，算作我投师的作业。傅先生让我在他家里等着，他拿着这些文字和扇面去找陈校长。我好不容易看到傅老先生回来了，他告诉我：‘陈校长说，你写作俱佳，他的印象不错，可以去见他。我告诉你，无论能否得到工作的安排，你总要勤向陈先生请教，学到做学问的门径，这比得到一个职业还重要，一生受用不尽的。’我初次见陈校长时，看他一脸严肃的模样，心里还真有些紧张，可恩师一见面就很和蔼可亲地安慰我，消除了我的紧张情绪。后来就安排我到辅仁附中去教初中一年级的国文。”

说着，启功先生双目放光，激动地站起来，在客厅里踱着步，又转过身对董树旺说：“一个生活没有着落的人终于有了工作，端上了饭碗，我高兴得一夜没合眼。”

启功先生又坐回到沙发上，摘掉老花镜，叹着气，说：“没想到，好景不长，只当了一年多的教师，就被分管附中的辅仁大学教育学院的院长给刷掉了。他的理由是，中学都没有毕业怎么能教中学呢？这跟制度不合。虽说他不认定我，可陈校长认可我行。陈校长深知文凭固然重要，但实际本领更重要。恩师又根据我善于绘画，有较丰富的绘画知识的特点，安排我到辅仁大学美术系去任教。由于资历低，我只能先任助教，教学生一些与绘画相关的知识，如怎样提款、落款。小董，有一句话叫‘黄鼠狼专咬病鸭子’，这句话在我这儿还真灵验了。真是无巧不成书，分管美术系的，还是那个教育学院的院长，一年多后，他再次以资历不够为由把我给解聘了。我第二次离开辅仁后不久，抗战爆发。为维持生计，我不得不临时去教学馆，再靠写字画画卖些钱，但沦陷后的北平有多少人有闲情去买字画呢？所以那时的生活别提多困难了。”

说着，启功先生扬起头，脸上露出无奈的表情。过了一会儿，他兴奋地说：“又应了‘天无绝人之路’这句话，1938 年 9 月，恩师陈垣校长再次伸出援手。在辅仁大学秋季开学时，陈校长对我说：‘你就回辅仁跟我教大学一年级的国文课吧。’这是我第三次到辅仁，还破格当上了大学的教师。为了报答恩师的器重和厚爱，我使出浑身的劲儿，发誓做一个名副其实的大学教师。那些年，我教授过中国文学史、中国美术史、历代文选等课程，真是功夫不负苦心人，我教的课深入浅出，颇受学生欢迎。”

启功先生露出幸福的笑容说：“小董，你说有这么好的恩师一次一次地提携我，我若是不好好干，枉为人呀！”

董树旺点着头，说：“启老您说的对，师徒如父子，心贴心。”

启功笑着说：“小董，你说的这句话我爱听。”顿了一下，又深情地说：“陈垣校长与我，当时的师生之谊，有逾父子。恩师陈垣这个‘恩’字，不是普通恩惠的‘恩’，而是再造我思想知识的恩谊之‘恩’！”

说到动情处，启功先生又从沙发上站起来向前走了两步，转回身说：“说起师谊逾父子，我再给你说两件事：新中国成立后的50年代初期，全国高校院系调整时，辅仁大学并入北京师范大学，我的恩师陈垣被任命为校长。1956年著名画家叶恭绰和陈半丁提议组建北京中国画院，叶先生有意招揽一批中青年画家，我被邀请并参加筹备工作。当时我就对叶先生说：‘陈垣先生的知遇之恩，我一辈子也报答不完。他活一天，我就不会离开师大！’后来恩师得知此事，对我说：‘要不这样吧，北师大这边你不要离开，以后你可抽半天时间去画院，就算是帮了叶先生的忙吧。’就这样，我两边跑，在画院帮助叶先生起草各种公文报告，编辑《中国画》杂志。有一次遇到困难，无奈之下，我只得变卖家中的一批字画维持生活。有一次，陈垣校长在荣宝斋看到那批字画好像是我收藏的东西，经询问确实如此。恩师就把这些书画买下，托人送到我家里，并且附上一百元，以补无米之炊。收到这批字画和一百元钱，当时我的眼泪唰的一下流下来，恩师此举对我而言，无异于雪中送炭！”

说到动情处，启功先生红着眼圈，沉默不语。

董树旺将茶杯递给启功先生，说：“启老，您先喝口茶，歇会儿吧。”

启功接过茶杯，说：“小董你别光听我说，你也喝，茶水都凉了吧？再加点热水。”

董树旺站起来，拿起暖壶，给启功先生的茶杯续满水，又将自己用的茶杯续上水后，坐下来，说：“启老，有一个问题我一直想跟您请教，您义卖的那批书画作品筹集的资金，设立的基金为啥叫‘励耘奖学基金’呀？”

“我的恩师陈垣先生的书斋叫‘励耘书屋’，恩师去世后，我一直难忘知遇之恩，总想用一种方式来纪念老师，表达缅怀之意。去年是我的恩师诞辰一百一十周年，我去香港举办‘启功书画义展’，共筹得人民币一百六十三万元，当时学校建议以我的名字命名奖学金，被我拒绝了。我对学校领导说，以先师‘励耘书屋’的‘励耘’二字命名，目的在于学习陈垣先生的爱国主义思想，继承和发展陈垣先生辛勤耕耘、严谨治学的精神，奖掖和培养后学，推动教育和科研事业的发展。”

董树旺被启功先生的话打动了，站起来向先生深深地鞠躬说：“启老，虽然我今天是第一次见到您，但是听着您述说的往事和师生情谊，您不忘恩师，绵延师道的高尚品德，豁达乐观、淡泊名利的无私胸怀，令我十分敬佩。耳闻目睹您老不顾年老体弱，为教育青年一代，为传播中华文化所做的贡献，我受到很大鼓舞，更增加了办好潞通工艺品厂的信心。”

启功笑着说：“你这样说我就踏实了，看来我跟你啰唆了半天，你还是受益的。希望你把装裱艺术传承下去，你也别因为是农村人就小瞧自己，人这一辈子，做人干事业那都靠的是自信心。毛主席早就告诉咱们了，要‘自力更生，奋发图强’。刚才你夸我淡泊名利，那的确不假，诸葛亮早在《诫子书》中就说：‘非淡泊无以明志，非宁静无以致远。’我一直以为，淡泊名利，可能平凡，但是不至于会平庸，追名逐利，可能会风光一时，但心灵不会自由，也活不出真正的精彩。依我看，为了名利而累心累身，那可是本末倒置的傻事。我再告诉你一句话：‘当你紧握双手，里面什么也没有，当你打开双手，世界就在你手中’。这句话就是说，人生在世，要懂得得之坦然，失之淡然的道理。再有，凡事要知‘舍得’二字，舍得舍得，有舍就有得，人世间就是这么奇妙。书家写字，不会单独写一个舍字，舍和得一定要挨着。小舍小得，大舍大得，不舍不得。就如同你刚才说，给我裱的画不但不要钱，还要倒找钱，你这就是用对了‘舍得’二字，你不要我的钱，让你白劳动，白跑腿，那我肯定过意不去。我已经想好了，下周钓鱼台国宾馆请我过去住几天，听说宋文治先生也在那儿住着。到了那儿后我就找他们的主管负责人，把你介绍给他。国宾馆每年都装裱大幅作品布置厅堂，你们装裱的字画水平高、质量好，又讲信誉，按荣宝斋米景扬的话说：‘肯定没问题。’你看，我要是这么一说，你挣钱的买卖不就来了？这就是你的小舍，换来了大得。哈哈。”

董树旺连忙站起来，红着脸说：“多谢您老的鼎力相助！启老咱可说好，我不收您的裱画钱是敬重您，您这儿来的高人多，我就是想给您裱画就等于给我们潞通工艺品厂做了大广告，您给我们做广告，我还应该给您广告费呢。”

启功先生被董树旺的一通表白逗得哈哈大笑，说：“小董，你可真实在。你这么一说还真给我提醒了，别着急，等我见到中央文史馆和全国政协的主管负责人的时候，把你推荐给他们。可有一样，咱得把丑话说到前头，我只管给你们互相介绍，可管不了你们之间的合作结果。”

董树旺激动地说：“您这位德高望重的国学泰斗，书画大家，能帮助提携我们一个村办企业，我真是不知说啥好啦！我们只能用实际行动来报答您的提携、关爱之恩。”

突然，从董树旺身上传来几声蝈蝈的鸣叫声，启功先生惊诧地问：“小董，你有养蝈蝈的爱好？还随身带着它？”

董树旺从腰间掏出寻呼机，抱歉地说：“启老，是我的寻呼机响了，吵您了吧？”

启功先生笑着说：“我还以为你怀揣着蝈蝈呢，那都是早前八旗子弟干的事儿，哈哈。你快看看有啥事？别耽误了。”

董树旺答应着，打开寻呼机，屏幕上显示：“有急事，请速回电话，我在办公室，米景扬。”

董树旺将寻呼机又别在腰里，看着启功先生，说：“是荣宝斋米景扬经理寻呼的我，他说有急事，速让我回电话。麻烦您，还得用一下您家里的电话。”

启功说：“电话就在门口的桌子上，你赶快去打，别耽误了。”

董树旺答应着，跨步来到电话机前，拨通了电话：“喂，请找米景扬经理，我是董树旺。喂，米经理，我是树旺，您有啥急事？好，从北师大员工宿舍到荣宝斋就半小时的车程，您稍等，我马上就到。好，一会儿见！”

放下电话，董树旺走到启功先生面前，加快了语速：“启老，抱歉了，本想在您这儿多待会儿，多听听您的教诲。米景扬说荣宝斋接到一个特殊的紧急任务，有一个加急的活儿让我速办。我得马上去荣宝斋找他谈这件事。具体啥活儿，电话里还不能说。”

启功已经从沙发上站了起来，说:“看这架势，你接的这个活儿可不一般，别着急，就是天大的事情也得先沉住气，临阵不乱才能打胜仗。我也不留你了，快去吧。”

董树旺向门外走着，说:“启老您留步吧，下次我再来拜访您，有许多问题还想请您指教呢。我也想练练书画，就是摸不着门，连握毛笔的方法都不会。”

启功站在门口，送出董树旺，说:“想练习书画好办，我教你一个窍门，先临帖。有空儿的时候到琉璃厂书店买两本你喜欢的字帖，每天坚持临写四五个字，直到会背着写为止，别贪多。拿毛笔的方法最简单了，你吃饭会用筷子吗？你怎样拿筷子吃饭，就怎样拿毛笔写字。干啥都得有长性，贵在坚持。”

董树旺大声答应着:“启老，我明白了，您快回屋吧。再见，启老。”

启功先生望着董树旺的背影，大声说:“好，再见，下楼多加小心，看着台阶！”

大约过了二十分钟，董树旺将轿车停靠在荣宝斋门市部的西侧，健步如飞地来到二楼米景扬的办公室。

看到董树旺，米景扬从办公桌后面走出来，握着董树旺的手说:“树旺，辛苦你啦，大热的天，又让你跑一趟。快坐下，茶水都给你沏好了。”

董树旺擦着脸上的汗，说:“米经理，您别客气，先说正事儿吧。”

米景扬将沏好的茶杯放到沙发旁边的茶几上，拍着董树旺的肩膀:“树旺，你这爽快的急脾气我早就领教过了，先坐下喝口水。”

董树旺端起茶杯“咕咚”喝了一大口，又将茶杯放到茶几上，说:“电话里听您的口气挺急的，咱就书归正传吧。”

米景扬隔着茶几，侧身坐在沙发上，说:“这件事儿不但急，而且责任重大，又不能在电话里说。一个小时前，上边领导专门来到荣宝斋，传达一个重要指示：日本首相海部俊树即将访华。国家领导人要将一块高级端砚作为国礼送给日本首相。必须要赶制一个和这块端砚匹配的高级礼盒，要在他来华之前赶制出来。这项任务非常艰巨，它将代表国家的形象。接到任务后，我考虑了一下，满打满算只有一天和一夜的时间，只有你们潞通工艺品厂能完成好这个任务。树旺，这个任务非同小可，你考虑一下，有困难吗？”

董树旺坚定地说：“米经理您放心，这两天北京锦盒厂高级技师任重义先生正在我们厂做指导。这个端砚盒虽说不是很大，但它作为国礼，代表着咱们国家的形象。这个任务我不但接下来，还保证按照要求，高质量地把它做好！”

“好！我就喜欢你这个雷厉风行的痛快劲儿。有任重义先生在我更放心了，他是质量的最大保证。”米景扬高兴地从沙发上站起来，走到办公桌前，拿起一张荣宝斋的公文纸，递给董树旺，说：“端砚盒尺寸、规格、材质要求都写在这张纸上，你把它收好，务必在明天上午十点之前，将做好的端砚礼盒送到我这儿，上级有关部门十点半来人查验。”

董树旺接过公文纸，叠好后小心地放进手提包里，拉上拉锁，看着米景扬说：“米经理，任务紧急，我马上赶回厂里，让任重义老先生他们连夜赶制。明天上午十点之前，还在这儿见。”

米景扬握着董树旺的手，微笑着说：“好，我就不留你了，开车路上多加小心。”

董树旺提着手提包，跨步迈下楼梯，高喊：“米经理，明天见！”

经过一夜紧张有序的工作，一个典雅、端庄、精美的端砚高级锦盒摆在了操作台上。

第二天的早晨，任重义老先生小心翼翼地将端砚锦盒用织锦缎料包装好，放进轿车的后备厢，说：“树旺，你就踏踏实实送过去吧，只有它才配得上咱们国家的国礼端砚。”

董树旺站在轿车旁，看着任重义先生稍显疲惫又放松满意的面容，心疼地说：“任老，让您受累了。您马上回去休息，睡个大觉。您老可得保重身体，您也是咱们国家的‘国宝’呀。”

任重义笑着说：“咱们厂能承接国宝级的任务，我干起来有动力，咱这也是为国争光呀。你赶紧去吧，得留出路上堵车的时间，别让景扬他们着急。”

董树旺答应着，刚要上车，身有残疾的王跃林从厂办公室跑出来高喊：“树旺，北京来电话了，快过去接吧。”

听到喊声，董树旺心中一紧，暗想：“这么早来电话，不会是米景扬吧？难道是情况有变？”

他忐忑不安地拿起电话说：“喂，我是董树旺，您是哪位？”

对方说：“董厂长好，我是启功先生的秘书，昨天上午您走后，启功先生给您写了两幅字，让我通知您，有时间过去取。”

董树旺被启功先生的举动感动了，攥着电话，半天没说话，眼圈顿时红了起来。

对方说：“喂，董厂长，怎么不说话了，启老让您到他家取书法作品，听见了吗？”

董树旺说：“我听着呢，您先代我谢谢启老，一会儿我去荣宝斋办事儿，办完事儿就去启老家取。请您跟启老打个招呼，说一声。”

对方说：“好吧，我告诉启老，先生上午在家。”

放下电话，董树旺用手擦了一下眼眶，油然而生一个念头：“等经济条件允许的时候，一定收藏启功先生一批书画作品，让启功先生的笔墨精神永远地传承弘扬下去。只有这样，才对得起老人家对我的知遇之恩。”

想到这里，他发动了轿车，顺着厂房高大的院墙往北，脚踩油门，在果实丰硕的青纱帐夹裹着的柏油大道上，那银色的轿车，如风似电，奔驰而去……

四

一场秋雨过后，方庄小区一栋居民楼的甬道，被飘落的树叶遮盖得严严实实。

蒋保兴处理完荣宝斋裱画车间的事务后，天色已晚，他忽然想起今天是老娘的生日，得赶快回家。他骑着自行车撒着欢儿地往家赶，幸亏已过了下班的人流高峰，自行车道上才任他由着性子向前飞奔。

来到方庄小区楼下，他刹闸停车，双脚落地，右腿向后一蹬，从自行车上迈了下来，正准备将车停放在车棚里，只见一老一少两个妇女从楼门口出来，踩在湿滑的落叶上，踉跄着向前摔去。

蒋保兴放下自行车大步向前，伸手托住了即将摔倒的老人。由于用力过猛，双脚在落叶上打着滑，若不是被甬路的砖沿挡住了前冲的右脚，他和老人都将摔倒在湿滑的甬路上。

蒋保兴搀扶着老人，说：“刘大妈，您没事吧？”

刘大妈定了定神，抬头看着蒋保兴说：“是保兴呀，你咋刚下班呀？多亏你扶了我一把，要不然就得趴在这儿。本来是兰子陪我去东方医院看病，这若是再摔出个好歹来，你大妈我就得住在医院了。”

蒋保兴搀扶着老人往前走着说:“刘大妈，过了这段甬路就没事儿了，您小心着点。您踏踏实实去看病，等您看完病回来这段路就干净了。”

老人拍着蒋保兴的胳膊说:“好，好，听我大侄子的话，多加小心。你也快回家吧，要不然我那个大妹子又得下楼等着你。”

蒋保兴把老人送下甬路，来到宽敞的大路上，说:“刘大妈，这回没事儿了，我就不送您了。”

兰子搀着老人，回过头说:“蒋大哥多谢了，您快回去吧。”

蒋保兴看着母女俩远去的背影，掉转身走到楼门里，拿起电梯口旁立着的一把扫帚又走了出来，一步一挪地扫着落叶。这时，听到一声高喊:“是保兴吧？又在为小区服务呢？”

听到喊声，蒋保兴直起身，冲着来人笑着说:“苏老师回来了！我加班回家就够晚了，又来了一位比我还晚的。哈哈。”

苏士澍将手提包递给蒋保兴，伸手夺着他手里的扫帚说:“保兴，你先歇会儿，剩下的我来扫。”

蒋保兴没有松手，又将手提包递了过去:“苏老师，您快回家吧，没几扫帚了，一会儿就扫完。”

苏士澍站在蒋保兴扫过去的地方，看着蒋保兴，说:“保兴，这段时间你可够忙的，我一直没见着你，还想找你说点事儿呢。”

蒋保兴一口气将甬路上的落叶扫干净，回过身来到苏士澍身前，说:“过些日子荣宝斋要举办庆祝亚运会成功举办一周年书画展，听说开幕那天国家领导人和国外友人都来观展。荣宝斋上下都忙得脚丫子朝天了。尤其是我们裱画车间，没有一天能正点下班的。您找我啥事儿呀？咱俩就在这儿说吧。”

苏士澍向前挪了两步，说:“这几天我们文物出版社正在编印一本套装书，已经送审，过不了几天就开印了。有一件事我很头疼，到现在也没找到制作书套合适的厂家。保兴，你在装裱行干得年头多，有没有可靠的人选，帮我推荐一家。”

蒋保兴弯下身子，又扫了两下刚从树上掉下的落叶，说：“没问题，我给您推荐这家，干出的活儿包您满意。”

苏士澍高兴地说：“太好了，是哪家呀？”

蒋保兴不慌不忙地说：“通县潞通工艺品厂，厂长叫董树旺，厂址在通县郎府乡冯各庄村。”

苏士澍听着，叹着气说：“是村办企业，村办企业能干出啥好活儿呀？”

蒋保兴看着苏士澍，认真地说：“您可别瞧不起村办企业，就他们厂装裱的字画，做的那些锦盒，那个质量，那个水平，全北京你找不出第二家。”

苏士澍半信半疑地看着蒋保兴说：“我舅舅家就在通县，没听说过这个厂家呀？”

蒋保兴说：“这个厂原名叫冯各庄裱画厂，去年刚改成‘通县潞通工艺品厂’的名字。我再给您举两个例子，听了您准保服气。第一个就是启功先生为纪念他的老师陈垣，在香港义展的那批字画，大部分都是他们厂装裱的；第二个是今年八月国家领导人送给日本首相海部俊树的那个高档礼盒，就是由他们厂制作的。”

苏士澍听着，开心地笑着说：“听老弟这么一说我心里就踏实了，启功先生那可是我的恩师，启老都信任他们，那我就更没话说了。”

蒋保兴开着玩笑说：“还是您的恩师管用。这个事儿也别光听我白呼，我觉着您和董厂长还是先见个面，谈谈看。或者去他们厂里实地考查一下，您有把握了再说下边的事儿。”

苏士澍说：“好，就按你说的办。还得麻烦保兴老弟联系一下董厂长，我这个活儿急，明天上午一上班，我在办公室等着他。”

蒋保兴说：“得嘞，苏老师您放心，我一会儿进了家门就给董厂长打电话。今儿下午我俩刚通的电话，他说明天上午去三间房陈列馆送一批装裱好的书画作品。我让他先去文物出版社找您，和您谈完事儿再去三间房也不迟。”

说到这里，蒋保兴忽然想起了什么，拍着脑门说：“对了，差点忘了！我老娘还在家等着过生日呢，我得赶快回家。”

苏士澍推着蒋保兴说：“是吗？别再让婶子等着了，快回家吧。”

蒋保兴和苏士澍并排向楼门走着，说：“苏老师，明天上午董树旺厂长肯定比您先到文物出版社，就小董那个急脾气，我早就领教过了。”他停下脚步，看着苏士澍说：“苏老师，我求您那幅书法大篆可别给忘了呀，哈哈。”

苏士澍开心地笑着说：“老弟放心，你说的那幅字，一周之内我保证完成任务。明天我早点儿到单位，让人家堵着门在那儿等着可不像话，哈哈。”

第二天一大早，苏士澍快步走进文物出版社的大院，掏出钥匙准备去办公室开门。忽然听到身后传来一个陌生的声音：“苏老师您好，我是通县潞通工艺品厂的董树旺。”

听到喊声，苏士澍转过身，看着董树旺惊讶地说：“董厂长，你来得真是早呀！来，跟我去办公室。”

苏士澍走在前边，打开办公室，爽朗地说：“董厂长，这么年轻？快进屋。你怎么知道我就是苏士澍呀？”

董树旺被苏士澍让到椅子上，笑着说：“半小时前我就到门口了，跟传达室那位老兄聊了会儿，您刚一进门他就告诉我了。”

苏士澍提起暖水瓶，笑着说：“真是抱歉，让你久等了。你先稍坐，我去打壶开水，等我回来咱俩慢慢聊。”说着，大步迈出房门向水房走去。

董树旺站起来，把木椅挪到办公桌前面，寻视整洁明亮的编辑室。他被挂在书柜侧面的一幅苍劲俊美的大篆体书法作品吸引住了，驻足在书轴的前面，仔细观赏着，一字一句地念出声来："厚德载物，自强不息。"

这时，苏士澍提着暖水瓶已经回到办公室，听到了董树旺的读音，高兴地说："可以呀！董厂长，这大篆体你都能认出来，真是不简单！"

董树旺回过头，红着脸说："苏老师让您见笑了，我这也是瞎蒙。平时装裱字画的时候看得多了，对一些字体也是一知半解。我昨天晚上听蒋保兴主任说您是位书法家，而且是启功先生的学生，当时听后我就非常高兴，能做启老的学生那得是多大的造化呀！"

苏士澍给董树旺沏着茶，笑着说："是呀，昨天我也是听保兴说你给启老裱过画，当时我就感觉很亲切，决定要见你一面，来，先喝杯茶水。"

董树旺接过茶杯，坐在木椅上，说："苏老师，我是个急性子，您就开门见山，说做啥活儿吧。"

苏士澍从文件柜里取出一本样书，放到办公桌上，又坐下来翻着样书说："这本书都已经去送审，准备要把这本精装书外边再加个封套。"说着，他把样书递给董树旺，"你先看一看。"又拉开抽屉，取出一个档案袋，打开，抽出两张公文纸，递给董树旺说："封套的材料、尺寸、规格、数量等具体要求都写在这里，你仔细看一看，考虑一下能否把它承接下来。"

董树旺接过公文纸，仔细认真地看着、思考着。过了一会儿，他抬起头，看着苏士澍说："您这种类似的活儿我们厂干过，比如说人美社出版的大红袍和一些老艺术家书画集上的封套，我们厂都做过。我现在可以告诉您，您这个活儿我们干没问题。但为了保险起见，我还得把您这个档案袋拿回去，请厂里的老技师们坐在一起研究一下，这个活儿是接还是不接，明天上午九点之前我打电话告诉您。再有，请您定个时间，亲自到我们厂考查一下，等您都考查清楚了，咱们双方达成了一致再签合同也不迟。”

苏士澍说：“听你这么一说，我心里已然踏实了一半。你说的这些我听明白了，完全是为我们出版社着想。就按你说的办，我明天上午等你的电话。”

董树旺将档案袋放进书包里，站起来说：“苏老师，正事儿说完了，这茶水我也不喝了，还要赶到三间房把活儿送过去。”

苏士澍坐着没动，探过身拉着董树旺：“别着急呀，你先坐下来，把这杯茶喝完再走，有些话我还没说呢。”

“好吧，听您的。一大早从家里赶过来，还真是有点渴了。”董树旺又坐回到木椅上，端起茶杯喝了起来。

苏士澍走到书柜前，从里边拿出一本书，转过身递给董树旺：“这是我刚出版的书法作品集，书签是启功先生题的，送给你。”

董树旺接过《作品集》，看着封面上启功先生的笔迹，高兴地说：“看到启老的书法太亲切了，启老是我最敬重的人生导师。”他抬起头问：“苏老师，您什么时候认识启老的？”

苏士澍想了一下说：“记得在二十年前，我随启蒙老师刘博琴先生到中山公园参观书法展览的时候，第一次见到启功先生。当时启老对刘博琴说自己经常写字，但是没有合意的印章，刘博琴先生表示要为启先生刻制两枚，并指着我说：‘刻好了就让他给您送过去。’因为启功先生提出印章要轻便又禁得住磕碰的要求，刘博琴先生颇费心思，特地用有机玻璃材料制作了两面印，印章的金石味道很浓，我把章送去后启老赞不绝口，非常喜欢。从此以后，我经常去向启老请教。启老教导我说：‘要想光大民族文化，读书必不可少。’这句话我铭记在心，非常受益。我在向启老讨教书法的时候，启老说：‘你写你的，我写我的。只要能拿起笔来就写，挂到墙上好看，就算学出来了。’”

董树旺听着，认真地说：“启老话虽不多，可听起来令人难忘。上次我去启老家，听启老说的一席话，真是长见识，受用无穷。”

苏士澍点着头，说：“是呀，有一次在故宫看颜真卿的《竹山堂连句》，启功先生随手拿过身边的茶水，用手指一蘸，说：‘士澍，看到唐人如何用笔了吧？有时候我们写字，一撇、一捺，特别是这一竖，都是直上直下，不对，稍稍地斜一点，这么一来，就是笔这么一骨碌。告诉你士澍，这就叫唐人笔法，很简单。’听启老这么一说，我当时就顿悟了。启老一直提倡‘行文简浅显，做事诚平恒’的理念，就是用最简洁的文字说明自己的观点，体现深刻的道理。其实这才是做学问的紧要所在，但同时这也是一些人望而却步的原因。”

董树旺将《作品集》放进手提包里，说：“苏老师，您真是找对老师了。老话儿说得好：名师出高徒，教师是学生的镜子，学生是老师的影子。”

苏士澍爽朗地笑着说：“董厂长，听你说话可真是过瘾，不但幽默，每句话都能说到点儿上。”

董树旺从木椅上站起来，笑着说：“苏老师，您别叫我董厂长了，叫小董或树旺都行。昨天晚上我听保兴大哥对您介绍，就感觉跟您很熟悉，还真是，我坐在这儿就跟遇见熟人一样。”

苏士澍也站起来，笑着说：“我也有同感，看见你的第一眼就觉得似曾相识。我们出版社有些加工难度大的各种书套、精致包装盒，还有我个人需要装裱的作品，一直为找不到合适的加工单位发愁。这回好了，以后这些活儿就交给你董树旺了。”

董树旺兴奋地说：“那可太谢谢了！只要您苏老师给我一分的信任，我董树旺定还您十分的回报。得嘞，客走主人安，我还得去趟三间房，催着我送货呢。”说着，他提着手提包就往门外走。

苏士澍将董树旺送出门外，握着他的手说：“树旺，我就不远送了，回去后你们抓紧时间商量，我等你回话。”

董树旺迈着大步向前走着，回过头挥着手说：“苏老师放心吧，再见！”

来到三间房陈列馆，董树旺怀抱着一捆装裱好的字画，来到张吉浦的办公室。

张吉浦迎着董树旺说：“树旺，路上堵车吧？咋来这么晚？你也别歇着了，拿着画，咱俩直接上五楼，那儿有人等着要见你。”

董树旺跟着张吉浦等着电梯，说：“吉浦老哥，不好意思，我一大早去文物出版社谈点事儿，多聊了会儿。谁想见我呀？不会是顺义的吴斌老师吧？”

张吉浦笑着说：“这回要见的可不是吴斌，比他的腕大得多！”

五楼是个专门营销当代书画作品的展示大厅，大厅的右侧是一间会客、洽谈业务的茶室。茶室里坐着三位客人，正在喝茶、聊天。

张吉浦将董树旺让进茶室，让他把画轴放到展示台上，向三位客人介绍着说：“张老师，这位就是您一直想见的董树旺厂长。”又对董树旺说：“树旺，我给你介绍，这位是山东济南画院院长张登堂先生，这位是王炳龙先生，对面这位是闫学曾老师。他们三位都是著名画家，刚从山东济南来。”

三位画家都站起来，和董树旺打着招呼。

董树旺和画家们握着手说：“幸会，从山东来的老师，辛苦啦，您们都坐吧。”

方脸长发，两只大眼睛炯炯有神的张登堂先生，操着一口浓重的聊城口音，拉着董树旺的手，笑着说：“董厂长，快来，和我一起坐。若不是专门等你，我们早回到友谊宾馆了。”

董树旺坐在张登堂的身旁，听着他说的话有点儿摸不着头脑，看着对面坐着的闫学曾，点头微笑着，没有说话。

王炳龙看董树旺怔怔的样子，操着一口济南话说：“吉浦科长还没跟你说吧？是这样子，上周三，登堂院长带着我俩在这儿看到你给裱的画，那手艺真是超级棒！我们走南闯北，画店、画馆没少去，就你裱的这个成色，那真是蝎子拉屎独一份。”

闫学曾也是济南人，他指着张登堂说：“张院长看准你的装裱水平，当时向吉浦一打听，你们潞通工艺品厂不但裱画高手云集，而且荣宝斋的裱画大师崔玉海先生都是你们厂的常客。张院长一听，那两只大眼睛就瞪了起来，非要见你一面不可。”

张吉浦点头笑着说：“三位老师说的没错，我说了，你今儿上午来。张院长他们就一直坐这儿喝茶等着你。为了等你，三位老师把友谊宾馆的笔会都推到下午了。”

董树旺连忙站起来，抱歉地说：“让三位老师久等了，耽误了老师们的笔会，真是对不住了。”说着，从茶桌上拿起一杯热茶，“为表达歉意，我先以茶代酒敬三位老师，眼瞧着就到中午了，我请三位老师去离这儿不远的内蒙古饭店吃涮羊肉，这家的涮羊肉非常有名，饭店的名字是乌兰夫副委员长亲笔题写的。”

张登堂拉着董树旺的胳膊，开怀大笑：“董厂长真是个痛快人，像俺们山东人的性格。好，你这个朋友我交定了。你先坐下，先喝点茶水稍微歇会儿。你请的这顿涮羊肉我们是非吃不可，因为我有好多想法要对你讲，一两句话还真说不完。”

张吉浦看着董树旺，说："树旺，既然三位老师特意等着你来，要和你谈事儿，咱俩先把你送来的字画手续办好，你赶紧陪老师们去吃涮羊肉，边吃边聊，别耽误三位老师下午的行程。"

董树旺点着头，看着三位老师说："你们再坐一会儿，我跟张科长办完手续就上楼接你们。"

张登堂站起来说："董厂长，你不用上楼了，咱们一起下去，我们在大厅等着你。"

董树旺高兴地说："那好吧，咱们一起下楼。"

办理完裱画作品交接手续后，董树旺和张吉浦一起来到大厅，三位老师正在大厅等候。

张吉浦说："三位老师，我就不陪您过去了，下午去友谊宾馆的车都派好了。"

王炳龙拽着张吉浦的胳膊说："这回你得跟我们一起去，给我点面子，破个例。"

张吉浦向后撤着身子，摇着手说："王老师，我真是想跟您一起去热闹热闹，但是单位有规定，实在是不行。等下次，赶上我休息的时候，我请三位老师去通县小楼饭庄吃烧鲇鱼。"

董树旺笑着说："去通县小楼饭庄也得我请客，谁让我是通县人呢。王老师，您还是听张科长的吧。"又对张吉浦说："下午的车就不用派了，吃完饭后我直接把三位老师送到友谊宾馆，路上也能和老师们多说会儿话。"

张吉浦笑着说："那就听你的，树旺，把三位老师照顾好。三位老师，吃完饭后董厂长直接把您送到友谊宾馆，我就失陪了，下次再见。"

张登堂笑着说："吉浦科长，上次你答应我去济南的事儿可还没落实呢，你嫂子一直盼着弟妹过去呢。"

张吉浦将三位老师送到董树旺的轿车旁，扶着张登堂坐进车里，说："张院长您放心，我带着您弟妹不但要去济南，还得去青岛吃海鲜。哈哈。"

王炳龙坐在轿车的后座上，开着玩笑说："这都快深秋了，再不去可就封海了，只能吃我画的海螃蟹了，哈哈。"

张吉浦大笑着说："那更好了，我就等着吃您王大师画的海螃蟹啦，哈哈，再见！"

内蒙古饭店二楼雅间，董树旺陪着张登堂、王炳龙、闫学曾三位画家，围坐在热气腾腾的铜火锅旁，犹如久别重逢的朋友，开心地交谈说笑着。

王炳龙夹了一柱涮好的羊肉，放在嘴里，咀嚼着，说："这内蒙古的涮羊肉真是名不虚传，吃起来又嫩又香。董厂长多谢啦，只可惜今天下午有笔会不能喝酒，要不然说啥也得痛痛快快地喝几杯。"

董树旺往铜锅里放着羊肉片，笑着说："王老师，今儿咱把这顿酒先存着，等下次三位老师再来北京，我把你们接到家里去住上几天，我家的菜园子种菜用的都是有机肥，纯天然。到时候我陪您多喝几杯，一醉方休。"

闫学曾举着茶杯说："董厂长，今天咱在这里遇上了，那就是命中注定的缘分。我以茶代酒，谢谢你的款待。啥时候请你也到济南去，到时候我陪着你逛大明湖，到趵突泉公园看喷泉，再去登泰山，我的写生创作基地就在泰山脚下。"

董树旺也端起茶杯，对闫学曾说："多谢闫老师的邀请，您说的这三个景点我都没去过，等有机会一定去饱饱眼福。"

王炳龙端着茶杯，开心地说："欢迎、欢迎，热烈欢迎。孔圣人说：'有朋自远方来，不亦乐乎。'董厂长，你可得说话算话。

哈哈。”

张登堂看着满桌子的菜，对董树旺说：“我从现在开始不叫你董厂长了，就叫你树旺。我说树旺，你点的菜太多了，别再点了，吃不完浪费掉多可惜呀！”

董树旺用公用筷子往张登堂的碗里夹了一片羊头肉，说：“张老师，您叫我树旺那就对了，这听起来多亲热呀。我和您简直是一见如故，您一定得吃饱、吃好。”

王炳龙看着董树旺，说：“我也叫你树旺，你对张院长可能还不太了解，他可是苦出身，吃苦受累惯了，就怕浪费粮食。”

张登堂说：“树旺，我跟你说，我小的时候家里穷，经常吃不饱饭。那时候我就下定决心，一定要把画画好，要靠卖画挣饭吃。虽说我算是个成名较早的画家，但那时到全国各地名山大川去写生，经常饥一顿饱一顿地挨饿受冻，真是把我穷怕了、饿怕了。每当看见桌上剩下的饭菜就心疼，那可都是咱老百姓面朝黄土背朝天，汗珠子掉下来摔八瓣种出的粮食呀！”

王炳龙说：“树旺，张院长那可是咱国家一位成名较早的大画家。张院长第一次参加济南市的展览时还不到十六岁。十年前，他作为其中最年轻的画家，受文化部中国画创组的邀请，来北京进行大型国画的创作。在长达几个月的时间里，张院长置身于吴作人、李苦禅、李可染、黄胄、谢稚柳、陈佩秋、陆俨少、黄永玉等南北大家中间，和他们朝夕相处，在一起搞创作。李苦禅和李可染两位大家都非常肯定、喜欢张老师。李苦禅先生为他题写‘良工苦心’，李可染先生为他题写‘天道酬勤’。张院长最擅长的就是巨幅山水画的创作。”

张登堂拦着王炳龙说：“炳龙，那都是过去的事情，好汉不提当年勇。”又回过头对董树旺说：“树旺，我今天特意在三间房陈列馆等着见你，就是因为上次在那里看到你给我们装裱的那几幅画。我平时不爱夸人，当把裱好的画轴挂起来后，我和炳龙、学曾都眼前一亮，真是不看不知道，一看吓一跳。装裱的格式、用料、颜色，不同尺寸画芯、用料的长短等等，真是天衣无缝，裱得出神入化，都一个劲儿地给你伸大拇指。趁着今天和你见面的机会，一个是想跟你交个朋友，再有就是把我的想法跟你聊一聊。”

董树旺认真地听着，说：“张老师，有啥想法您就说吧。”

张登堂说：“最近，人民大会堂、天安门管理处、钓鱼台国宾馆等部门，都在约我创作大型山水画。这些年我来北京的机会很多，我想今后创作完成的作品，都请你来装裱、悬挂。将来我还准备在中国美术馆举办个大型画展，展品的装裱和悬挂也想请你帮忙，不知我这个想法你能否同意？”

董树旺痛快地说：“张老师请您放心，只要您信得过我，您说的这些活儿我全包了。不但全包，当您在中国美术馆举办画展时，您的全部展品我无偿给您装裱，免费帮您悬挂、布展。开幕那天，我负责请您邀来的嘉宾用餐。”

张登堂摇着手说：“无偿装裱那可不成，你是靠装裱经营吃饭挣钱的，不能让你喝西北风呀，绝对不成！”

董树旺诚恳地说：“张老师，我能给您这位书画大家装裱字画，那您是抬举我。您把画挂在中国美术馆，也就等于把我们的装裱艺术也随着展览了，这是多么大的广告呀！我还应该付给您广告费呢。”

三位画家听着，不约而同地大笑起来。王炳龙说：“张院长，真如您所说，这位董厂长那就是咱们山东人的范儿！”

董树旺也笑了，认真地说：“三位老师，你们若是看得起我董树旺，以后再来北京的时候就告诉我一声，一是我肯定去您住的地方去看望，再有就是请你们到我们厂里去指导、创作。我们厂里有专门的大画案、大画室，您若画大画的地方不够用，就到我们那里去，我是吃住全包。到时候还可以找几家喜欢书画的企业，组织几场笔会。这样一来，我一手托两家，一边是画家，另一边是企业家。画家的作品要对得起企业家，企业家的稿费也要对得起画家的作品，咱们来个皆大欢喜。”

董树旺和三位画家的初次见面，在暖意融融的欢声笑语中结束了。他开着轿车将三位画家平安送到友谊宾馆，道别了三位老师。他刚走出宾馆的大门，头顶上传来大雁的鸣叫声。董树旺仰望着湛蓝色的天空，目送着南飞的大雁，心中升腾着对秋天的依恋。忽然，一阵秋风吹过，落叶飞舞，满地金黄。金色的秋天，正是收获的季节。

第　六　章

一

1993 年，春节的年味还未散去，眨眼之间就到了乍暖还寒的早春时节。

冯各庄村南北运河的河面上，成群的野鸭挤卧在浮动的冰块上，悠闲地享受着和煦的暖阳；堤岸两侧，已经发黄泛绿的柳树枝、连翅枝，在微风中摇曳；远处的密林中，不时传来花喜鹊们欢快的鸣叫声……

董树旺开着银灰色的小轿车，顺着运河的东岸向北奔驰。

今天，他要去北京城里办两件开年大事：首先要到开国少将李真先生家，潞通工艺品厂承接了“将军书法家”李真先生在中国人民军事博物馆举办的《纪念毛泽东诞辰一百周年》大型书画展览的布置、装裱任务，李真将军要将展出的全部作品亲自交到他的手里，并当面交代一些重要的事情；第二件事，去荣宝斋装裱技师崔玉海先生家，聘请刚刚退休的崔老为潞通工艺品厂总顾问。

俗话说：“一年之计在于春，一日之计在于晨，一寸光阴一寸金。”今天进京要办的这两件事情，对于正在立足新起点再上新台阶的通县潞通工艺品厂和厂长董树旺来说，无疑是雪中送炭的开门红。

董树旺手握着方向盘，踌躇满志，脸上流露出豪迈的笑容。他眼望前方，憧憬着未来，油然想起《韩诗外传》中的一句话：“任重而道远者，不择地而息。”心中顿感压力与不安。“船到中流浪更急，人到半山路更陡。”想到这里，他打开车窗，吸吮着清新甜润的气息，脚踩油门，加速前行。

董树旺按事先约好的时间，来到了李真将军的家。刚被工作人员让到客厅，精神矍铄、俊朗儒雅的李真将军健步从书房里走了出来，挥手微笑着说：“董厂长到了，你准时准点，有军人作风，快请坐。”

董树旺向前迈了两步，迎着李真将军，恭敬地说：“首长您好！您就叫我小董吧。前来打扰，影响了您的休息。”

李真将军坐在沙发上，看着董树旺，笑着说：“小董你快坐下，你是为我的事前来，咋能说是打扰呢？我还得感谢你呢。你瞧我手上的墨汁，我都写两个小时的大字啦。看我这个‘七五学童’身子骨还成吧？哈哈。”说着，李真将军从沙发上站起来，拉着董树旺的手说：“你跟我到书房去，看看我刚写的字，给我挑挑毛病。”

董树旺随着李真将军来到书房，谦虚地说：“首长，要说书法我是个外行，我可没资格评价您的大作。”

李真将军从书柜里取出一卷写好的书法，放在书画案子上，小心地打开，说：“小董你看，这幅手卷是我今天早上一口气写成的，一共是四米长，写的是一首毛主席的诗《沁园春·长沙》，你看着，我给你念：‘独立寒秋，湘江北去，橘子洲头。看万山红遍，层林尽染；漫江碧透，百舸争流……’这首诗我都写过上百遍了，可就是写不够，越写越觉得毛主席和战友们为了改造旧中国英勇无畏的革命精神和壮志豪情是多么的伟大。我感觉这幅写得还不错，这次也把它展出来。”

董树旺认真地观赏着，惊讶地说："首长，我真的是不懂书法，可这些年通过装裱字画，看到不少书法作品，我今天可让您这幅作品给镇住了。您的用笔刚健苍劲，雄强而儒雅；看您的章法，自然流畅、气势磅礴；再看您这书法的气势，真正的以军人气度为特点的豪放跌宕的艺术风格。真不愧是'将军书法家'"。

听着董树旺的评说，李真将军开怀大笑："小董，你还说自己是外行？听你说的这几句高抬我的话，真是比专家还专家。我可没你说的那么邪乎，我只不过是个只读九个月私塾的放牛娃。你夸我写得有气魄倒是在理，因为我是一名军人，军人出身嘛，蛮力气还是有的。要说儒雅，还差着火候，说潇洒嘛还是有那么一点儿。在战场上九死一生之人，还能不潇洒吗？哈哈。好啦，咱们去客厅，喝茶聊天，书归正传。"

李真将军回到客厅，对身边的工作人员说："小黄，你去里屋把我的诗集拿过来一本，我要送给董厂长。"

小黄答应着，快步走进里屋，拿着诗集说："首长，这一本是您签过字的。"

李真将军看着董树旺："小董，这本诗集送给你，就算咱俩的见面礼啦。"

董树旺连忙站起身，双手接过小黄递过来的诗集："多谢首长！您这位放牛娃出身的将军，会打仗、能写诗，还写了一手好书法，真是我们晚辈的楷模，回去后一定认真拜读。"

李真将军笑着说："放牛娃不可怕，没念过几天书也不可怕，关键是看自己是不是肯下功夫学习，勤能补拙嘛。想当年，我参加红六军不久，部队四过湖南，我在打土豪中得到一本《唐诗三百首》，如获至宝，多次战斗轻装都没舍得扔掉。一有空闲就拿出来读，而且模仿着写诗。几十年下来，还真写出不少诗词。还别说，

‘熟读唐诗三百首，不会作诗也会吟’这句话放在我身上还真是受用。你们这些生在新中国，长在红旗下的年轻人真是赶上了好时代，如今又赶上国家改革开放的好政策，正是你们自强不息，发挥聪明才智，大有作为的时候，绝对不能虚度光阴呀。小董，你可得加油呀！”

董树旺认真地听着，说：“我一定听您这位革命老前辈的教诲，珍惜国家改革开放的大好形势，珍惜老前辈们用鲜血和生命换来的大好河山。首长请放心，既然我们承接了您这个展览的装裱任务，就一定会做到最好。刚才您说的那幅六十九米的长卷，我们还真是没装裱过。但是，请您放心，我现在就给您承诺，保证完成任务！等我在您这儿谈完事儿，就直接去荣宝斋装裱高级技师崔玉海先生家，老先生今年已经退休，我们正式聘请崔玉海为通县潞通工艺品厂的总顾问。有这位享誉全国的装裱大师给您的作品保驾护航，您老就放心吧。”

李真坐在沙发上，抬头看着董树旺，扬着手说：“小董，你可真是个雷厉风行的急性子，这要是在战场上肯定是个好兵。”

当董树旺来到装裱高级技师崔玉海先生家的时候，已经快到中午了。

“树旺，快进屋，你婶子正在给你包饺子呢。”崔玉海向屋里让着董树旺。

“崔师傅，不好意思，我这是踩着饭点来了，多不合适呀！”董树旺向客厅里走着说。

“没啥不合适的，到我这儿来就是到家了，你婶子的厨艺可比不上你家的徐凤红，你可别挑剔呀，哈哈。”崔玉海沏着茶水，笑着说。

董树旺走到厨房，说："崔婶，给您添麻烦了。"

崔婶将刚包好的饺子放到灶台的盖帘上，笑着说："树旺，瞧你说的，到哪儿还不得先吃饭？你俩快坐那儿喝茶说话儿吧。"

董树旺笑着说："得嘞，崔婶，那我就等着吃饺子啦！"说着，他又走到沙发前，从手提包里掏出一个红色证书，递给崔玉海："崔师傅，从今天起，您就是通县潞通工艺品厂的总顾问。这是聘书，请您收好。"

崔玉海接过聘书，打开看着说："树旺，你这还挺正规的，感谢你们的信任。总顾问这个担子可不轻，我一定尽全力发挥余热。"

董树旺看着崔玉海，笑着说："您这可不是发挥余热，您这是第二个春天。您这位总顾问，那可是我们厂的定海神针，有您在那儿坐镇，再大的活儿、再难的活儿我都敢接！"

崔玉海坐在董树旺对面的沙发上，笑着说："树旺，听你这么一说，还真是把我的工作热情给激发出来了。这些日子退休在家还真有点不适应，总想着上班的钟点儿。你婶子提醒我说：'你已经退休了，不用再按点儿上班。'你说嘿，一天到晚的还真是没着没落的。"

"这回您就不用再没着没落了，我把您夫妇俩接到冯各庄，一住就是三五个月。到时候，让徐凤红也到厂里去，一边给您和婶子做饭、照顾起居，一边跟您学装裱。我也想好了，抽出时间也跟您学手艺。"

崔玉海笑着说："那可好了，就冲小徐做的那碗炸酱面，我们夫妇俩就得踏踏实实住在那儿。你和小徐还真得把装裱的手艺学出来，到时候我再带几个徒弟，把你们厂的基础打好，看你们的发展趋势，必须做好承接装裱、悬挂大画、难活儿的准备。"

董树旺探着身子，挥着拳头说："崔师傅，您和我想到一块儿了！咱们厂就是要朝着成为‘第二个荣宝斋’的方向发展。但是这个口号不能空喊，得有这个实力才行。我刚接了李真将军在军事博物馆举办书法展览的任务，有两幅长卷，最长的六十九米。我当时就向李真将军打了保票，因为有您这位总顾问在，我心里有底。”

崔玉海兴奋地说：“我在荣宝斋干了几十年，特别喜欢干大活儿、难活儿。想当年张贵桐、王家瑞率领我们十几个装裱工人，给人民大会堂装裱高六米五、宽九米的巨幅大画《江山如此多娇》的时候，个个都像打了鸡血，没日没夜地干，那个情景真是难忘呀！”

董树旺也来了兴致，他说：“听说那幅《江山如此多娇》是由傅抱石和关山月两位著名画家创作的，轰动了全国。您是亲身经历者，能给我讲讲当时的经过吗？”

崔玉海说：“好，吃饭前还有点时间，那我就跟你说说。”说着，他站起来，从书柜里取出一本相册，翻看着，“树旺你看，这就是当年我们在人民大会堂前的合影。”顿了一下，崔玉海认真地讲述起来：

“那是在 1958 年，中国美术家协会和荣宝斋等单位，受国务院委托，承担了组织画家为国家重要建筑画画的任务。人民大会堂宴会厅面对着台阶的墙上，需要一幅巨幅中国画，由美协提名让南京著名画家傅抱石和广州著名画家关山月担当此任，荣宝斋负责物质保障和装裱等辅助性工作。这幅前无古人的巨画，经过充分酝酿，画家集中了多方面的意见，最后确定以毛主席的《沁园春·雪》这首词为主题，画名就叫作《江山如此多娇》。这首纵贯五千年历史，横跨九百六十万平方公里的大地，气势恢宏，气魄宏伟，旷古绝伦的词，其核心，或者说其精髓，就是‘江山如此多娇’这一句。”

董树旺点着头，说：“还真是，毛主席那首《沁园春·雪》，在我小的时候就背得滚瓜烂熟，真可谓是家喻户晓。”

崔玉海接着说："傅抱石先生最擅长领会毛主席的诗词，《江山如此多娇》从拟稿到完成，是一个浩繁的艺术创作过程。先由傅抱石先生拟出初稿，同关山月先生协商修改后，再由稿子扩大为高六米五，宽九米的巨幅作品，他们二位是将纸铺在地上画的。"

"铺在地上画可不容易，那么大的画一点照顾不到都不成。"董树旺说。

崔玉海说："可不是嘛，搞艺术也是一种艰苦的体力劳动。为了在物质上保障画家的创作顺利进行，并使画作达到最佳效果，荣宝斋提供了珍藏的古墨和丈二匹宣纸以及最好的颜料。光是珍存多年的丈二匹宣纸，就用了近百张。还特制了杆长一米多的如椽巨笔。所用的颜色都是用大号洗脸盆装的，地上一摆就是五六个，可见用量之大。总之，是需要什么荣宝斋就提供什么。此外，还派专人给两位画家当助手。比如说，研墨、调配颜色、备纸、抻纸、涮笔等等。装裱工作更是密切配合，当时画家每画完一部分，张贵桐、王家瑞就带着我们立即托裱挣平，让画家看效果。装池这么大的画，是没有先例的。张老、王老真是想尽了办法，凭着他俩多年的实践经验，在画背面裱上多层经纬的绫绢，使拉力平衡，解决了防止巨丈画幅爆裂的问题。"

董树旺瞪大眼睛，看着崔玉海："真是太难裱了，多亏那两位装裱大师见多识广。"

崔玉海点着头说："是啊，画画完，装裱好，卷起来，连绫边算上有十多米长，要从宣武区万明路东方饭店送到人民大会堂，汽车没法拉，当时又正赶上下雨，怎么办呢？最后是把画用防雨材料包好，由二十多个装裱工人抬过去，好像在舞龙，一路上吸引来许多看热闹的人，现在想起来都很有意思。画框是荣宝斋用名贵的明代金丝楠木做的。为了第二天请周总理最后审查，工人们把画送到大会堂后，连夜装框，把画挂妥帖。等周总理审查通过后，我们这些装裱工人紧绷的神经终于放松下来。”

说着，崔玉海长出了一口气，“树旺，干装裱这一行可不简单，操心费力不说，还要挑战你的胆量和抗压能力。你看我这头发，都比别人早白几年。”

董树旺看着崔玉海说：“还真是的，您要是不说我还真是没在意，我接触的那几位装裱大师还都是花白的头发。荣宝斋的装裱师傅们真是为国家的装裱修复事业出了大力，为国家的形象增添了光彩。”

崔玉海伸手抚摸了一下头，笑着说：“总算是退下来了，可以过松快的日子了。嘿，没想到又被你董厂长聘去了，看来我这头发还得接着白下去，哈哈。”

崔玉海说着，忽然想起了什么，问：“树旺，你刚才说要争当第二个荣宝斋？”

“是呀！当年我刚主管裱画厂业务的时候，侯恺老先生就给我提出这个要求。”董树旺解释说。

“要想成为第二个荣宝斋，可不是件容易的事。咱就说荣宝斋这个装裱修复技术吧，在几十年的工作实践中，已经形成了‘精、严、新、顺’的特点。‘精’是指装裱修复材料精，工艺精益求精；‘严’是指严格按照多年形成并逐渐完善的操作程序装裱修复字画，对于每一个操作过程，都要严格质量；‘新’是指有创新开拓精神，在装裱修复形式、风格和技法诸多方面不断探索；‘顺’就是要尊重客户的要求喜好。经荣宝斋装裱修复的作品，表面润滑、平整、光洁、柔韧性高，大气雅致。就是靠这些独特的风格，高超的装裱修复质量，为荣宝斋赢得了口碑。所以说，潞通工艺品厂要是想发展成为第二个荣宝斋，我说的这些都需要学习借鉴。”

董树旺说：“您说的这些我基本都记在心里了，还得靠您平时的言传身教，把荣宝斋好的经验、技术传授给我们。我也想好了，要想成为第二个荣宝斋不能单一地从某一方面考虑，要全方位地向荣宝斋学习。我也打听了，这几年荣宝斋从事木版水印、锦盒包装、装裱修复、刻版木工的老技师相继到了退休年龄，潞通工艺品厂将全部聘用。这样一来，各个方面的技术、业务水平就得到了可靠保证。请您放心，我董树旺有一个拧脾气，要么不做，要做就做成最好！”

“你俩说完了吗？饺子都下锅煮上了，先洗手吃饭吧，边吃边聊。”崔婶从厨房里走出来，在餐桌上摆放着碗筷、小菜，大声地招呼着。

崔玉海站起来说：“得嘞，树旺，咱们先吃饭，等到了冯各庄咱俩踏踏实实地聊。”

董树旺也跟着站起来，看着崔婶说：“崔婶，您辛苦啦，做了一桌子菜，真把我当吃货啦？哈哈！”

崔婶笑着说：“树旺，你就别客气啦，你年轻，又有一大摊子事去跑，多吃点，吃饱了才有精气神。”

董树旺开心地笑着说：“得嘞，恭敬不如从命，那我就不客气啦，哈哈。”

董树旺刚坐到餐桌前，腰间的寻呼机发出几声蝈蝈的鸣叫声。他低头看着屏幕上的显示：“有急事，速回电话。雷振方。”他手攥着寻呼机，站起来说：“崔师傅，还得借用一下您家的电话，荣宝斋雷振方说有急事，让我速回电话。”

崔玉海刚洗完手，走到餐桌前，说：“是振方找你，别耽误着，快给他打电话。”

董树旺拨通了电话：“喂，雷经理，我是董树旺，您找我？”

雷振方说：“树旺，有一个急事，王力先生在我这儿，他有一批珍藏的书画作品，点名请崔玉海师傅装裱。他听说崔师傅退休了，很失望，把那批书画卷着要抱回去。我告诉他你把崔师傅聘走了，有活儿可以去通县潞通工艺品厂去找崔师傅。他嫌远，我告诉他你有车，可以直接来取，裱完后再给送到家。他有些犹豫，说只信崔师傅，想把这批书画直接交到崔师傅手里。我让他稍等，又不知道你在哪儿？”

董树旺听着，说：“真是巧了，我就是在崔师傅家给您回的电话，刚要吃饭。您说的是哪位王力先生呀？”

雷振方说：“就是曾经担任《红旗杂志》主编的那个王力。”

董树旺说：“雷经理您先稍等，我跟崔师傅商量一下。”

董树旺手举着电话，身子转向崔玉海说：“崔师傅，雷经理说，曾经担任过《红旗杂志》主编的王力先生有一批收藏的字画，点名请您给装裱，而且要将那批字画直接交到您的手里。我想咱们吃完饭马上去一趟荣宝斋，把这事给办喽，您看成吗？”

崔玉海来到电话旁，说：“噢，是王力先生？他可是个大收藏家，你跟振方说，我俩马上就到，让他稍等。”

董树旺和雷振方说：“雷经理您都听见了吧？崔师傅说没问题，请王力先生稍等，我们马上就到。”

挂断电话，董树旺快步走到餐桌前，坐在崔玉海的对面，抄起筷子吃了起来。

崔玉海给董树旺夹着菜说：“树旺，别着急，人是铁饭是钢，吃饱了再说。”

董树旺连续吃了几个饺子，说：“崔师傅，您真是潞通工艺品厂的福星，您人还没到冯各庄就先把买卖带过去了，我替全厂职工感谢您。”

崔玉海也匆匆吃了几个饺子，擦着嘴说：“树旺，我吃饱了，你赶紧再吃几个饺子，咱说是说，还得赶紧走，别让人家等着咱，那位王力也是个急脾气，想当年他可是个风云人物。这几年他找我装裱字画，跟我挺投缘。他裱画不找别人，只认我。”

董树旺擦着嘴说：“崔婶，我吃饱了，多谢您了，我开车拉着崔师傅得先去趟荣宝斋，办完事后再把崔师傅送回来，您也趁热吃吧。”

崔婶将刚煮好的一盘水饺放到餐桌上，说：“这顿饭也没吃好，你俩还是赶紧去办正事吧。我不着急，等你们走后我再慢慢吃。”

还没等崔婶的话说完，崔玉海已经穿好了外衣，推开门走到电梯前，按着下行的按钮，冲着屋里喊：“树旺，别落下东西，电梯快到啦。”

董树旺穿上外衣，提起手提包向门外快步走着说：“崔婶，再见啦。”

崔婶追到门口，目送着董树旺，高喊：“树旺，路上开车慢着点，瞧这两位的脾气，一个赛一个的急。”

二

五一国际劳动节前夕，为了答谢支持帮助过潞通工艺品厂的友人，董树旺准备组织一场书画笔会。在受邀的书画家名单中，有顺义县的书法家吴斌先生。

这天上午，董树旺给吴斌打电话，通知他做好准备。吴斌在电话中哭着说：“树旺老弟，我去不成了，两天前我和媳妇吵架，一不小心手中的毛笔擢在她怀有身孕的肚子上。媳妇住进了木林镇卫生院，她的娘家人不干了，老丈人和丈母娘带着我小舅子跑过来找我算账，正在外面砸门呢！”

董树旺说："原来是这回事，刚一接通电话就听见你那边鸡飞狗叫'咚咚'的响声，我还以为你家正在装修房子呢。小嫂子伤得重不重？你赶快报警呀！"

吴斌哭腔着说："媳妇当时就出血了，疼得在炕上直打滚，多亏隔壁二黑子家有车，帮着送去了卫生院，现在没事了，还得再输几天液。家里的事儿我自个儿解决算了，若是报警我这人丢得可就大了。我这就去开门，顶多再挨顿揍。树旺，别担心，忙你的吧，我得挂电话了。"

说着，吴斌挂断电话。董树旺无奈地放下电话，自言自语地说："这个吴斌，知道你老婆怀有身孕还动手打人家，挨顿娘家人揍也是活该。"

董树旺又拿起电话，准备通知另一位画家。转念一想，"吴斌是个残疾人，若是再被人打出好歹来，他家的日子可就甭过了。不成，我得赶紧开车去吴斌家。"

想到这里，董树旺打开柜门，取出一沓现金，放进手提包里，快步走出院门，开车直奔吴斌家而去。

一个半小时后，董树旺来到吴斌的家门口，大门虚掩着。他推开大门，刚探进半个身子，只见一只拴着铁链的大黄狗狂吠着扑过来。

董树旺身子向后一撤，伸手指着狗说："你这个狗东西，比我家那只大黄还厉害。"

"大黄，别叫了，没礼貌，快回窝里趴着去。"

听到主人的喊声，大黄狗摇着尾巴转过身，乖乖地向狗窝走去。

吴斌打开房门，一瘸一拐地走出来，迎着董树旺说："树旺，你咋来了？我正想着给你打电话呢。"

董树旺看着吴斌，说："吴兄没事吧？我怕你挨打，不放心，直接赶了过来。"

吴斌陪着董树旺向屋里走着，说："一场暴风雨，终于风平浪静了。本来我想请老丈人一家吃了午饭再走，老两口急着去卫生院看闺女，都走了。"

董树旺站在屋子的空地上，上下打量着吴斌，说："老丈人他们没打你吧？可把我急坏了，真要是把你打出个好歹，你家嫂子就更惨了。"

吴斌将炕上铺着的宣纸收拾出一块空地，对董树旺说："他们也是这样说的，所以对我手下留了情。树旺，快坐下，瞧我家里乱的，都下不去脚，你就将就着坐吧。"

董树旺坐在炕沿上，说："吴兄，你别收拾了，我也坐不住，一会儿咱俩到村口那家饭馆吃点饭。好久没见了，也想跟你聊聊。你老兄到底是咋啦，平时那么怕老婆，咋还动起了手？再说嫂子还怀着孩子呢，老丈人能不跟你急吗？"

吴斌手扶着桌角，沮丧地低着头，说："唉，都怪我，一不小心，我手里攥着的毛笔一下子撂在媳妇的肚子上，当时她就躺在床上打起了滚儿。把我给吓得，本来腿就不好使，这回可好，两条腿一打软，一屁股就坐在了地上。多亏隔壁的二黑子来我家求字，立马开车把她送去了卫生院。我真是后悔死了，她正怀着孩子呢，还跟她动啥气呀？"

董树旺劝着吴斌说："这世上没有吃后悔药的，事情已经出了，就面对现实吧。咱俩先去吃饭，等吃完饭你陪我去医院看看嫂子。"

吴斌将刚写的一幅书法作品卷起来，说："好，咱哥俩先去吃饭，正好那家饭馆的老板求我一幅字，他正想请我吃饭呢。我有好多话要跟你说，咱哥俩边吃边聊。"

村口饭馆的老板是一位年轻的小伙子，他看到从小轿车里走下来的是吴斌，忙从饭馆里跑出来，搀扶着吴斌：“吴老师，您大驾光临，快请进。”

吴斌将手中的书法作品交给小伙子，说：“你要的这幅字刚写好，焦庄户那家裱得好，你装个玻璃框子后再挂，要不然挂在你这儿烟熏火燎的，没几天就成古董了。”

小伙子接过书法作品，开心地说：“能得到您的墨宝是我这小饭馆的福分，今儿我得好好款待您。”

吴斌停下来，回过头指着董树旺说：“开车的这位是我的好兄弟，你做几个拿手的好菜，我俩在你这儿多聊会儿，先把茶沏上。”

小伙子将吴斌搀扶到后边靠窗户的餐桌前说：“吴老师，您和客人还坐在这儿吧，既敞亮又安静，茶水马上就沏好，您二位先聊着，我去备菜。”

吴斌将董树旺让到靠窗户的位置坐好后，从衣兜里掏出一个绿色的扁瓶，放在桌子上说：“树旺老弟，真想跟你好好喝几盅，今儿你开车，这酒就不让你喝了，二两牛栏山二锅头我就独吞了。”

董树旺指着吴斌的脸，笑着说：“吴兄，先去洗洗脸吧，你这半边脸上都是墨汁，都快成包公了，哈哈。”

吴斌摸着脸，也笑了起来：“今儿这半天儿，把我闹得焦头烂额。还别说，媳妇不在家我这生活起居都乱了套。媳妇在家的时候烦她，可缺了她还真不成，你说我是不是犯贱？你稍坐，我去洗把脸。”

吴斌洗完脸，从柜台上端来一壶茶水，摇摇晃晃地走过来。董树旺站起身接过茶壶说：“吴兄你别忙乎了，我来倒茶。”又抬头看着吴斌问：“吴兄，你这几天和嫂子唱的是哪出呀？”

吴斌坐在董树旺的对面，叹了一口气，说：“树旺，说来话长。”他打开酒瓶盖，将酒底朝天倒在白瓷碗里，喝了一口，说：

“自打去年朝阳区潘家园旧货市场开业以后，那里有几个摊位，专卖著名书画家的假画赝品。这些赝品和原作没啥区别，外行人还真看不出真假，价格又低，招来不少买主。王麻子就是其中的一位，他去潘家园买齐白石、徐悲鸿和启功的造假字画，他说留着以后干大事用。”

董树旺说：“那个潘家园我去过，几年前，北京出现了各类夜市、早市、跳蚤市场。当时在劲松南路附近一个闲置的小土山上，开的是地摊早市。那时候我去过几趟，看到很多人都拿家里的旧家具、家电、衣服来卖。土山的周边都是荒地，赶上刮风的时候，早市上的人都是一身土满嘴泥。到了后来，随着国家的改革开放，生活逐渐好起来，那些零散的小商品市场也开始规范了，早先的旧货杂货交易逐渐被淘汰。潘家园也是一样，从去年开始，由小土山搬到了劲松南路。听说这个新市场由潘家园街道办事处组建，有了固定的摊位。随着人气儿的提升，这里成了北京城内最活跃的跳蚤早市，不少名人都去捧场。”

吴斌给董树旺倒满一杯茶水，自己端着白瓷碗喝着酒，说：“是呀，前两年到北京工业大学看我儿子的时候也顺道去过两趟，当时那里乱七八糟的，就没再去过，没想到从去年开始还真是红火起来。我听说那个地方原来可不叫潘家园，叫‘潘家窑’。早年间潘家园的周边有很多砖窑瓦厂，而潘家窑就是其中一家，因为窑主姓潘，所以窑场就起名叫作潘窑。因为他的窑场烧的砖质量很高，经营得又好，潘家窑很快就出了名，很远地方的人都去他家买砖。这家窑厂越开越大，据说最兴旺的时候有三百多人在那儿干活儿。就是这样，从此以后在潘家窑的旁边慢慢形成了村落，当地人就以窑场的名称来称呼那个地方为潘家窑。”

董树旺听着，笑起来：“你对潘家园了解得咋这么清楚？是否也想在那儿摆个字画摊呀？”

吴斌也笑了说：“摆摊的事儿我倒没想过，倒是从地摊上买回几本参考书，我家那套《芥子园画传》就是从那儿买回来的，这套书是 1960 年出版的，责任编辑是当今的著名画家卢光照先生。”

董树旺说：“卢光照，我知道，他是齐白石的得意弟子，画大写意，笔墨老辣，我裱过卢先生的作品。”

吴斌说：“我当时还听当地一位老人说，到了民国后期，潘家窑一带的土被窑场挖得差不多都空了，留下很多大大小小的水坑和低洼地，想再继续挖土烧砖就非常困难了，于是，潘家窑不得不暂时关闭。到了 60 年代初的时候，潘家窑周边的水坑和洼地逐渐被填平，开始慢慢建设居民区，没过几年时间后，那里已经形成一大片居民区。那位老先生说，他们家就是那个年代从门头沟搬过来的。老先生说，当时那个地方依然叫‘潘家窑’，但叫了没多长时间，大家都觉得这个名字非常不雅，因为老北京人通常把妓院称为‘窑子’，所以把‘潘家窑’改名为‘潘家园’，这个‘园’字就是家园的意思。”

董树旺看着桌子上的饭菜说：“这饭菜都上齐了，感谢老兄的招待。”

吴斌抄起筷子，夹了一块红烧肉，放进董树旺的碗里说：“树旺，你先尝尝红烧肉，这是他家的拿手菜。你看我光顾着说了，咱俩先吃菜，趁热吃。”

董树旺笑着说：“谢谢吴兄，咱哥俩说了半天，还没扯到正题上呢，你和嫂夫人为啥要吵架呀？”

吴斌又给董树旺夹了一块炸豆腐，说：“你要不说我还真把这事儿给忘了。咱们边吃边说。”他端起白瓷碗，又喝了一口酒，伸手抓了几粒油炸花生米放进嘴里，嚼了一会儿，又说了起来：

“自打王麻子在潘家园囤购假画开始，他就不来找我买字画了。前天，他突然来到我家，拿了一批无款的山水画，让我给画上题字并落上我的名款，盖上我的印章，当时就让我给拒绝了，将他放在桌子上的一沓钱给退了回去。王麻子当时就跟我翻了脸，骂我：‘有眼不识泰山，送到手的钱都不要，痴苶呆傻，怪不得你家里穷得叮当响，你就喝西北风去吧。’王麻子走后，你嫂子就跟我不依不饶地说：‘我怀着个大肚子，你又挣不来几个钱，肚子里的孩子没营养，生出来后若是个白痴，我就跟你离婚。’她连推带搡跟我没完没了，我怕动着孩子的胎气，就没搭理她，低头写我的字。她看我不理她，气就更不打一处来，抄起炕上的笤帚疙瘩就打在我的后脑勺上。我当时没有防备，打得我眼冒金星，差点晕死过去。我回过头下意识地一挡，由于用力过猛，手中的毛笔正好擢在你嫂子的肚子上，也就有了我在电话里说的结果。”

董树旺用餐勺盛了一个羊肉丸子，放进吴斌的碗里，说：“吴兄先吃个丸子，光喝酒不吃菜可不成。我还想问你，当时在电话里听见你家鸡飞狗叫的，真怕你挨打。我过来一看，你老兄平安无事，你是咋把这件事摆平的？”

吴斌将丸子放进嘴里，吃着，说：“我当时真是很紧张，把媳妇打进卫生院，自知捅了个大娄子，当时也就豁出去了，心想，大不了再把我那条好腿打残废，这个家也就甭过了。我硬着头皮把院门打开，老丈人刚要挥手打我，就让丈母娘给拦住了，瞪着我老丈人说：‘你看他那一瘸一拐的样儿，若是再把他打出好歹来，你闺女还咋活呀？’我老丈人一听把手就放下来。我当时给二老鞠着躬说：‘请爸妈原谅，我一时糊涂，做了错事，下次不敢了。’我那个小舅子倒是个明理之人，他对我老丈人说：‘爸，我姐夫怕我姐这事儿，周边的人谁不知道呀？您和我妈都消消气，问问到底是咋回事。再说了，我姐夫都向您二老认错了，家丑不可外扬，咱们进屋去说吧。’就这样，我把和你嫂子吵架的来龙去脉一五一十地都说了。老丈人听后还表扬了我，说我在大是大非面前能把握住底线，有骨气。说他闺女只贪图小便宜，目光短浅，让我原谅她。嘿，二老连中午饭都没顾上吃，就着急忙慌地去木林镇卫生院看望闺女了。”

吴斌红着眼圈，看着董树旺：“树旺，通过这档子事儿，你嫂子娘家的人真让我刮目相看。现在想起来，你嫂子也不是真坏，她对我那两个双胞胎儿子如今好得很，我看她就是穷怕了。”

董树旺说：“听你老兄这么一说，我也是很感动。我觉得嫂夫人娘家都是朴实善良的厚道人。若是换作我，听说闺女被女婿打进了卫生院，她还怀着孩子，做父母的能不跟你急眼吗？人家听你一说就原谅了你，咱以后若是不好好照顾嫂子、疼嫂子，那可就不是个人啦。”

吴斌点着头，说：“树旺老弟说的在理，我也想明白了，无论是对人对事，总得讲个良心，灭良心的事儿咱们不干。那个王麻子，从潘家园低价买来的画儿，让我题上字、盖上章，再高价出手，这不坑人吗？我就是背包打伞去讨饭，也不替他干那些缺德的事。”

董树旺端起茶杯说：“就冲你有这个骨气，我以茶代酒敬老兄。你有书画的才能，只要是走正路，就能凭本事挣饭吃。”

吴斌喝了一口酒，说：“多谢老弟看得起，你坐下，我再给你说说这个王麻子。他可不是刚出监狱时的状况了，通过在石景山搞装修起家，如今他已经有了建筑工程队，在京城几个区县也是个颇具实力的大老板了。我一直想给你讲讲他这些年的发家史，今儿咱哥俩有这个聊天的机会，就跟你多啰唆几句。他做的某些事，跟你也扯得上边儿，提防着点儿好。”

董树旺说："我跟王麻子只不过十七年前在木林沙石厂见过一面，如今他还能跟我扯到一块儿去？老兄你还真得说说，到底是咋回事儿？"

吴斌端起白瓷碗，一口将白酒喝干，擦着嘴，说："自从王麻子和狱友在石景山开办了装修装饰公司，还真是承接了不少业务。王麻子这个人办事仗义，说话痛快，在装修这个行业逐渐发展起来。这些年北京城里一部分人开始富裕了，不少的家庭都从平房搬进楼房，装修装饰更加红火。王麻子看准了机会，又回到顺义县城注册一家建筑装饰公司。一眨眼的工夫，他就发迹起来，成为在石景山区和顺义县很有影响的农民企业家。"

董树旺说："听你这么一说，这个王麻子改邪归正，浪子回头金不换呀。"

吴斌说："真要是照你说的那样就好了。听说他有了经济实力和人脉后，又犯了当年在砂石厂当厂长时的老毛病。他私下养着两三个黑社会性质的建筑队，靠拉拢腐蚀、暗中恐吓争夺建筑工程项目。在石景山和顺义的建筑行业里流传着一个顺口溜：'石景山的工地顺义的楼，王麻子吃肉我喝油。'在我们周边还流传着一首打油诗：'潮白河三道湾，王麻子一来水吸干；牛栏山的牛，木林的木，王麻子专吃窝边兔。'据说他在建筑装饰行业站稳脚跟后，又打起进军书画拍卖行业的主意。"

董树旺听着，瞪着眼睛，说："这种人若是再进入刚刚开始的拍卖行业，还不又得乱了套？"

吴斌说："是呀！所以我一直想提醒你，对王麻子要多加小心。王麻子打拍卖行的主意，就是从潘家园有了旧货市场开始的。"

董树旺疑惑地问："王麻子这事还跟潘家园扯上了关系？"

吴斌说："你说的没错，两年前，王麻子在朝阳区双井的一栋居民楼里承揽了一家装修业务，在和房主洽谈价格的时候，无意间听说房主在潘家园有两个珠宝的摊位，而且他还是位小有名气的画家，尤其是临摹徐悲鸿的马，可以达到乱真的地步。王麻子很早以前就喜欢马，他灵机一动，对房主说：‘我按照你的装修要求把活儿干好。只要你答应我一个要求，装修的一切费用我分文不要。’房主一听挺意外的，还有装修不花钱的美事？王麻子说：‘请你仿画两幅徐悲鸿的马，包括题字、盖章要和徐悲鸿的作品一模一样。’房主暗想，摹仿徐悲鸿画的马，对于他来说手到擒来，当时就答应了王麻子。在装修的过程中，他和房主混成了哥们，房主跟他说了不少潘家园造名人假画挣钱的事。去年，上海朵云轩注册成立了中国大陆第一家艺术品拍卖公司，房主第一时间把这个消息告诉了王麻子，并且告诉他北京荣宝斋也正在筹备成立拍卖公司。王麻子听到消息后，鬼心眼儿当时就有了，不到半年的时间，他在潘家园旧货市场低价购买了一大批高水平的名家赝品，暂时囤积起来，等有了合适的时机，将这批赝品假画投放到拍卖行，谋取暴利。”

董树旺气愤地说：“王麻子这样做，可是违法乱纪丧良心呀！”

吴斌探过头，低声说：“从侧面传来消息这个王麻子已经开始打你董树旺的主意啦。”

董树旺半信半疑：“我跟他也不认识，凭啥打我主意呀？”

吴斌看着董树旺，“是这么回事，王麻子不是囤一批假画吗？他得把这批画芯装裱成真迹一样。他首先想到了荣宝斋，只有裱成荣宝斋那样水平才有可信度。他找到内部人一打听，荣宝斋门市上展卖的那些作品基本都是通县潞通工艺品厂装裱的，厂长就是你董树旺。听说王麻子已经打听到你们厂的地址，说不定十天半月的就会去找你装裱那批假画。”

听到这里，董树旺热血上涌，火冒三丈，扬起右手，“叭”的一声拍在餐桌上，灌满茶水的杯子在桌面震颤着，溢出的茶水顺着桌面流淌。

吴斌忙从木盒里抽出两张餐巾纸，擦着桌面上的茶水说："树旺，别太激动，他王麻子有计策，咱有对策不就结了。"

听着吴斌的提醒，董树旺冷静下来，想了想，说："我非常厌恶这种既没道德又没底线之人，我就不信他这个邪。若是接了他那批假画的活儿，那就等于是助纣为虐。吴兄我真得感谢你，这件事提醒了我。我已经想好，虽说潞通工艺品厂从没装裱过假画赝品，但从今以后就立个规矩：凡是装裱假画赝品的活儿，通县潞通工艺品厂一律不接。"

吴斌问："那些人做的假画赝品跟真迹没啥两样，你咋就能分辨出来呢？"

董树旺说："有两种办法，首先是我们厂聘请了装裱字画的总顾问崔玉海先生，他在荣宝斋裱了几十年的字画，是真是假一眼就能看出来。第二是，我明天就到荣宝斋去，再聘请一位书画鉴定专家给把关。"

吴斌笑着说："还是你厉害！这也叫先下手为强。可王麻子不会直接去你那儿裱画，肯定会派别人去，或者找一个你熟识的人，你咋办呀？"

董树旺胸有成竹地说："那好办，谁若是想装裱假字画，首先得先过我这道关。我在装裱行里摸爬滚打七年多，对字画的真假识别也有七八成的把握。再有就是认画不认人，若是赝品，就是天王老爷来了也不成！我回去后马上安排厂里做一个告示牌：'拒绝接收假画赝品的装裱业务'，挂在大门口。"

"好！树旺，我佩服你这位打假英雄！"吴斌挥着拳头高喊。

董树旺摆着手说："吴兄你也别太激动，别把邻桌的客人吓着。"

吴斌站起来，高兴地说：“树旺，原来我还替你捏着一把汗，怕被王麻子给算计，拿你当枪使，这回我放心了。”

董树旺也站起来，说：“这顿饭吃得很及时，也很有意义，多谢吴兄。有一件事还没问呢，你那两个儿子大学快毕业了吧？现在咋样？”

吴斌和董树旺并肩向饭馆外面走着，说：“我那两个大儿子可有出息了，他俩明年毕业，都准备报考研究生呢。他俩都是靠奖学金和家教挣学费、生活费，不但不花家里的钱，还给他后妈汇过两次钱，把你嫂子高兴坏了。”

董树旺将吴斌搀扶到小轿车上，说：“吴兄，你指路，带我去木林镇卫生院看嫂子，看完后再把你送回家。”

吴斌指着前方说：“你顺着这条路一直往西开，过了潮白河大桥再往西开一会儿就到了。等看完你嫂子就直接回冯各庄吧，我得在那儿陪陪她，晚上我家隔壁二黑子来接我回去，你组织的书画笔会我也去不成了，实在是抱歉。”

董树旺手握方向盘，眼望前方，说：“笔会去不成没关系，还有下次。这次我请的都是京城的名家，有米景扬、苏士澍、金默如、田镛、刘永明、曹俊义、张钢，还有山东济南画院院长张登堂先生。我也是想让你和他们见个面，以后互相也有个照应。”

吴斌侧过头看着董树旺动情地说：“难得树旺老弟对我的一片苦心。你对我的好，我都记在心里，大恩不言谢。千言万语汇成一句话，祝福你的事业蒸蒸日上，祝福你的家庭生活幸福吉祥。”

董树旺笑着说：“多谢老兄的祝福，我的心愿和你一样，你对我的祝福也是我对你的祝福。”

说着，董树旺腰间的寻呼机响了起来。他减慢了车速，将车停在路边，掏出寻呼机念着：“厂里来人有急事要谈，请速归。王跃林。”

董树旺将寻呼机又放进腰间，开着车说：“没打招呼直接就去了，不知又是哪位大仙光临驾到？”

吴斌猜测着说：“不会是王麻子派去的人吧？这也太快了！”

董树旺加快了车速，调侃道：“他爱谁谁，不管风吹浪打，胜似闲庭信步。看嫂子去喽！哈哈。”

三

董树旺从顺义县木林镇卫生院返回冯各庄，已经是下午三点钟了。他将小轿车开到潞通工艺品厂大门口停下来，关好车门，转过身刚要往厂区里走，只见王跃林急匆匆地向他走来，招着手说：“树旺，你快过去吧，两位客人等你好久了。”

“好，没慢待客人吧？”董树旺向会客室的方向走着。

王跃林跟在董树旺的后面说：“凤红妹子中午给他俩做的炸酱面，每人吃了两大碗，高兴着呢。”

董树旺来到会客室，双手抱拳：“对不住，让您二位久等，真是不好意思。”

两位客人正在聊天喝茶，看到董树旺都站起来，戴着眼镜清秀文静的客人说：“您就是董树旺厂长吧？我俩是中国美术馆收藏部的，这位是胡孟炎主任，我是收藏部的副主任，叫郑作良。”

董树旺握着客人的手说：“中国美术馆的两位主任，光临我们这个村办小厂，三生有幸，您快请坐。不知道您二位来，若知道的话我亲自去美术馆接。”

几句寒暄后，三个人都坐在沙发上。王跃林给客人续好茶水，又给董树旺沏了一杯后转身从会客室走了出来。

胡孟炎说："董厂长，是这么回事，咱们国家的著名画家崔子范先生，决定向中国美术馆捐赠一百余件作品，明年二月中国美术馆要举办崔子范大型捐赠展览和捐赠仪式。文化部和美术馆的领导都非常重视，正在筹备此事。首先就是这批作品的装裱问题，因为崔子范是齐白石的弟子，属于大写意，大红大绿，颜色特别浓重，装裱的时候颜色一沾水，跑墨、掉色很严重。为了确保装裱质量，我们收藏部跟京城几家专业裱画的厂家协商洽谈，他们都不愿意接这批活儿。我俩把情况向杨力舟馆长汇报后没几天，他告诉了一个信息，就是您这家潞通工艺品厂。杨馆长说他也是听别人介绍的，对您这个村办企业的装裱水平没有把握，特意派我俩前来考察。杨馆长指示说，为了确保真实性，不打招呼，微服私访。"

董树旺听着，点着头说："这样好，我也希望有这样的突然袭击。因为旁观者清，欢迎您二位的指导，有啥问题告诉我，我们一定改进。"

郑作良说："董厂长，刚才胡主任已经把来您这儿的目的说清楚了。还真谈不上指导，我俩到您厂里一看，大开眼界，学到了不少知识。"

董树旺笑着说："两位主任别客气，指出问题我们好整改，只有这样才能进步。"

胡孟炎看着董树旺，认真地说："董厂长，还真不是客气，刚才作良说的是大实话，'大开眼界'是我俩的真实感受。"

郑作良笑着说："我和胡主任在来的路上还嘀咕呢，一个村办企业，装裱中国美术馆收藏的作品，能有这个能力和水平吗？相差太悬殊了。没想到来厂里一看，嘿，墙壁上托好的齐白石、张大千、徐悲鸿、李可染原作就在眼前，我感到很惊讶，就跟做梦似的，胡主任也看愣了神，对我说：‘一个乡村裱画厂竟如此厉害啊！’我俩再一听裱画师傅介绍，更是刮目相看。原来眼前的村办企业是荣宝斋门市部销售名家书画作品指定的唯一装裱厂！”

董树旺安静地听着，笑着说：“二位主任过奖了，没您说的那么好。但是我们裱画师傅说的和您亲眼看到的，都是真实的存在。咱们的业务合作谈成与否不重要，重要的是您通过实地考察，肯定了我们这个乡村企业，没小看我们农村人，这就足够了。”

胡孟炎笑着说：“董厂长您别介意，我们可真不是小看乡村企业，因为中国美术馆收藏的作品代表的是国家最高水平，更是不能出半点儿的差错。杨力舟馆长说了，要抓好每个细节，筹备崔子范先生这个大型捐赠展览，文化部领导提出了严格的要求，杨馆长指示，尤其是装裱环节，绝不能出半点纰漏。我俩今天来，也是重任在肩，不敢马虎。”

董树旺笑着说：“两位主任说的我都能理解，正如胡主任说的那样，装裱环节非常重要。俗话说‘三分画，七分裱’。装裱技艺的成功与否，直接决定着一幅画的观赏效果与价值，以及能否长期保存的大问题。这好比是一个裁缝为人加工服装，做得是否合体，质量是否上乘，能否突出一个人的气质、形象同样重要。”

听着董树旺的一席话，二人频频点头，郑作良感慨地说：“怪不得一个乡村企业有如此高的装裱水平，因为您董厂长就是个行家里手，强将手下无弱兵，我受教啦。”

胡孟炎说：“董厂长，其实您没来之前，我俩就基本把这事儿定下了，但还是想和您见一面，等有了十足的把握再向杨馆长汇报。”说着，他站起身，“作良，你再和董厂长聊会儿，我去给杨馆长打电话，做个汇报。”

董树旺也站起来，随着胡孟炎走出会客室，指着前方说：“办公室就在对面，我就不陪您过去了。”

胡孟炎摆着手说：“我已经在办公室用过电话了，董厂长您稍坐，我马上回来。”

董树旺又坐回到原处，对郑作良说：“郑主任，再喝杯茶吧，等了我这么长时间，真是对不住呀。”

郑作良说：“您别客气，我俩还得感谢您呢，中午吃了嫂子做的炸酱面，真地道，还真是没吃够。”

董树旺笑着说：“既然您爱吃，那以后就常来，再过半来月，黄瓜、西红柿、瓜果梨桃的就该下来了，都是自家地里种的，若是用刚摘下来的黄瓜做面码，那炸酱面吃着才香呢。”顿了一下，问：“郑主任，我问一下，中国美术馆那位杨力舟馆长也是位大画家吧？”

郑作良看着董树旺说：“对呀，不光杨馆长是画家，他的夫人叫王迎春，也是位大画家。您认识杨馆长？”

董树旺摆着手说：“我可没那个缘分，听您这么一说我倒是对上号了。1976年我买过一本书，书中有一幅画，作者的名字就是杨力舟和王迎春。因为画里有大寨的陈永贵，我印象很深，那本书到现在我还留着呢。”

正说着，胡孟炎走进来，高兴地说：“董厂长，刚跟杨力舟馆长汇报完，他已经同意崔子范先生捐赠作品全部由潞通工艺品厂装裱。杨馆长想和您见一面，时间定在明天上午九点，他在美术馆馆长办公室等着您。”

董树旺站起身，痛快地说：“没问题，明天一早我就赶到中国美术馆。”

郑作良也站起来，笑着说：“我们杨馆长办事情讲究精益求精。”

董树旺说：“我理解杨馆长的意思，明天和我见了面，他就更放心了。”

胡孟炎看着张作良说：“作良，时候不早了，咱们还得赶回美术馆。”

董树旺拦着胡孟炎说：“胡主任，我知道您二位忙，就不留您了，请稍等片刻，家里种的小葱和水萝卜，刚从地里拔回来，带回去尝尝鲜。”

胡孟炎向外走着，笑着对郑作良说：“你看咱俩，白吃还白拿，成何体统呀？哈哈。”

董树旺将胡孟炎和郑作良送到车上，说：“郑主任，您路上开车慢着点。欢迎二位主任常来。”

胡孟炎坐在后座上，打开车窗，向外招着手说：“董厂长，明天我们俩一早要去北京画院，等我回去后把您和杨馆长见面的事情安排好，咱们后会有期。”

送走了两位客人，董树旺快步来到装裱车间，将准备承接中国美术馆崔子范捐赠作品装裱任务的事情告诉了装裱大师崔玉海先生。

崔玉海说：“我在荣宝斋工作的时候，装裱过崔子范先生的作品，他的画最大的特点是用墨浓黑，设色厚重，托裱时容易跑墨、掉色。不过你放心，我有办法解决这个难题。明天到杨馆长那儿就放心大胆地把活儿承接下来。”

董树旺说：“有您老这句话我心里更踏实了，明儿一早我就去中国美术馆，三间房这批活儿让您费心了。”

崔玉海说：“三间房那批活都已经托上墙了，明天你进城再去趟荣宝斋，王力先生又放那儿几幅字画，点名让我给裱上，顺便带回来。”

董树旺站起身说："好，崔老，我再去办点儿别的事，您老也早点歇着。"

崔玉海也站起来，说："我这儿还有两张活儿，等加完局上了墙就完事。刚才凤红说了，晚上给你婶子过生日，让我早点儿收工。"

董树旺向外走着，高声说："我办完事儿就回来，顺便到副食店买点下酒菜，晚上好陪您和我崔婶喝两盅。"

第二天上午九点钟，董树旺被中国美术馆的工作人员指引到常务副馆长杨力舟的办公室。

杨力舟正在办公桌前翻阅资料，站起来同董树旺打着招呼："是董厂长吧？这么年轻？快请坐。"

董树旺向办公桌前面的沙发走着，说："我是通县潞通工艺品厂厂长董树旺，我也不年轻了，今年三十五周岁，我看您高大魁梧精神饱满，更显年轻。"

杨力舟坐回办公桌前，笑着说："小董你可真会说话，我都五十七周岁了，一天到晚地忙乎，还精神饱满？哈哈。"

董树旺从手提包里掏出一本书，走到杨力舟面前，说："杨馆长，您还记得这本书吗？"

杨力舟看着书的封面，说："人民美术出版社出版的《美术作品介绍》，太记得了，这里面有我和夫人合作的一幅作品。"

董树旺笑着说："那幅作品叫《挖山不止》，画的是大寨陈永贵。"

杨力舟翻看了几页，抬头看着董树旺："这本小册子是 1975 年出版的，你啥时候买的？"

"我是 1976 年在通县新华书店买的。那年我刚高中毕业，在大队跟马车，有一天跟车去县城拉活儿，中午在通县新华餐厅吃饭前，我跑到马路对面的新华书店转了一圈，正好看到这本书，我翻看了一遍，其中有一幅作品叫《挖山不止》，印象最深。我现在还清楚地记着对那幅作品的介绍：‘画面上，北国严冬，风雪弥漫。造田大军正在挥汗激战，有的挥锹扬镢，有的车运肩挑，个个龙腾虎跃。寒风的呼啸声，推土机的轰鸣声、欢乐的劳动号子声跃然纸上，汇成一幅我国贫下中农‘愚公移山，改造中国’的壮丽图景……”董树旺像背书一样朗诵起来。

杨力舟扬起右手托了托眼镜，瞪大眼睛看着董树旺，大声说：“嘿，你的记忆力这么好？一字不差！你喜欢画画吧？买回家做参考书？”

董树旺笑着说：“那倒不是。当时我就觉得您这幅画里有陈永贵，他手握开山镢，顶风冒雪，一脚蹬开大块冻土，他那笑容可掬的神情，显示了吃苦在前，乐在其中的乐观主义精神。因为我也是农村人，又刚参加劳动，画中的精神打动了我。”

杨力舟把书翻到最后一页，看了一会儿，说：“你真是个有心人。虽说这本小册子定价才两毛钱，可在那个年代你能掏钱买书，而且一直保存着，不容易呀。”

董树旺认真地说：“那个年代的两毛钱，对于我一个农村人来说可也不是小数呀，当时新华餐厅卖的肉饼就是两毛钱一个，为了买回这本书，把吃肉饼改成了吃馒头，哈哈。”

杨力舟看着董树旺，说：“是呀，那个年代，我们小两口就是买两毛钱的猪肉吃一顿包饺子。你是因为喜欢这幅画，才买的这本书，我谢谢你。”

董树旺说：“您在这幅作品上只写了年月日，没留名字。我是从作品下面的标注看到您和王迎春老师的名字。”

杨力舟回忆着说：“这幅画是我和夫人合作的，不允许提作者的名字。那些年，我俩和陈永贵很熟，创作《挖山不止》之前就曾给他画过像，画完后请陈永贵签名，陈先生笑着说，我这两天刚学会写‘陈永贵’这三个字，这会儿就用上了。我俩曾多次到大寨体验生活，帮助大寨展览馆做些事情，和陈永贵一同参加劳动，耳濡目染，当时来了灵感，创作此幅画的心情迫不及待，白天下地干活，收工之后连夜画出素描稿。想起那个年代，生活虽然很艰苦，可搞起创作来很有激情，苦中有乐。”

董树旺说："我当年把这本书买回去后就爱不释手了，经常拿出来翻看，特别是我遇到挫折和困难时，就打开书，看几遍《挖山不止》，用这种精神鼓励我。从那时候起就记住了您和王迎春老师的名字。昨天下午听胡孟炎、郑作良二位主任提到您的大名时我就很疑惑，还以为是重名重姓，一打听才知道是同一个人。所以今天来您这儿，一点都不陌生。”

杨力舟笑着说："看来咱俩是有缘人呀，哈哈。"说着，他从办公桌上拿起一本画册："小董，送你一本崔子范先生的画集。你先装起来，回去后也给装裱字画的师傅们看看。”

董树旺走过来，接过《崔子范画集》说："好，等我回去后和师傅们好好欣赏。”

杨力舟站起来，用双手理了一下头发，皱着眉头，说："这些天为崔子范先生作品装裱的事儿头痛得很，崔先生的画都是大色块，不好装裱，找了好几家都不敢接这个活儿。上周二荣宝斋总经理蔡金鹏和米景扬到美术馆参加一个画展开幕式，我和他俩谈起这件事，蔡金鹏当时就提到你们厂，米景扬也把你和你们厂的情况做了介绍。这两位先生说的话我是非常认可，但又听说厂址在农村，是个村办企业，我真是含糊了。昨天派收藏部两个主任到厂里实地考察，想着有枣没枣先打一竿子。昨天下午听了胡孟炎主任的汇报，他对你们厂评价非常高。今天约你来，一是想见见你这位董厂长，二是想把崔子范先生的情况讲一下，了解了画家本人和他的艺术风格后，再装裱他的作品才会更有把握。”

董树旺说：“杨馆长请您放心，昨天我送走收藏部两位主任后，就和我们厂总顾问，原荣宝斋的装裱高级技师崔玉海先生说了此事，他曾经装裱过崔子范的作品，而且对掉色、跑墨的画的装裱非常有经验。”

杨力舟听着，高兴地说：“荣宝斋的装裱大师都请过去啦？那就更踏实了。”

董树旺说：“杨馆长，您真得给我说说崔子范先生，心中有粮办事不慌。”

杨力舟笑着说：“其实我请你来就是担心装裱崔子范先生的作品时出差错。你刚才都说清楚了，我担心的难题迎刃而解。下面就再给你简单介绍一下崔子范。”顿了一下，说：“崔先生是咱们国家当代著名的画家，他继齐白石之后，在新时期以他的天赋和创造力，把中国大写意花鸟画这个民族艺术又向前推进了一大步。这个评价是当今画坛公认的。我要跟你说的是，崔子范先生不仅仅是一位卓有成就的艺术家，同时他还是新中国时期一位重要的艺术领导者，尤其与北京画院之间有着重要的渊源关系。崔先生从弃官从艺参与北京画院的成立，到新中国建设时期担任北京画院的重要行政领导工作，再到‘文革’结束后，他以艺术创作的形式，为弘扬民族艺术贡献力量，发挥余热，成为新时期北京画院的代表性艺术家，保持了北京画院在当今中国画坛的影响力。”

董树旺认真地听着，说：“听您这么一说，崔子范先生是中国画坛的重量级人物。”

杨力舟说：“不光是这些，更可贵的是，崔子范先生 1979 年从北京画院领导岗位卸任后，毅然从繁华的大都市退隐到家乡山东莱西，当了一位‘全职画家’。他在家乡潜心创作，并热心于捐助国家文化建设和家乡的教育事业。1989 年 2 月 10 日，崔子范先生立下遗嘱：‘我的画和我收藏的画一律交给国家，家中不准私分。’并表示要把自己的精品力作捐给家乡莱西及两个重要艺术机构，就是中国美术馆和北京画院。崔先生决定，首先将 1986 年至 1991 年创作的一百二十二件佳作捐赠给中国美术馆，文化部对崔先生的义举给予高度重视，要求中国美术馆全力做好捐赠展览前的筹备工作。我们面对的首先就是这批捐赠作品的装裱问题。”

董树旺被崔子范先生的义举感动了，动情地说：“崔子范先生将作品全部捐给了国家，老艺术家这种无私奉献的精神令我感动。我今天也跟您表个态，我们通县潞通工艺品厂肩负着传承、弘扬中国传统文化的历史使命，将全力以赴，义不容辞地完成这个光荣的任务！”

杨力舟拍着董树旺的肩膀，高兴地说：“小董，我喜欢你这个痛快劲儿！从你的身上我已经感受到你们厂的精神面貌。看来，中国美术馆找到了装裱行中值得信任的合作单位。下一步就是要把这项工作逐步地落实到位。今天下午的馆务会，专题讨论崔子范捐赠展的工作计划。装裱方面的具体事宜，收藏部的胡主任会直接跟你联系。今天咱就谈到这儿，十点钟我还要接待几位法国客人。”

董树旺提着手提包，说：“杨馆长，我还有个请求，等您抽出时间的时候，邀请您到我们厂子里去参观指导，我们随时恭候。”

杨力舟向外送着董树旺，说：“好，等装裱崔先生那批画的时候，我肯定要去，小董你稍等。”说着，他转回身，从办公室上的小木盒里取出一张名片，递给董树旺：“这是我的联系电话，有事情随时联系。”

董树旺接过名片，说:“杨馆长，您留步吧。”

杨力舟站在办公室门口，看着董树旺说:“小董，楼两边都有电梯。”

董树旺跨步走向楼梯，回过身高声说:“我喜欢走楼梯，走楼梯比电梯快。杨馆长，您快忙吧，再见。”

杨力舟看着董树旺快步走下楼梯的背影，自言自语地说:“荣宝斋米景扬真是好眼力呀。”

董树旺从中国美术馆来到荣宝斋，刚走进一楼大厅，米景扬先生正从二楼送客人下来，看见董树旺，高兴地说:“小董，正念叨你呢，你先在楼上等我，我送完客人就上去。”说着，米景扬陪着客人走出荣宝斋的大门。

过了一会儿，米景扬回到办公室说:“小董，你今儿来怎么也没打招呼？我正想着给你打电话呢。”

董树旺说:“我刚跟中国美术馆杨力舟馆长谈完事儿，崔玉海师傅说王力先生放您这儿几幅字画，我给带回去。”

米景扬给董树旺沏着茶，说:“画儿在雷振方手里，过一会儿你到他那儿取。杨力舟馆长有一档子装裱的活儿，挺着急的，我和蔡金鹏总经理就把你介绍给了他，谈成了吗？”

董树旺说:“谈成了，下一步就要具体落实了。我还得谢谢您和蔡总经理，处处想着我们。”

米景扬将茶水杯递给董树旺说:“你们做的活儿就是好，有崔玉海师傅坐镇，有活儿交给潞通工艺品厂，心里就是踏实。”

董树旺接过茶杯，说:“米先生，从杨力舟馆长那里，我知道了崔子范先生。崔先生把画都捐赠给了国家，这样的老艺术家真是太值得尊敬了。”

米景扬坐在办公桌前，从抽屉里取出一张公文纸，递给董树旺："崔子范那位老先生，在中国画坛不但书画艺术水平高，他的人品道德，那就是书画界的楷模！小董，你看看这张纸，是我给你列的清单，荣宝斋准备再给你们厂加担子。"

董树旺走过来，接过公文纸，念道："铜镇尺、画框、画轴、画杆加工。"

米景扬看着董树旺，说："你念的这几样，就是荣宝斋给潞通工艺品厂新增加的业务。我跟你逐条讲一下，这里有笔、纸，你记录一下。"

董树旺接过笔和纸，说："米先生您说吧，我边听边记。"

米景扬站起身，来到董树旺身边，说："第一，咱先说铜镇尺，加工铜镇尺的铜都是由荣宝斋批下来的平价指标，从河南洛阳进货，一年四吨，你们按设计要求，把它们加工成成品，全部用锦盒包装，铜镇尺上的名家书联由荣宝斋负责提供；第二，画轴、画杆的加工，所用木料也是由荣宝斋批下来的指标，北京大红门木材厂直接发到你们厂，每年十立方米；第三就是画框，制作画框的木材也由荣宝斋直供，但你回去后要再建一个画框加工车间。小董，你考虑一下，我跟你说的这些生产加工任务，你们厂能否承担？"

董树旺做完记录，抬起头，坚定地说："米先生，首先感谢荣宝斋的信任！我们潞通工艺品厂每向前走一步都离不开荣宝斋的关心支持，没有荣宝斋就没有我们厂的今天！米先生，您刚才交代的三大业务，我们厂全部承担。"

米景扬高兴地说："那可太好了！我就等着你这句话呢。工作任务量大了，你肩上的担子又加重了不少，你可得安排好，我还真怕把你给累趴下。"

董树旺笑着说："大庆铁人王进喜同志生前有一句名言：'人无压力轻飘飘，井无压力不出油。'有王进喜这句话垫底，我董树旺什么样的担子都能扛！”

听着董树旺的话，米景扬大笑起来：“小董，你既乐观又能干，把荣宝斋的活儿交给你董树旺，我一百个放心！”说着，米景扬满脸严肃起来说：“小董，我可还跟你说，荣宝斋的加工业务，基本都交给你们潞通工艺品厂了，你可得把握好。这几年你从荣宝斋陆续聘用了几位老技师，崔玉海他们都愿意到你那儿去，是对你小董人品的认可。这些老师傅技术好又有人脉，你请的可都是财神，一定要把他们照顾好、安排好。”

董树旺说：“米先生您放心，我把这几位老师傅都当成家人来对待，潞通工艺品厂就是他们的家。无论是生活起居还是薪酬待遇，绝对不会有半点疏漏。”

米景扬意味深长地说：“潞通工艺品厂这几年迈的步子可不小，如今承接荣宝斋的业务量也越来越大。看着你们厂逐渐发展壮大，我是既高兴又担忧，从小董你这儿，就要不断加强学习新的知识，提高对企业的管理水平，还得从企业内部挖掘潜力，加大投资力度，培养技术新人，拓展业务渠道。只有这样，潞通工艺品厂才能越来越红火！”

听着米景扬发自肺腑的话语，回想着米先生对潞通工艺品厂逐步发展壮大所付出的心血，董树旺内心充满着感激之情。他红着眼圈说：“米先生，潞通工艺品厂能遇到您这位贵人，是我们厂的荣幸；作为我一个农村青年，能遇到您这位德高望重的人生导师，是我一生的荣幸！”

米景扬笑着说：“小董你也别跟我感慨了，等潞通工艺品厂真正成为‘第二个荣宝斋’那天，才是我最大的荣幸！”

四

又是一个金色的秋天。

董树旺接到了荣宝斋副总经理米景扬的电话。

米景扬说："北京邮票公司准备印制两万个'犬年'的首日封。因为'犬年'设计的两枚邮票中，一枚选取河北民间泥玩具狗为主图，另一枚以篆书'狗'字为主体，都是具有民间色彩的设计风格。所以要采用荣宝斋的木版水印技术印制首日封上面的图案。荣宝斋决定将这个印刷任务交由你们潞通工艺品厂来完成。"

董树旺听着，为难地说："米先生，荣宝斋交给的任务，我们是义不容辞，可是以前我们只是负责装裱荣宝斋木版水印出来的作品，直接动手搞木版水印可是外行，这个任务恐怕我们难以完成。"

米景扬笑着说："这个问题我已经替你想好了。从你们厂接手这个活儿开始，又多了一项专业技术，就是木版水印技术。没干过不要紧，咱们从头开始。到时候把荣宝斋木版水印总设计师孙树梅先生、木版水印高级技师王玉良先生和木版水印高级刻版技师张进深先生都派到你们厂，一切困难都会迎刃而解。而且请这三位老先生给你们传帮带，培养出几个木版水印的技术工人，将来再拓展一些如信笺、图片之类的业务也就有了技术保障。小董，这回你有信心了吧？"

听完米景扬说的话，董树旺开心地笑了，大声说："米先生，听您这么一说我就全踏实了！刚才我是怕没有金刚钻，揽不了您这瓷器活儿。下一步怎么干，我全听您的安排！"

米景扬说："小董，这么着，马上就到国庆节了，等过完节，你选派三名技术工人，到荣宝斋培训三天，让他们了解一些木版水印的基本知识，培训结束后，你再把孙树梅先生接过去，让他先帮助你们把这件事筹备起来。等开始印制这批首日封的时候，我再陆续把王玉良和张进深两位技师派过去。你听明白了吗？”

董树旺答应着：“米先生，都听明白了，照您的指示办！”

米景扬笑着说：“我可不是最高指示！到时候孙树梅他们三位专家吃住在你们厂，你们不但要抓住机会学技术，还要把三位专家的生活起居安排好。好了，就说到这儿吧，过节以后你听我电话。”

董树旺说：“米先生，这件事儿我就听您安排了，还有一件事儿再跟您汇报两句：您交办的画框车间已经建好了，想请您过来再给指导一下。”

米景扬想了想，说：“国庆节前荣宝斋的活动都安排满了，等过了节再安排时间吧。对啦，你们制作的铜镇尺很受欢迎，有几家大公司想和你们洽谈合作，等过节后让他们去厂里实地考察一下。好吧，我这边儿还有事情要办，先挂电话了。”

放下电话，董树旺坐在办公室里回味着米景扬先生说的那些事情，心里盘算，“再有三天就是国庆节，木版水印对于潞通工艺品厂来说是一项全新的业务，时间不等人，得提前把承印首日封的准备工作做好。”

想到这里，他站起身，刚走出办公室，就听到一声高喊：“树旺厂长，我做好了几个画框，请您审验。”

听到喊声，董树旺看着来人，笑着说：“三砖老弟，近来可好？”

刘三砖紧走几步，握着董树旺的手说：“董厂长，这两年我可是按照您的吩咐，踏踏实实地学成了木工手艺。”

董树旺上下打量着刘三砖：“三砖，你这两年的气质大变样呀！把卷毛胡子一刮，年轻了十岁，哈哈。来，咱哥俩到办公室说。”

刘三砖跟着董树旺走进办公室说：“这两年我在县城里学手艺，听我老娘说，您经常去看她，我妈让我代问您好。”

董树旺让刘三砖坐在椅子上，说：“老婶子最近身体咋样？正好你来了，待会儿把给婶子买的油糕和电子血压计帮我带回去。上次婶子说总是头晕，医生说让她吃上降压药，监测着血压。”

刘三砖感激地说：“总让您惦记着，太感谢了！我妈总是夸您，让我多向您学着点儿。”

董树旺沏好茶，递给刘三砖说：“这回你是彻底出徒了，我这儿刚建了一个画框车间，给荣宝斋加工画框和画轴，我正想着找你聊聊，准备让你来车间做主管，也想听听你的打算。”

刘三砖将茶杯放到办公桌上，站起身说：“多谢您的信任。我今儿个过来，一是想请您看看我的手艺，二是想把我的想法向您做个汇报。”

董树旺摆着手说：“都成了好兄弟，别说啥汇报了，你坐下，有啥想法就说。”

刘三砖又坐下来，看着董树旺说：“自从您花钱帮助我在县城参加木工培训班，我有三大收获，第一是开阔了眼界，知道除大运河边儿上那一亩三分地，还有更加丰富多彩的世界；第二是更加明白了做人做事的道理，平时我总是以您为榜样做人做事，两年多来，不但结识了许多良师益友，还收获了爱情，和同一个培训班的女同学谈上了恋爱，她是宋庄白庙村的，她家旁边也有一条河，叫潮白河，我到她家里去过几次，我俩都是在河边长大的孩子，还真是说得来；第三就是学到了真本事，我的木工手艺，在整个培训班同学中是名列前茅的，尤其是学会一手雕花木刻的技术。张老师在班上看我用功刻苦，又心灵手巧，特意把我叫到家里吃小灶，到张老师家里一看，满屋子都是书和雕花作品，我真是大开眼界。他对我说：‘要想把雕花木刻这门手艺学好，首先要把人做好，心正手才正，攥在手里的刻刀才能刀随心运。’半年前从河北大城县过去两个专做仿制明清宫廷家具的老板，准备高薪选聘几个手艺好的学生，毕业后到他们厂去做雕花匠。他俩看完我们展示的作品后，挑选的第一个人就是我。”

董树旺点着头说：“还真是应了那句话，浪子回头金不换。河北大城县做红木家具在北京可是出了名的，特别是仿制明清宫廷里的红酸枝木的家具，很受欢迎。你若是能到他们那里做雕花匠，可是前途无量。”

刘三砖又站起来，探着身子说：“这次我自个儿做了回主，这件事被我回绝了。”

董树旺感到很惊讶，问：“到那儿去，不但能发挥你的特长，挣钱还多，咋就回绝了呢？”

刘三砖坚定地说：“我当时就想，两年前我已经跟董树旺厂长发过誓了，一定要把木工手艺学出来，为潞通工艺品厂做最好的画框，我不能丢下恩人去攀高枝。”

董树旺笑着说：“我真是没看错你刘三砖。这两年，潞通工艺品厂的业务量猛增，正是需要人手的时候，你若能来画框车间做主管，可帮我解决了大问题。”

刘三砖听着，皱起了眉头，看着董树旺无奈地说：“树旺厂长，来您这儿之前，我还真不知道新建成一个画框车间，这样一来难住了我。”

董树旺看着刘三砖问：“咋啦？有啥难事？”

刘三砖为难地说：“上个月我回村的时候，老书记特意到家里找我。他对我说，经过村委会研究，计划在儒林村西头运河边儿上开一个村办企业，经营范围主要是利用河岸上的柳树条，搞柳条编织衍生工艺品的加工制作，准备让我担任厂长。当时我想，若是能跟您一样，把村办企业搞起来，为全村的父老乡亲能过上富裕日子出把力，我刘三砖也算没白活，再说了，还可以搞多种经营，比如说利用我刚学成的木工手艺和您潞通工艺品厂合作，加工画框，还可以和家具厂联营，承接一些雕花之类的手工活儿，都能给村里挣到钱。再有就是原来跟我一块儿混日子的那几个小哥们，如今也都成家立业，规规矩矩地凭本事挣钱养家，我想把他们归拢到企业去，共同创业，共同致富，这不是利村利己的大好事吗？想到这些，我当时就答应了老支书。可没想到您这儿又建成了画框车间，还想让我当主管，我若是不答应，那不是忘恩负义吗？”

董树旺听明白了刘三砖说的话，暗自庆幸自己当年做的决定。当年他可是个不可救药的混混呀！如今不但自己出息了，而且还能处处想着集体、想着别人，真可谓是“士别三日当刮目相看。”

想到这里，董树旺看着刘三砖，微笑着说：“三砖，我非常认同你的想法，你是生在儒林村，喝着运河水长大的男子汉，儒林村是你的衣食父母，就是要处处想着为儒林村的发展多做贡献，我支持你当这个厂长。而且我希望你能一心一意地把企业搞起来。今后我不但要多给你一些加工业务，还要帮助你打开销路。”

听着董树旺的一席话，刘三砖紧张矛盾的心情顿时放松下来，他动情地说：“实在是多谢您了，您这几句话把我的心结都打开了。我听您的话，一心一意地把企业搞起来。”

董树旺沉思着，说：“三砖，我还要多叮嘱几句。要想把企业搞好，第一要讲究诚信，无论是对上对下，还是对里对外，都要将‘诚信’二字放在首位；第二要有过硬的产品，用柳条编织工艺品要向高、精、尖方向发展，那你就要在这个高起点上动脑子，聘请高水平的专家，借助外力来发展自己；第三就是要有畅通的销售渠道，你要在村里选两个人品好又有闯劲的业务骨干，产品有销路能卖钱，企业才能运转起来。”

刘三砖睁大眼睛，认真地听着，说：“您说的这些我都记在了心里，等我回去后再慢慢体会消化。”

董树旺站起身，开着玩笑说：“以后我就叫你刘厂长啦。走，我再看看你做的画框。”

刘三砖被董树旺说红了脸，低着头说：“您还是叫我刘三砖吧，刘三砖这个名字我可不能忘，它让我认识了您这位大贵人，给我带来了吉祥。”

刚过完国庆节，董树旺带着厂里三名技术工人就来到了荣宝斋的木版水印车间。

米景扬已经提前等在那里，和孙树梅交代了几句后，对董树旺说：“小董，这边儿的事都交给孙先生了，你跟我去趟门市部，有些事情还得跟你交代一下。”

董树旺拜托完孙树梅先生后，跟着米景扬一起来到荣宝斋二楼经理办公室。

米景扬让董树旺坐在沙发上，说：“小董，过一会儿北京邮政局的领导过来，专门谈印制狗年首日封的事情，到时候你也听一下。趁着还有一点时间，我想和你说几句古玩字画拍卖行的事情。”

董树旺看着米景扬，说：“您说的是上海朵云轩那家拍卖行吗？”

米景扬说：“上海朵云轩拍卖行是咱们国家在大陆成立的第一家。他家这一开不要紧，影响很大。荣宝斋也坐不住了，正在筹备此事，准备成立北京首家拍卖行。虽说咱们的民营企业刚起步，人们的物质生活尚未满足，拍卖艺术品显得还有些不合时宜，但是咱们国家有五千年悠久的文化传统和历史，拥有大量的文化瑰宝和遗产，需要有影响力的艺术品拍卖行来寻护文脉，这也是国家经济发展的必然趋势。我想跟你说的是，这些年你通过多种渠道收购了可观的名家书画作品，要抓住机遇先行一步，争取通过在拍卖行的买卖，不断提高你的鉴赏力和收藏实力。”

董树旺认真地听着，说：“几个月前我就听说了拍卖行的事情，但一直没把它和我自己联系到一块儿，今儿听您这么一说我算是开窍了。我这样理解这件事情：拍卖行对咱们来说是新生事物，在大多数人还蒙在鼓里的情况下，谁醒得早，谁就会占据主动位置，当大家都醒悟过来后，黄芪菜就凉了。”

米景扬听着，笑了起来：“小董，你净说大实话，但话糙理不糙，就是这码子事。我昨天算了算，你们潞通工艺品厂，装裱、画框、画轴、画杆、锦盒、铜镇尺，这几大类的生产加工已经形成了规模，上了水平，而且名声在外，马上又要承接木版水印的印制业务，再要是能在拍卖行里占上了一席之地，那你们离第二个荣宝斋的距离就不太远了。”

董树旺兴奋地说：“您说的话总是拽着我胳膊往前奔。我也豁出去了，良马还需伯乐识，您就是我们潞通工艺品厂向前奔的伯乐，自打侯恺老前辈给我们提出做‘第二个荣宝斋’的目标后，再加上您这位伯乐的快马加鞭，我们是低头拉套，干劲十足！”

米景扬挥手拍着桌子，大笑起来说：“小董，你可不能光低头拉套不看路呀，你就不怕我米景扬把你们带到沟里去？哈哈！”

董树旺也笑起来，高声说道：“有党的好政策，有荣宝斋和米先生的关怀爱护，我们潞通工艺品厂走的就是光明大道！”

“嘿，树旺来啦！怪不得说得如此热闹。”雷振方推开门笑着说。

“雷经理好。”董树旺站起身和雷振方打着招呼。

雷振方伸出手，说：“树旺，你快坐着，我和米总说句话。”说着，他侧过身，对米景扬说：“米总，市邮政局王副局长他们到了，在我办公室聊了会儿，您这边儿忙完了吗？”

“快请王局长他们上来，正好小董也在，坐在一起把一些事情尽快商定下来。”米景扬说。

“好，我马上把他们请上来。”说着，雷振方快步向门外走去。

在荣宝斋木版水印车间的观摩培训很快就结束了，董树旺将荣宝斋木版水印总设计师孙树梅先生和参加培训的三名技术工人一同接回了潞通工艺品厂。

这天傍晚，董树旺把忙碌了一整天的孙树梅先生请到了家里。刚迈进大院的门口，一股扑鼻的菜香味迎面而来，孙树梅高兴地说：“咋这么香呀！凤红又给我做啥好吃的？”

董树旺将孙树梅请进餐厅，笑着说：“孙老师，您侄媳妇最拿手的就是炸酱面，今儿晚上这顿炸酱面可是意义非凡呀！”

“孙老师，祝福您生日快乐！”徐凤红从厨房里走出来，端着生日蛋糕，热情地和孙树梅打着招呼。

孙树梅坐在餐桌前，扬头看着徐凤红，想着，一拍脑门：“咳！今天是我六十五岁生日。一天到晚地忙乎，你若是不说，我还真是没记着，多谢大侄媳妇了！”

徐凤红将生日蛋糕摆放在餐桌中央，直起身笑着说：“您别谢我，您大老远的过来帮助我们干事业，忙得把生日都忘了，我还不知咋谢您好呢。您吃好、喝好就是我最大的心愿。您和树旺边吃边聊，我去给您擀长寿面。”说着，转身又回到厨房。

董树旺打开一瓶五粮液，给孙树梅往酒杯里斟着酒，说：“孙老师，今儿是您六十五岁生日，高兴。每次您喝二两酒，这次破个例，三两啦，成不？”

孙树梅大笑着说：“那可太成了！”又压低了嗓门，玩笑着说：

“这回老伴没在身边，我可是老猫不在家，耗子满屋爬。哈哈！”

董树旺将酒斟好后，将酒瓶放在餐桌上，认真地看着孙树梅说：“我可是得到孙大婶的最高指示，一天一杯酒。”

孙树梅探着头，露出得意的表情，说：“那还不好办，她没说多大的酒杯呀？那咱就将在外，军令有所不受。”说完，又开心地大笑起来。

董树旺端起酒杯，站起身说：“孙老师，我敬您这第一杯酒有两层意思，首先祝您生日快乐；其次是感谢您给予潞通工艺品厂的大力支持和帮助。”

孙树梅举着酒杯说：“小董你坐下，站着喝酒不算数。我也是两句话，第一是感谢你夫妇俩为我庆贺六十五岁生日；这第二呢，就是印制这两万个首日封时间紧任务重，咱们抓紧时间，把前期准备工作安排好。”

孙树梅一口将酒喝干，把空酒杯放在餐桌上，接着说：“小董，你派到荣宝斋培训的三个小师傅都挺不错的，三天的时间还是太短，只是对木版水印有一个初步的了解，要想真正熟练掌握这门手艺，还是得边干边学。等过些天王玉良和张进深他俩陆续来到这儿，最少要住上一两个月，跟他俩学手艺的机会可就多了。”

董树旺给孙树梅斟满酒，说：“您说的对，关键时刻不能掉链子，在您的指导下，我们全力以赴，一定把这项任务完成好。等那两位专家到来后，我多派几个工人跟着学，我平时也会向你们请教。孙老师，虽说这几年经我手为荣宝斋装裱了数千幅木版水印书画作品，可是木版水印这门技艺到底是咋回事？至今我还没弄明白呢，有好几次我都想向您请教，可还是错过了机会。”

张树梅听着，说：“你问我木版水印这个问题，算是问对了人。我是 1943 年底由家父送我到荣宝斋做学徒，那年我才十五岁，至今一晃就是五十年，在这五十年里，我先后担任编辑，勾描及木版水印车间主任，亲身经历了木版水印的沉浮。”

董树旺不解地问：“您那时还未成年，您父亲为啥那么早就送您去学徒呀？”

孙树梅想了一下，说：“说起十五岁学徒这件事，还得说一下我的父亲。我父亲叫孙荣禄，他出生在河北省容城县，少年时就离家来到北京谋生，成为晚清民国时期京城字画古玩行久负盛誉的冀籍从业者中的一员。他一直在北京琉璃厂的文具店里学徒、做事，后来到了荣宝斋，直至升任北平荣宝斋掌柜。在步入民国之后，荣宝斋就以展览、销售中国书画以及文房用具为主业，实际上我父亲的角色是一个书画经营者，精通于赏鉴和运营。我父亲从荣宝斋退休两年后，依循他与荣宝斋经理的约定，将我送去学徒，并从此与荣宝斋木版水印结了缘。”

董树旺给孙树梅碗里夹着菜，说：“您先吃口菜，咱们边吃边聊。”

孙树梅举起酒杯，说：“小董，这杯酒我敬你和凤红，你们两口子真是个好搭档。你忙里忙外地抓生产跑业务，凤红在家里孝敬公婆，抚养一对好儿女，在厂里不但干着装裱的活儿，还管我们这些外来人的吃喝，料理起居，她里里外外都是一把好手，你娶了一个好媳妇。来，咱俩把这杯酒喝干。”

董树旺一口喝干了杯中酒，感慨地说：“您这几句话说到我心坎上了，徐凤红这个人，往小了说是贤妻良母，往大了说那就是巾帼不让须眉。我是一个农民，能够有今天的事业，军功章里有多半都是她的功劳。”顿了一下，说：“孙老师，我还想请教您，木版水印是由荣宝斋开创的吗？为啥叫木版水印呀？”

孙树梅吃着菜，说：“今天我高兴，又有时间，那就多跟你聊聊这个木版水印。”

“那可太好了，总算补上了这一课。”董树旺给孙树梅夹着菜，高兴地说。

孙树梅将筷子放到餐盘上，取出一张餐巾纸，擦了擦手，述说起来：

“说起木版水印这个概念，就是古代的彩色版画印刷术。具体地说，水印字画是咱们中国传统特有的版画印刷技艺。它集绘画、雕刻为一体，根据水墨渗透原理显示笔触墨韵，既可以创作体现自身特点的艺术作品，也可以逼真地复制各类中国字画。要说木版水印字画，从唐代起，单色木版印刷已经有了相当水平。到了明朝末年，以十竹斋为代表的‘饾版’‘拱花’等套色叠印，表明技术有了更大进步。”

说到这里，孙树梅看着董树旺，问：“小董，我说的这些，你听明白了吗？我看你直瞪着眼睛，是不是没听懂？”

董树旺笑着说：“您说的这些，我是听着耳生。尤其是‘十竹斋、饾版、拱花’这三个词语，我还真没听明白。”

孙树梅也乐了，笑着说：“这不怪你，是我没说清楚。这样吧，我把这三个词再简单解释几句就明白了。”

董树旺点着头：“好好，在您这儿，我就是个小学生。”

孙树梅耐心地说：“要说‘十竹斋’，就得先把‘饾版’和‘拱花’说清楚。所谓饾版印刷，就是按照彩色绘画原稿的用色情况，经过勾描和分版，将每一种颜色都分别雕一块版，然后再依照‘由浅到深、由淡到浓’的原则，逐色套印，最后完成一件近似于原作的彩色印刷品。由于这种分色印版类似于‘饤饾’，饤饾这个词指的是将食品堆叠在盘子里，摆设出来，说白了就是堆砌的意思。所以明朝末年就称这种印刷方式为‘饾版’印刷，也称为彩色雕版印刷，到了清代中期以后才称为木版水印。”

说着，孙树梅看着董树旺，问：“我刚说的‘饾版’这个词，你听明白了吗？”

董树旺认真地点着头，说：“我大体上听明白了，我理解饾版印刷就是木版水印的前身。”

孙树梅笑着说：“这样说也对，你这是高度概括。好，咱再说‘拱花’这个词。拱花，是一种不着墨印刷刻版的方法。它起源于中国古代，由凹凸的两面组成，在版面上拱起花纹，和现代的印刷术极其相似。”

“‘拱花’印刷就是现代印刷术的前身。”还没等孙树梅说完，董树旺抢着说。

董树旺的抢答把孙树梅逗得直乐：“哈哈，小董可真是个猴精呀！”

董树旺红着脸说：“对不住您了，我不应该抢您的话。”

孙树梅笑着，摆手说：“你思路敏捷，反应快，怪不得米景扬总是夸你聪明呢，我今天算是领教了，哈哈。”

董树旺举起酒杯：“不好意思，这杯酒算我认罚，先干为敬。”

孙树梅也喝干了杯中酒，接着说：“下面咱再说这个‘十竹斋’。十竹斋的创始人叫胡正言，他是安徽休宁人，在明朝万历年间的后期定居南京。在南京的鸡笼山侧买了一块地，建造了自己的居室。在居室的一侧种上了一丛修竹，并将自己的书斋以‘十竹斋’命名。从此他就在‘十竹斋’开始了自己的出版事业。由他主持的《十竹斋书画谱》《十竹斋笺谱》《十竹斋印谱》三部大书中采用了‘饾版’与‘拱花’两大独特技艺，集绘画、雕版、印刷于一体，把咱们国家古代彩色雕版印刷推向了一个新的高峰。”说着，他问董树旺：“这回你是否都听明白了？”

董树旺点头笑着说："您说得太清楚了，真不愧是享受国务院特殊津贴的荣宝斋木版水印总设计师，实至名归。"

孙树梅摆手笑着说："没那么邪乎。"他看着董树旺，郑重地说："如今，'十竹斋'不仅是指一个历史悠久的木版水印工坊，它更是代表了中国古代彩色雕版印刷术的巅峰高度，代表了一代代十竹斋木版水印传承人对于这门充满传奇色彩的中国传统印刷术的复兴、保护、传承、传播的执着与担当。从这一点上来说，荣宝斋责无旁贷。"

董树旺不解地问："孙老师，听您这么一说，十竹斋和荣宝斋又是个啥关系呢？"

听着董树旺的问话，孙树梅兴奋地拍着餐桌，高声道："小董，你这就问到了点上，我接下来要说的就是这件事。"

孙树梅将手边的碗筷向餐桌里面推了推，抬起头，又讲述起来：

"1928 年，国民政府迁都南京，并将北京更名为北平。北平虽不再是国都，但依然是文化之城，少了些官气，浓郁的文化底蕴更为彰显，迁都似乎没有影响琉璃厂的生意。当时，信笺是琉璃厂许多商家经营的商品，由于多年积累，各自形成了独有的信笺品种，并都有自己固定的客户，而荣宝斋在所有经营信笺商家中是最棒的。"

董树旺给孙树梅沏了一杯茶水，说："您先喝口茶水再说，我听您嗓子都哑了。那时候的荣宝斋就鼎鼎大名了吧？"

孙树梅喝着茶水，说："荣宝斋制作信笺，起源于其前身松竹斋时期，并一直保持着这个传统。早期刻印有《七十二候诗笺》和《二十四节令封套》等，古朴、典雅，真是别具风格。后来又不断有新品刻印，曾经得到鲁迅、郑振铎先生的赞美，被誉为琉璃厂诸笺之‘白眉’。‘白眉’二字指的是‘杰出者’。到了1933年，鲁迅、郑振铎先生出于对荣宝斋信笺的喜爱，想出版一套笺谱。在酝酿了一段时间后，两位先生就以荣宝斋自制信笺为基础，又从琉璃厂各个出售信笺的店铺里精选了一些品种，制成目录，由各店铺自己印刷，统一交荣宝斋装订，这就是《北平笺谱》的由来。因此，《北平笺谱》并非荣宝斋独家刻印，而是出自各个商铺。印装完成后，大部分被郑先生取走，剩下一些由荣宝斋代售。在《北平笺谱》获得巨大成功后，郑先生又与鲁迅先生一起计划重新刻印《十竹斋笺谱》，这才与荣宝斋真正结缘。”

董树旺听着，打断了孙树梅的话，说：“鲁迅我知道，郑振铎先生是谁呀？”

孙树梅又喝了一口茶水，说：“郑振铎是咱们国家杰出的爱国主义者和社会活动家、作家、诗人、史学家，也是著名的收藏家。1932年他就出版了《插图本中国文学史》，1949年任全国文联福利部部长，中央文化部文物局长、文化部副部长等职。1958年10月17日，因飞机突然失事遇难殉职，那年他才六十岁。真是太可惜了。”

董树旺惊讶地说：“真是天妒英才呀！”

孙树梅叹了口气说：“不说这事儿了。咱接着说十竹斋与荣宝斋。”顿了一下，他接着说：“当时，琉璃厂出售信笺的商铺大多没有独立制作的能力，一般是商铺出样品，然后委托专业人士刻版，交给印刷作坊制作。唯独荣宝斋拥有自己的套帖作坊，设在荣宝斋后门井院胡同的一个院子里。当郑先生将《十竹斋笺谱》借来后，刻印就成了一个大问题，如此浩大的规模和复杂的工艺，没有任何一家能够承接。因为当时流行的信笺大多是单色的，最多也只有深浅色之分，而代表着中国古代笺谱最高成就的《十竹斋笺谱》都是彩色的，有些需要饾版印刷，有些则需要拱花印刷，一般的刻印作坊根本就没有这种套色和拱花印刷的技术和经验。”

“当时荣宝斋也不成吗？”董树旺问。

孙树梅说：“当时荣宝斋虽然有自己的作坊，但也很少印彩色信笺。好在荣宝斋有一定的经济实力，留用了一些技术高超、经验丰富的刻版、印刷的老工匠。经过研究，工匠们认为，若激活饾版印刷技艺，就可以承接这单生意。”

说到这里，孙树梅紧张的心情放松下来：“就这样，荣宝斋接下了刻印《十竹斋笺谱》的工作。不过当时谁都没想到，这一接，荣宝斋竟然接下了将中国古代雕版印刷技术发扬光大的重任，并且成就了新中国荣宝斋的一段辉煌的历史。说到这儿，就该说这次木版水印首日封的任务了。荣宝斋上下为啥非常重视这项工作呢？从小了说是为了荣宝斋的荣誉，从大了说它肩负着将中国传统的木版水印技术发扬光大的重任。”

听到这里，董树旺站起身，拍着脑袋说：“怪不得米景扬先生把您和王玉良、张进深三位大师级的专家都将陆续派到潞通工艺品厂呢，就是您说的这个目的。孙老师，您这一席话如春风化雨，点亮了我的心灯。来，我再敬您一杯！”

“瞧您二位，说得可真够热闹的。菜都凉了吧？我再去热一下。孙老师，您先把这碗长寿面吃喽，吃了长寿面，好运天天伴。”徐凤红将刚煮好的一碗热气腾腾的面条，放在孙树梅的面前。说着，又将面码摆放到靠近孙树梅这一边，“孙老师，这几样面码都是咱家自己种的菜，吃起来味儿可鲜了。”

董树旺将两个酒杯斟满后，端起一杯递给孙树梅，说：“孙老师，这是今儿最后一杯，您喝了正好是三两酒。这最后一杯是我和凤红一起敬您和孙婶的。祝您全家幸福吉祥，万事如意。”

十天以后，木版水印“犬年”首日封的工作，在孙树梅先生的统一指挥下，紧张而忙碌地进行着。荣宝斋木版水印高级技师、全国五一劳动奖章获得者王玉良先生负责印刷、对版、调色和检查质量；荣宝斋木版水印高级刻版技师张进深先生负责版面的修整。经过三个月的连续奋战，按时完成了北京邮票公司交给的任务。潞通工艺品厂的工人们，通过几个月的木版水印工作，印刷技术在荣宝斋三位专家的指导下突飞猛进，为后来独立完成信笺、画片的套色印刷奠定了坚实的基础。

一年以后，孙树梅先生彻底离开了荣宝斋的工作岗位，被潞通工艺品厂特聘为木版水印开发设计总顾问，为印刷制作信笺选出二十多种山水花卉、人物、动物等作品，为荣宝斋门市部常年加工木版水印信笺的销售打开了通道。

这正是：

荣宝潞通是一家，
木版水印开新花。
传承弘扬结硕果，
异彩纷呈耀中华。

第七章

一

朋友啊朋友，你可曾想起了我？

如果你正享受幸福，请你忘记我；

朋友啊朋友，你可曾记起了我？

如果你正承受不幸，请你告诉我；

……

2000年春节过后，董树旺驱车行驶在去往河北省香河春城家具城的京哈高速公路上。车里的收音机正在播放春节联欢晚会上的歌曲《朋友》。

来到春城家具城的二楼，淑阳古玩店的老板黄二爷正在店门口迎候着。

“树旺，还是你的速度快，跑上来的吧？”黄二爷伸着手走向前，和董树旺打着招呼。

董树旺将手机放到皮包里，握着黄二爷的手笑着说：“我一边上楼一边给您打的电话。”

走进古玩店，董树旺环视着四周，在一个展示柜的前面停下来。他仔细看着展示柜里摆放的一对胆瓶，问：“黄二爷，这胆瓶是您当年从榆林庄淘换来的那对吧？”他用手指着其中一只，“我记得这只胆瓶的耳朵少一个呀？是您给配上的吧？我再看看，没错，是后配上的。”

黄二爷站在董树旺的身旁，探着头笑着说：“你可真是好记性呀！二十年前正赶上下大雨，在榆林庄运河大堤遇上你那次，当时在机井房里避雨，也就让你瞄了一眼，至今还记着哪？是少了一个耳朵，我托人给配上的，还是没逃过你的法眼。”

“您别忘了，我可是锔盆锔碗锔大缸出身呀，哈哈。”说着，他又低下头找寻着什么，“咋没有标价呀？”

黄二爷神秘地说：“这对胆瓶，是明代成化年间的斗彩官窑的瓷器。成化年间的斗彩是釉下青花和釉上多种彩的结合，不是宣德年间的单一釉上红彩，而是至少三四种彩色。”他指着其中一只胆瓶，“你看这个图案，共有六种色彩。”说着，他直起身，拍着董树旺的肩膀，“树旺，咱里屋喝茶去，边喝边聊。”

黄二爷坐在茶台的主座，动手煮着茶。

董树旺坐在茶台另一侧，嗅着鼻子说：“好浓的茶香，云南普洱。”

“嘿！树旺你可以呀！又让你说对了。我煮的这款云南普洱产自云南海拔七百米的高山上。那家茶园在云南的冰岛村，我去过两次。群山环绕，四周远离村庄和公路，被山林和翠竹环抱，空气清新，长年云雾缭绕，真是神仙境界。你再看这清澈的茶汤，汤色浅绿，等过一会儿入口一品，嘿，清鲜纯爽！就八个字：清纯、干净、空灵、醇和。”说着，他用竹镊子将茶碗夹放到茶台上，倒着刚煮好的茶，“斟茶只斟七分满，留得三分是人情。树旺，你先喝上一小口，品一品，检验一下我说的这八个字是否在理。”

董树旺端起茶杯喝了一口，点着头，说：“真是名不虚传，没想到您这位黄半仙对茶道也有研究。”

黄二爷将另一只茶杯里倒上茶，说：“半路出家，谈不上研究，自打开上这个古玩店，我才略有涉猎。没办法，能进这个店赏光的客人可都不是怂主儿。你再品品这第二杯，更是别有滋味在心头呀！”

“我刚进展厅时，看那一排展示柜里摆放的可全是老物件，都是您早年间走村串巷淘换来的吧？若是送到拍卖行上拍，那您可就发大啦！”董树旺喝着茶说。

“是呀，都是我那些年攒的，当时也没想到能有今天这个行市。那些都是稀罕物件，将来肯定有出头之日，这一点我早就想到了。可如今全国的拍卖行风起云涌，古玩字画的拍卖成交价格也是翻着筋斗往上涨，看得我直眼儿冷。我掐指一算，这股风咱跟不上，索性来他个曲高和寡不随时。我将那些古玩瓷器锁在展示柜里，只展不卖。我淘换的这些宝贝，都是咱们通州、香河地区老祖宗一代接一代传到了今天，我得把它们保护好。如今我也到了风烛残年的年龄，跟儿子交代过了，等我不久于人世的时候，让他把这批古董交给国家。”说着，他看着董树旺，“我儿子是这个家具城的副总经理，他和总经理王强是发小。他俩说了，等再过几年，家具城发展到一定规模，再建一个古玩博物馆，我的这些宝贝就有了归宿。”黄二爷说着，开心地笑了起来。

董树旺说：“建古玩博物馆，是利国利民的大好事，这个愿望他们能实现。您看这个家具城，人来人往，客流不断。前几年这里还是一大片荒地，如今发展成为全国知名的家具城。偏僻的农村一下子就变成了城市，这样的发展速度真是难以想象。”

黄二爷看着董树旺，自豪地说：“树旺，我走街串巷几十年，跑遍了通州和香河，我看好的两个小伙子都成了人才！这两个肯于吃苦敢想敢干有出息的小伙子，一个是你董树旺，另一个就是这个家具城总经理王强。你，我就不用再说了。我今儿跟你说几句王强。”顿了一下，他接着说：“王强比你小几岁，他是我们淑阳镇人，他家离我们村很近，和我儿子从小就在一起玩，又一起上的小学、中学。中学毕业后他回家务农，那些年每逢我走街串巷来到他们村的时候，总是追着我问这问那，我也给他讲了许多在学校里学不到的知识。当我儿子高中毕业考上大学后，他来我家的次数更多了，向我讨教一些古往今来的历史故事。有一次，他从我家出来，走到潮白河岸边的时候，看到一位中年汉子正在院子里做沙发，感到很好奇，爱琢磨事儿的他回家后，就开始‘照猫画虎’做起了沙发。有一天他又来找我说：‘听说这玩意儿拉到北京挺赚钱，我也想试试，您看咋样？’我鼓励他说：‘只有想不到，没有做不到。你既然想干那就去大胆地干，大不了没人买再把它拉回来。’他这一去不要紧，一来二去的干出一位农民企业家。你看这座家具城，就是他在北京推销沙发的时候，看到北京市内家具城生意火爆，又找到我说：‘香河家具在北京知名度不小，但北京家具展厅租金那么贵，我想在香河建一个家具展厅，吸引家具厂商进驻，再以低价吸引北京顾客，请您给我推算一下前程。’我闭着眼睛静坐了一会儿，掐指一算：‘东风劲吹，大吉。’我对他说：‘你想的这件事，是诸葛亮借东风，巧用天时。如今你是天时、地利、人和都占，正是顺应了党的好政策和改革开放的东风。大胆地干，而且我把经济学硕士研究生的儿子也交给你，助你一臂之力。’”

说到这里，黄二爷又煮上一壶茶，接着说：“这个展厅建成后，展位被抢购一空。如今刚是第三个年头，销售市场已经覆盖到了京、津、冀，辐射到山东、山西、内蒙古、新疆及东北三省。现在正是上台阶要劲儿的时候，他俩春节前去参加了清华大学举办的工商管理经理培训班。昨天一大早又走了，接着学。我看着直心疼，说啥也得等吃完‘破五’的饺子再走呀！”

董树旺安慰着黄二爷：“他俩有这个劲头，家具城就没有上不去的台阶，‘破五’的饺子等回来后您再给补上吧。”

“谁说不是呢？你们这些干事业闯天下的拼命三郎，还哪有啥节假日呀？”

黄二爷说着，将话题转向董树旺，“咱俩说了半天还没说到正题呢，该说你了，上次风红去家里看我，说了几句你们厂里的事情，听说你当上了通州区政协委员，为通州区的发展参政议政，向你祝贺！”

董树旺拱着手说：“多谢您的鼓励！今儿我来找您，是向您请教我们厂改名称的事儿。”

“好，你说说，我听一听。”黄二爷将茶杯里的凉茶倒在茶宠上，又将刚煮好的茶斟在茶杯里。

“是这么回事，我们潞通工艺品厂从1964年建厂至今已经三十六年，根据发展的要求，准备把企业更名为北京潞通斋文化发展有限公司。这个名字是否可行？尤其是‘潞通斋’三个字，总是拿不准。春节一过就来找您，请您这位高人给把把关。”

黄二爷沉思了一会儿，抬起头看着董树旺，说：“树旺，我问你，为啥要叫‘潞通斋’呀？”

董树旺解释着说：“因为冯各庄裱画厂从起步至今，一直得到荣宝斋的大力扶持，没有荣宝斋也就没有如今的潞通工艺品厂，带这个‘斋’字是为了感恩；第二个原因是，我1986年刚接手裱画厂时，荣宝斋的掌门人侯恺老先生就给我们提出了目标，要做‘第二个荣宝斋’，为实现侯老这个愿望，也想用‘潞通斋’这个名字，来表示我们的决心。”

黄二爷闭着眼睛，思考着，忽然将眼睛睁开，高声说：“我的意见，叫北京潞通堂文化发展有限公司。”

董树旺不解地问：“为啥不叫‘潞通斋’呀？”

黄二爷微笑着，放缓了语速说：“为啥不让你叫‘潞通斋’？理由有三：第一，荣宝斋自1672年前身‘松竹斋’南纸店的建立至今已有三百多年历史，这种历史底蕴你们没有；第二，荣宝斋是一家驰名中外的经营文房四宝的老字号店铺，他们经过三百多年积累传承下来的传统文化、各种技艺，在全国来说都是大师级别的水平，这种文化底蕴你们没有；第三，荣宝斋在琉璃厂是前店后厂的坐商，而你们是靠给荣宝斋加工生产各种工艺品发展起来的企业，地理位置、企业性质不同。在我看来，侯恺老先生和荣宝斋的其他领导，对你们提出的这个目标要求，是对你们的厚爱和殷切期望，也是你们的精神追求。你们厂能大踏步地发展到今天，正是得力于荣宝斋的大力扶持和你们这种登高望远的精神追求。如今，又到了再上一层楼的褃节儿上，一定要保持清醒冷静的头脑，找出差距，苦练内功，走好自己的路。”

听着黄二爷的一席话，董树旺如坐针毡，他红着脸，擦着从头上流到脸上的汗水，说：“您说的这三点，我还真是没往深里想过，戳痛了我的心窝子。二十年前，您在榆林庄运河大堤上给我上的第一课，我一直铭记在心，记住了‘潞通’二字，今天，您又给我上了第二课，记住了‘潞通堂’三字。”说着，他站起来，给黄二爷深深地鞠了一躬，“我受教了，多谢您！”

看着董树旺的举动，黄二爷摆手笑着说：“树旺，别这样，快坐下，我还有话跟你说呢。”

黄二爷招呼董树旺坐下来，将普洱茶又重新煮了一壶，说：“我为啥让你叫‘潞通堂’呢？因为‘堂’和‘斋’虽说都是常用雅号，但还是稍有区别，先说‘斋’字，通常文人墨客都把自己的书房称为某某斋，这里包含着文化含量，再说了，有了荣宝斋，你再叫个‘潞通斋’，既显得雷同又有跟荣宝斋比高低的忌讳，更突显不出你们的风格特色；这个‘堂’字呢，通常是指高大的场所，因为你们属于文化产品的加工生产企业，那么空间就得大，有了大空间，才能装进更多的文化，才能有更好的未来。”说着，他站起来，从身后的书柜里取出两本书，递给董树旺，“这两本书虽说不厚，但是分别装着中华文明和通州历史。我把它送给你。”

董树旺连忙站起来，接过书说：“谢谢您！您刚说的那些话我都听明白了，我们企业的名称就叫北京潞通堂文化发展有限公司。”

黄二爷点头笑着说：“好好，你这脑瓜子就是灵，一点就透，我早就看好了你，我可是个古董商，眼里从不揉沙子。哈哈。”

董树旺也笑着说：“谁不知道您这位大名鼎鼎的黄半仙呀！哈哈。”

黄二爷玩笑地说：“可别再提‘黄半仙’了，到时候若是把黄鼠狼给招来，那我可就真成‘仙’了，哈哈！”说着，他严肃起来，“树旺，我送你这两本书，第一本书名叫《灿烂的文物古迹》，第二页是编者的话，你把它念一遍。”

董树旺打开第二页，一字一句地朗读起来：“小朋友们都会说：‘我是中国人。我爱自己的祖国。’那么，你能说出中国有哪些著名的古迹，还有哪些珍贵的文物宝藏吗？读读这本书，你就可以回答这些问题了。你还可以像一个小小的考古学家似的，自豪地告诉人们：中国真可爱！”

读完了这段话，董树旺抬头看着黄二爷说：“这是一本儿童读物呀！”

“别小看是一本儿童读物，书中的文物古迹，你若是能说清楚三个，我就管你叫老师。”顿了一下，黄二爷接着说：“我给你说几个目录：世界最大的宫殿、最古老的桥、埋在地下的千军万马……到底说的是啥？我也是从这本书中知道的。”

董树旺翻看着内页里的文章和照片，说：“真如您所说，长知识了！等我回去好好学习。”

黄二爷笑着说：“刚才，我让你念编者的话，其中有一句话我想转送给你：‘我是中国人。我爱自己的祖国’。你可能会笑话我说：‘我又不是孩子，还不知道爱自己的祖国？其实我不是爱唱高调之人，我要说的是，我是香河人，我爱我的香河，那么，树旺，你是通州人，就要热爱你的通州。因为你生长在通州的大运河畔，你的企业在大运河畔发展壮大，如今已经发展成为通州的一张文化名片。那么说，通州的文化到底是啥？你能说清楚吗？若是连通州文化都说不清楚，热爱通州这四个字又何曾谈起呢？”

董树旺想着，说：“您问这个问题，一句两句话还真说不清楚。”

黄二爷伸手指着第二本书说：“你再看第二本书，书名叫《燕魏杂记》，书中讲的内容主要是京东考古录、潞城考古录。这本书是“民国”二十五年出版的，我一直珍藏到今天，终于找到了值得赠送的人。你回去好好读一读，说的都是古老的通州文化。”

董树旺认真地翻看着，说：“还是竖版的，太珍贵了，我一定认真阅读。”说着，他抬起头，“黄二爷，您送这两本书点醒了我。企业发展了，我这个当厂长的，若是文化底蕴跟不上，企业的内功练不好，企业的后劲就不足。我现在也拿起了毛笔，开始练字习画了，又买了不少参考书，准备把世界绘画史、中国绘画史以及中国历代书画家的作品、风格、特点都读懂读透，争取做一个传承中国文化的内行人。”

“树旺，听你说的这些想法，我很高兴。这就叫作苦练内功，也叫作企业经营的外功。只有这样，你的企业才能稳步向前，立于不败之地。”黄二爷高兴地站起来，向前走了两步又退回来，“树旺，历朝历代的大画家、书法家、诗人，他们不光是画得好、写得好，都是大的学问家、思想家。其实比的就是画外功、诗外功。光有技法没有文化，顶多也就算是个书画匠。”说完，黄二爷又坐下来，继续喝着茶。

董树旺将两本书小心翼翼地放进皮包里，抬头看着黄二爷，说：“刚才您说通州文化倒是给我提了醒，最近要接待几位从外省市过来的书画家，他们若是问我这个问题，还真是够我喝一壶的。您是通州通，还得向您讨教。”

黄二爷想了想，说：“其实要回答这个问题也不算难，用一句话说就是通州的运河文化，因为没有大运河就没有通州城。其中有三个要点，你记住喽。第一是通州的地理文化，比如说燃灯佛舍利塔、运河古镇张家湾、吕家湾、北运河的历史、通惠河的历史等等，都是咋回事？你要能概括地说清楚；第二是通州的饮食文化，最起码要把通州三宝说清楚，一是大顺斋的糖火烧，二是小楼烧鲇鱼，三是万通酱园的酱豆腐，你要能讲给客人听，说起小楼烧鲇鱼，你可以讲一讲小楼饭庄的邻居‘安庆楼’，安庆楼上有明朝嘉靖奸相严嵩题写的‘南楼’二字，说到严嵩题字，你还可以联想到他题写‘六必居’的故事。”

董树旺听着，问：“‘六必居’早前是专供朝廷皇室吃的酱菜老店，这里面也有故事？”

“对呀，在酱菜领域，估计没有人不知道六必居。而原本六必居的主人是在明朝时期创的业。据说当时这个六必居并不是一个人开办的，店家老板请严嵩为他们店铺题字。刚开始是让严嵩给他们的店名题字‘六心居’，这个六心居是六兄弟一起合伙创办的一个酱菜店，严嵩提笔就写下了‘六心居’三个字，心想，一个店都有六个不同的心思，这中间内斗纷争肯定少不了，如何能够长久发财呢？就提笔在这三个字中又多了一笔。正是在心字上多了一笔，将‘心’字变成了‘必’字。这六个兄弟看到这位朝廷大臣不仅帮助他们题字，而且还给他们赐了一个‘必’字，当即乐呵呵地表示回去后就把名字换掉，改成‘六必居’，还挂上了严嵩的匾额。”说着，黄二爷问：“树旺，你说这文化深不深？”

董树旺点着头说：“是够深的，从小楼烧鲇鱼一直还能联系到严嵩，又知道了六必居。”

黄二爷笑着说：“说到严嵩，和你装裱字画这一行还有故事呢。”

“嘿，跟装裱字画还有关系？我还真想听您说说这事儿。”董树旺迫切地看着黄二爷。

“看来你还是对老本行情有独钟，好，那我就讲给你听。”黄二爷停顿了一下，说：“老严嵩在位时，对古人的墨宝非常珍爱。据说，他为了获得北宋著名画家张择端的不朽之作《清明上河图》，他连杀了两个人。明朝嘉靖年间，严嵩得知此图收藏在员外郎王振斋手中，他就派蓟门总督王忏去求购。王振斋惧怕严嵩的权势，又舍不得交出这幅画，于是就找名家临摹了一幅送给严嵩。严嵩不知是假，公开炫耀时被曾经装裱过此画的装裱师看破。严嵩恼羞成怒，随即就以‘欺相’之罪缉拿了王振斋。王振斋招出真迹在舅舅陆治手中，严嵩又利用权势从陆治手中获得了真迹。可怜的王振斋最后死在狱中。因为严嵩怕知情人王忏将此事说出，便以‘治军失机’的罪名将王忏杀掉，灭了口。后来，老严嵩逐渐失宠，他的儿子也被处斩，宅邸被查抄，《清明上河图》才再次收入宫中。”

董树旺听着，感慨地说：“为了窃取国宝，他不择手段，真是可恶。”

黄二爷说：“是呀，历史是公正的，身前的善与恶，后人自有评说。行了，再说就扯远了。咱接着说通州文化，第三点是通州的古城文化。记得二十年前，在榆林庄运河大堤那次，把通州运河的一些情况和从路县到带三点水的潞县再到通州的演变过程都给你讲过了。古城村你知道在哪儿吗？”

“我知道，您说的是胡各庄乡那个古城村吧？”董树旺说。

“对，就是那个古城村。为啥叫古城村呢？这得从西汉时期说起。西汉初年设置路县在此，到了东汉时期，因为有潞水河的缘故，把路字加了三点水。潞县的上级渔阳郡的政府机关也在这儿，并建有土城。到了东汉建武中期，因为闹了兵变，把土城给毁坏了，政府无奈搬了家，一来二去的，这时就变成了普通村落。因为这里曾是潞县的故城，所以就有了‘古城’这个名字。这些历史记载都在《燕魏杂记》那本书里。包括通州原来有长城，具体在什么位置，书中说得都很清楚。”

董树旺惊讶地问：“通州还有过长城呢？我还真是头一次听说。”

“是呀，我也是看到这本书时才知道的。你把那本书拿出来，翻到《潞城考古卷上》第十一页。”

董树旺从皮包里取出书，打开翻着，说：“找到了《通州长城考》。”

“好好，你再把前五行给我念一遍。”黄二爷吩咐着董树旺。

“州城西北四里，有古长城遗址。迆北接连顺义，南近通惠河北岸而止。逾河而南，复间存一段，又变而东西横亙，再南为州西门外入都孔道。考其形势，长城本绵连南北，似挑通惠河，及修西门外通京石路掘断者。又唐李丕墓志石，得之城南，其铭曰：屹然孤坟，长城之东。可见长城自北绵亘而南。唐时，城西南遗址尚存也。考之州志曰：秦蒙恬所筑，殊为傅会。按昌平山水记，顺义县西南三十里，有苇沟村，村东临温榆河渡，渡南有长城遗迹。辽史顺州南有齐长城，齐天保中所筑。沈括曰：幽州东北三十里，有望京馆，东行稍北十余里，出古长城。即此，今通州长城迪，北接连顺义，则即此齐天保中所筑之长城矣。”读到这里，董树旺抬头看着黄二爷：“您说的五行字读完了。”

黄二爷意味深长地说：“我跟你闲聊这些话，又让你读了两段书，总结起来就是一句话：‘未来的北京潞通堂文化发展有限公司，不仅是通州运河文化的一张名片，更是大运河文化的继承者、传播者。’对于你这位潞通堂堂主来说，可是重任在肩呀！”

正说着，一位俊秀灵透的青年女子走到黄二爷的跟前，低声说：“爸爸，展厅里来了一位老先生，点名要见您，他说是通州榆林庄的，跟您是老相识，有要紧事要谈。”

黄二爷听着，兴奋地站起来，高声说道：“是白胡子老头来啦！我去迎接这位老先生。”

董树旺也站起来，笑着说：“是当年卖我化肥的那位白胡子老头吧？二十多年没见了，真是个长寿老人！您赶紧谈要紧事吧，我也该回去了。”

黄二爷拍着董树旺的后背，笑着说：“好吧，我得赶紧去，他一直惦记着曾经卖给我的那对胆瓶，听说他们村正在筹建一个大运河博物馆，看来这回我要忍痛割爱了。”

董树旺和黄二爷并肩向展厅走着，说：“真是三十年河东，三十年河西，这一眨眼两个宝贝就要物归原主了。您快去吧，别慢待了老人家。”

黄二爷握着董树旺的手说：“好，我就不远送了。最后再送你一句话：任重道远，路在脚下。”说着，又拍着董树旺的肩膀说：“潞通堂堂主，加油！”

告别了黄二爷，董树旺步履轻盈地从春城家具城走了出来，眼望前方，广场上空彩旗迎风招展，无数只气球宛如姹紫嫣红的朵朵春花，高悬在熙熙攘攘的客流中，充满着醉人的勃勃生机。他深深地呼吸着早春清甜的气息，迈着坚定的脚步，朝前走去。

正是从这天起，这位胸怀大志沉稳豪迈的潞通堂堂主，更加注重自身修养的提高。他在工作之余，挑灯苦读，翰墨挥毫，宛如一头不知疲倦的老黄牛，在中国传统文化的沃土里潜心修行……

二

一场春雨过后，冯各庄村前屋后的树枝上，已经长满了黄绿色的嫩芽；无垠田野中，绿波闪烁的麦田和金黄色的油菜花田，交相辉映，生机盎然。

忽然，从田野的柏油路上开来一辆军车，在潞通堂的大门前停了下来。

董树旺早已等候在门口，他快步走到车前，迎着从车里走出来的客人，高兴地说：“赵局长，您大驾光临，我们潞通堂蓬荜生辉！”

赵月鹤握着董树旺的手，笑着说：“树旺，你太客气了，我又不是第一次来。哎，还别说，你把厂名改成潞通堂后，我还真是头一次来，今天就算给你道喜啦，哈哈。”

董树旺陪着赵月鹤向会客室走着，笑着说：“这几年您每次都是带着喜事而来，您就是我们潞通堂的福星。”

赵月鹤坐在沙发上，看着董树旺说：“树旺，上次你装裱的那批字画，领导同志特别满意，春节前去老首长家拜访慰问，专门提到你董树旺，夸你不仅字画裱得好，而且人厚道实在，说起话来幽默痛快，老人家说最喜欢和你聊天。”

董树旺将沏好的茶放到赵月鹤身旁的茶几上，感慨地说：“老首长写的书法端庄稳重，自成特色，我对老首长说：‘您老写的书法浑然大气，骨力尽显，字如其人。’春节前又裱了一幅楷书《岳阳楼记》，当时有几位书画名家都观赏了这幅字，他们评价老首长的字是柳书风骨，颜欧笔意，朴实无华，功力深厚。”

赵月鹤喝了一口茶，说：“树旺，今天我来是有一项非常重要的装裱悬挂任务，要交给你潞通堂办。你坐下来，听我跟你讲。”

董树旺坐在赵月鹤对面的沙发上，说：“有啥指示？您说吧。”

赵月鹤看着董树旺，郑重地说：“八一办公大楼盖起来以后，目前已经全部完成了室内装修和室外绿化等项工程，下一步的任务是装裱悬挂字画，布置厅堂。我们统计了一下，需要装裱悬挂的字画共六百余幅，其中巨幅书画作品就有二十余幅。春节后从全国请来十几个中青年画家正在大楼的会议室里进行主题性创作。我目前最重要的事情就是要把装裱、悬挂这批书画作品的专业厂家确定下来。经过机关领导的慎重研究，决定由你们潞通堂来承接这项任务。今天我来，也想跟你沟通一下，听听你的意见。”

董树旺认真地听着，沉思了一会儿，说：“首先感谢领导们的信任。要说装裱、悬挂这六百余件书画作品，潞通堂完全有这个能力和把握。但是我也有顾虑，因为八一大楼非比寻常，要确保完成这项艰巨的任务，我们潞通堂必须全力以赴，从了解熟悉悬挂场地、画框尺寸、作品的风格特点和画家本人的特点做起，做到有的放矢，不打无准备之仗。”

赵月鹤听着，高兴地说：“我来之前，领导已经指示过了，要求你们要从讲政治的高度来承接这项任务。看来潞通堂是我们的正确选择。你刚才说的这些都不是问题，机关专门成立了字画装裱悬挂审查领导小组和专家组。具体把作品放到啥位置？放哪幅作品？由专家组负责审定。但是画框的尺寸大小、根据作品的风格选择的装裱方式，都要由潞通堂具体实施。再有就是熟悉画家这个环节，大部分作品都是分派给画家的任务，由画家在各自的工作室创作完成。那十几位正在大楼里搞主题创作的中青年画家你可以随时去见。咱俩今天如果能把这件事确定下来，你带着装裱悬挂技师也随时可以进行实地熟悉情况。”

董树旺坚定地说：“一切按您的要求办！我虽然没当过兵，但是我一定把这项艰巨的任务当作一场战役来打，来必战，战必胜！”

听着董树旺的表态，赵月鹤高兴地站起来，大声说：“树旺，好样的！你不是军人，胜似军人。咱俩就这么定了！”说着，他打开皮包，抽出一个文件夹，打开后说：“这是作品名单，其中包括作品名称、作品尺寸和作者名称，我把它转交给你。”

董树旺接过文件夹，认真地看着，念了起来，“《含香万里醉乾坤》，作品尺寸：长十三米五，宽两米四十八，作者，林凡。”他抬起头，惊讶地看着赵月鹤，说：“这种大画，甭说是装裱有难度，就是把它张挂在墙上，也是个大难题。这也充分说明八一大楼的宏伟气魄。”说着，他又低下头接着念，“《岱宗朝晖》，作品尺寸：长七米二，宽一米四二，作者，陈大章；《瞿塘峡景白帝城》，作品尺寸：长八米，宽两米，作者，岑学恭；《延水长流》，作者，苗重安……”念着，他又抬起头，“赵局长，这么多大画，潞通堂真正遇到了挑战！”

赵月鹤靠近董树旺，指着文件夹说：“你刚才念的这几位画家这次都见不到，但是我对他们都很熟悉，可以给你说个八九不离十。”

董树旺将文件夹放进办公桌的抽屉里，给赵月鹤的杯子里续上茶水，说：“赵局长，过一会儿还有一位贵客要来，是您的老朋友。”赵月鹤坐回到沙发上，抬着头问：“是哪位贵客？”

“是荣宝斋的米景扬先生。”董树旺也坐下来说。

“是大米呀！上周我俩在荣宝斋刚见的面，我答应送他一个坦克仿真模型，若知道今天他也过来，就直接把模型带来啦。”

董树旺解释着说：“我也是今儿早上才知道他要来。”

赵月鹤笑着说：“这回好了，一直约着和大米先生喝两盅呢。”

董树旺高兴地说：“是呀，中午的饭菜徐凤红正准备着呢，我弟弟刚从树上摘的香椿芽，中午给两位贵宾吃香椿芽摊鸡蛋。”

“嘿，再加上凤红做的炸酱面，真馋人呀，哈哈！”赵月鹤开着玩笑说。

董树旺也笑着说：“米先生的酒量可是比您差远了，您可要得饶人处且饶人呀，哈哈。”

赵月鹤听着大笑起来，“哈哈哈！大米他可是德高望重的艺术家，文气十足，我可不敢跟他叫板。”说着，他看着董树旺，“树旺，给我两天时间，我回去安排一下，两天以后你听我电话，咱俩约定好时间，你带着装裱技师直接去大楼开展前期的准备工作。”

董树旺痛快地说：“好！按照您的指示办，我等您的电话。”顿了一下，他接着说：“赵局长，趁着米先生还没到，我想请您介绍一下创作巨幅大画的那几位画家。”

赵月鹤喝着茶，说：“树旺，你这个想法好，做到了心中有数，干起活儿来才靠谱。好，我就跟你聊聊那几位画家。”顿了一下，他绘声绘色地讲了起来：

“先说林凡先生，他 1931 年出生在湖南益阳，诗书画兼工，是当代公认的三绝艺术家。我平时和他开玩笑，称他为‘三协奇人’，哪‘三协’呢？他是中国美协、书协、作协的会员，这在画家圈子里很少见。林先生现在是解放军美术创作院的副院长，解放军艺术学院研究员，他创作的许多巨幅作品在画坛影响非常大。比如说，在天安门城楼迎宾厅悬挂着的《春喧》，国务院办公厅悬挂的《柳荫》以及八一大楼将要悬挂的《含香万里醉乾坤》，我都亲眼所见。美术评论家薛永年先生曾评价说：‘林先生的工笔画很有代表性，是一个稳健的开拓派，他有比较深厚坚实的功底，有比较广泛的文化修养，是很讲究形式的艺术家，特别是对意境的追求，在他的作品中非常明显。’我对薛先生这段评语非常赞同，我觉得他是说到点儿上了。作为一个艺术家，若是没有文化内涵、文学修养垫底，那他的作品就没有生命力，最终也就是个画匠。”

董树旺听着，点着头说：“您对画家有无文化修养的看法，我从其他老先生那儿也听到过，画外功夫的深浅，决定着画家的未来。”

“树旺你说得太对了！不只是画家，无论干何种事业，都要有文化内涵做支撑，否则就会虎头蛇尾，后劲不足。干事业的人还得能吃苦，林凡先生曾经给我讲了一个王冕的故事，这个故事从小到大影响了他的一生，我听了以后也深受感动。”说着，赵月鹤兴奋地站了起来。

董树旺抬头看着赵月鹤，“您说的王冕，是元朝的那位画家吧？他画梅花最有名，尤其是他写的那首墨梅诗，我一直记着：‘我家洗砚池边树，朵朵花开淡墨痕；不要人夸好颜色，只留清气满乾坤’。他画的梅花和荷花我在一本画册里见过。”

赵月鹤又坐回到沙发上，感慨地说：“就是这位画家。他可是苦出身，自学成才呀！”顿了一下，接着说：“王冕七八岁时，父亲叫他在田埂上放牛，他却偷偷地跑进学堂去听学生念书。听完以后，总是默默地记住。有一天傍晚回家，他把放牧的牛都忘记了，有人牵着王冕家的牛，来到他家，责怪无人看管的牛践踏了他家的田地，王冕的父亲大怒，打了王冕一顿。但王冕依旧往学堂跑。他的母亲说：‘这孩子想读书这么入迷，何不由着他呢？’王冕从此以后就离开了家，寄住在寺庙里。一到夜里，他就悄悄地走出来，坐在佛的膝盖上，手里拿着书，借着佛像前长明灯的灯光诵读，一直读到天亮。寺庙里的佛像大多都是泥塑的，一个个面目狰狞，令人害怕，王冕虽是个孩子，却神色安然，就跟没有看见一样。元代的王冕之所以成为著名的画家、诗人，根本原因就在于他幼时读书专心致志，好学不倦，并且达到了入迷的程度。”

董树旺说：“王冕这种坚定的志向，顽强的学习精神，是他后来成功的基石。真是应了‘少壮不努力，老大徒伤悲’这句至理名言。”

赵月鹤动情地说：“自从听林凡先生讲了王冕这个故事后，我经常用这个故事给身边的年轻人讲，要珍惜青春年华，不能虚度时光。”顿了一下，他接着说：“说起少年成才，陈大章先生就是其中一位，他这次为大楼创作了巨幅山水画《岱宗朝晖》。陈先生比林凡大一岁，自幼跟随他的叔叔陈林斋学画，十五岁时就在北京荣宝斋挂笔单，挂笔单就是现如今的个人作品展销会，是荣宝斋给予艺术大家的特殊待遇，为一个十五岁的孩子挂笔单，这在荣宝斋属于是破天荒。当年，作家老舍先生把他叫作‘苦孩子’收为了义子。那时的北京城，可是丹青国手云集的地方，陈大章在名家之间行走、求教，先后得到过齐白石、陈半丁、吴光宇、胡佩衡、陈少梅等老先生的指导，耳濡目染，逐渐成为北京城一代名家。陈大章先生早年以工笔人物画见长，他的《仕女图》《婴戏图》《百子献寿图》很早就被人收藏，后来专攻山水，无论是青绿山水，还是水墨山水，均取材广泛，笔墨酣畅，意境高远，独树一帜。陈先生平易近人，说起话来总是慢条斯理，哲理性很强，而且很幽默。"

董树旺说："我也经常接触书画家，感觉越是有成就、有学问就越低调，越朴实。我最看不惯的就是那些画的不咋样还谁都瞧不起，一瓶子不满半瓶子晃荡之人。"

赵月鹤扬着手，脸上露出无奈的表情，说："树旺你说的太对了，这种人在书画圈里我见得多了。就那做派，我看着都恶心，说起话来满嘴的跑火车，我心说，你把那穷白活的时间用在做学问上，何必让人耻笑呀？"

董树旺说："就跟庄稼地里长的稻穗似的，越是饱满的稻穗，头垂得越低。只有那些果实空空如也的稗子，才显得招摇，始终把头抬得更高。"

赵月鹤应声说："老子说过这样一句话，'当坚硬的牙齿脱落时，柔软的舌头还在。柔弱胜过坚硬，谦逊胜过骄傲。'我认识的那些有成就的老艺术家都是非常谦逊平和的，他们才是值得尊重敬佩的成功者。咱再说说岑学恭老先生，这次他给八一大楼画了一幅大画《瞿塘峡景白帝城》。老先生出生在内蒙古呼和浩特，曾任四川省政协书画院院长，是'三峡画派'创始人，今年已经八十三岁高龄。岑先生十七岁从内蒙古到南京读书，后辗转大西北，日本侵略东三省，战争爆发后，又从西北步行两个多月来到四川重庆，边读书边写生。他留恋三峡六十多年，老先生说：'不知走了多少路，登过多少峰，忍饥挨饿，速写出几千张画稿，精选题材，才创作出三峡题材的作品。’岑老先生烟酒不沾，每天都是早起练字，这个习惯他坚持了一辈子。有一次岑老的儿子和我聊天，说他父亲喜欢养狗，尤其是那种看着非常凶猛的大狼狗，几十年来，不管他家搬到哪里，家里一直都养着大狼狗。除了养狗，岑老还有一个爱好，就是收藏古玩。他儿子说，学生、后辈送给他的东西玩着不过瘾，一定要自己去淘，除了在家中，他待时间最长的地方就是成都浣花文化风景区内的送仙桥古玩城。据他儿子讲，其实老爷子对鉴赏古玩是个外行，淘来的大多都是赝品，常被别人取笑，但他仍然风雨无阻地去‘淘宝’。他儿子说：‘自己也陪父亲去过几次送仙桥，父亲不仅是个外行，而且不会讨价还价，走进古玩市场完全就是冤大头，如此一来，一见我父亲上门，老板们个个都乐开了花。’就是这么一位以三峡风格独步画坛的老艺术家，他的心性又是如此的纯朴和善。”

正在这时，董树旺的手机突然响了起来。他连忙站起来，打开手机，“喂，米先生好，您走到哪儿啦？”

手机里传出米景扬粗壮有力的声音，“小董，我已经到你潞通堂大门口了！”

“好！我马上过去接您。”说着，他回过身，“赵局长，米先生到大门口了，我去接他，您稍等片刻。”

赵月鹤也站起来笑着说：“好，咱俩一起去，正好我也活动一下。”

米景扬见到赵月鹤，惊讶地笑着说：“老赵也在这儿！咱俩是不约而同，心有灵犀呀！”

赵月鹤快步走到米景扬身前，握着手，玩笑着说：“您可来晚了，中午认罚三杯！哈哈。”

米景扬笑着说：“你赵大局长一句话能指挥千军万马，今天中午你说了算，我认罚，哈哈。”回过头对董树旺说：“刚和范曾先生谈完在荣宝斋办画展的事情，范先生说了，这几年他的画都是由你小董装裱的，这次准备展出的作品仍然由你负责装裱，你要做好准备。”

董树旺陪着米景扬向厂区里走着，说：“没问题，范先生几年前曾来潞通堂考察过，他对我们非常信任，不但他自己装裱的活儿交给潞通堂做，还介绍来许多朋友。”

米景扬停下脚步，说：“小董，先带我去车间看看，等看完了车间咱俩再谈事情。”

董树旺也停下来，对赵月鹤说：“赵局长，我先陪米先生去看车间，您先去会客室喝茶吧。”

赵月鹤回过头，说：“你和米先生先说正事吧，我去大运河边儿上转一圈，春天的大运河可是让我流连忘返呀！米先生，咱们中午在饭桌上见。”说着，他挥着手，走出大门，步履轻盈地朝村南的方向走去。

米景扬首先来到装裱一车间和二车间认真仔细地巡视，沉默不语，略有所思。又来到制作画框车间，点着头说：“好好，潞通堂以装裱修复为龙头，以木版水印、铜镇尺和画框等加工生产为基础，不仅全方位地保障了荣宝斋的经营销售业务，而且在社会上为荣宝斋赢得了良好的口碑和信誉，我代表荣宝斋向你们潞通堂表示感谢！”

听着米景扬说的一席话，董树旺感到不知所措，他忐忑不安地看着米景扬，疑惑地说：“米先生，您说的这是啥话呀？潞通堂走的每一步路都是靠荣宝斋扶持起来的，我们潞通堂还没表示感恩呢，您咋还感谢起我们来了？”

米景扬坐在车间里摆放的木椅上，扬手招呼着董树旺，“小董，你也别站着了，坐在这儿，咱俩慢慢说。”

董树旺坐在米景扬的对面，心里嘀咕着，“米先生今儿是咋啦？潞通堂干错啥事情了吗？”

米景扬看着董树旺疑惑的眼神，微笑着说：“小董，你别紧张，今天我来是和你谈一件重要的事情。荣宝斋研究决定，把荣宝斋销售商品的外包装生产加工业务交给潞通堂来承办，其中包括为荣宝斋毛笔、印泥、章料、砚台、画轴等配做各种锦盒，同时包括各种礼盒的制作。承担这项业务需要成立一个包装车间。我担心你们的硬件条件，所以直接过来实地看一看，刚才我把现有的几个车间都仔细看了看，又看了看厂区内那块空地，我心中有了底，所以才跟你说出这件事，你看咋样？”

董树旺睁大眼睛认真地听着，高兴地拍着脑门大声说：“米先生！刚才吓了我一大跳！看您一脸严肃地围着几个车间转，也不说话，您张嘴一说感谢的话，我就蒙了，还以为潞通堂哪些地方没做好，冒犯了荣宝斋，您看，我头上都冒汗了！”

米景扬被董树旺快言快语的表白逗得大笑起来，开心地说：“小董，你也有紧张害怕的时候？在我们眼里你可是可上九天揽月，可下五洋捉鳖的大英雄！哈哈。”

董树旺摆着手，红着脸说：“米先生您别埋汰我了，我顶天儿也就是一棵生长在大运河边儿上的大树。”说着，他站起来，诚恳地说：“您放心，荣宝斋交办潞通堂的任务我们都会全力以赴，义不容辞地去完成好。我已经想好了，在硬件方面，挨着画框车间再加建一个包装车间，下周就开工；在软件方面，北京锦盒厂高级技师任重义老师已经退休，我已和任老师谈好，聘请为潞通堂顾问，任老师也表态了，要为潞通堂手把手地带出几个徒弟。有任重义老师指导把关，软硬件都有了保证，潞通堂承做的各种包装保证在京城名列前茅！”

米景扬高兴地站了起来，拍着董树旺的肩膀说：“有活儿交给潞通堂，我一百个放心！”说着，他问：“树旺，你还记得三年前承接文物出版社《江山万里图》长卷外包装的业务吗？”

“记得呀，当年苏士澍先生是文物出版社副社长，接活儿的那天，苏先生再三叮嘱说，此次业务非同一般，领导非常重视，一定要做出精美的外包装。”董树旺回忆着当时的情景。

“是呀，听士澍说，选择潞通堂之前，由于给文物出版社做过外加工的几家业务单位在样品审查中没能过关，领导非常着急，最后选择了潞通堂。”米景扬说。

董树旺回忆着，说：“送样品那天是周六，上午十点半左右，我提着两个《江山万里图》长卷锦盒到了出版社。苏先生把图卷放进盒内，扣上盖晃了晃，一点响动都没有，他大喊一声：‘太好了！’随即安排领导过目。当时文物出版社在五四大街文物局院内，距离中宣部很近，往返三十五分钟。十一点半左右，上级领导看到《江山万里图》长卷包装锦盒后非常满意。审验合格后，由于时间紧任务重，在二十天内要做五百个锦盒。当时我们请来任重义老师做指导，加班加点，按时按质完成了那项重要任务。”

米景扬听着，意味深长地说：“树旺，荣宝斋这次把包装业务交由你们潞通堂承办，就是看中了你们这种不怕困难，精益求精的精神。在制作各种外包装锦盒的质量上，要更上一层楼。这就是荣宝斋对潞通堂的要求。”

“米先生，请荣宝斋放心‘下定决心，不怕牺牲’。”说着，米景扬接过话茬，“排除万难，争取胜利！”

话音刚落，赵月鹤走了进来，笑着说：“你俩这是在宣誓吧？得嘞，到饭点儿了，酒足饭饱后再喊，那才带劲呢，哈哈。”

米景扬开心地大笑着说：“我说老赵，饭桌上可不带宣誓的，喝酒这件事上我甘拜下风，你可不能见着怂人搂不住火呀，哈哈！”

赵月鹤拽着米景扬的胳膊，笑着说：“在您米老师面前我可不敢有半点造次，一会儿在饭桌上还有好多问题向您请教，尤其是八一大楼挂画的事情，您得给指点迷津。”

米景扬随着赵月鹤向车间外面走着，说：“老赵，说正经的，你这六百多幅字画，还真得把专家请过去，一幅一幅地看，什么题材的作品，挂在什么位置，都是有讲究的。特别是这样一个国家重要部门，绝不能把画挂成展览会的模式，一定要和八一大楼雄壮、端庄、大气的风格吻合起来。”

赵月鹤认真地听着，说：“您说得太对了，机关的领导对这件事情非常重视，指示我们一定要从讲政治的高度完成好此项任务。机关专门成立了领导小组和专家审查小组，确保做到万无一失。”说着，回过头对董树旺说：“树旺，刚才我又打电话布置了一下，做好一切前期的准备工作，下周一上午十点，我在八一大楼等着你。”

董树旺认真地说：“赵局长，您放心。这两天我也把潞通堂需要做的前期准备工作安排好，下周一上午十点我带着三位装裱技师，准时向您报到！”

米景扬语重心长地叮嘱着董树旺：“小董，这件事情赵局长去荣宝斋时已经跟我说过了，这六百幅画里可有不少巨幅作品，装裱悬挂过程中都会遇到难处，你一定要加倍小心，把困难和问题想周全。如果遇到解决不了的问题就给我打电话，荣宝斋会全力地支持你！”

董树旺激动地说：“有米先生您这句话，我心里就更有底了！

我们潞通堂感恩荣宝斋的一路扶持！吃水不忘挖井人，大河有水小河满，我们唯一的选择就是把事情做好，把艰巨的任务完成好。”

赵月鹤听着，笑了起来，说：“树旺又开始表决心了，每次听你说话我都是热血沸腾，干劲十足！哈哈。”

米景扬也笑着说：“在小董面前就是没困难。”

赵月鹤紧接着说：“米老师说的对，大庆石油工人说过一句话，困难面前有我们，我们面前无困难。树旺，把这句话当作潞通堂的座右铭吧。”

米景扬随应着说：“我看行，小董，这句话对你和潞通堂来讲都很贴切，等下次来我把这句话给你写个横幅，挂在你办公室。”

董树旺高兴地说：“太好啦！我先谢您了！挂在我办公桌对面的墙上，将来遇到过不去的坎时，我就看着它读几遍，困难一准儿的就逃跑了！哈哈。”

“这下可好了，树旺，你不但有了座右铭，还加上了护身符，你潞通堂真是没挡儿了，一路通呀！哈哈。”赵月鹤笑着说。

董树旺笑着，张嘴刚要说话，衣兜里的手机响了起来，他伸手请米景扬和赵月鹤往餐厅走着，打开手机说：“喂，哪位？吴斌兄，你说吧。”

吴斌在电话里压低了嗓门，说：“树旺，我问你，你手里是否有一幅徐悲鸿的《双马图》？”

董树旺说：“有呀，咋啦？”

“这就对上号了，王麻子他们那边的人告诉我说，他盯上了你那幅《双马图》，正在打你的主意。具体情况在电话里不好说，你得马上到我家里来一趟，咱俩见面再说。”吴斌加快了语速。

董树旺想了想，说：“吴兄，我现在正招待客人，等吃完午饭送走了客人就往顺义赶。你现在还住在儿子家吧？”

吴斌说："对，就是府前街那个小区。"

"好，吴兄，下午见。"

董树旺挂断电话，将手机放进衣兜里，心中暗想："看来王麻子是来者不善，我就是不信你这个邪！"

他扬起头，迈开大步朝餐厅走去。

三

送走了米景扬和赵月鹤，董树旺驱车来到顺义区吴斌的家里。

吴斌打开门，将董树旺迎进客厅，张罗着，"树旺老弟，真是不好意思，大老远的，又让你跑一趟。快请坐，我已经给你沏好茶了。"

董树旺坐在客厅画案的前边，笑着说："吴兄你是在为我的事操心，我来你这儿还不是应该的？不过你住在这儿可比去你老家远多了。"

"我也愿意在农村待着，可老二吴小兵不让走，说住楼冬天有暖气，夏天有空调，天天能洗热水澡，上厕所也方便，又有电梯，我这个瘸腿上下楼也方便；还有就是住在县城搞书画交流也方便，反正他跟我说了一堆不让回去的理由。老大吴大兵又给他妹妹在县城里找了一所小学校，读一年级，你嫂子刚走，去学校接闺女去了。"吴斌给董树旺倒着茶说。

董树旺双手接过茶杯，看着画案上摆放的书籍说："这些全是新书呀，刚买的吧？"

吴斌笑着说："前两天大兵去北京开会，在王府井书店给我买回来的，他说我一天到晚地光写字画画不成，还得多看书。"

“吴兄，如今你可得两个儿子的益了。小兵给你买房住，大兵管你的生活，这两个大研究生没白培养。”董树旺竖着大拇指夸赞着。

吴斌眯着眼睛，嘴角上扬，摆着手说：“到啥时候着啥急，小兵在合资企业上班，听说是个中层技术干部，整天泡在厂里搞技术革新，十天半月能回来一趟就不错了；大兵呢，毕业后在区政府机关上班，他离我这儿近，倒是经常来看我们，尤其是对他妹妹小乖，疼爱得要命，你看这一堆零食和少儿读物，都是他给小乖买的。他俩都是孝顺的儿子，可就是有一样，都不搞对象，总是说没遇到合适的，一提起这件事我就头疼。家家都有本难念的经，随他俩去吧。得嘞，不说他们了，还是说你吧，今儿上午我一听就急了，想着还是早点告诉你为好。”

董树旺坐在那里喝着茶，镇定地说：“吴兄别紧张，天塌不下来，你慢慢说。”

吴斌坐在董树旺的对面，急切地说：“我说树旺，还是你心大，我为你这事急得都团团转了，你还没事人似的，稳坐钓鱼台呢。”

董树旺看着吴斌，笑着说：“你老兄啥都没说呢，我着啥急呀？”

吴斌拍着脑袋，“都快把我吓傻了，你听我说。”

原来，吴斌的大儿子吴大兵在区政府里当科长，王麻子在顺义区开办的建筑装饰公司主管财务的副经理张铁柱，是吴大兵在牛栏山中学时期的同学，从牛栏山中学考上大学至今，他俩一直保持着密切的联系。当年王麻子自知在顺义本地的名声不好，不太愿意长期待在顺义，就选聘了大学刚毕业两年的张铁柱，负责顺义建筑装饰公司的业务，他自己主管在石景山区注册的那家公司。

自从王麻子结识了在潘家园古玩旧货市场开古玩店的那位房主

后，又把潘家园里名为尚当鉴宝处，自称鉴定大师的常大吹介绍给了王麻子。

王麻子刚和常大吹认识的时候，他卷着几幅高仿的名人字画找其鉴定。常大吹的资质和所标榜的身份都是冒牌货，找他来鉴定的，只要给足了鉴定费，无论真假他都发给保真鉴定证书。那些造假之人就可以将手中的赝品拿到小的拍卖行上拍，以图蒙混过关赚大钱。

王麻子花钱请常大吹鉴定后，他带去的那些赝品转眼之间就变成了真迹。一来二去的，常大吹又将王麻子介绍给了芝兰拍卖公司的经理马芝兰。

初次见面，虽然马芝兰对王麻子的相貌感到有些厌恶，但出于礼貌，还是和他客气地寒暄，并交换了名片。

王麻子是个走南闯北黑白两道通吃的笑面虎，他没想到站在眼前的是一位貌美如花的年轻尤物。当时就垂涎欲滴，打起了不把马芝兰追到手誓不罢休的鬼主意。

其实，这位马芝兰也不是善茬，她外表妖娆妩媚，是个嗜财如命的势利小人。她靠在潘家园倒卖珠宝玉器起家，凭姣好的姿色找到靠山，打通了关系渠道，开办了芝兰古玩拍卖公司。刚起步时，她不走正路，勾结常大吹，想在短期内“大捞一笔”。

为了尽早将马芝兰追到手，王麻子把常大吹作为突破口，频繁地送赝品请他鉴定，很快就得到了常大吹的信任。

一天上午，王麻子又来到尚当鉴宝处。常大吹高兴地说：“王兄，这些日子没少赚吧？我看你满面红光，定是财运亨通呀！”

王麻子皱着眉，故作为难地说：“常大师别拿我开涮了，我送到芝兰拍卖公司的那些字画，上了图册后还没上拍就让明眼人看出了破绽，不但没挣到钱，印图册和交佣金的钱倒是花了不少。马芝兰的拍卖公司，不费吹灰之力，就把钱给赚走了。”

常大吹探着头，低声说：“马芝兰这个小妖精，不但人长得漂亮，玩起人来，那心眼儿，咱俩加起来都白给。她若是想弄谁，三下五除二，试不过三，就把你搞得服服帖帖的，为她所用。”

王麻子不屑一顾地说：“她一个丫头片子，能有那么大本事？又不是仙女下凡。”

常大吹摊着双手，无奈地说：“你还别不信，我常大吹够精也够能骗的吧？可到如今，我还是被她玩得团团转。这两年通过我这个尚当鉴宝处，她就把卖主给坑惨了。”

王麻子疑惑地盯着常大吹，说：“谁都不是傻子，咋坑呀？我不信。”

常大吹歪着身子，神秘地说：“你不信，我说个实际的例子你就信了。去年年底，有一个小伙子来潘家园地摊上‘淘宝’，淘到一个青花瓷瓶。我花钱雇的大老蔫盯上了他，自称是芝兰古玩拍卖公司的工作人员，指着小伙子手里的瓷瓶说：‘我们公司即将举办大型拍卖会，你手里拿着的古瓷瓶可以参加拍卖。’小伙子说：‘这是我刚从地摊上买的，不知是真是假，还能上拍卖会？真是笑话。’大老蔫接过瓷瓶看着说：‘我也看不准，对面有一家尚当古玩鉴宝处，请鉴定大师给上上眼，若是真品，就可以在我们拍卖行上拍。’小伙子犹豫着说：‘尚当鉴宝处，不就是让人家上当吗？我可不敢去。’大老蔫说：‘人家尚当的意思就是要提醒你别再上当，你一去就知道了。’小伙子手托着青花瓷瓶，半信半疑地来到我这儿，我戴着花镜，装模作样地看了一会儿，又拿起放大镜翻来覆去地看着，故作惊讶地对小伙子说：‘你这个瓷瓶是从哪儿弄来的？这是北宋官窑青釉直径瓶，来路可不一般呀！’小伙子说：‘这是真的吗？不会是仿品吧？’我摘下花镜，卖关子说：‘不但是真品，而且若是送到拍卖行，一百万元起价。’小伙子一听喜出望外，心想，没花几个钱买来的瓷瓶，能拍出如此高价，这回赚大了！回过头对大老蔫说：‘我要上拍！’大老蔫为难地说：‘你这个瓷瓶没有鉴定证书，我们公司是不给上拍卖图册的，上拍的事就甭想了！’小伙子转过身问我：‘您这儿能发鉴定证书吗？’我也为难地说：‘你这个古瓷瓶价格太高了，鉴定费是按瓶子价钱的比例收的，我看你还是算了，放在家里自个儿看吧。’小伙子却着急了，掏出银行卡说：‘没问题，您说多少钱我照付。’我刷了小伙子一万元以后，给他做了鉴定证书。大老蔫又把小伙子带到芝兰拍卖公司，商谈具体合同时，马芝兰提出上拍前需预先支付相关的拍摄图录费用以及百分之一的服务费用。送拍心切的小伙子毫不迟疑地按对方要求支付了一万元的图录费和一万元基础服务费，结果，在随后举行的所谓‘大型’拍卖会上，小伙子的‘北宋官窑’流拍。”

王麻子听着，指着常大吹的鼻子说：“你俩合着伙坑人，就不怕人家找你们算账？”

常大吹得意地说：“一个愿打一个愿挨，他的拍品流拍没人要，是他自己的责任，与我们何干呀！哈哈。我跟你说，这两年挨宰上当的人可不少呀。”

王麻子从常大吹那里得知了马芝兰的拍卖套路后，投其所好，利用送货的机会接近马芝兰，不到半年时间，嗜财的马芝兰和好色的王麻子一拍即合，并且在拍卖市场走上了违法犯罪的不归之路。

为了哄马芝兰开心，王麻子指令张铁柱，将大部分资金转移到芝兰古玩拍卖公司的账上，并且花巨款在潮白河岸边购置了一套豪华别墅，供他二人享用。

张铁柱对王麻子一系列的违规操作手段不敢苟同，几次前往石景山找王麻子阐明观点，提出反对意见。可王麻子已经被马芝兰诱惑得五迷三道，不但不听劝阻，反而将张铁柱大骂了一顿。张铁柱自知王麻子已经不可救药，决定辞职，一走了之。

张铁柱找到吴大兵，将对王麻子的看法和辞职的想法一股脑地说了出来。

吴大兵想了想说：“王麻子这种人已经到了丧心病狂的地步，他早晚要出大事，我看你还是早点离开为好。你一个名牌大学毕业生，既懂管理又懂财会，到哪家企业应聘都是佼佼者。”

听着吴大兵说的话，张铁柱舒展了眉头，说：“有你这句话，我心里踏实多了。这几天我把公司的事情处理完，把相关材料都整理封存好后，就去找王麻子递交辞职报告。”

吴大兵拍着张铁柱的肩膀说：“你要多加小心，把这两年你处理公司的往来账目都整理好，备上案，以备将来遇到事情时能说得清楚。”

一周以后，张铁柱带着辞职报告来到石景山王麻子的办公室。大门敞开着，王麻子正坐在办公桌前翻看着画册，抬头看见了张铁柱，连忙站起来热情地说：“铁柱来啦！快坐下，我一直想找你聊聊呢！上次是我喝多了，不应该冲你发那么大火，还张嘴骂了你，我今天向你道歉，下不为例。”说着，他取出一次性杯子，放上茶，走到自动饮水机前，加满了开水，递给张铁柱。

张铁柱坐在沙发上，刚要开口，就听王麻子说：“铁柱，你看这本画册里有一幅徐悲鸿的《双马图》，两匹马都在低头饮水，低头的马寓意好呀，吃喝不愁，日子红火，哈哈！”

张铁柱探着身子，看着画册说：“徐悲鸿先生同时饮水的《双马图》，我还真是头一次见。”

王麻子来了精神，大笑着说：“别说你啦，我从小就喜欢马，养马、骑马，到买徐悲鸿马的赝品，也是头一次见到这幅画，喜欢得都走不动道儿。我跟马芝兰说了，一定要想尽一切办法把它拍到手。”

张铁柱将画册放到办公桌上，问:“这幅画是准备上拍的吗？”

王麻子摊开手，无奈地说:“真要是准备上拍的画就好了，无论如何也能把它拿下，可惜的是，这幅画在通州一家裱画公司的经理手里，人家是私藏。我托人打听了，那家公司的经理名字叫董树旺，听说他为人正直，光明磊落，而且身怀武功绝技，几个小伙子都近不了身，在书画界和拍卖界也是个举足轻重的人物。我正在想办法，争取让他把这幅画上拍。”

听着王麻子说的话，张铁柱心中暗想:“通州的董树旺，是吴大兵父亲的朋友呀！上次去他家吴叔还提到过董树旺，不行，我得往下听听，看他到底想咋样？”想到这里，他玩笑着说:“人家私藏的画，您想让人家上拍就上拍呀？这不是白日做梦吗？哈哈。”

王麻子摇晃着脑袋，神秘地说:“铁柱，你平时不玩这个，你也不知道拍卖行这水有多深，我也不妨实话跟你说了吧，前几天曾经有人给我出主意，让我从黑道上想辙，我把那小子给臭骂了一顿，我骂他说:‘你心瞎眼也瞎呀？这都啥年代了？你还敢干那些下三滥的勾当？’君子爱才，取之有道。”说着，他前胸贴着办公桌，伸着脖子，“反正你也不沾这拍卖的边儿，我跟你说，若是能让董树旺把这幅画上拍，就派几个举牌的当场抬高画价，直到将价格抬到一个相当的高度，我就花巨资把它拍到手。一旦将这幅《双马图》收到囊中，可做的事情就多去了！我跟你说，先请一位造假高手，制作出几幅赝品，逐件送拍，一旦拍出高价就把它卖掉。这幅真画等时机成熟后，再送到在国际上有影响力的拍卖行竞拍，到了那时这幅画赚回的钱，够咱们石景山和顺义两家建筑装饰公司翻几个跟斗了！”说到这里，王麻子得意地摇晃着头，哼起了小曲:

“嘿啦啦啦啦嘿啦啦，天空出彩霞呀地上开红花呀……”

刘铁柱心中暗想：“得赶紧将这个消息转告给通州的董树旺厂长，绝不能让王麻子和马芝兰的诡计得逞。当务之急是先稳住王麻子，辞职的事以后再说。”想到这里，他应和着说：“王总，您这可是神操作呀，可得想周全，别偷鸡不成蚀把米呀，若是再让人家给算计喽，您和马总可就得不偿失了！”

王麻子摇着头，胸有成竹地说：“没问题，我琢磨了，最关键一环就是想方设法让董树旺上钩，我已经花钱买通了曾经亲近过他的人，他向我打了包票。”说着，他双眼直勾勾地盯着张铁柱，问：“铁柱兄弟，你今儿来找我有啥事？”

张铁柱微笑着说：“上次向您汇报工作的时候，闹得挺不愉快，我怕您过不去这个劲儿，就特意前来向您道个歉，再和您沟通沟通。”

“是这么回事呀！得嘞，都过去了，我知道你说的那些话都是为我好，我也一直是信任你的。铁柱，你看今儿这事我一点没瞒你，你就是我的亲兄弟。”说着，他从抽屉里取出一张银行卡，甩在办公桌上，“铁柱，这张卡里有五万块钱，你留着用，也算我发给你的奖金。等把《双马图》这件事搞定后，咱还搞啥建筑装饰呀？都是扯淡！咱就把芝兰古玩拍卖公司做大做强。拍买拍卖，什么高仿真呀，什么赝品呀，都让它弄假成真，为咱们赚大钱。哈哈！”

“还是王总您想得周全，想得远，祝您和马总心想事成。”说着，张铁柱站起来，边往门外走边说：“王总，抱歉，您看天都快黑了，我还要赶回顺义去接孩子回家。再见！”

王麻子拿起办公桌上的银行卡，追了出来，高喊：“铁柱，银行卡！”

张铁柱跑到车上，开动着汽车，探出头大声说："王总，多谢！银行卡还是留着您自己用吧！"

当天晚上，张铁柱回到了顺义，马上和吴大兵通了电话。

吴大兵听明白大概意思后，说："铁柱，此事紧急，非同小可，你明天上午直接去找我父亲，把这件事情当面和他说清楚，我父亲会及时转告给董叔的。明天上午我还要参加会议，就不陪你过去了。"

张铁柱说："好吧，按你说的办，明天一早我先把孩子送到学校，再去公司处理完事情，就直接去找吴叔。"

吴斌将此件事情叙述完后，说："大致情况就是这样，树旺，你还是要早做打算，绝不能让王麻子他们的如意算盘得逞。"

听完了吴斌的述说，董树旺攥紧拳头向上一挥，斩钉截铁地说："我已经有了对付王麻子的办法！绝不能纵容他们扰乱拍卖行业的市场秩序！王麻子想从我这儿做文章，他就是痴心妄想！"

顿了一下，董树旺接着说："吴兄，王麻子和马芝兰这两个人狼狈为奸，沆瀣一气，简直是得寸进尺，无法无天，绝没有好下场！"

吴斌叹着气说："这些年拍卖行虽说是发展迅速，但良莠不齐，乱象丛生，是到了该整治的时候了。"

董树旺站起身，挥着手说："一切事物在发展过程中，都会出现各种问题，都有一个不断完善的过程。某些拍卖行，除了'知假拍假'外，还利用'下套''设局'的手段，令人防不胜防，其中还有'保底托价'式的假拍呢。这些乱象都不可怕，早晚有人会收拾他们。"

吴斌不解地问："'保底托价'？我还是头一次听说这词，拍卖行你接触的多，讲给我听听。"

董树旺又坐下来，说："好，我就说说，免得你以后上这个当。比如说，拍卖行估价一幅作品低于一百万元，但卖家坚持一百万元的底价上拍，为了场面好看，卖家自己来举牌。有些小拍卖行的拍价甚至不足合同的十分之一，全场靠'拍托'抬价。他们为谋取暴利，不顾诚信，与'卖家'甚至艺术家等合谋，签订超出市场能够承受的保底价，却以极低的价格起拍，来诱惑买家，竞价过程中找'拍托'逐步抬价。藏品获取超额利润的背后，却是不光彩的'利益链'"。

正说着，房门被打开了。吴斌的女儿张着小手向他扑来，高喊："爸爸，我今天又得了两朵小红花！"

吴斌搂着女儿，高兴地说："乖孩子，你真棒！"说着，伸手指向董树旺，"小乖，你看，谁来了？"

小乖瞪着圆眼睛，扭头看着董树旺，轻声说："是董叔叔，董叔叔好！"说着，将头埋在吴斌的胸前，害起羞来。

这时，吴斌的夫人站在门口，看到了董树旺，快走两步，热情地说："树旺来啦！我给您倒茶。"

董树旺站起来，摆着手笑着说："嫂子您别客气，快照顾孩子吧。"又转过身对孩子说："小乖，你看，叔叔给你买的大顺斋糖火烧，你可不能多吃呀，太甜了，吃多喽齁嗓子。"

吴斌向前推着女儿："快到董叔那儿去，谢谢董叔叔。"

小乖迈着碎步来到董树旺面前，扬着手接过成盒的糖火烧，扬着脸，张着小嘴，高兴地说："谢谢董叔叔，叔叔您在我家吃饭吧！"

董树旺躬着身子，笑着说："小乖，不客气，今天叔叔还得去办事，等下次再来你家里吃饭。"

小乖手捧着糖火烧，送到妈妈手里说："妈妈，这是董叔叔给我买的，我不多吃，吃多了会嗓子痛。”

妈妈抚摸着女儿的头，“小乖，真听话！快进屋看书去吧。”

小乖答应着，蹦蹦跳跳，快步向里屋跑去。

春去秋来，王麻子在董树旺身上打的鬼主意没有得逞，他像泄了气的皮球，坐在办公室里无精打采地喝茶解闷，盘算着下一步的阴谋。

突然，手机响了起来。王麻子打开手机一看，是马芝兰来的电话，他龇牙咧嘴来了精神，缩着脖子说：“兰子，还是离不开我吧！一天不见心发慌了吧？哈哈！”

马芝兰佯装嗔怒地说：“死鬼，你别太自恋，谁稀罕你呀！”

王麻子听着，大笑着说：“你是不稀罕，有钱能使鬼推磨呀！哈哈。”

马芝兰拦住了王麻子的话，贱声贱气地说：“你这个死鬼，别逗贫啦，你干啥呢？”

王麻子懒洋洋地说：“还能干啥？喝茶、解闷、想你。”

马芝兰大声说：“呸！你别逗了，还想我？你是想董树旺那幅《双马图》了吧？”

“是呀，本想在董树旺身上捞一把，这可好，如今落了个竹篮打水，一场空呀！”

“瞧你那怂样！哪有一口吃个胖子的美事儿呀？咱们来日方长，他董树旺和那幅《双马图》又跑不了，只有放长线，才能钓大鱼。”说着，马芝兰压低了声音，“眼前有一个挣快钱的机会，真要是能办成，那咱俩可就财源滚滚啦！”

王麻子听着，半信半疑地说：“你不是在说梦话吧？我看你是想钱想疯了！”

马芝兰真生气了，加快了语速说：“你马上开车去潘家园古玩市场，到了常大吹的尚当鉴宝处就知道了。我在那儿等着你，死鬼！挂电话啦。”

王麻子不敢怠慢，快步走到停车场，驱车直奔潘家园而去。

王麻子来到张大吹尚当鉴宝处，马芝兰和常大吹、大老蔫正在闲聊，等候着他的到来。

常大吹坐在鉴定桌前，鬼鬼祟祟地说：“人都到齐了，先让老蔫兄弟把他发现挣钱的来路说说。”说着，他看着大老蔫，“老蔫，你说吧。”

大老蔫向前探着身子，神秘地说：“这段时间我一直在潘家园市场里转悠，忽然发现来地摊买老物件的大多是中老年人，尤其是六七十岁的人偏多，还有不少八九十岁的，围在小摊上且看呢，见喜欢的东西就买，出手都挺大方。当时我就想，若是在这些中老年人身上做文章，可就不愁挣钱了。我把想法跟大吹一说，嘿，他立马就想出了鬼点子。这不，把你们二位也叫来了，具体咋办，还是听大吹说吧。”

常大吹搓着手，向前探着身子，压低嗓门说：“老蔫兄弟把想法说给我听之后，我当时就想到了你们二位。若想把那些老年人的钱从兜口里掏出来，咱们还得一起干。”

王麻子瞪着眼睛说：“大吹，你俩刚才说的我还没听明白咋回事儿呢，你就直说吧，到底想干啥？”

马芝兰伸手拦着王麻子，“嘿，你急啥呀？听大吹往下说。”

常大吹加快了语速，“我是这样想的，那些老年人不是喜欢收藏古玩字画吗？咱们分三步把钱挣到手。第一步，让大老蔫冒充拍卖行工作人员，蹲守在地摊周围，和那些常来常往的老年人拉关系套近乎，获得他们的信任后，把联系电话搞到手，适当的时候再打电话告诉他们可以提供免费鉴定服务。”

王麻子听着，拦住常大吹，说：“让他们都到你家尚当鉴宝处来免费鉴定，那你不是白忙乎了吗？”

常大吹说：“哪能白忙乎呀！咱这是合伙挣钱。如果不免费鉴定，他们就不上钩了。据我观察，甭管啥事，只要是免费的，保准蜂拥而上，都觉得是便宜，不占白不占。”

马芝兰催促说：“这是第一步，你再说说第二步。”

常大吹向前探着身子，把声音压得更低，“这第一步得手后，来到我这儿就好办了，凭我的三寸不烂之舌，估出比他们带来的藏品高几十或上百倍的价格，他们既然能来，就肯定都怀着捡漏赚钱的心里，我再把鉴定证书一发，‘发财’的美梦就算做上了。”

王麻子将身子向前挪着，说：“大吹，你这步可够绝的，升官发财坐汽车，你算是把人给琢磨透了。”

张大吹得意地晃着头，说：“有了第二步后，到了第三步咱们就有钱挣了。”

马芝兰将手搭在王麻子的肩膀上，伸着脖子说：“我可是挣钱没够的主儿，大吹你快说吧，慢吞吞的急死人了！”

“第三步就是诱导他们参加拍卖会并签订协议书。这就得看你们芝兰拍卖公司的本事了。”常大吹看着马芝兰说。

马芝兰想了想，提高了嗓门，说：“到我这儿就好办了。协议中写上，按照拍卖标费的等级收取一万至十万元不等的服务费，如果藏品流拍，服务费不予退还。一旦签好了协议，我就去着手租用拍卖场地，让这些老家伙到场参加拍卖会。”

王麻子拍着大腿，兴奋地说：“你这个常大吹可真不是白叫的，鬼点子可真多！”说着，他又压低了声音，“兰子，到时候我再弄些假古董，一起参加拍卖，再找几个会演戏的拍托，在现场举牌叫价，我带来的假藏品成功拍卖，又回到库房，他们上拍的藏品因为无人举牌而流拍。这场戏若是演好喽，咱们名正言顺地挣钱，他们还被蒙在鼓里，无话可说。真是两全其美呀！”

大老蔫坐在旁边，提醒说：“这还不成，如果有被骗的事主提出异议，得想出应对的办法。”

马芝兰想着，说：“这好办，我就送给他们假藏品，就说这些收藏品价值几千、几万元，其实也就是几十块钱的工艺品。这样就平安无事了。”

王麻子得意地站起来，挥着手，大声地说：“就这么着了！我说兰子、大吹，还有老蔫，你们仨放手干吧，我做你们的后盾，要钱有钱，要人有人！”

常大吹也站起来，摆手阻拦着王麻子，“你小点声！我这儿人多嘴杂，外一露了馅，那咱们都得歇菜！”

俗话说得好，多行不义必自毙。王麻子他们一伙在实施诈骗的过程中，被受害人举报。刑侦支队侦查员与涉事地区派出所民警顺藤摸瓜，对芝兰古玩拍卖公司和尚当鉴宝处展开了抓捕行动。

从顺义区传来消息，王麻子和马芝兰因涉嫌诈骗罪、黑社会性质组织罪、偷税漏税罪，被依法追究刑事责任；王麻子名下的两家建筑装饰公司和芝兰古玩拍卖公司被依法查封；常大吹的相关造假资质以及尚当鉴宝处的营业执照等均被依法取缔。

这正是：“善恶终有报，天道好轮回；不信抬头看，苍天饶过谁。”

四

两年后，北京的五月，又到了槐花盛开香满天的时节。

一天上午，董树旺来到著名画家范曾先生家拜访、求教。

范曾手攥着烟斗，坐在沙发上，热情地说："小董，你可有些日子没来了，我还真是挺想你，最近又在忙啥呢？"

董树旺坐在范曾先生的对面，向前探着身子，说："最近是有点忙，潞通堂承接完辽宁画院赵华胜院长在中国美术馆举办的《纪念中国共产党成立八十周年》大型画展的装裱布展任务后，又为北京钓鱼台国宾馆装裱修复了巨幅国画《红白莲花》，这件作品是当年北京画院副院长陈半丁老先生绘制的。为拯救这幅破损严重的作品，装裱大师崔玉海带领工人用了四十多天才修复完成，此画已经张挂在钓鱼台十二号楼宴会厅了。上个月又承接了傅抱石先生巨幅山水画作品，昨天晚上刚修复完型，托上了墙。"

范曾听着，扬起手叮嘱说："修复傅抱石先生的作品，可是个要命的手艺活儿呀！若是没修复好砸了锅，你潞通堂可是吃不了兜着走呀！小董你可要多加小心。"

董树旺认真地听着，说："范先生您说的非常对。傅先生这幅大作，原来是张挂在中国驻外大使馆，为了保存和传承文化精品，外交部领导决定将原作调回钓鱼台，重新修复装裱。这幅作品长三米五，宽一米四，在崔玉海先生的主持下，等于在昨天晚上圆满完成了揭裱、修复的一系列工序，所以我今天才能踏踏实实来拜见您。"

范曾高兴地说："好，好！有崔玉海大师把关，潞通堂就等于上了保险。"说着，他扭过身，指着墙壁上挂着的画，"小董你看，这幅丈二的《钟馗神威》图，挂在我家里，简直成了你们潞通堂的广告牌，凡来我家的朋友都告诉他们，这是小董他们裱好配好大框后，亲自来人安装的，你们有书画作品需要装裱的，到通州潞通堂找小董。'"

董树旺连忙站起来，激动地说："多谢您！我代表潞通堂给您鞠躬！”

范曾摆着手，大笑着说：“别客气小董，你快坐下。这些年我的书画都是由你潞通堂装裱，也从没让你打过收条，这说明你小董的人品，在我范曾这儿，是百分之百过关的！”

董树旺又坐回到沙发上，认真地说：“多谢您的信任，我记得有一次来您家取画，我正要写收条，让您给拦住了。当时您说：‘不用写收条，你小董的人品就是收条。’就您这一句话，说得我心里热乎乎的，一直把您说的这句话，当作我在社会上为人处世的座右铭。还记得有一次，我开着面包车来您家里取画，正赶上有香港的客人，我刚要走，您叫住我，当面将我和客人进行了介绍，并说中午一起用餐。吃过午餐香港客人走后，您突然说要到我们厂里去一趟，让我坐您的车去，等回来再开我自己的面包车。当时我既惊喜又担心，惊喜的是您能亲自到工厂来，担心的是您若对工厂看不上可咋办？等来到工厂，把您带到车间，一进门正面大墙上正是托好的您的作品，您当时非常满意地对工人说：‘师傅们辛苦了，经过你们手工托裱，画的效果焕然一新，这里就是我作品的装裱基地！’参观工厂、车间后，在回来的路上您对我说：‘小董你能吃苦，有人缘，一个人每天进城取活、送活不容易，以后有什么困难找我！’当时我坐在车里听您说的这些话，感动得眼泪围着眼圈转，至今想起来就跟放电影似的。”

董树旺双手抱拳，感慨地说：“范先生，这些年我从您身上学到了许多书本上学不到的知识，在我的心目中，您是一位非常勤奋、学识渊博、性格开朗豪放、待人真诚热情的大学问家。我董树旺是个农民，能遇到您，并且在潞通堂最困难的时候，能得到您的大力支持和无私的帮助，实属三生有幸，我们感恩不尽！”

范曾挥手笑着说：“小董说话我爱听！你就别跟我客气啦。”说着，他沉思了一下，看着董树旺，“小董，刚才听你说到修复画作的事情，我收藏了两本古装线书，由于年代太久，古装书四边连页内文字都变成了黄色，而且四边都烂掉了，连页码都没有了。我曾拿到一家专业古籍馆修复过一本，但是修复得不太理想。你稍等，我把还没修的那本书拿给你看。”他走进书房，拿出残书，递给董树旺，“你看看，你们潞通堂有把它修复好的办法吗？”

董树旺接过残书，小心翼翼地翻看了几页，抬起头说：“范先生，您这本书确实残得比较严重。您看，这书一翻开，页面都黄得很厉害，而且四边都烂了，连页码都看不清了。”

范曾皱着眉头，说：“是呀，太可惜了！若是能把它修复好，可就去我心病了。”

董树旺看着范曾珍惜和期盼的表情，鼓起勇气说：“范先生，您放心吧，我一定竭尽全力做这件事儿。”他坐在范曾身旁，将修复需要的时间，残缺、烂掉的四边如何补齐，如何保证页码顺序，以及封面、装订、贴什么笺等的想法都一一做了说明。

范曾认真地听着，高兴地说：“好！小董，我珍爱的这本古装残书就交给你修复了！”

董树旺拜访完范曾先生，便驱车直接回到了潞通堂。他把这本残缺不整的古书打开，跟师傅们一起又仔细看了残缺的情况，随即制定出修复方案。他心中暗想：“这本书是范曾先生的心中之宝，绝不能有半点瑕疵。”他看着坐在对面的张师傅，说：“张师傅，您有经验，技术好，把这个任务交由您来完成。”

张师傅摘下老花镜，直起身子说：“树旺，你放心，我一定尽全力把这本残书修复好！”

董树旺将残书递到张师傅手里，叮嘱着说：“修复这本书没有时间限制，以质量优良为第一。您首先要把整本书的每页都拆下来，由于书的页码有很多看不清楚，您就在没拆页前用铅笔在每页的同一个中间位置标好页码顺序号。”说着，他拿起笔写着说：“比如说，首页为一，次页为二，以此类推。”

张师傅认真地听着，说：“好，我先琢磨一下，等有把握了再动手。”

三天以后，张师傅动手干了起来。他每天拆下二十页后，将残缺、腐烂的黄边裁齐，然后根据四边残缺的大小，用双层白色宣纸找齐规格尺寸，托齐上墙，等到三至五天自然平整后下墙，再将每页四边裁成同一个尺寸。经过一个多月的精心修复，最后又将页码顺序校对，确认无误后用线装订。为保证厚度和平整度，他选择用瓷青纸托上两层宣纸作为古装书的封面，在装订好的封面靠右边两公分左右贴上金色套笺。

张师傅手捧着修复一新的古装书，放松了心情。他将书递给董树旺，开心地说：“树旺，你把它交给范先生吧。”

董树旺仔细端详着，高兴地说：“张师傅，您这些日子辛苦啦，谢谢您！我这就给范先生送过去，咱们完璧归赵！”

范曾先生从董树旺手里接过古书后，上下翻看着外观，又仔细看着内页文字，猛然从沙发上站起来高喊：“白银包黄金，太好了！我真是找对了人！今天我送你四个字：‘书画郎中’。”

董树旺抬头望着范曾满心欢喜的表情，不知所措地问：“范先生，您满意啦？”

范曾高兴地说：“无比的满意！小董，你快给我铺上宣纸，我要给你题字！”

听着范曾先生的话，董树旺站起身迅速将宣纸铺在画案上。只见范曾抄起毛笔，饱蘸墨汁，大笔一挥：“书画郎中”四个潇洒俊逸的大字跃然纸上。提款盖章后，范曾指着修复好的古装书说：

“小董，你就是大夫，是专给书画治病的大夫！”

半个月以后，董树旺用潞通堂木版水印专用纸，又请范曾先生写了一幅《书画郎中》，挂在了装裱修复车间。第一幅《书画郎中》一直挂在他的办公室，时刻鞭策着这位潞通堂堂主，栉风沐雨，砥砺前行。

也就是从那一天起，潞通堂“书画郎中”的雅号便享誉京城，有口皆碑。

一个秋高气爽的早晨，潞通堂迎来两位特殊的客人，中贸圣佳国际拍卖有限公司资深策划刘先生和其助理张博士。

董树旺将两位客人请到办公室，落座后，刘先生抬头欣赏着范曾先生的题字：“书画郎中”，笑着说：“董经理，我对您和潞通堂早有耳闻，能得到书画大家如此评价，实至名归呀！”

董树旺摆手谦虚地说：“过奖了，我们潞通堂只是个乡村企业，您在拍卖行见多识广，还请您多多指教。”

“董经理您太谦虚了，俗话说酒好不怕巷子深，今天我俩就是奔着您这位‘书画郎中’而来。”说着，他打开保险箱，露出一个古旧的手卷，“这个手卷就是今年三月从日本征集到的《研山铭》，这幅流落到海外近百年的米芾真迹，终于又要‘回家’了。但是这幅手卷多处破损，特意来请潞通堂装裱修复完型，为上拍做准备。”

董树旺站起来，拦着刘先生说：“这可是国宝呀，别在这儿看，咱们去装裱修复车间，和装裱修复大师崔玉海先生一起看，到车间再打开才保险。”

“好，好！小张，你提着，咱们到车间去看。”刘先生将保险箱关好，递给了张博士。

来到装裱修复车间，刘先生和张博士戴好白手套，缓缓展开手卷。

崔玉海先生认真地看着惊叹道："稀世珍品！若是不把它修复好，怎能对得起老祖宗呀？先这样平放着吧，如此古旧的画卷，每打开一次画芯就会损坏一次。"

"崔师傅，您就多费心吧。"董树旺看着崔玉海说。

崔玉海用放大镜扫视着画面的局部细节，抬起头，伸手指着远处的桌子说："树旺，请两位客人一起到桌子那边喝茶说话。"

"好好，刘先生，咱们到桌子那儿坐吧，茶水都给您二位沏好了。说话时若离手卷太近对画面会有损伤。"董树旺说着，随两位客人一起坐在桌子前，又回过头说："崔师傅，您也过来吧，请两位专家给介绍一下相关情况。"

崔玉海答应着，来到桌子前，坐在刘先生的对面，笑着说："我们干装裱修复这一行，有一个习惯，在动手做活儿之前，要尽量多地了解作者本人和作品的情况，心中有数才能做到心到手到，胸有成竹。"

"崔先生说的一点儿都没错，他经手装裱修复的每一幅珍贵字画都是先熟悉人，再熟悉画，做到心中有数后，才动手做活儿。"董树旺看着刘先生说。

刘先生冲着崔玉海竖着大拇指，笑着说："大师就是大师，真是名不虚传。我听您的，咱就趁热打铁，把米芾这幅《研山铭》给您二位做个介绍。"他想了一下说："这样吧，分成两部分说。第一部分由张博士介绍一下米芾和他的《研山铭》；第二部分由我说一下这幅手卷的流传经历。"

"刘先生您稍等，我去拿笔和本，边听边记。"董树旺站起来，快步走到车间一角，拿起笔和本又回到桌子前坐了下来，"刘先生，您二位请讲吧。"

张博士直了直腰，看着刘先生说："刘老师，那我就先讲了。"

刘先生点着头说："好好，你先讲吧。"顿了一下，又接着说："张博士是个大才子，专门研究中国的古典文化。"

张博士摆手笑着说："刘老师才是大才子呢！"说着，他端起茶杯喝了一口，"好，那我就献丑啦。"顿了一下，他认真地介绍起来：

"先说米芾这个人，他是北宋时期著名的书法家、画家和书画理论家。祖居山西省太原市，曾迁到湖北省襄阳市，后定居在江苏省的镇江。字元章，号襄阳漫士、鹿门居士。他出生在1051年，只活到五十六岁就去世了。因为他平时个性怪异，举止癫狂，遇石称'兄'，顶礼膜拜，所以当时的人们就给他起了个外号，叫'米颠'。宋徽宗诏他为书画学博士，人们又称他为'米南宫'。他能诗文，擅书画，精鉴别。他的画自成一家，创立了米点山水；他在书法上用功最深，成就也最大，与苏轼、黄庭坚、蔡襄并称为'宋四家'，是开宗立派的书法大家。他能以书法名世，成就完全来自后天的苦练。据史料记载：'一日不书，便觉思涩，想古人未尝半刻废书也。'他儿子米友仁说他甚至大年初一都不忘写字。他的书法'八面出锋'极尽变化，最难写又最能抒发个性。在米芾仅存在世的几幅书法作品中，《研山铭》被公认为最具代表性，号称堪与王羲之'天下第一行书'《兰亭集序》并提，是'天下第一难书。'"

说到这里，张博士停了下来，看着董树旺，"米芾不但是书画大家，他还是把书画装裱艺术文人化的'第一人'呢。"

"嘿，米芾也装裱过字画？"董树旺问。

张博士解释着说："对呀，宋代的一些著名文人艺术家苏轼、米芾、王诜等都曾自己动手装裱字画，宋徽宗颁布了历史上第一个要求精严的装裱格式，史称'宣和裱'。米芾以精湛的书画艺术，高深的学问，独具慧眼的鉴赏力，使书画装裱艺术文人化。他经常亲自冲洗旧迹，凡有了缺残处，他凭着自己高超的书画造诣补全，然后用古绢纸重新装裱。”

董树旺听着，感慨地说：“历代书画大家又都是大文学家，多面手，画外的功夫太重要了！”

张博士点着头，接着说：“刚才我简单介绍了米芾这个人，下面再说一下他写的书法《研山铭》。摆在装裱案子上的这幅《研山铭》手卷，共分三部分。第一部分是米芾用南唐澄心堂纸书写的三十九个字，具体是：‘研山铭。五色水，浮昆仑。潭在顶，出黑云。挂龙怪，烁电痕。下震霆，泽厚坤。极变化，阖道门。宝晋山前轩书。’第二部分分为手绘的研山图和篆书提款；第三部分为米芾之子米友仁的行书题跋和米芾外甥金代王庭筠题跋，还有清代陈浩题跋。有专家评价《研山铭帖》沉顿雄快，跌宕多姿，结字自由放达，不受前人法则的制约，抒发天趣，为米芾大字作品中罕见珍品。”说到这里，他看着刘先生，“刘老师，我要说的都说了，下面的部分请您说吧。”

刘先生点了点头，笑着说：“张博士把第一部分讲得很清楚了，下面我就讲第二部分，《研山铭》手卷的流传过程。”顿了一下，他郑重地说：“《研山铭》手卷，原收藏于北宋、南宋两朝的宫廷，南宋理宗时期，被右丞相贾似道收藏。递传到了元代，被最负盛名的书画收藏家柯九思收藏。清代雍正年间，被四川成都知府于腾收藏。到了近代，不幸流落到日本，被日本的有邻馆收藏。几位寄居海外的中华游子，决心尽最大的努力将它收购回国。他们在文物界老专家的指引下，来到日本东京，几经周折，终于和日本占有者谈好，出巨资买下《研山铭》，并预付了美元定金。可是好事多磨，就在事实即成的时候，一家国际大拍卖公司插足进来，猛抬收购价，日本占有者随即反悔。为了不再让《研山铭》继续在海外漂泊，他们当机立断，按照那家国际大拍卖公司的高价补足了款项，这才将《研山铭》带回了祖国首都北京。今年三月，我们拍卖公司征集到了《研山铭》手卷。国家文物局了解到这一情况后，组织专家依法对《研山铭》手卷进行了鉴定、评估。专家们一致认为此件确属米芾真迹，并建议文物部门与拍卖公司协商，由国家优先购买后在北京故宫博物院收藏，我俩今天来到潞通堂装裱修复此卷，就是为了年底上拍做准备。我要说的也说完了，下一步就要请书画郎中潞通堂给这件国宝把脉问诊了。”

董树旺听着，动情地说：“国宝在外，国人思归。让国宝回家，既是各级政府的责任，也是每一位中华儿女应尽的责任和义务。作为一名普通的中国人，就应该把热爱祖国放在第一位。请您二位放心，把《研山铭》手卷放在潞通堂，我们会全力以赴将它装裱修复完型，为‘国宝回家’保驾护航。”

2002 年 12 月 6 日，是一个将被中国文物界、书法界、收藏界、拍卖界永远铭记的日子。九百年前大书法家米芾的晚年杰作《研山铭》，将在首都大酒店定向竞拍。

这一天，对于潞通堂堂主董树旺来说，更是一个不同寻常的日子。他要亲眼见证潞通堂装裱修复完整的国宝《研山铭》平安“回家”。

董树旺一大早就来到了首都大酒店，刚上到二层，就感觉到了一种不同寻常的气氛，拍卖现场的门口人头攒动，正围在书桌前购买《米芾〈研山铭〉研究》的书籍。

他安静地坐在拍卖现场的一个角落里，翻看着拍卖图录。上午拍卖的是中国近代书画专场，到了中午休息的时间，他依然坐在原地，只是简单地吃了几口鸡蛋和面包，耐心地等待着那激动人心时刻的到来。

下午三点钟，拉开了中国古代书画专卖的序幕。场内黑压压坐满了人，董树旺回头扫视着站在身后没有占到座位的人群，暗自庆幸自己的坚守。

下午的拍卖会进行到一个小时后，拍卖现场的入口突然出现一阵躁动，原来是年过九旬的鉴定大家徐邦达先生来了，拍卖现场的气氛一下子就热烈起来。

就在这时，拍卖师郑重宣布："按照现在的拍卖速度，五点三十分就可以拍卖完《研山铭》。"

五点十三分，早已翘首以盼的人们终于等到了拍品《研山铭》的登场，拍卖大厅内的几条通道都已被挤得水泄不通。

五点二十分，随着一声清脆的拍卖槌响，又传来拍卖师高昂庄重的声音："北宋米芾的《研山铭》手卷，被中国文物流通协调信息咨询中心以二千九百九十九万元竞得！"

国宝《研山铭》手卷终于平安回家了！董树旺沉浸在拍卖现场欢乐的海洋里。过了一会儿，他逐渐平静下来，仍然坐在拍卖现场的角落里，眼望着走出去的余兴未消的人流，感受着祖国的自信与强大；回想着潞通堂三十八年的风雨历程；憧憬着潞通堂更加美好的未来。油然生出一股无形的压力和紧迫感。他坐不住了，猛地站起身，准备迈步向拍卖现场门外走。突然，眼前一黑，天旋地转，胸口剧烈地疼痛。他捂着胸口踉跄着，手扶住座椅的扶手，瘫软地又坐回到椅子上，浑身冒着虚汗，汗珠一滴一滴地从脸上划过。

大约过了十分钟的时间，董树旺睁开双眼，将虚弱的身子向前挪了挪，举目四望，空荡荡的拍卖现场，只有几个女性服务人员在拍卖台前清点、忙碌着。

董树旺坐在那里，轻轻地摇晃着身子，又将头前后左右缓慢地转了转，再摸摸胸口，一切都恢复了正常。他用右手扶着椅背，慢慢地站起来，原地待了一会儿，活动着稍有些发软的腿，向门外走去。

他走出首都大酒店，站在广场上，迎着袭来的寒风放眼望去，岁暮天寒的北京城，已然是华灯初上，流光溢彩。紧了紧身上的外衣，快步来到停车场，一会儿的工夫，他开着的那辆黑色轿车就汇入到车流滚滚的灯影里了。

徐凤红做完了晚饭，一直等不到丈夫归来，她扬头看着墙上的挂钟，自言自语地嘀咕着："天都这么晚了，树旺咋还没回来呀？是出啥事了？还是被事情给耽搁了？"她坐不住了，戴上围巾，穿好棉大衣，准备去村口迎着丈夫。

徐凤红推开半扇院门，探着身子刚要往出迈，一束灯光从胡同口的尽头照射过来。"树旺回来了！"她连忙将另一扇大门推开，自己站在大门外的高坡上，高兴地摇起手来。

董树旺将轿车开进院子里，停下车，看着妻子说："这大冷的天儿，你还在外边站着，不怕着凉感冒呀？"

徐凤红笑着说："左等右等你都不回来，还不够我着急的呢！哪儿还有工夫想天冷的事呀？快进屋歇着吧，我去把饭热上。"

董树旺坐在暖融融的餐厅里，身心彻底放松下来后反而感觉疲惫劳乏。他喝了一杯热水，斜靠在木椅上，打起盹来。

徐凤红端着热气腾腾的饭菜来到餐厅，发现丈夫正坐在椅子上打盹。她轻迈着脚步，将饭菜小心地放在餐桌上后，回过身快步走向卧室，手捧着红色的毛毯回来后刚要往丈夫身上盖，董树旺忽然睁开眼，说："几点了？该起床了吧？"

望着丈夫疲惫的面容，听着丈夫的话语，徐凤红的眼圈湿润了，她侧着脸心疼地说："你不是刚到家吗？还没吃晚饭呢。这些日子你太累了，看你的脸色蜡黄蜡黄的，这几天就在家歇着吧，咱哪儿都不去了。"

董树旺揉着睡眼，说："马上就到元旦了，装裱车间里还有几个大活儿得做出来，这两天你再备十份礼品，我准备元旦前去拜访老朋友。"

"好，都听你的，明天我就去准备，正好咱们家小米、玉米面、红薯、南瓜、大白菜都是现成的，我再去张婶家买几盒柴鸡蛋。"徐凤红答应着。

董树旺扬起头想着，说："周六是大集，到那天你再去买二十斤三河的豆腐丝，老先生们都爱吃这口。"

徐凤红答应着，说："好，我记住啦。咱俩先趁热把饭吃喽，其他的事情等吃完饭再说吧。"

"好，我去洗把脸，今儿出去这一天还真是感觉累了。"董树旺站起来说。

徐凤红给董树旺盛着米饭，说："你今儿是顶着星星出去，又顶着月亮回来，能不累吗？"

董树旺洗完脸又坐回到餐桌前，看着妻子说："原来也是这个节奏呀？从来没感觉到累，今儿可真知道累是啥滋味了。"

"是呀，原来你多大岁数？年轻气盛的，从没听你说过累。可如今不行呀，转过年你就四十五岁了，也该歇歇了。昨天何兴图院长还叮嘱我，让我多照顾你的身体，把工作节奏要放慢，不能再玩命了。"徐凤红说着，眼圈又红起来，她低下头，将菜往董树旺眼前推去。

董树旺吃着饭，说："何大哥一直让我去他们垂杨柳医院做个体检，总是忙，没得空去。等把眼前这些活儿忙完，过了元旦我就去他那儿住两天，做个全面检查，我正想给他打电话呢。"

徐凤红往董树旺的碗里夹着菜，说："还打啥电话呀？直接去垂杨柳医院找他，早把体检做完早踏实。"

董树旺放下筷子，看着妻子说："今儿下午拍卖结束的时候，我站起来刚要往出走，突然胸口就疼痛起来，眼前一阵发黑，差点儿摔倒，多亏我扶住了椅背又坐了回去，大约过了十分钟才缓过劲儿来。我琢磨可能是站起来时用力过猛了，再加上《研山铭》首卷拍卖成功后太兴奋，才来了这一出。我想咨询一下何大哥，到底是啥情况？"

徐凤红听着，心疼地说："咱们明天就去找何院长吧，有病别耽误着。我说你回家后脸色咋不好看呢！你一天到晚地忙，就是不爱惜自个儿的身体。你若是累出个好歹来，咱这一大家子人还咋活呀？"说着，徐凤红实在控制不住了，眼泪唰地流下来。

董树旺走上前，抚摸着妻子的肩膀，说："凤红，我今儿那就是一时的反应，一会儿就过去了。别害怕，我身子骨硬朗着呢！等过了元旦，第一项任务就是去体检。"

徐凤红擦着眼泪说："就你这拧脾气，十头牛都拉不回你。这几天再出去，身上带着硝酸甘油，不怕意外，就怕外一，带着它保险。"

董树旺笑着说："遵命！听老婆的话，照老婆的指示办。哈哈！"

董树旺把夫人给逗乐了，夫人瞪着他，佯装生气地说："你别再贫了！饭都堵不上你的嘴，干脆连盘子一起吃了吧。"

几天以后，董树旺带着土特产品，可着北京城转了起来。当他走访到最后一家时，天色已晚。他双手提着礼物从电梯里出来，匆匆忙忙地朝错层的楼下走去的时候，突然一脚踏空，连滚带爬地摔倒在楼道里。

董树旺强忍着疼痛，双手支撑着坐了起来，又将腿向前踹了踹，除了一只脚被崴伤外，其他幸无大碍。他手攥着楼梯的扶手站起来，看着散落在楼道上的礼品，自言自语地调侃着：“年底了，疼痛之灾已过，明年必是大吉年！”

没想到的是，一场更大的病痛，如暴风骤雨，向这位刚毅乐观的运河汉子席卷而来。

第　八　章

一

2003年6月20日早晨七点钟，一则振奋人心的消息从电视新闻中传来：

“北京市小汤山非典医院收治的最后一批非典病人经过专家会诊，认为完全符合有关部门制定的非典病人出院标准，今天上午他们将全部康复出院。从收治第一批非典病人至今五十天里，医院不仅完成了救治非典病人的任务，而且创造了多个奇迹……据了解，北京市小汤山非典医院是北京抗击非典关键时刻，经中央军委批准组建的一所野战传染病医院。建成这所世界上收治非典病人最多的医院，仅用了七天七夜的时间，这首先就是一个奇迹。此外，参加医院筹建和病人救治工作的官兵是从十三个大单位、四十所医院、一百二十个小医疗单位抽调的，因为有着一套严格制度，全部一千三百八十三名官兵没有一人被感染……”

董树旺坐在电视机前，一字一句地听着，激动得泪水夺眶而出。他站起身走出屋门，仰望着湛蓝的天空，张开双臂，深深地吸了一口甜润清爽的空气，又用力地呼出来，仿佛要将压抑了半年的紧张与恐慌的心情全部吐到九霄云外去。

他舒缓地踱着步子，来到庭院中的葡萄架下，蹲下身子抚摸着如钢筋铁骨般的老藤，抬头观赏着一串串紫红色的葡珠，尽情享受着久违的轻松与快乐。

“树旺，快过来看，电视里正在采访何兴图院长，他们的垂杨柳医院没有一名医护人员被感染，何院长正在讲话！”徐凤红从屋里跑出来高喊。

听到何兴图院长的名字，董树旺心中一振，在抗击非典的日日夜夜，垂杨柳医院首当其冲，全院七百八十名医护工作者，其中四百人投入到第一线，直接面临着生命危险。他时刻关注着这位身先士卒勇于担当的好兄长的消息。

董树旺猛地从葡萄架下站起来，向前刚迈了两步，突然觉得胸部针扎一样的刺痛，眼前一黑晕了过去。

徐凤红眼看着丈夫摔倒在葡萄架下，圆睁双眼伸开双臂高喊：“树旺！你这是咋啦？”快步冲了过去。

董树旺病倒了！经过几天的医治，病情稍微稳定后，住进了北京垂杨柳医院。

一天早晨，何兴图院长将徐凤红请到办公室，将董树旺的诊断报告递给她说：“弟妹你请坐，听我给你讲，树旺得的这种病叫心肌梗死，再耽误几天就会有生命危险，必须马上做搭桥手术！”

徐凤红听着，眼泪唰地流了出来，哽咽着说：“何大哥，您可得把树旺治好呀！他若是有个三长两短，我们这个家就塌了。”

何兴图给徐凤红倒了一杯热水，安慰她说：“弟妹，你别害怕，我跟你说，咱们垂杨柳医院虽说是一家综合性医院，但心血管内科是特色科室。不仅医院本身的医生就是心血管专家，而且和全国许多著名的心血管专家都有紧密合作的关系。昨天针对树旺的病专门成立了专家小组，经过会诊，做出了为树旺做搭桥手术的方案。”

徐凤红疑惑地问：“何大哥，啥叫搭桥手术呀？”

何兴图向前探着身子，耐心地说："弟妹，这是个医学术语。简单地说就是在冠状动脉狭窄的近端和远端之间建立一条通道，让血液绕过狭窄的中间位置而到达远端。就好像一座桥梁，使公路跨过山沟或江河一样畅通无阻。这样一来，树旺的身体就会达到'立竿见影'的效果。术后几天，他就能够上下楼梯，术后一至两个月就能正常生活、工作。"

听着何兴图院长的解释，徐凤红紧张的心情逐渐放松起来，她擦着眼泪说："树旺平时最信服的就是您何大哥，我就把树旺交给您了，一切全由您做主。"

"弟妹尽管放心，我一直把树旺当成亲兄弟看待，他的事就是我的事，责无旁贷！弟妹咱们去病房，再和树旺聊几句。"说着，何兴图站起身，和徐凤红一起走出了院长办公室。

来到病房，徐凤红向董树旺身边走着说："树旺，何院长来看你。"

"何大哥，您在医院这么忙就别过来了！"说着，董树旺双手支撑着床栏就要坐起来。

何兴图大步迈过去，伸手拦着董树旺说："树旺，你躺着别动，现在需要你静养。"他拉过木凳，坐在董树旺床头，"我说老弟，你这病得的可真是时候，上周医院才恢复正常医疗秩序，要不然我可没工夫管你。哈哈。"

董树旺半躺在病床上，动情地说："这些日子可把老兄忙坏了，你带领全院医护人员，跟非典进行着顽强的抗争，终于取得了胜利，而且做到了全院医护人员零感染！我为你何院长，为垂杨柳医院感到自豪！"

何兴图意味深长地说："最危险、最惊心动魄的时刻都已经过去了，作为一名医护工作者，治病救人，救死扶伤是我们的义务和责任。”说着，他摸着董树旺的额头，“挺好，保持放松的心态。刚才把你的病情和治疗方案都和弟妹讲了。虽说心肌梗死在冠心病里边属于最严重的，但是只要做完了心脏搭桥手术，你马上就是个健康的人。这两天要配合好医生的术前检查准备工作，咱们共同努力，确保手术圆满成功。”

董树旺手扶栏杆将身体向上移了移，说：“我之所以选择来垂杨柳医院治病，一是全院的医护工作者在抗击非典这场没有硝烟的战役中的感人事迹打动了我；二是自从您在通州潞河医院当医生时，就是我最敬佩最信赖的好大哥，把我的小命交给您心里踏实！”

何兴图用力握住董树旺的手，微笑着说：“好！我这个当大哥的为你保驾护航！加油！”

做搭桥手术的头一天夜里，董树旺安静地躺在病床上，睁着双眼，没有丝毫的睡意。他攥着爱妻徐凤红的手说：“你别陪着我了，早点休息，这些天你跑前跑后，别累坏了身子。”

徐凤红将董树旺身上盖着的薄被往上拽了拽，低声说：“你就甭管我了，我得陪着你，要不然我也睡不好。你闭上眼睡吧，休息不好会影响明天的手术。”

董树旺扭过脸，看着徐凤红，说：“看来上手术台之前心里还是有些紧张，我躺在这儿想，若是手术万一出现了意外，人没了，或者瘫了、残废了，一切可就全完了。”

听着董树旺说的话，徐凤红眼泪围着眼圈转，伸手抚摸着丈夫的脸，深情地说：“只要你人还在，其他的一切就是全没了，就凭我的一手炸酱面，也能养活咱们全家！明天你必须得给我活着从手术室里出来，我和咱们的孩子董静、家麟都会在手术室门外等着你！”

董树旺将夫人的双手紧紧地捂在自己的胸口上，双眼滚动着泪花，佯装轻松地说：“瞧你说的，我是一个喝着大运河水长大的庄稼汉，生命力强着呢！”顿了一下，接着说：“这几天我躺在病床上，还真想了不少事儿，尤其是你，为了潞通堂的发展壮大，想当年你和我一起打拼，不知道吃了多少苦，着了多少急。每当家里来了朋友，你总是乐呵呵地忙着张罗茶水和饭菜，朋友们都知道这儿有个好嫂子，都愿意来咱们家。你上班时在车间里负责装裱和印刷，下班时还得给荣宝斋的老师傅做饭。你孝敬咱老爹老妈，把两个孩子拉扯大，里里外外一把手，可你从没报怨过、没嫌弃过。一想到这些我就觉得亏欠你的地方实在是太多了。有时候我就想，难道是织女下凡了？是老天爷把你送到我身边，来照顾我这位傻牛郎？我知足了！”

徐凤红听着笑了起来，说：“你这么想就对了！古话不是说吗？嫁鸡随鸡，嫁狗随狗，嫁条扁担抱着走。虽说是老话，但我全认。我来到董家，心甘情愿跟着你董树旺，还没跟你过够呢。再说了，转眼过了年就到了潞通堂建厂四十年大庆的日子，还有许多事情等着你去做呢。所以你得马上睡觉休息，养精蓄锐，迎接明天的手术。你可得听话呀！”

“好，我听老婆的。”董树旺将腿往下踹了踹，放松了身心。一会儿的工夫，进入了香甜的梦乡。

徐凤红和女儿董静，儿子董家麟，经过长时间的焦急等待后，手术室外面的信号灯终于亮了起来。

董静搀扶着母亲，快步来到手术室的门口，探头张望着。五分钟以后，主刀大夫汤楚中主任身穿着手术服，戴着口罩，从手术室大门走了出来，对徐凤红说：“董树旺的手术顺利，放心吧。病人已被推到重症监护室，家属请去病房等候，要确保有事情随叫随到。”

徐凤红双手合十给汤楚中主任鞠着躬，说：“多谢您了汤主任！我们全家感谢您的救命之恩！”

汤楚中摆着手说：“不用客气，都是我们分内的事情，让您在这儿久等了，请回病房吧。”

三天以后，董树旺从重症病房被转移到普通病房。徐凤红寸步不离地呵护着，随着心情放松，脸上充满着喜悦，两只炯炯有神的大眼睛放射出幸福的光芒。

一天下午，董树旺躺在病床上输着药液，不知不觉地睡着了。徐凤红坐在床前，一边守候着液体的流速，一边看着报纸。她看到医护人员抗击非典的感人故事的报道，控制不住悲伤的情绪，哭了起来。

董树旺被妻子的哭声吵醒了，他抬起头拍着妻子的胳膊，疑惑地问：“凤红，咋啦？我的病严重了吗？”

徐凤红擦着眼泪，低着头说：“你没事儿，我刚看了一篇抗击非典的报道，看哭了。”

董树旺又躺了回去，说：“那些医护工作者真是太伟大了，在这次抗击非典的战役中，有的不惜献出了年轻的生命。人心都是肉长的，当父母的，以后的日子可怎么熬呀？”

徐凤红擦着眼泪说：“我刚看的就是一位护士，只有三十六岁就被非典夺去了生命，比咱家的闺女也没大几岁，我看着直揪心。”说着，她将报纸放在床头桌上，又低头擦起了眼泪。

董树旺从病床上坐起来，拿起报纸一字一句地读了起来：

“三十六岁的王晶，是北京大学人民医院急诊科的护士。2003年5月27日，在与非典病魔顽强抗争四十多天后，护士王晶永远合上了双眼，而陪伴她远去的除了一束鲜花，一套她生前最喜爱的护士服，还有人们对她永远的思念……直到倒下的前一天，王晶还坚持值守了最后一个夜班。而自四月初进入病房到最后去世，王晶没有能再与丈夫和孩子见上一面……在这场没有硝烟的战斗里，她是其中的一名战士，她主动上了前线，身后是丈夫和孩子长长的思念，她勇敢善良的心曾和社会一起律动，在她的身上集中体现了全体医护人员义无反顾、舍生忘死的精神，而这正是使人们能够度过那段黑色日子战胜疫情的重要支撑。”

读到这里，董树旺的眼泪也流了下来。

这时，何兴图院长推门走了进来，被眼前的情景愣住了。他不解地问："你俩这是咋啦，还一起哭上了？"

董树旺抬手擦了一下眼泪，说："凤红看报纸，有篇报道王晶护士的文章，感动地哭起来，我也拿起报纸看了一遍，也没控制住，流了眼泪。这些战斗在非典前线的医护人员，是人民生命健康的守护神，是最可爱的人！"

何兴图坐在床头，感慨地说："树旺，你说的那位王晶护士，她是我们医护工作者学习的榜样！她用自己年轻的生命书写了中国大医之'精诚'。我自从学医那天起，心里就一直装着唐代名医孙思邈在《大医精诚》著作中教导的一段话：'凡大医治病，必当安神定志，无欲无求，先发大慈恻隐之心，誓愿普救含灵之苦。若有疾厄来求助者，不得问其贵贱贫富，长幼妍媸，怨亲善友，华夷愚智，普同一等，皆如至亲之想，亦不得瞻前顾后，自虑吉凶，护惜生命。见彼苦恼，若己有之，深心凄怆，勿避崄巇（xiǎnxī）、昼夜、寒暑、饥渴、疲劳，一心赴救，无作功夫形迹之心。如此可为苍生大医，反此则是含灵巨贼。'就是从那一天起，我发愿今后要日日鞭策自己，在学医行医的道路上不敢有半点懈怠。尤其是非典肆虐生死关头，正是检验作为一名医护工作者大医'精诚'的时刻。"顿了一下，他看着董树旺，"刚才我听了主治医生的汇报，你经过四十天的康复治疗，已经达到了出院的要求。明后两天随时可以办理出院手续。住院期间都是凤红弟妹寸步不离地陪护着你，弟妹对你的情深似海大家有目共睹，交口称赞。树旺，回去后要好好地回报弟妹，不能让弟妹受半点委屈”。

“何大哥您放心，我是个知恩图报之人，会用后半生来报答她对我的感情！”说着，董树旺拉着徐凤红的手，“凤红，咱俩今天一起给何大哥鞠一躬，是何大哥和垂杨柳医院给了我第二次生命，感谢何大哥的救命之恩”。

何兴图连忙站起来，摆着手说：“树旺你别这样，一家人不说两家话，只要看着你健健康康地从垂杨柳医院走出去了，就是对我和垂杨柳医院最大的感谢！上次有记者问我，垂杨柳医院被评为全国抗击非典的先进集体，实现了医护人员零感染的秘诀是什么？我对他讲，垂杨柳医院坚守着两个为本，一是院长对医护人员以人为本；二是医护人员对病人以人为本。”说着，他拍着董树旺的肩膀，“树旺，我们所做的一切都是本着救死扶伤、治病救人的人道主义精神和‘精’于专业，‘诚’于品德，全心全意为病人服务的大医精诚的宗旨。有句成语叫作精诚所至，金石为开。只要专心诚意去做，什么疑难问题都能解决。我也把‘精诚’二字和这句成语送给你。也是我对于你和潞通堂未来的祝福”！

沉舟侧畔千帆过，病树前头万木春。斗转星移，时光荏苒，转眼到了 2004 年的冬天。

这天上午，通州东方宾馆的广场上，彩旗招展，锣鼓喧天，一派节日的景象。潞通堂四十周年庆典活动将在此隆重举行。

董树旺和夫人徐凤红身穿盛装，精神饱满地迎接着前来道喜祝贺的四方嘉宾。

何兴图院长携夫人快步前来，高兴地同董树旺夫妇打着招呼：

“树旺，弟妹，恭喜恭喜！潞通堂建厂四十周年成就辉煌，可喜可贺！”

董树旺双手抱拳，激动地说：“感谢何大哥，我的救命恩人！”

何兴图也双手抱拳，爽朗地说：“一切皆是缘！不过我还要给老弟提个醒，你以后不能再拼命了，要劳逸结合。自从经历了去年的非典疫情后，大家都增强了强身健体意识，有一个健康三字经我说给你。”说着，回过身对徐凤红说：“弟妹，你也替他记着，随时提醒监督他去做。”

徐凤红笑着说：“何院长您说吧，我替树旺记着。”

何兴图想了一下，说了起来：“管住嘴，迈开腿；零吸烟，多喝水；好心态，莫贪杯；睡眠足，别过累；乐助人，心灵美；家和睦，寿百岁。树旺，你记住了吗？”

董树旺笑着说：“我是听清楚了，但是没记住，请您有时间把这几句三字经写成书法，到时候我装裱后挂在家里，我一天念三遍。”

“光念可不行，关键是要照着去做。得嘞，你俩快迎接客人吧，我和你嫂子进会场了。”说着，向会场走去。

“树旺，弟妹！我没来晚吧？”张登堂先生快步来到董树旺面前，伸手打着招呼。

董树旺握着张登堂的手高兴地说：“可把您给盼来了！您这些日子在人民大会堂搞创作，一直没敢去打扰，看您都累瘦了。”张登堂操着山东聊城口音大笑着说：“我就是天生的胖人，累不瘦。昨天刚收笔盖章，今天来参加潞通堂庆典就更开心了，哈哈！”

董树旺探着身子说：“张老师，庆典结束后您先别急着走，我想请您和米景扬、苏士澍、董辰生、金默如、田镛、刘永明、王梦湖、曹俊义、张钢、兰晓龙等几位老师坐在一起商量一件事情，我准备牵头成立一个‘燕通画馆’，我任画馆秘书长，每个月组织画馆成员两至三次笔会活动，到时候时间地点都由我安排，想听听你们的意见。”

张登堂笑着说：“太好了！你这个平台搭得好！我全力支持！”

“有您这句话我就放心了！您请进会场吧，米景扬先生刚才还问您能否来呢！”董树旺陪同张登堂一起走进了会场。

参加庆典活动的有各界领导、大家名流和亲朋好友共计四百余人，其中有四十余位来自外省市的书画家。真可谓是嘉宾云集，高朋满座。

庆典大会在隆重、喜庆、祥和的气氛中进行。当进行到嘉宾讲话的议程时，主持人高声说道：“下面，请原荣宝斋副总经理、著名鉴定家、书画家米景扬先生讲话！”

米景扬在一阵热烈的掌声中健步走到发言席，微笑着说：“今天前来参加潞通堂建厂四十周年的庆典，心情非常激动和感动。尤其是看到在座的领导、同人和各界的朋友，都喜气洋洋地来给潞通堂捧场，我是非常的开心！听董树旺说今天来了四百多人，这说明树旺平时的好人缘和社会各界对潞通堂的高度认可。在此，我首先向潞通堂四十年来，在国家改革开放的过程中，为中国传统文化的繁荣发展所做出的优异成绩表示衷心的祝贺！”

说到这里，全场发出一阵热烈的掌声。

掌声过后，米景扬接着说：“今天，我为什么说感动呢？因为董树旺在20世纪80年代刚刚接手通县郎府公社冯各庄裱画厂的时候，我俩就认识了，二十年来，我是看着他带领着潞通堂一步一步艰难地走过来的。潞通堂能发展到今天这个规模，实在是不容易，所以我感动。”

顿了一下，米景扬动情地说：“我记得当年董树旺是冯各庄大队经济合作社的社长，兼任裱画厂业务厂长，主要负责为厂里跑业务。我在荣宝斋见他第一面时就见到他脸上被磕碰得跟花瓜似的，他说是早晨追赶公交车时，因雪天路滑，摔倒在马路牙子上磕伤的。当时我听说后是既心疼又感动，心想一定要帮助这位吃苦创业的农村青年！书画这个圈子本来就不大，无论是画家还是藏家，有画需要揭裱重装也是常事。董树旺为人本分厚道，做事稳妥认真，接触的时间久了，群里的朋友都喜欢去找他装裱作品或者藏品，好的口碑也就为他和裱画厂争取了更多更大的业务。大家说，董树旺这么好的年轻人，我们不帮他帮谁呀？”

“说的对！董树旺值得帮！”场下传来几声高喊。

米景扬端起茶杯喝了一口，接着说：“在经历了三十余年的沉淀与发展之后，昔日的冯各庄大队裱画厂、通县潞通工艺品厂成为今天我们所见到的北京潞通堂文化发展有限公司。借此机会我给潞通堂的业务梳理一下，也便于在座的各界朋友们更加清楚地了解潞通堂。他们现在的业务，首先是为钓鱼台国宾馆、国务院机关事务管理局、中央文史研究馆、中国美术馆、军委办公厅、全国政协等重要单位装裱，配框安装；第二个方面是制作铜镇尺、木版水印画片、信笺等工艺品，这部分也是潞通堂看家的业务；第三个方面是，潞通堂已经开始关注艺术品市场的动向，由工艺美术领域向艺术品经济方面转型。曾经有人问我，潞通堂靠装裱字画起家，怎么能收藏那么多的名人字画呀？我告诉他，由于潞通堂装裱工艺独到，加上多年的资本积累，这就使得董树旺能够顺利回购大量早期由潞通堂装裱，经三间房、荣宝斋出售的近现代书画艺术品，再加上小董为书画界友人服务多年，朋友之间的交游，也让他在举行笔会活动时，能够邀请大量当代一线画家，为潞通堂进行创作，这就令潞通堂在近现代、当代书画的收藏上有了足够的体量。昨天我和董树旺通电话说，潞通堂把业务拓展成如此规模，你没有辜负荣宝斋老掌门人侯恺先生的期望，今天的潞通堂就是中国的第二个荣宝斋！”

说到这里，会场又响起了热烈的掌声。米景扬摆摆手，接着说：“时值潞通堂建厂四十周年之际，我也借此机会感谢潞通堂，感谢董树旺历年来为荣宝斋的发展所提供的支持和帮助！最后，真诚祝愿潞通堂为中国文化的发展繁荣再创佳绩，再上新台阶！谢谢大家！”

庆典大会结束后，书画家们纷纷拿起毛笔，现场泼墨挥毫，以表达对潞通堂诚挚的祝福……

有道是：大运河畔一明珠，四十载创业立潮头；文化自信是根本，脚踏实地绘蓝图。

二

2008 年 6 月的一天夜里，坐落在通州北运河畔的潞通堂灯火通明，正在紧张有序地托裱一批首都书画家抗震救灾义卖书画作品和木版水印“汶川加油！中国加油！”宣传册页。

董树旺在木版水印车间正在和几位技工师傅一起调兑用色的浓度，突然，手机响了起来。

董树旺心中暗想，这么晚了还有电话，肯定是有啥急事。他打开手机，朝车间外面走去。

“喂，您是哪位？”董树旺的话音未落，就传来了急促的声音：“树旺，是我，吴斌呀！这么晚了，不好意思，我有急事儿要和你说。”

“吴斌老兄，你别着急，慢慢讲。”董树旺听着说。

吴斌仍是急促地说：“刚才我儿子大兵到家里来了，他刚当上主管文教卫生的副区长就赶上了汶川大地震。区政府准备组织一次抗震救灾书画家现场创作义捐活动，想请两位有影响的名家压阵。时间定在下周三，只有三天的时间了，一位都没请到。”

董树旺打断了吴斌的话，疑惑地问“面对汶川大地震的灾难，全国人民都心系灾区、情系灾区，尤其是文艺界的艺术家们，都在积极地投入到义捐义卖活动。大兵他们为啥请不来人呀？”

吴斌提高了嗓门说：“树旺你听我说，区文联的人是联系过，听说一位自称是‘猫王’，另一位自称是‘虎王’。那位猫王虽说年岁不太大，留着长长的白胡子，摆出的架子可大了，张口就要三万块钱的出场费，他说上拍的作品每幅都在百万元以上。那位虎王更怪，留着长发，头顶上还梳了个圆圆的发髻，打扮得跟仙风道骨似的，叼着烟斗，两只手黑得跟猪爪子一样，他递给来人一张名片，让找名片上的人联系，说是他的女学生兼经济人，文联的人按照名片打通了电话，嘿，他那个女学生来了个狮子大开口，出场费低于五万免谈。文联领导向大兵汇报后，他气得够呛，他跟文联的人说，这种无良的画家咱用不起！你们别着急，让我爸爸找通州潞通堂董树旺叔叔请两位真正的艺术家。事情的经过就是这些，树旺，你大侄子这个忙可得帮呀！”

董树旺气愤地说：“还自称‘猫王、虎王’？都是见利忘义的江湖混混，找他们干啥呀？吴兄你别着急，这事儿包在我身上！”

吴斌听着，放松了心情，笑着说：“我和大兵说了，以后再有这事儿就直接找你董叔！”

董树旺说：“那些一瓶子不满半瓶子晃荡，自称是某某王、某某大师的江湖骗子我见得多了。大兵刚当的副区长更要多加小心，以免上当受骗。再遇到书画这方面的事情，就让他直接找我，我给他把关！”

吴斌无可奈何地说：“树旺，学了大半辈子书画，有一点一直没想明白，在社会上漂着一大批搞书画的，不去下功夫做学问研究艺术，一天到晚地神吹神侃，还自命不凡，说起古今画家他都嗤之以鼻，好像谁都不如他，真是不可救药了！现如今流传着这样一句话，叫作‘水平不够胡子凑’，你说怪不怪？”

董树旺笑着说：“吴兄你说的对，如今书画界流传着‘四大俗三大吹’，你听说过吗？”

“还有这事儿？还真没听说过，你给我讲讲吧。”

董树旺说：“好，我就简单给你说说。俗气书画家的四个外貌特征，一是长头发，二是光头，三是长胡子，四是穿古装；江湖书画家的三个吹牛特征，一是自吹自擂哗众取宠，二是自称大师不学无术，三是自诩领军人物实际东拼西凑。”

董树旺的话还没说完，夫人徐凤红从木版水印车间走出来说：“树旺，师傅们等着你定稿呢，电话咋还打起没完了？”

董树旺回过头，向夫人点点头，说：“吴兄，我这儿正忙着，先不跟你聊了。我明天上午去中国文物出版社，和苏士澍社长谈点事儿，顺便邀请一下苏老师和米景扬老师，将吴大兵的事儿给落实好，有消息后就告诉你。”

吴斌高兴地说：“好好！大兵的事儿就拜托啦，你快去吧，再见！”

董树旺打完电话，和夫人一起又来到木版水印车间，审定了印刷前的清样后，他看着徐凤红，问：“装裱车间那边完活儿了吗？”

徐凤红站在印床前，整理着样纸，说：“那批画都已经托上墙了，我让几位师傅都回去休息了。”

董树旺说："好！"又回过头说："张师傅，您几位也回去休息吧。"

张师傅抬起头说："还差两块版，马上就拼好了，明天一早就可以开印。"

董树旺来到张师傅面前，低头看着，说："太好了！这批活儿要得挺急的，但是要确保质量。"

"放心吧树旺，从咱潞通堂出去的活儿没挑！"张师傅继续拼接着说。

"好！张师傅您把握好时间，早点回家休息，这阵子辛苦各位师傅了！"说着，他来到夫人面前，"凤红，先让师傅们忙着，咱俩去趟办公室，有事要和你商量。"

徐凤红放下手中的活儿，答应着说："好，张师傅，我去和树旺说点儿事，您几位忙完后就回家，一会儿我再来锁门。"

来到了办公室，徐凤红将水杯续上热水，喝了一口，又取过董树旺的茶杯续满热水后递给他说："树旺，这些天我看你又瘦了不少，你可得悠着点，何兴图院长告诫你的那些话可得照着去做。"

董树旺接过夫人递过的茶杯喝着，说："汶川大地震，牵动了全国人民的心，也牵动着书画艺术家们的心。他们捐钱捐画，都在用自己的真情和爱心支援灾区人民早日渡过难关，重建家园。虽说咱们响应镇委镇政府的号召，尽了绵薄之力，可我觉得这样还不够，把你叫到办公室就是想说说我的想法。"

徐凤红看着董树旺，笑着说："有啥事儿就说呗，还至于把我叫到办公室？"

董树旺认真地说："这件事儿非同小可，必须经你点头同意才行。"

徐凤红瞪着董树旺，佯装生气地说："你甭卖关子了，快说。"

“是这样，最近有几个国家级单位正在筹备支援汶川抗震救灾义捐义卖书画展览会。他们都联系到我，让潞通堂给装裱、做框。既然咱们不能亲自去汶川支援灾区，那就为这几个义展提供无偿的帮助，也算是为灾区献了爱心。”董树旺看着夫人说。

“你这个想法好！这段日子我看那些抗震救灾的感人故事和灾区受灾的新闻报道，心里一直堵得慌，看你忙里忙外的，也没时间和你说这些事儿。在大灾大难面前，咱们作为一个普通老百姓讲的就是‘情义’二字。这几天我在装裱车间看到许多描写歌颂战斗在抗震救灾第一线的解放军战士，抢救被埋在废墟中的老百姓的作品，眼泪一直止不住往下流。”说着，徐凤红哽咽起来。

董树旺抚摸着夫人的肩膀，安慰着说：“这些天为了装裱那批作品，你和师傅们一起加班加点地干，真是太辛苦了，你也得调整好工作时间，保重自己的身体！”

徐凤红擦着眼泪说：“我累点没啥，只要能把这些作品装裱好，尽快地送到义卖现场，灾区的百姓能得到最大程度的救助，就是累趴在车间里我也心甘情愿！”

董树旺笑着说：“你可别累趴下，若是把你累出个好歹，咱家那俩孩子还不把我给吃喽！”

徐凤红抬头瞪着丈夫说：“咱家的孩子还能见到我这个当妈的，可是电视新闻里说的那些吃奶的孩子，刚出生妈就没了。一想起这些我的心就跟针扎似的痛。汶川地震中有一位年轻的母亲，为救自己在襁褓中的孩子，用她纤弱的身躯抵挡那垮塌下来的房子，献出了宝贵的生命。这个情景一直在我眼前晃动，我这心里别提多难受了！前两天还看了一个新闻，在四川的一个小村庄，一位年轻的母亲正在一边织毛衣，一边用脚轻轻地拨动摇篮，摇篮里的孩子甜甜地睡着，突然间，地动山摇，房屋坍塌，母亲第一反应就是护着摇篮中的孩子。眨眼间她和孩子都被埋在废墟里，周边是残破的家具和钢筋水泥，万幸的是由于横梁遮挡，这对母子没有受伤。黑暗中，母亲把孩子紧紧抱在怀里，等待救援，时间一天天过去了，孩子吃光母亲最后两滴奶后哭声逐渐衰弱，再不获救这个孩子就会被饿死，先于母亲而去。在绝望中，这位母亲两手乱扒，在废墟中寻找能吃的东西，可是身边一无所有，为了孩子的生命她没有绝望，仍然拼命地扒着找着。突然她的手触碰到了毛衣针，心中一阵狂喜，她知道孩子有救了！一周以后，当母子俩终于重见天日的时候，孩子安然无恙，那位伟大的母亲却永远地闭上了眼睛，而且脸色极其苍白。抢救他们的人惊奇地发现，那位母亲每个手指都扎了一个小孔，原来孩子正是靠吸吮母亲的鲜血存活下来……"说到这里，徐凤红泪如泉涌，趴在办公桌上又哽咽起来。

董树旺红着眼圈，爱抚地拍着夫人的肩膀，说："前几天我也听到一条新闻，在汶川地震灾害中，救援人员从废墟里救出了一个妇女和她年幼的孩子，奄奄一息的母亲说，她想给孩子再喂一次奶，就在孩子吃奶的时候，这位母亲安静地离开了这个世界。这就是一个母亲对孩子的爱。有一句话说得好，'历史，赋予母爱亘古的深沉，母爱，是人类一个亘古不变的主题。母爱是最无私、最圣洁、最伟大的人类情感。'好了，凤红，咱不说这些了。估计这会儿师傅们也把色版拼好了，咱俩再去车间看一眼，也早点回去休息。明儿一早我还要去趟文物出版社，跟苏士澍社长谈完事儿再去趟米景扬先生家，邀请米先生去参加顺义区组织的义捐活动。"

徐凤红擦着眼泪，站起来说："你先回去休息吧，车间我去就成了。明天你还要早起，别影响开车。"说着，她大步迈出办公室，直接向木版水印车间走去。

第二天上午，董树旺来到中国文物出版社社长苏士澍先生的办公室。

苏士澍放下手中的材料，站起身笑着说：“树旺，先喝杯热茶，我给你沏的是清茶，去火。”

董树旺接过茶杯，玩笑着说：“苏老师三句话离不开去火，看来这阵子把您给忙坏了，哈哈！”

苏士澍从办公桌上端起自己的茶杯，走到董树旺旁边的沙发前坐了下来，皱着眉头说：“树旺还真让你说着了。昨天单霁翔局长召集相关部门的领导开了个紧急会议，这次汶川地震导致全国七个省市文物遭受到前所未有的破坏，受损最严重的就是四川省。单局长要求，要更加重视对藏羌族文化的保护，并注重生态环境的保护与羌族文化的协调发展。”

董树旺认真地听着，说：“您这位全国政协常委，文物出版社社长得首当其冲，勇挑重担呀！”

苏士澍点着头说：“是呀！光这星期我就参加了三场抗震救灾义捐笔会。”

“苏老师，您说到笔会了，正好，我有一件难办的事情要请您帮忙。”董树旺打断了苏士澍的话。

苏士澍看着董树旺，问：“什么事儿？树旺你说。”

“是这回事，顺义区的书法家吴斌，这个人您在潞通堂见过面，他的儿子是主管文教卫生的副区长。区里正在筹备一个支援汶川地震灾区义捐笔会活动，想请两位名人给助阵。区文联联系了两位画家，号称是‘猫王、虎王’，张口就要出场费。这种在国难当头见利忘义的无良之人，就应该被驱除出书画界！我跟吴斌说了，绝不能让他的儿子坐蜡，到时候邀请您和米景扬先生去给助阵捧场。”

苏士澍感慨地说：“你说的那种自命不凡又见利忘义的不良之人，不光在书画界有，这些日子我也亲身经历过，邀请他去参加义卖、赈灾活动，那个架子端得可大了，还真把自个儿当成腕儿了！树旺你放心，到时候你把活动的时间地点提前告诉我，一定到场！”

董树旺高兴地说：“有您这句话我就踏实了，主要是怕您太忙，脱不开身。”

苏士澍摆着手说：“只要是为抗震救灾举办的公益活动，我都会全力支持！”顿了一下，他接着说：“好了，下面我和你商量个事儿。”

董树旺探着身子说：“苏老师，您的事就是我的事儿，有啥需要我办的您尽管说。”

苏士澍想了一下，说：“树旺，是这么回事，这次汶川大地震，使阿坝藏族羌族自治州的多处国家级重点文物保护单位严重受损，其中被誉为藏羌民族建筑瑰宝的碉楼也遭到严重破坏。震后灾区文化遗产的抢救和保护工作迫在眉睫。我准备在全国政协礼堂举办一个作品捐献展，通过书法作品被企业收购的形式，将所得资金全部捐献给国家文物局，再由国家文物局专款用来修复一座在地震中受到损坏的阿坝碉楼。”

董树旺听着，激动地站起来，高声说道：“苏老师，您这个义举好呀！我举双手赞成！您这次捐献展的全部作品的装裱、上框、布展这三项内容，我们潞通堂全包了，而且是无偿为您服务！”

苏士澍拦着董树旺说：“别呀，去年在全国政协礼堂举办‘书写和谐，守望家园’的展览就都是你潞通堂给包了，这次可不能让你再破费了！”

董树旺认真地说：“苏老师，您为灾区抢救文物这个义举，令我非常感动！我帮助您筹办这个捐赠展，也就等于帮助灾区尽了一份力，您可得给潞通堂这个机会。苏老师，咱这就算说定了！”

苏士澍双眼盯着董树旺说：“这次计划展出的都是巨幅书法作品，从装裱到配框再到现场张挂，不仅需要的费用高，而且难度大，你可得掂量掂量。”

董树旺坚定地说：“您说的这些对于潞通堂来说都不是问题，您为抢救国家的文化遗产做贡献，也得让我们潞通堂沾点边儿呀，哈哈！得嘞，这件事就这么定了！”顿了一下，他问：“苏老师，我还得向您请教一下，这个‘碉楼’是咋回事儿呀？我还真是头一次听说。”

苏士澍站起来，将董树旺的茶杯续上水，说：“碉楼是一种由羌族人修建的传统民居，它因形状像碉堡而得名。这种碉楼是用来储存粮食柴草或者防御用，一般是建在村寨的住房旁边儿。碉楼的高度在十至三十米之间，形状有四角、六角和八角等几种形式。大部分为明代建筑，体现了羌族高超的建筑艺术。据说阿坝州的理县，最有价值的桃坪羌寨碉楼受损严重，其中的三座碉楼顶部都已经坍塌，真是太可惜了！”

董树旺听着，动情地说：“这次汶川大地震不但造成重大人员伤亡，而且对国家的物质文化的损害也如此严重。千言万语汇成一句话：盼望着灾区人民早日渡过难关，重建家园！”

苏士澍也感慨地说：“一方有难八方支援。有一首歌唱得好：只要人人都献出一份爱，世间将变成美好的人间……”

就在这时，董树旺的手机响了起来。

他打开手机：“喂，您是哪位？”

“树旺，我是董延春，你在哪儿呢？”

“董主任！我在中国文物出版社苏士澍社长办公室呢。”

“好，正合适。你在苏社长那儿谈完事儿后，马上到钓鱼台国宾馆来一趟，有一幅大写意花鸟画家何水法的大画，需要重新装裱悬挂，由于此画用色厚、浓重，重新装裱非常困难，我们找遍了京城著名的装裱单位，都因具体技术困难被婉言拒绝了。为了这件事我可着了大急，只有找你们潞通堂来帮这个忙了。”

“这幅作品尺寸有多大呀？”

“作品的名字叫《总领群芳》，作品长六米，宽两米八。”

“好，董主任您放心，这个任务我们潞通堂接下了！”

“太好啦！那就多谢了！”

董树旺笑着说：“董主任您甭客气，就凭咱俩的同宗好友之谊，就是如履薄冰，潞通堂也在所不辞！哈哈！”

董延春传来兴奋的声音：“好！就这么定了！我在钓鱼台国宾馆等着你！”

挂了电话，董树旺对苏士澍说：“苏老师，您把举办捐赠展的作品准备好后就告诉我，我亲自到您家去取。我也不待着了，先去趟钓鱼台国宾馆，再去一趟米景扬先生家。”

苏士澍站起来说：“树旺，咱俩都挺忙的，我也不留你了，要不然你办完事后来我这儿吃饭吧！”

董树旺向门外走着说：“我中午在米先生家吃饭，他说要给我画两笔，我再向米先生讨教一下大公鸡的画法。苏老师您留步，再见啦！”

苏士澍目送着董树旺风风火火远去的背影，心中感叹：“潞通堂能走到今天不容易呀，钢铁就是这样炼成的！”

三个月后，“心系灾区，情寄文物——苏士澍金石书法捐赠展”在全国政协礼堂如期开幕。

据中国新闻出版网报道：“这次展出的十八件作品，内容围绕‘心系灾区情寄文物’这一主题，由苏士澍自己创作的诗篇和楹联构成。表达了作者对国家命运、文物事业的一片赤诚。此次展出的书法精品已由北京科瑞集团总裁郑跃文先生以二百万元收藏；而苏士澍则将这笔钱捐献给国家文物局。文物局方面表示，将用此款项修复一座在地震中受到损坏的阿坝藏碉楼……”

金色九月，收获的季节。对于董树旺来说，可谓是双喜临门。

由潞通堂筹办的“心系灾区，情寄文物——苏士澍金石书法捐赠展”刚刚圆满结束，为钓鱼台国宾馆重新装裱的巨幅画作品《总领群芳》也焕然一新地张挂在钓鱼台国宾馆五号楼的宴会厅。

当时，为确保此幅作品的重新装裱成功，董树旺不但搜集整理画家本人的相关资料，还特意去荣宝斋了解何水法先生的情况。

有一天，他来到荣宝斋雷振方先生的办公室。

董树旺说：“雷先生，潞通堂受钓鱼台国宾馆的请托，正在做重新装裱何水法先生巨幅作品的前期准备工作。因为您一直在荣宝斋工作，对何先生这个人和他的作品特点应该有所了解，特请您给他做个介绍。”

雷振方想了想，说：“虽说何水法先生是浙江省的画家，但他的知名度很高，跟荣宝斋也有联系。我对他还是有所了解。”顿了一下，他接着说：“何水法先生现任浙江省美术家协会副主席。他扎根传统，基础全面。早年画得很杂，水彩、水粉、水墨、彩墨、书法、篆刻，可谓‘十八般武艺’，样样齐全。后来他慢慢走进中国画领域，先画工笔，后来又转向大写意。他大胆用色又精心用色，大胆用水又妙于用水，这是何水法先生写意花鸟画的一大特色。他曾说：‘我画画只是在寻找自然界中最柔软最脆弱却时时努力绽放生命之美的事物，可能这就是你们眼里我与其他画家不同的地方。’潞通堂在重新装裱他的作品时，一定要在颜色和用水上下功夫。”

董树旺用心地做着笔记，抬起头问：“雷先生，您见过何水法先生动笔画画吗？”

雷振方说：“我还真没见过他画画，他每次到荣宝斋也是来去匆匆。”

“您是什么时候认识何先生的？”董树旺问。

“我知道他的名字是在十五年前，有一次和朋友去杭州西湖游览，杭州的朋友在西湖边上的楼外楼请我们吃西湖醋鱼时，我看见二楼挂着一幅牡丹图，很有特色，花瓣和叶子都是没骨画法，颜色艳丽厚重而不俗气，我看了一下落款，是何水法画的。树旺，你去过杭州西湖吗？”

董树旺笑着说：“十年前带着孩子去过两次，大多是走马观花。我在西湖边儿上重点参观了西泠印社和浙江省美术馆，还顺道去了潘天寿纪念馆。下次再去杭州时，我也去楼外楼品尝一次正宗的西湖醋鱼。哈哈！”说着，他站起身说：“雷先生，多谢您了！听您这么一介绍，我回去后再观赏何先生的那幅大画心中就有数了。等忙完这阵子我来接您，到潞通堂住几天，庄稼地里的玉米都长熟了，到时候还给您用土灶台烤老玉米吃。”

雷振方向外送着董树旺，笑着说：“听你这么一说我还非去不可了！那火烤老玉米的香味，我至今还回味着呢，哈哈！树旺，还有一件事，你下次来荣宝斋再带一批信笺过来，门店上马上就脱销了。”

董树旺从荣宝斋雷振方先生那里了解到何水法的情况后，在潞通堂连续召开了两次装裱修复专家座谈会，最终制定了重新装裱修复方案，开始进行紧张而困难的重新装裱环节。

此画的作者何水法先生在钓鱼台国宾馆，站在装裱一新的作品前面端详再三，他仰望着巨作，张开双臂激动地说：“这才是我心中最好的装裱水平！”

又是一个秋高气爽的早晨，董树旺开着轿车，行驶在被金色原野笼罩着的柏油马路上，他要将刚刚装裱好的一批捐赠作品送到展览现场，再将另一批需要装裱的义拍作品取回来。

董树旺在紧张与快乐的节奏中忙碌着。他远望无垠的田野，忽然，从大运河岸边的树丛中掠过一排大雁，鸣叫着，在湛蓝色的天空上自由自在地盘旋。他打开车窗，深深地呼吸着清香甜润的空气，脚踩油门，向远方疾驰而去……

三

周而复始，万象更新。转眼间，又是一个冬去春来，桃花盛开的美好时节。

2014 年 4 月 13 日，“庆祝潞通堂成立五十周年暨收藏汇报展”，在北京保利艺术博物馆隆重开幕。

展厅里陈列着潞通堂集五十年沉淀收藏的京津画派、海派、金陵画派、西安画派等流派各个时期的精品佳作共计二百余件。前来参加开幕式的百余名京城书画家、收藏家及各界人士在展品面前仔细品读、流连忘返，惊诧不已。

开幕式在隆重热烈的气氛中进行。

主持人宣布：“下面请全国政协常委、国家文物局文物出版社社长、中国收藏家协会主席苏士澍先生讲话。”

在一阵热烈的掌声中，苏士澍先生向前迈了两步，来到话筒前面，声音洪亮地说：“各位来宾，大家好！开幕式之前，我仔细认真地拜读了潞通堂收藏的这些精品佳作。我深深地体会到，这才是品读经典，传承文化的真正的滋味。我首先感谢潞通堂在成立五十周年的大喜日子里，给京城画坛带来的文化大餐！北京潞通堂文化发展有限公司至今已走过了五十个春秋，它在京城书画界有着深远的影响和巨大的贡献。我认为，这个评价并不过分，凡是与潞通堂交往过的人，那都是有口皆碑。”

说到这里，全场响起热烈的掌声。

苏士澍摆着手接着说：“我认识潞通堂董树旺经理，还是20世纪80年代后期。当时，我在文物出版社任编辑，有些加工难度大的各种书套、精致包装盒以及我个人需要装裱的作品，一直为找不到合适的加工单位而发愁。有一天，荣宝斋装裱车间的蒋保兴主任给我推荐了董树旺，从此以后我和树旺的接触、往来，给我感触最深的是他重感情，对待工作一丝不苟，办事效率高，思路清晰，业务能力极强。”

顿了一下，他说：“在潞通堂几十年的发展过程中，董树旺带领着全体员工，就是这样一步一个台阶地走过来的！”

说到这里，他回过头看着董树旺，高声说：“树旺，我为你坚忍不拔锲而不舍的奋斗精神鼓掌！”

此时此刻，展厅里又传来一阵热烈的掌声。

苏士澍转身面对着来宾，动情地说：“潞通堂在改革开放后广交书画界的朋友，数次组织京城画家到通州潞通堂进行艺术创作，文化交流，使通州区众多的企业文化上了一个新的台阶，同时也为书画家提供了一定的经济帮助，我们这些书画界的挚友很感激潞通堂，更感谢董树旺！”

掌声过后，苏士澍又向话筒靠近了一步，抬高了声音说：“经过五十年的风风雨雨，潞通堂从平凡逐渐走向了卓越，也造就了董树旺这位运河汉子的精彩人生！在潞通堂文化发展有限公司成立五十周年大庆之际，我代表京城书画界的朋友们，祝潞通堂宏图大展，更上一层楼！”

到了董树旺致答谢词的环节，他抑制着激动的心情，动情地说："首先感谢各位来宾的到来！在此，我代表潞通堂全体员工和家人给大家鞠躬！"

说着，董树旺向前迈步鞠躬，全场响起热烈的掌声。

董树旺直起身子，高声说道：

"回顾潞通堂公司走过的历程，第一，要感谢党的改革开放的好政策；第二，要感谢各级领导的关心关爱；第三，要感谢书画家及各界朋友的鼎力支持。最后，我要感谢我的夫人徐凤红女士几十年来默默的奉献与支持，使得潞通堂公司书画家和各界朋友满天下。"

讲到这里，现场响起了热烈的掌声。

董树旺接着说："在这里，我衷心祝愿我们伟大的祖国繁荣、富强，人民幸福安康！祝愿艺术家们身体健康，艺术常青。祝关心关爱、支持帮助潞通堂公司发展的各界朋友工作顺利，身体健康，阖家欢乐，万事如意！"

开幕式在一阵热烈的掌声中圆满结束。

此时的保利艺术博物馆，前来参观的人流络绎不绝，人头攒动。

在一幅启功先生的书法作品面前，一位戴着眼镜，文气俊秀的先生驻足良久，默默地观看，引起了记者的注意。

两位女记者走向前去说："先生您好！我俩是中国书画网的记者，想对您进行一下采访，您看可以吗？"

看画的先生点头微笑着说："没问题，我乐意接受你俩的采访。"

女记者手举着采访录音的话筒说："好！谢谢您的配合。请您先做个自我介绍。"

"我的名字叫李强，是北京师范大学出版社的编辑，是《启功全集》编辑委员会委员，故事片《启功》的策划及编剧。"

记者笑着说："刚才我看您一直专注地站在启功先生这幅作品面前，原来您和启功先生是有渊源的。"

李强说："你说的很对！"

记者问："您和潞通堂主董树旺先生又有什么样的缘分呢？能给网友们讲讲吗？"

李强想了想，说："我是通过筹备编辑《启功全集》的过程中和董树旺先生相识的。有一天他开着轿车来到《启功全集》编辑部，带来供我们拍摄的启功先生的原作，车上还跟来两位帮忙的年轻人。在拍照作品的过程中，我发现董先生提供启功先生的二十余件作品，件件都是难得的精品，听说这些作品里有启功先生当年亲手相赠的，也有他在拍卖场竞拍中得到的。在和董先生聊天儿中，我对立业于通州区的北京潞通堂文化发展有限公司以及公司装裱、制框、展览、创作交流、收藏一体发展的业务范畴也有了初步的了解。我对他印象最深的就是前年启功先生百年诞辰，在筹备国家博物馆'启功遗墨展'的作品征集的时候，董树旺先生把自己收藏的精品全部交到北京师范大学档案馆暂存，以备展出之用，并为北京师范大学校训装裱，制作画框，以表达对启功先生的深切怀念之情。在启功百年诞辰的论坛上，他那几句发自肺腑的讲话，令我至今记忆犹新，他说：'启功先生有事业的使命，无个人的利益，把毕生的精力和才华都贡献给了教育事业。启功先生学为人师，行为世范的高尚品德是冠盖一世的，永远是我们学习的楷模。我们现在提倡文化的发展和繁荣，就是要学习和传扬启功先生这样的标杆，这样德艺双馨的榜样。启功先生留下的墨宝手泽，是我们珍爱的精神财富。我们永远怀念启功先生，启功先生这样的对得起我们民族与文化的真人，会永远活在我们心中。'从他的讲话中，我深深地感受到董树旺先生对启功先生的尊敬和爱戴之情。"

记者问："李强先生您讲得很好！请问据您所知，启功先生和董树旺先生之间又有哪些感人的故事呢？"

李强兴奋地说："今天我荣幸受邀参加'璐通堂五十周年庆典及收藏汇报展'开幕式，来到展厅，能观赏到如此多的全国书画大家的作品，令我眼界大开，我用'震撼'二字来形容此时此刻的心情。比如说，我最关心启功先生的墨宝，请看我身后这幅，是启功先生用洒金红宣纸写的毛主席长征诗，这种经典之作难得一见！由这个展览可以看出，启老曾对璐通堂给予了特别的关爱。对面展挂的《飞跃时空》《大展鸿图》等条幅，就是当时启功先生亲手送给董树旺的。董先生曾自豪地告诉我，启功任中央文史馆馆长期间，文史馆的很多装裱、配框以及张挂任务都是信任地交给璐通堂来完成的。启功先生还热心推荐，使得璐通堂承接了钓鱼台国宾馆、全国政协、中央军委办公厅、中国美术家协会等很多重要部门的书画业务。我想，展厅其他大师的作品背后，也有类似的故事吧。"

记者说："请问，您观看了璐通堂举办的这次收藏汇报展后，最大的感受是什么？"

李强想了一下，说："我刚才在观赏画作的时候，听到旁边有两位先生在小声讨论展品的价格。我忽然意识到，当前火热的书画市场不过是近几年的事，而有五十年历史的璐通堂展示给我们的是文化底蕴漫长的积累过程。这就是我们的民族文化源远流长、绵延不绝的魅力所在。"

记者说："李强先生，谢谢您的精彩访谈！祝福您在对作品的赏读中，度过美好时光！"

李强和记者握着手说："谢谢，也祝你们的书画网越办越好！"说完，他转身刚要往前走，看见董树旺的朋友胡宝宏正站在身前，"呦！胡总，您怎么在这儿站着？"

胡宝宏笑着说："我在这儿等您半天了，一直没敢打扰。树旺让我转告您，研讨会快开始了，请您去五楼会议厅。"

"好好，我马上过去。"说着，快步向展厅门口走去。

胡宝宏跟在李强身后正向前走着，忽然听到身后传来喊声："宝宏，看见树旺了吗？"

胡宝宏停下脚步，回过头循着喊声，"吴斌老师，树旺在五楼开研讨会，您咋没过去呀？"

吴斌拄着拐杖向前走着说："刚才从顺义区来了两个老总，把我叫过去说要买启功先生两幅书法，让我给参谋参谋。我跟他俩说得去和董树旺商量。他俩站在那两幅作品面前一直不肯走，非得让我把树旺找来不可。"

胡宝宏听着，想了想说："吴老师您别着急，您这两条腿活动也不方便，就别来回跑了。这事儿非同小可，我马上去五楼向树旺通报一声。这事儿成与不成听我回话，您也好向那两位老总有个交代。"

吴斌原地站着说："好好！你赶紧的，我在这儿等你回话。"说着，他掏出手绢，擦着头上的汗，自言自语，"这俩货，可别再打大兵的主意。"

胡宝宏来到五楼会议厅，董树旺坐在会议桌前正在和一位老画家交谈。他走了过去，说："赵老师对不起，我和树旺说句话。"

董树旺站起身，随着胡宝宏走出会议厅。听完胡宝宏的述说后，低头看着手表，说："开会之前还有一刻钟的时间，因为那两位老总找的是吴斌，吴斌的儿子吴大兵是副区长，这里恐怕有猫腻，我得给大兵把好这道关。走，你跟我去趟展厅。"

说着，他和胡宝宏一起来到展厅。

吴斌看到了董树旺，将手中的拐杖向上举着高喊："树旺，没耽误你开会吧？”

董树旺快步来到吴斌身前说：“研讨会马上开始，一听说是你吴兄的事儿，我可不敢怠慢呀！”

“树旺你真给老哥面子！好，简短截说。这两位老总是我的朋友，特意前来，想买启功先生这两幅书法作品。”

说着，他指着其中一位说，“孙总，这位就是我平时跟你俩说的那位大名鼎鼎的潞通堂堂主董树旺，你俩也做个自我介绍。”

孙总向前迈了半步，躬着身子说：“董先生，久仰您的大名！我叫孙树彬，是顺逢文化发展公司的副总，这位叫刘启旺，是我们公司的总裁。今天特意慕名前来购买启功先生这两幅书法作品，还请您能够忍痛割爱！”

“董先生您好，冒昧打扰，请您多关照！”刘启旺双手抱拳，和董树旺打着招呼。

董树旺看着刘启旺，说：“感谢二位前来捧场，请问二位是怎么知道我收藏有启功先生的作品？”

“那还不是听我说的吗？前天我在他们公司讲座，顺便就把你要在保利办收藏展的情况说了。”吴斌抢着说。

“董先生，是这么回事，我们文化发展公司一直想聘请吴老师做顾问，可他说啥也不答应。后来我们三顾茅庐，吴老师才勉强答应给公司做几次书法讲座，也是为了更好地提高员工的文化素质。上周三我和刘总都听了吴老师的讲座，真是受益匪浅，特别是听吴老师对启功大师的介绍，又听说您潞通堂今天在此办收藏展，其中就有启功先生的精品。刘总对启功先生的书法也有所了解，又看到吴老师不仅崇拜启功，而且还专写启功体。刘总决定，由公司出面，从您的藏品中选购两幅启功先生的书法作品，给吴老师当作讲座的范本。这样既开阔了员工的眼界，又满足了吴老师崇拜启功先生的愿望，希望董先生给予支持。”

董树旺听着，说：“作为文化发展公司，搞书法培训，提高员工的文化修养，是件大好事，值得肯定。可今天让二位失望了。我刚和保利拍卖公司谈好，展厅里的作品都是非卖品，展览结束后，全部由拍卖公司保管，并且已达成初步意向，将作品拍照存档，由人民美术出版社出版一套《潞通堂藏真》画集。等画集出版后，我专门送给吴斌老师。这样一来吴老师再去贵公司讲座就有范本了。”

刘启旺听着，失望地说：“原来是这样，那我们就不强您所难了。董先生，今天见到您深感荣幸，到时候邀请您去我们公司光临指导。”说着，又转向吴斌，“吴老师，我俩就不耽误董先生时间了，先告辞。”

董树旺双手抱拳，说：“那就失陪了。”说着，侧过身，“宝宏，你替我送送两位先生，我和吴斌老师去开研讨会。”

看着胡宝宏送走二人远去的背景，董树旺对吴斌说：“吴兄，你没看出来吗？他俩来买启功先生的作品，那是别有所图呀！”

吴斌拄着拐杖，满头冒着汗，急促地说：“还真让你老弟说中了，听着听着我浑身的汗就冒出来了，这哪是买字呀？纯粹是给我挖了一个大坑呀！”

“这回明白了吧？他们请你去当顾问，去讲书法，图啥呀？还不是图你那个当副区长的儿子吴大兵吗？图的是吴大兵手中的项目审批权！亲爱的吴老师，你可不能顺杆爬，咱可得为大兵的前程着想啊！”

吴斌擦着汗，半蹲在红地毯上，叹着气说：“树旺，我越想越后怕，我现在的心脏怦怦直跳，双腿打软，走不动道儿了。树旺，你快去开会吧，我先坐这儿喘口气儿，看来研讨会我是去不成了。”

董树旺弯腰搀扶着吴斌的胳膊，安慰他说："吴老兄，您咋年岁越大胆子越小呀？这不是都过去了吗？研讨会马上就开始了，走，我搀着你。"

吴斌坐在地毯上摆着手说："实在是不行了，树旺，你别管我，小兵的车马上就到了，我得赶紧回去，把大兵的事儿好好捋捋，想想还有哪些做得不对劲儿的地方，我这个当爹的绝不能帮倒忙！"

董树旺看着手表说："还有五分钟就开会了，我得赶紧去会场。这么着，胡宝宏一会儿就回来，让他送你到小兵的车上，有啥事咱们回头再说。"

"好好，你快去吧！别耽误了你的正事儿。"吴斌向前推着董树旺。

董树旺答应着吴斌，快步跑向电梯，招着手说："吴大哥，回去后代我向嫂子问好！"

潞通堂五十周年庆典过后，可谓是春风浩荡，捷报频传：

2015 年 5 月 18 日，备受关注的 嘉德春拍"大观 · 中国书画珍品之夜"举槌。此季春拍重器，由潞通堂文化发展有限公司装裱修复完整的潘天寿巨制《鹰石山花图》以六千八百万元起拍，经过近一个小时的鏖战，最终以两亿七千九百万元成交，创潘天寿个人作品拍卖新纪录，同时也是截至目前本季拍卖价格最高的拍品；2017 年 11 月 18 日，在喜迎十九大、中国工农红军长征胜利八十一周年之际，潞通堂精选多年珍藏的红色主题艺术珍品，在通州区台湖国画院美术馆举办了"三军过后尽开颜"书画特展。这批书画作品的作者中有老一辈革命家，有著名的学者、艺术家和书画家，也有年轻的后起之秀，他们从不同的角度弘扬和歌颂全国各族人民在革命战争年代和社会主义建设时期，在各自的岗位上努力奋斗和无私奉献，传承着伟大的长征精神；2019 年 9 月 15 日，由潞通堂艺术馆精心筹备的“迎国庆——中国画精品展”在通州区文化馆隆重开幕，这是董树旺全家为庆祝建国七十周年的贺礼，也是为家乡文化建设做出贡献的拳拳之心……

尾　声

今天是你的生日我的中国
清晨我放飞一群白鸽
为你衔来一枚橄榄叶
鸽子在崇山峻岭飞过
……

2019 年 10 月 1 日，庆祝中华人民共和国诞辰七十周年阅兵式和庆祝活动在天安门广场隆重举行。

在这个举国同庆的大喜日子里，董树旺几乎都是在电视机前度过的。他怀着激动的心情，尽情享受着“国家富强，人民幸福”的美好与快乐。

国庆活动结束后，董树旺意犹未尽。他迈着轻盈的脚步走出家门，顺着刚刚收获的玉米地往南，来到了运河北岸的河堤上。

他抚摸着齐腰粗的柳树，眺望着在河中畅游的野鸭白鹭，历历往事，油然浮现在眼前：

小的时候，这棵柳树只有碗口粗，为能有五分钱买到一本小人书，天还没亮就背着竹筐来到此处割青草卖给同村的养猪人，由于坡陡草滑，一脚踩空摔进河里，也就是从那天起，呛了几口水后，扑腾会了游泳；高中刚毕业，也是在这棵柳树下的河坡上割猪草的时候，被大队部的高音喇叭喊去跟马车，迈出了社会第一步；当走村串巷，靠黑白铁家传手艺挣钱养家遇到磨难的时候，常常是坐在这棵柳树下流泪、思考；和爱妻徐凤红见面的第一天，就是在这棵柳树下，两情相悦，缘定终身。对，还有第一次去荣宝斋，在装裱车间见到了蒋保兴主任，是这位事业上的贵人，把我领进了装裱行业的大门，他就像这棵大树，为我遮风挡雨，提携开路……

突然，董树旺的手机响了起来。他打开手机刚要问话，对方高亢的声音已经传了过来："树旺，我是保兴！刚看完阅兵式和庆祝活动，实在是憋不住了，给你打电话庆祝一下！"

董树旺高兴地说："蒋大哥，您好，我也是难以控制激动的心情，跑到了家门口的运河边儿，想起了许多往事，尤其是您蒋大哥，对我和潞通堂的恩情，我一直铭记在心。"

蒋保兴大笑着说："都是过去的事儿了，你不要总挂在心上。再说了，我看重的就是你的人品，从认识你的第一天到如今已经三十多年了，看着你带领潞通堂在改革开放的大潮中一步一个脚印地走过来，我一直庆幸自己没有看错你董树旺这个人。今天看阅兵式的时候我就在想，只有祖国强大才有咱们的幸福生活。说真的，不是说漂亮话，这次中华人民共和国成立七十年大阅兵，更加激发了我的爱国热情。可惜我是退休了，真想再为国家的发展尽点微薄之力。"

董树旺认真地听着，说："蒋大哥，您这句话提醒了我，潞通堂能发展到今天，主要是赶上了党的改革开放好政策，潞通堂今后的路该怎么走？如何为国家文化事业的发展多做贡献？我真得好好思考一下。"

蒋保兴说："树旺，我给你打电话还有一件事儿，听说潞通堂在通州文化馆的书画精品展展期延长了十天？有几个朋友约着我想再去看看。”

“蒋大哥，应观众的要求，展期是又延长了十天。我准备等画展结束前再召开个座谈会，邀请有关领导和专家给潞通堂今后的发展规划提些建议，您一定得到会呀！”董树旺说。

“你这个想法好！听你这么一说我倒是想起一个事儿，你下一步是否考虑按师承关系收藏一些画家的代表作品？比如说齐白石的虾，李苦禅的鹰，陈雄立的鹿，这样一来对画家的传承就会有一个清晰的脉络。”蒋保兴说。

董树旺说：“您提的这个建议好，咱俩想到一块儿去了，我正在着手做这件事情。”

蒋保兴笑着说：“英雄所见略同，我这也是抛砖引玉，类似的事情你可以多考虑一下。你把座谈会的时间地点确定后告诉我，一定按时参加。”

“蒋大哥，凤红来电话了，您带着朋友哪天去看画展提前告诉我，我在展厅等着您。”

“好好！你代我向凤红弟妹问好！再见。”

蒋保兴刚挂了电话，徐凤红的电话就打了进来，她说：“树旺，你跑哪儿去了？满院子喊也没见着你人影！”董树旺笑着说：“我在运河大堤那棵大柳树下，就是咱俩第一次搞对象时的那棵柳树，如今长得比我的腰都粗了！”

徐凤红也笑了起来说：“你甭逗贫啦！家麟刚才打来电话说，在潞河医院值完班后，他们一家三口都回家过节。”董树旺高兴地说：“太好了！又要看到我的大孙女了！咱闺女回来吗？”

徐凤红说：“小静说她晚点儿下班，天黑之前到家。你赶紧回来吧，帮助我打打下手。”

董树旺开着玩笑说：“遵命！我快马加鞭往家奔。哈哈。”

徐凤红笑着说："你还扬鞭催马运粮忙呢！别再出洋相了，路上慢着点儿！"

挂了电话，董树旺转身走下河堤，扬起头刚要往前迈步，忽然想起蒋保兴说的那句话："真想为国家的发展尽点微薄之力。"在他的脑海里生出一个念头："潞通堂虽然举办了这次迎国庆书画精品展，但仅仅展示了自己的收藏，并不能足以表达内心的激动心情，我要怀着感恩的心，在中华人民共和国成立七十周年之际，为家乡文化建设捐赠七十件名家作品！"想到这里，他加快了脚步，直奔潞通堂而去。

董树旺推开家门高喊："凤红！你在哪儿呢？我有要紧的事情和你商量！"

徐凤红系着围裙，从厨房里走了出来，说："有啥要紧事儿呀？我正在和面呢。"

董树旺让夫人坐在沙发上，郑重地说："凤红，我有一个想法，想征求你的意见。"

徐凤红看着丈夫说："看你这一脸严肃的样儿，肯定是大事儿，你说吧。"

"凤红，通过今天观看国庆大阅兵和庆祝活动，我也想表达一下咱们全家人对祖国对家乡的一份热爱，表达咱们对今天幸福生活的一份感恩。因为今年是中华人民共和国成立七十周年，咱们为家乡的文化建设捐出七十幅名家作品，想听听你的意见。"

徐凤红听着，红着眼圈看着丈夫，没有说话。

董树旺双眼盯着夫人说："凤红，没关系，你有啥想法就跟我说。"

徐凤红将围裙解下来，放在沙发的扶手上，动情地说："树旺，我跟了你将近四十年，一直支持和帮助你拆借腾挪，克勤克俭，积攒下这些如你心头肉一样的收藏品。我也最能理解你捐赠家乡文化事业的心愿，最懂得你对家乡的感情。你做的这个决定我支持！”

董树旺被夫人的一席话为之动容，情深意切地说：“凤红，你跟我这几十年，吃苦受累，任劳任怨，识大体明大义，我就是把下辈子加起来也还不起你对我的深情厚谊！”

徐凤红笑着说：“有你这句话就足够了。等晚上孩子们回来，再跟他们说说，我想咱们的孩子也会支持你！”

这天晚上，潞通堂的餐厅里灯火通明，董树旺一家人沉浸在国庆节的大喜日子里。

董树旺坐在餐桌前，抱着疼爱的大孙女，说：“今天，咱们家和全国人民一样，都在快快乐乐地过国庆节。借着这个喜庆团圆的日子，我和你妈商量了一件事情，要和你们念叨念叨。”

董静走到父亲身前，将侄女抱过来，边哄着侄女玩儿边说：“爸爸，您说吧，说完好吃饭。”

董树旺说：“我和你妈商量好了，借着中华人民共和国成立七十周年这个大喜的日子，准备为家乡文化建设无偿捐赠七十幅名家书画作品。董静和家麟，你俩有啥意见吗？”

董树旺的一双儿女认真地听着，互相对视了一下，董家麟说：“姐，你先说吧。”

董静看着父母，说：“爸，我知道您收藏的这些名家字画，都是您和我妈省吃俭用、辛辛苦苦得来的，是您和我妈的心肝宝贝。起初您们忙，我和家麟一直被亲戚照顾，从来没参加过我俩的家长会，我一直觉着委屈，当我慢慢长大了才理解爸妈干事业的情怀，也学会了心疼父母，刚才您说将书画作品捐给家乡这件事情，只要您和我妈高兴，作为儿女都支持！”说着，扭过头，“家麟，该你说了。”

董家麟看着父母，说:“爸妈，同意我姐的意见！爸，我深知您收藏的作品来之不易，尤其是您跑拍卖会，最让我们心疼，其中的心酸和痛苦只有您自己最清楚。拍卖会一开经常是一整天或者十几个小时，如果拍卖行准备了午餐还好，如果没有，您绝对不会出去吃饭，宁可饿着肚子或者胡乱凑合两口干粮，生怕错过了看中的藏品。您常对我和姐姐说，您不是一个合格的父亲，为了自己对文化的追求，放弃了与我们的童年相伴，但我想对您说，没关系，我谢谢您！”顿了一下，他接着说:“记得我妈曾经对我和姐姐说，你爸爸的脾气又直又拧又实在，决定去做的事情十头牛也拉不回来！我知道这是我妈想把您这种执着劲儿灌输给我和姐姐。因为您的执着，让我学会了认定目标就要勇往直前，克服困难，不坐享其成，脚踏实地走好每一步；因为您的耿直，固守原则，威武不能屈，贫贱不能移；因为您的实在，让我领悟了‘舍得’真正的含义，让我懂得舍得是一种人生智慧和态度，把握了舍与得的尺度就把握了人生的钥匙和成功的机遇。所以我要谢谢爸爸妈妈，是你们让我可以茁壮成长。请您们放心，在今后的日子里，我要更加严格要求自己，向老爸学习，为家乡的文化事业添砖加瓦。”

徐凤红听着，眼睛湿润了，擦着眼角说:“我的闺女和儿子都长大了！”

董树旺看着这对心爱的儿女，语重心长地说:“小静和家麟的话说得我心里热乎乎的，让我这个做父亲的感动，感动的是，我这对儿女成长起来了！你们俩生活在富裕的年代，比我和你妈更能理解享受丰富物质的时代生活，却能抛开个人利益，体会父母的感情，有与我们一样对祖国的挚爱之心，我和你妈为你俩感到骄傲！”

全家人一致决定：将老一辈革命家书法作品和红色主题书画藏

品共计七十件，无偿捐赠给通州区档案馆。

2019 年 10 月 28 日的捐赠仪式上，董树旺在感言中平静地说了下面一段话，就把它作为此部小说的结尾吧：

“今天的新时代，是我们年轻时向往和努力的理想，是党和国家率领我们艰苦奋斗的建设成果，是我们现在的幸福日子，我们应该铭记历史，不忘初心，继续奋斗，知恩报恩。以铜为镜，可以正衣冠；以史为镜，可以知兴替；以人为镜，可以知得失。七十年中华人民共和国成立的历史是一面镜子，照亮我们的新生活……”

后　记

《潞通堂》脱稿后，我的心情仍然沉浸在小说的情节里，难以自拔。

董树旺先生年长我两岁，同是喝着运河水长大的通州汉子，并且有着三十余年的兄弟情谊。在京城书画界的朋友圈里，我算是他重点提携、倾力相助的幸运者。记得在二十年前，我在中国美术馆举办个人画展，从展品的装裱、张挂到出面邀请著名书画家为我的作品和画展题跋题词，都是他不遗余力地操持。回想与董树旺仁兄的历年过往，令我感动之处历历在目，没齿难忘。

“没有人能随随便便成功，不经历风雨怎么见彩虹。”这句歌词包含的所有内涵，在董树旺身上几乎都能找到答案。我坚信，艰苦创业已经五十七个春秋的潞通堂，定会像一棵置身于大运河畔的参天大树，在充满灵性与希望的通州文化沃土上，根深叶茂，硕果累累。

在《潞通堂》付梓之际，我要感谢为小说创作提供翔实历史资料和素材的董树旺仁兄；感谢在小说写作过程中接受采访的亲身经历者们；感谢鼓励我、帮助我，给予我坚定信心和勇气的亲朋好友们。

特别感谢中国文联出版社的支持和信任。

2021 年 2 月 28 日

于十里河畔海天楼晴窗

通州，人文荟萃、物华天宝，涌现出很多名人志士，董树旺先生全家就是其中的杰出代表。在新中国成立70 周年之际，董树旺全家向通州区档案馆无偿捐赠 70 余幅书画藏品。董树旺先生说：“前人留下的墨宝只有留在档案馆、博物馆才是最好的归宿，也是后人对老一辈革命家最好的怀念。这是我十多年的夙愿，我相信后来人会比我做得更好！”

——摘自北京市通州区档案馆《董树旺先生全家捐赠书画藏品专辑》序言

捐赠者（左起）董家麟、董树旺、徐凤红、董静

2019 年 10 月 28 日，通州区档案馆举办“董树旺先生全家书画藏品捐赠仪式”，通州区领导、参会嘉宾同董树旺全家合影。

2000 年 10 月董树旺与前来参加潞通堂 36 周年庆典活动的荣宝斋总经理侯恺先生（左二）、荣宝斋木版水印高级技师王玉良先生（左一）、荣宝斋木版水印高级刻板技师张进深先生（右一）和著名书画家张源先生（右二）合影

2005 年董树旺与荣宝斋副总经理米景扬先生（右一）、雷振方先生（中）一起交谈

吴昌硕　梅竹双雀　122cm×56cm　1917年作

齐白石　南瓜雏鸡　136cm×52cm

齐白石　菊花双鹌　136cm × 34cm

徐悲鸿　双饮马　130cm×48cm

金城　仿马远笔意　104cm × 54cm

张善孖　春溪放马图　115cm × 54cm

黄胄　饲鸡图　133cm×64cm

范曾　唐伯虎点秋香　110cm × 68cm

溥松窗　松涧五骏图　131cm × 80cm

溥松窗　八骏图　149cm×790cm

白雪石　黄山天下奇　96cm × 180cm

杨力舟　双骏图　132cm×65cm

苏士澍　更上一层楼　130cm×63cm

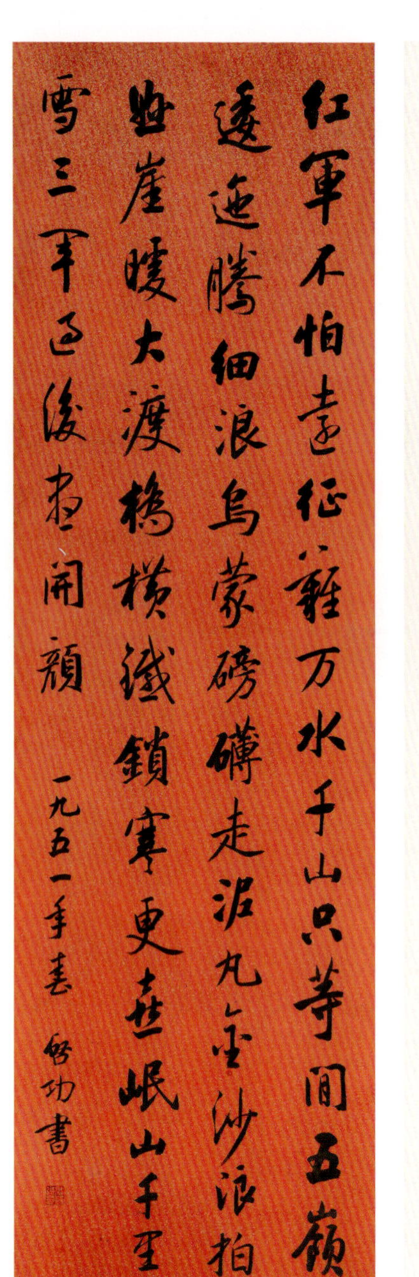

启功　行书毛主席“七律·长征”
133cm × 41cm

启功　行书七言诗　100cm × 33.5cm

白雪石　洞庭饲养场之歌　46cm × 63cm

陈师曾　菊花　38cm × 28cm

启功　红竹　26cm × 30cm

颜伯龙　芙蓉双鹌　136cm×29cm

陶一清　山花烂漫时　137cm×34cm

黄胄　春风绿上戈壁滩　50.5cm×82cm

黄胄　牧驴图　立轴　67cm×45cm

黄胄　牧驴图　70cm × 43cm

黄胄　牧驴图　69cm × 44cm

黄胄　送水图　65cm × 180cm

启功　红竹擎天 60cm × 124cm

启功——温庭筠　69cm × 32cm

启功　行书毛主席“菩萨蛮·大柏地”
56cm × 37cm

天高雲淡望斷南飛雁不到長城非好漢屈指行程二萬六盤山上高峰紅旗漫捲西風今日長纓在手何時縛住蒼龍

宜平同志正字 啟功

启功 行书『清平乐·六盘山』 96cm×40cm

廬山東南五老峰青天削出
金芙蓉九江秀色可攬結吾將
此地巢雲松

一九九二年春日 啓功

启功 行书『庐山诗』 128cm×48cm

米景扬　仙禽　138cm×69cm

张登堂　泰山云步桥　132cm×65cm

董辰生　红娘赠珠　136cm×67cm

田镛　果实累累　136cm×69cm

赵华胜　钟馗嫁妹　138cm×68cm

孙树梅　报春来　120cm×68cm

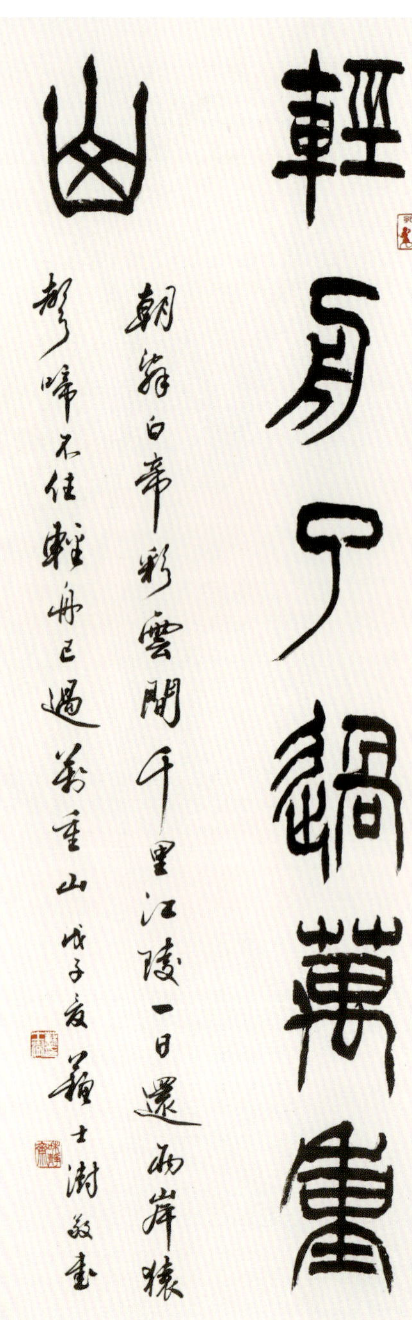

苏士澍　轻舟已过万重山　116cm×45cm